LA BÊTE NOIRE
Collection dirigée par Glenn Tavennec

L'AUTEUR

Daniel Cole, 33 ans, a été ambulancier dans une vie antérieure. Guidé par un besoin irrépressible de sauver les gens, il a également été membre actif de la *Royal Society for the Prevention of Cruelty to Animals*, l'équivalent anglais de notre SPA. Plus récemment il a travaillé pour la *Royal National Lifeboat Institution*, une association dédiée au sauvetage en mer le long des côtes britanniques. Cet altruisme est-il la manifestation de sa mauvaise conscience quant au nombre de personnes qu'il assassine dans ses écrits ? Il vit sous le soleil de Bournemouth, et on le rencontre souvent sur la plage alors qu'il devrait être en train d'écrire son second roman.

Retrouvez
LA BÊTE NOIRE
sur Facebook et Twitter

Vous souhaitez être tenu(e) informé(e)
des prochaines parutions de la collection
et recevoir notre *newsletter* ?

Écrivez-nous à l'adresse suivante,
en nous indiquant votre adresse e-mail :
servicepresse@robert-laffont.fr

DANIEL COLE

RAGDOLL

Traduit de l'anglais (Royaume-Uni)
par Natalie Beunat

LA BÊTE NOIRE
Robert Laffont

Ce livre est une œuvre de fiction. Les personnages, les faits et les lieux cités sont des inventions de l'auteur et visent à conférer de l'authenticité au récit.

Toute ressemblance avec des situations, des lieux et des personnes existants ou ayant existé ne peut être que fortuite.

Titre original : RAGDOLL
© Daniel Cole, 2017
The moral rights of the author have been asserted.
Traduction française : © Éditions Robert Laffont, S.A., 2017

ISSN 2431-6385
ISBN 978-2-221-19772-1

(éd. originale : ISBN 978-1-4091-6874-4, Orion Books, an imprint of The Orion Publishing Group Ltd, an Hachette UK company, Londres, 2017)

Vas-y, explique,
si tu es le Diable, qu'est-ce que ça fait de moi ?

PROLOGUE

Lundi 24 mai 2010

S AMANTHA BOYD SE FAUFILA SOUS LE RUBAN de signalisation de la police et, tandis qu'elle se redressait, jeta un œil vers la tristement célèbre Haute Cour Criminelle de Londres[1]. Perchée à la pointe du dôme d'Old Bailey, la statue de La Justice ne lui apparaissait plus désormais comme un symbole de puissance et d'intégrité, mais pour ce qu'elle était vraiment : une femme désespérée ayant perdu toutes ses illusions, prête à sauter dans le vide et à s'écraser sur le sol. Le bandeau dont sont d'ordinaire affublées ces statues, censé leur couvrir les yeux, avait ici été omis. Ça tombait bien. Depuis les récentes affaires de racisme et de corruption au sein de la police, le concept même de « justice aveugle » en avait pris un sacré coup.

Face à la nuée de journalistes qui s'étaient abattus sur le quartier, les rues et les stations de métro alentour avaient

---

1. Allusion au fait qu'Old Bailey fut construite à l'emplacement même de la prison de Newgate, de sinistre renommée. *(Toutes les notes sont de la traductrice.)*

de nouveau été fermées, jusqu'à transformer ce coin animé du cœur de Londres en un étrange bidonville grouillant de cadres de la classe moyenne. Les trottoirs étaient jonchés de détritus, d'emballages de sandwichs Marks & Spencer ou Prêt À Manger. Un bourdonnement de rasoirs électriques assurait le bruit de fond, des sacs de couchage de marque étaient roulés et repliés avec soin, pendant qu'un type en chemise et cravate, pourtant équipé d'un fer à repasser de voyage, peinait à dissimuler qu'il avait dormi là, tout habillé.

Samantha fendit la foule, mal à l'aise. Elle était en retard, et les six minutes de marche rapide depuis Chancery Lane l'avaient fait transpirer. Elle avait trop serré sa coiffure en voulant remonter sa chevelure blond platine avec des épingles, dans une tentative dérisoire de changer d'apparence. La presse avait identifié dès le début celles et ceux qui étaient en rapport avec le procès, et il va sans dire qu'au quarante-sixième jour d'audience, Samantha avait eu droit aux honneurs des plus grands quotidiens internationaux. Elle avait même été obligée de prévenir la police lorsqu'un journaliste trop zélé l'avait suivie jusqu'en bas de chez elle, à Kensington, refusant obstinément de décamper. Résolue à ne plus jamais attirer l'attention, Samantha accéléra le pas, tête baissée.

Deux files sinueuses se déployaient au carrefour de Newgate Street. Elles s'expliquaient, d'une part, par le nombre insuffisant de toilettes mobiles, et pour l'autre, par la présence d'un *food truck* Starbucks. Coincée par ces deux files qui finissaient inévitablement par se croiser, Samantha fonça vers les policiers en faction devant l'entrée latérale du tribunal. Une petite femme la rabroua en japonais parce qu'elle venait de traverser, par mégarde, la zone où des dizaines de journalistes étaient en train de tourner leurs reportages.

Dernier jour, songea Samantha, faisant mine d'ignorer les insultes qui pleuvaient dans son dos. La virulence des reporters lui était incompréhensible. Plus que huit heures, et sa vie reviendrait à la normale...

À la porte, un agent de police qu'elle n'avait encore jamais vu examina longuement sa carte d'identité avant de l'inviter à se plier à la routine qu'elle connaissait par cœur : déposer ses effets personnels à la consigne automatique, réexpliquer qu'elle n'arrivait pas à retirer sa bague de fiançailles avant de se soumettre au détecteur de métaux, se sentir embarrassée par les auréoles de sueur lors de la fouille au corps, et, pour finir, longer les couloirs anonymes avant de rejoindre les onze autres jurés, rassemblés autour d'un café soluble tiédasse. En raison de l'impressionnante couverture médiatique et de l'incident survenu au domicile de Samantha, les autorités avaient pris une décision inédite : mettre les jurés à l'isolement – ce qui avait déclenché un tollé général. Des factures d'hôtel à plusieurs zéros allaient donc être réglées avec l'argent du contribuable.

Après quasiment deux mois de procès, les discussions matinales entre jurés consistaient à se plaindre de douleurs au dos causées par la literie de l'hôtel ou de la monotonie du menu du soir. Ces échanges s'accompagnaient des inévitables lamentations sur ce qui leur manquait réellement le plus : les conjoints et les enfants ou bien la dernière saison de *Lost, les disparus*.

Un silence crispé s'imposa lorsque l'huissier audiencier, que ces banalités avaient fait oublier, vint enfin les chercher. Un vieux monsieur du nom de Stanley, coopté par les autres membres comme président du jury – pour nulle autre raison apparente que sa troublante ressemblance avec Gandalf –, se leva lentement et les invita à quitter la pièce.

Sans doute l'une des plus célèbres salles d'audience au monde, *Court One* a toujours été dédiée aux procès criminels particulièrement retentissants. Ici avaient dû se présenter des êtres abominables tels que Crippen, Sutcliffe et Dennis Nilsen, venus répondre de crimes atroces. Toute en boiseries sombres, la salle meublée de vieux sièges en cuir vert était éclairée par un puits de lumière artificielle qui se déversait au travers d'une grande baie de verre dépoli.

Tandis que Samantha rejoignait sa place habituelle au premier rang, tout près du banc des accusés, elle songea que sa robe blanche, un modèle qu'elle avait dessiné elle-même, était peut-être un peu courte. Elle posa son dossier sur ses genoux, au grand dam de son voisin, un vieux monsieur libidineux qui, dès le premier jour, avait presque piétiné un autre juré pour s'asseoir à côté d'elle.

À la différence des salles d'audience des films américains où le prévenu, vêtu avec élégance, se présente assis à une table, entouré de ses avocats, l'accusé d'Old Bailey était seul pour affronter l'intimidante cour. La vitre de protection derrière laquelle était retranché le banc des accusés ne faisait qu'ajouter au sentiment de danger qu'il représentait.

Coupable jusqu'à preuve du contraire.

À l'opposé du banc des accusés, à gauche de Samantha, se trouvait le fauteuil du juge. À côté de lui, pile sous les armoiries royales du Royaume-Uni où était accrochée une épée d'apparat à garde dorée, un autre siège était resté vacant pendant tout le procès. Le greffier du tribunal, la défense et le ministère public occupaient pour leur part le milieu de la salle. La tribune réservée au public, logée dans une mezzanine, couvrait le mur du fond. Elle était pleine à craquer de spectateurs aux yeux cernés et aux regards enflammés : ils avaient piétiné dehors, des heures durant, afin de s'assurer les meilleures places pour assister à l'issue de ce procès hors norme. Au-dessous de la tribune du public, on avait rassemblé sur des bancs tout un tas de personnes impliquées dans la procédure judiciaire, à savoir des experts que les avocats pourraient souhaiter entendre – mais qu'ils ne solliciteraient sans doute pas –, divers fonctionnaires de la cour, et, bien sûr, l'inspecteur de police ayant procédé à l'arrestation, l'homme au cœur de toute la controverse : William Oliver Layton-Fawkes, surnommé ironiquement par l'acronyme Wolf.

Wolf avait suivi chacune des quarante-six journées du procès. Depuis son siège, non loin de la sortie, il avait passé un nombre incalculable d'heures à fixer l'accusé avec une expression détachée. Une petite quarantaine d'années, baraqué, le visage tanné, des yeux d'un bleu profond… Samantha songeait qu'il aurait pu être sexy sans cette mine du type qui n'a pas dormi depuis des mois et qui porte toute la misère du monde – ce qui, il faut bien l'avouer, était précisément le cas.

Celui que la presse avait baptisé Le Tueur Crématiste avait été le serial killer le plus prolifique de toute l'histoire de Londres : vingt-sept victimes en vingt-sept jours. Chaque fois une prostituée dont l'âge ne dépassait pas les quatorze-seize ans. Dévoilant au commun des mortels les réalités effroyables qui se déroulaient en bas de chez eux, l'affaire avait connu un retentissement extraordinaire. La majorité des victimes, abruties de sédatifs avant d'être brûlées vives, avaient été retrouvées en train de se consumer. Quand, d'un coup, les meurtres avaient cessé, les policiers s'étaient trouvés désemparés, sans le moindre suspect. Tout au long de l'enquête, le *Metropolitan Police Service*[1] avait été cloué au pilori, accusé d'avoir été incapable d'empêcher l'assassinat d'innocentes jeunes filles. Pourtant, dix-huit jours après le dernier meurtre, Wolf procédait à l'arrestation du coupable.

L'homme dans le box des accusés s'appelait Naguib Khalid. Musulman sunnite d'origine pakistanaise, Britannique, il travaillait comme chauffeur de taxi dans la capitale. Il avait des antécédents judiciaires, des délits mineurs d'incendies criminels et vivait seul. Lorsqu'on avait présenté à la cour les relevés ADN établissant un lien entre trois des victimes et la banquette arrière de son taxi, appuyés par le témoignage accablant de Wolf, l'affaire avait semblé entendue. Or, l'accusation s'était entièrement effondrée à l'audience.

Les rapports de surveillance collectés par l'inspecteur et son équipe avaient été contredits par des alibis. Il avait été établi que Khalid avait été l'objet de violences et d'intimidations au cours de sa garde à vue. Une expertise médico-légale contradictoire avait démontré que l'ADN carbonisé ne pouvait être considéré comme une preuve fiable, et enfin, pour le plus grand bonheur des avocats de la défense, la Direction de la police des polices de Londres avait présenté une lettre de source anonyme, datée de quelques jours avant le dernier meurtre, qui exprimait des doutes sur la manière dont Wolf conduisait l'enquête et sur sa santé mentale – au point de le considérer comme « obsédé », « rongé par l'affaire », et de recommander une mutation immédiate sur un autre dossier. Celle-ci, qui était déjà la plus monstrueuse du moment, prit alors encore plus d'ampleur. La police était pointée du doigt pour avoir utilisé Khalid comme un bouc

---

1. Nom de la police de Londres, appelée aussi Met. New Scotland Yard est le quartier général du Met.

émissaire idéal afin de masquer son incompétence. Le directeur et le sous-directeur du *SC & O*[1] mais aussi toute la police criminelle subirent des pressions : face à la corruption flagrante qui régnait dans leurs services, on les exhorta à la démission. Pendant ce temps-là, les tabloïds se délectaient de détails sordides et croustillants sur la vie de l'inspecteur tombé en disgrâce : son alcoolisme, ses probables tendances à un comportement violent, lesquelles avaient bel et bien conduit son mariage au naufrage. À tel point qu'il fallut rappeler à l'ordre l'avocate de Khalid pour avoir suggéré que Wolf devrait peut-être échanger sa place avec son client. Tout au long des débats, Khalid observait ce cirque avec perplexité, n'affichant pas même une lueur de satisfaction à passer du statut d'ange de la mort à celui de victime.

Le dernier jour du procès se termina comme on s'y attendait. La défense et le Ministère public présentèrent successivement leurs conclusions, et ce avant que le juge ait pu fournir ses instructions aux jurés : un bref résumé des preuves, certes limitées mais reconnues valides, accompagné de quelques conseils pour appréhender la complexité de la loi. Les jurés, au nombre de douze, s'éclipsèrent ensuite par la porte située derrière la barre des témoins pour délibérer. Assis autour d'une imposante table en bois pendant quatre heures et demie, les membres du jury entamèrent des discussions en vue de rendre leur verdict.

Samantha avait pris sa décision des semaines plus tôt. Elle fut donc étonnée de constater que ses pairs étaient encore très partagés sur leur vote. Jamais elle n'aurait laissé l'opinion l'influencer, se disait-elle tout en se félicitant que

---

1. Le *Specialist Crime & Operations* est un département important au sein du *Metropolitan Police Service*, entièrement dédié aux affaires de meurtre, de viol, de crime organisé, de trafic d'êtres humains et de délinquance financière.

son vote ne jette pas davantage d'huile sur le feu et ne menace pas son bonheur ni à court ni à long terme. Les mêmes arguments furent répétés à l'envi. Revenant sur un détail dans le témoignage de l'inspecteur, un des jurés s'emporta dès lors qu'on lui rétorqua, pour la énième fois, que sa remarque était irrecevable, et serait donc ignorée.

Stanley appelait au vote à intervalles réguliers, après quoi une note était remise à l'huissier, laquelle informait le juge que les jurés n'étaient pas encore parvenus à un vote unanime. À chaque nouveau vote, un des membres du jury craquait sous la pression grandissante de la majorité, jusqu'à ce que soit atteint, peu avant l'échéance de la cinquième heure de délibérés, un quorum de dix contre deux. À contrecœur, Stanley tendit à l'huissier une nouvelle note en ce sens, et dix minutes plus tard, l'homme revenait pour les escorter dans la salle du tribunal.

Samantha pouvait sentir chaque paire d'yeux braquée sur elle tandis qu'elle regagnait son siège, derrière le banc des accusés. Il régnait un silence de mort et, de manière totalement absurde, elle se sentit gênée de l'écho de ses talons hauts. Par chance, les sinistres craquements et raclements qui retentirent, au moment où les douze jurés s'assirent, firent passer le cliquetis de ses escarpins pour un fracas insignifiant.

Elle voyait bien que certaines personnes, trop impatientes de connaître le verdict final, cherchaient à décrypter l'expression de son visage – cela lui plut. Ces personnes « instruites » s'étaient pavanées à travers cette salle en robe et perruque blanche, traitant les jurés, y compris elle-même, avec une aimable condescendance. Voilà qu'à présent, ces gens se retrouvaient à la merci du jury. Samantha se mordit les lèvres pour éviter de sourire, telle une petite fille luttant pour ne pas dévoiler un secret.

— Accusé, veuillez vous lever s'il vous plaît, s'exclama le greffier[1], rompant le silence.

Dans le box des accusés, Naguib Khalid se mit debout, lentement.

— Président du jury, veuillez vous lever s'il vous plaît.

Au bout du banc où se tenait Samantha, Stanley se redressa.

— Êtes-vous parvenus à vous accorder sur un verdict à l'unanimité ?

— Non, fit Stanley d'une voix chevrotante, ce qui rendit sa réponse quasi inaudible.

Samantha l'observa, effarée, lorsqu'il toussa nerveusement trois fois de suite pour s'éclaircir la gorge.

— Non, cria presque Stanley.

— Êtes-vous parvenus à vous accorder sur un verdict voté à la majorité ?

— Nous sommes…, déclara Stanley avec une grimace, puis il y eut un blanc. Pardon… *oui*.

Le greffier lorgna vers le juge qui hocha la tête pour lui signifier qu'il acceptait un vote à la majorité.

— Vous, membres du jury, déclarez-vous l'accusé Naguib Khalid ici présent coupable ou non coupable des vingt-sept chefs d'accusation de meurtre ?

Bien qu'elle ait connaissance de la réponse, Samantha se surprit à retenir son souffle. Dans l'assemblée, plusieurs chaises grincèrent à l'unisson tandis que des oreilles impatientes, sur le qui-vive, se penchaient vers l'avant…

— Non coupable.

Samantha jeta un coup d'œil à Khalid, fascinée ; elle guettait sa réaction. Le visage enfoui dans ses mains, il tremblait de soulagement.

---

1. Dans les juridictions anglo-saxonnes, un greffier a des fonctions plus étendues, notamment vis-à-vis des membres du jury.

C'est alors que fusèrent les premiers hurlements de panique.

En un éclair, Wolf avait bondi vers le banc des accusés et, avant même qu'un des policiers n'ait eu le temps d'intervenir, il agrippa la tête de Khalid pour l'extirper hors du box. Dans un cri étouffé, l'homme atterrit brutalement au sol tandis que Wolf l'agressait avec une sauvagerie et une violence inouïes. Il lui défonça plusieurs côtes, à coups de pied, à coups de poing, jusqu'à s'en faire saigner les phalanges.

Une alarme retentit quelque part. Wolf fut frappé au visage, et du sang afflua dans sa bouche. Il recula en titubant vers les jurés, fit chuter une femme sur son passage. Il lui fallut quelques secondes seulement pour se redresser, le temps que des policiers s'interposent entre lui et le corps supplicié qui gisait au pied du box des accusés. Il contre-attaqua mais sentit des mains fermes retenir son corps chancelant et l'obliger à s'agenouiller, avant de le plaquer finalement au sol. Manifestement exténué, il poussa un long souffle qui se mêla aux relents de sueur et à l'odeur du bois ciré. Il suivit des yeux la matraque qu'avait laissé tomber l'un des flics blessés, roulant jusqu'au panneau du box, qu'elle percuta avec un son mat.

Khalid avait l'air mort, mais Wolf voulait en avoir le cœur net. Mû par un ultime shoot d'adrénaline, il se dégagea brusquement puis rampa à toute vitesse vers l'homme inanimé déjà recouvert de taches brunes, là où le sang imbibait le tissu de son complet bleu marine bon marché. Wolf tendit la main vers l'arme en métal et enroula ses doigts autour de la surface lisse et froide. Il l'avait relevée à hauteur de tête lorsqu'un violent choc le fit tomber en arrière. Désorienté, il n'eut que le temps de voir le policier de garde, affecté au banc des accusés, brandir sa matraque pour la seconde fois et lui fracasser le poignet.

À peine vingt secondes avaient dû s'écouler depuis l'énoncé du verdict « non coupable », mais quand il entendit le cliquetis métallique des menottes, Wolf sut que c'en était fini. Il espérait simplement avoir causé assez de dégâts.

Les gens hurlaient, couraient vers les sorties quand déferla une horde de policiers pour tenter de les contenir. Samantha s'était retrouvée à terre, en position assise, le regard dans le vide, comme indifférente aux événements survenus à quelques mètres d'elle. Puis quelqu'un la souleva par le bras pour la remettre sur pied, l'exfiltra rapidement de la salle, avant de lui crier quelque chose qu'elle n'entendit pas. L'alarme assourdissante lui parvenait à peine. Elle glissa sur le sol du Great Hall et sentit un genou lui cogner le crâne. Elle n'eut pas le temps d'éprouver la moindre douleur qu'elle retombait sur les dalles noir et blanc en marbre de Sicile, fixant d'un air hébété les statues, les vitraux, les fresques et le dôme à une vingtaine de mètres au-dessus d'elle.

La personne qui l'aidait à se sauver du chaos la maintint en arrière le temps que s'évacue le gros de la foule, puis la conduisit jusqu'à l'entrée principale du bâtiment, d'ordinaire interdite, avant de repartir en vitesse vers la salle du tribunal. Les immenses portes en bois et les grilles noires étaient grandes ouvertes et le ciel nuageux semblait l'attirer vers l'extérieur. Samantha, à présent seule, sortit côté rue en titubant.

L'image n'aurait pas pu être plus réussie, eût-elle pris la pose. La jolie jurée toute vêtue de blanc, éclaboussée de sang, s'engagea sous le portique de pierre orné des trois statues : Courage, Vérité et, entre les deux, l'ange scribe. D'allure macabre, recouvert de la tête aux pieds d'une longue cape dans une sinistre représentation de la mort, l'ange s'apprêtait à rapporter au Paradis la liste infinie des pécheurs.

Samantha tourna instinctivement le dos au flot de journalistes prédateurs et à leurs lumières aveuglantes. À la faveur d'un bon millier de flashs, elle remarqua la phrase gravée sur le fronton au-dessus des quatre paires de piliers, comme si ces derniers la soutenaient métaphoriquement :

Défends les enfants du Malheureux et punis le Malfaiteur[1]

En lisant ces mots, Samantha se sentit happée par un sentiment d'échec. Pouvait-elle honnêtement se dire, sans aucune équivoque, qu'elle était certaine de l'innocence de Khalid, autant que l'inspecteur de police avait été certain de sa culpabilité ? Quand son regard glissa sur la statue de l'ange à capuche, penché sur son rouleau, Samantha sut qu'elle allait être ajoutée à la liste.

Elle venait d'être jugée.

---

1. Il s'agit d'une référence à la Bible, Psaumes 72, 4 : « Il sauvera les enfants du pauvre, et il écrasera l'oppresseur. »

QUATRE ANS PLUS TARD

1

Samedi 28 juin 2014,
3 h 50

Wolf cherchait à tâtons son téléphone, qui s'éloignait un peu plus à chaque vibration sur le parquet vitrifié. L'obscurité commençait à se dissoudre lentement dans l'espace peu familier de son nouvel appartement. Les draps moites de sueur collaient à sa peau et ralentissaient sa progression vers le bord du matelas, en direction du bourdonnement agaçant.

— Wolf, répondit-il, appréciant d'avoir encore ce droit-là, tandis qu'il s'évertuait du plat de la main à atteindre l'interrupteur sur le mur.

— Simmons à l'appareil.

Wolf alluma d'une pichenette et poussa un long soupir en redécouvrant sous la lumière jaune blafarde l'endroit où il vivait. Entre les quatre murs de la minuscule chambre, éclairés d'une ampoule nue, un matelas épais était posé à même le sol. Il régnait une chaleur étouffante, tout ça parce que le propriétaire n'avait pas récupéré auprès du précédent locataire la clé déverrouillant la fenêtre. En principe, ce genre de chose ne pouvait pas arriver à Londres. Mais Wolf s'était bien mal débrouillé : son emménagement coïncidait avec une vague de chaleur inédite qui durait depuis presque deux semaines.

— Tu n'as pas l'air tellement ravi de m'entendre, dit Simmons.

— Quelle heure est-il ? demanda Wolf en bâillant.

— Quatre heures moins dix.

— J'étais pas de repos ce week-end ?

— Plus maintenant. J'ai besoin que tu me rejoignes sur une scène de crime.

— Tu veux dire dans le bureau à côté du tien ? fit Wolf en plaisantant à moitié, puisqu'il n'avait pas vu son patron aller sur le terrain depuis des années.

— Très drôle. Ils m'ont autorisé à sortir pour ce truc-là.

— C'est si moche que ça ?

Il y eut un silence à l'autre bout de la ligne.

— Assez, oui. Tu as de quoi écrire ?

Wolf farfouilla dans les cartons empilés dans l'entrée et en ressortit un Bic, prêt à gribouiller l'adresse sur le dos de sa main.

— Vas-y.

Du coin de l'œil, il remarqua un faisceau lumineux qui se baladait sur les placards de la cuisine.

— Appartement 108..., commença Simmons.

Tandis que Wolf entrait dans la modeste kitchenette, il fut ébloui par des flashs bleus tournoyants qui se déversaient par la lucarne.

— ... Trinity Towers...

— Hibbard Road, Kentish Town ? compléta Wolf en scrutant en bas la dizaine de voitures de police, les nombreux journalistes déjà présents et les habitants évacués des logements situés de l'autre côté de sa rue.

— Putain, comment tu sais ça ?

— C'est mon métier.

— Hé ! Tu pourrais aussi bien être notre suspect numéro un. Ramène-toi.

— J'arrive. J'ai juste besoin de…

Wolf s'interrompit : Simmons avait déjà raccroché. Entre deux éclairs stroboscopiques, il remarqua le voyant orange sur sa machine à laver et se souvint qu'il l'avait fait tourner avant de se coucher. Il contempla avec perplexité les cartons de déménagement alignés contre le mur.

— Et merde !

Cinq minutes plus tard, Wolf se frayait un passage parmi la foule de badauds agglutinés devant son immeuble. Il s'approcha d'un agent en faction et lui montra sa carte, convaincu de franchir aussitôt le cordon. Le jeune policier lui prit la carte des mains et l'examina avec attention, avant de relever les yeux vers sa silhouette imposante, vêtue d'un long caleçon de bain et d'un tee-shirt délavé *Keep the Faith* de Bon Jovi – celui de la tournée 1993.

— Inspecteur Layton-Fawkes ? s'enquit l'homme, suspicieux.

Wolf fit la moue au son de l'énoncé prétentieux de son patronyme.

— Oui, *Sergeant* Fawkes.

— Comme *le* Fawkes du massacre au tribunal ?

— Mon nom complet est William… Est-ce que je peux ? demanda-t-il en désignant les logements.

Le jeune flic lui rendit sa carte et souleva la rubalise.

— Vous avez besoin de moi pour vous escorter ?

Wolf lorgna sur son caleçon de bain à fleurs, ses genoux nus et ses chaussures de travail.

— Vous savez quoi ? Je crois que je vais très bien m'en sortir tout seul.

Le policier lui sourit.

— Quatrième étage, lança-t-il à Wolf. Et faites attention si vous montez seul, c'est un quartier qui craint.

Wolf soupira encore, pénétra dans le hall empestant l'eau de Javel, et emprunta l'ascenseur. Il manquait les boutons du deuxième et du cinquième étage, une coulée brunâtre avait séché le long de ce qui restait du tableau de commande. Grâce à ses compétences de fin limier, il estima qu'il s'agissait soit de rouille, soit de Coca-Cola, soit d'excrément. Il attrapa le bas de son tee-shirt et se servit du visage du guitariste Richie Sambora pour appuyer sur le bouton adéquat.

Autrefois, il avait pris des centaines d'ascenseurs identiques à celui-là : une simple caisse en métal, sans soudure, comme les conseils municipaux en avaient installé partout dans le pays dans le but d'améliorer les conditions de vie au cœur des logements sociaux. Ces cabines ne comportaient ni revêtement au sol, ni miroir, ni luminaire, ni aménagement intérieur. Absolument rien que les résidents ne puissent détruire ou voler. Aussi, sans doute par frustration, avaient-ils opté pour des obscénités bombées à la peinture sur les quatre parois. Wolf eut donc le temps d'apprendre que Johnny Ratcliff était à la fois un frimeur et un pédé avant que les portes ne s'ouvrent avec un grincement.

Plus d'une douzaine de personnes étaient massées le long d'un couloir silencieux. La plupart avaient l'air secoué et lançaient des regards désapprobateurs en découvrant la tenue de Wolf, à l'exception d'un type ébouriffé qui portait un badge de technicien de la police scientifique. Il la valida d'un hochement de tête et par un pouce tendu vers le haut. Une odeur familière, quoique peu prononcée, s'intensifiait au fur et à mesure que Wolf progressait vers la porte ouverte au bout du corridor. C'était l'odeur de la mort, reconnaissable entre mille. Les gens qui travaillent dans ce genre d'environnement finissent vite par s'habituer à ce mélange unique de merde, de pisse, de chair putréfiée et d'air vicié.

Wolf recula dès qu'il entendit un martèlement de pas précipités provenant de l'intérieur. Une jeune femme se précipita sur le seuil, se laissa tomber à genoux et vomit juste à ses pieds. Il patienta poliment, attendant le moment opportun pour lui suggérer de dégager, quand résonna un autre bruit de pas. Il recula instinctivement et le *Sergeant* Emily Baxter débarla dans le couloir.

— Wolf ! Je me disais bien que je t'avais vu rôder dans le coin ! s'écria-t-elle par-dessus les têtes silencieuses. Sérieux, si c'est pas cool, ça ? (Elle baissa les yeux vers la femme prise de haut-le-cœur et pliée en deux.) Puis-je vous demander d'aller dégueuler ailleurs, s'il vous plaît ?

La femme s'éloigna à quatre pattes, honteuse. Baxter, tout excitée, saisit le bras de son collègue et l'escorta à l'intérieur de l'appartement. Aussi grande que lui, elle était plus jeune d'une dizaine d'années. Ses cheveux brun foncé prirent soudain une teinte noire dans la pénombre de l'entrée. Comme toujours, elle était maquillée de khôl, jusqu'à agrandir exagérément ses très beaux yeux. Vêtue d'un pantalon élégant et d'un chemisier cintré, elle le détailla de haut en bas avec un sourire espiègle.

— Personne ne m'avait prévenue que c'était *mufti day*[1] !

---

1. Journée particulière où les écoliers britanniques ont le droit de venir à l'école sans être vêtus de leur uniforme et habillés n'importe comment.

Wolf refusa de mordre à l'hameçon, conscient qu'elle lâcherait l'affaire s'il restait sans réaction.

— Chambers va être furax d'avoir raté ça, commenta-t-elle avec un sourire radieux.

— Perso, je me taperais plutôt une virée dans les Caraïbes qu'auprès d'un cadavre, répondit-il, blasé. Les yeux immenses de Baxter s'écarquillèrent de surprise.

— Simmons ne t'a pas dit ?

— Pas dit quoi ?

Elle l'entraîna à travers l'appartement bondé, éclairé seulement d'une dizaine de lampes torches disposées aux endroits stratégiques. Bien que peu envahissante, l'odeur s'accentuait au fur et à mesure que Wolf avançait. À la quantité de mouches qui filaient à toute vitesse au-dessus de lui, il devinait que la source fétide n'était plus très loin.

Le logement offrait une belle hauteur sous plafond. Il n'était pas meublé et apparaissait beaucoup plus spacieux que celui de Wolf. Pour autant, il n'était guère plus agréable. Les murs jaunis étaient percés de nombreux trous d'où s'échappaient des fils électriques et des isolants poussiéreux qui pendaient vers un sol nu. Ni la salle de bains, ni la cuisine ne semblaient avoir été rénovées depuis les années soixante.

— Il ne m'a pas dit *quoi* ? répéta-t-il.

— C'est l'affaire du siècle, Wolf ! affirma Baxter, ignorant la question. Le genre de crime que tu rencontres une seule fois dans ta carrière.

La tête ailleurs, Wolf repéra la seconde chambre et se demanda si le loyer n'était pas trop élevé pour le clapier pourri qui lui servait de maison, de l'autre côté de la rue. Ils pénétrèrent dans la pièce principale, pleine de monde, et machinalement Wolf chercha un cadavre par terre, entre les jambes des flics et les équipements de rigueur.

— Baxter !

Elle s'arrêta et se tourna vers lui avec agacement.

— Qu'est-ce que Simmons ne m'a pas dit ?

Derrière elle, les techniciens regroupés devant une imposante baie vitrée s'écartèrent. Avant qu'elle ait pu répondre, Wolf s'était déjà approché en vacillant, le regard accroché par un point lumineux qui les surplombait ; la seule source de lumière que la police n'avait pas apportée avec elle : un projecteur braqué sur une scène lugubre... Le corps, dénudé, crispé en une posture qui n'avait rien de naturel, paraissait flotter à une trentaine de centimètres au-dessus du plancher irrégulier. Il avait le dos tourné vers le mur et semblait regarder par l'immense baie vitrée. La silhouette tenait en l'air grâce à des centaines de fils invisibles, eux-mêmes solidement retenus au plafond à l'aide de deux crochets de levage métalliques.

Il fallut un bon moment à Wolf pour identifier ce qui était le plus déconcertant dans la scène surréaliste qui s'offrait à ses yeux : une jambe noire attachée à un torse blanc. Incapable de comprendre ce qu'il contemplait, il s'avança. Peu à peu, il remarqua les énormes points de suture qui reliaient des morceaux de corps mal assortis, la peau étirée là où elle avait été percée ; une jambe d'homme noir, une jambe blanche ; une grande main d'homme d'un côté, une main fine et hâlée de l'autre ; une chevelure noir de jais tout emmêlée qui retombait de manière perturbante sur la poitrine menue et couverte de taches de rousseur d'une femme. Baxter vint se placer auprès de lui, se délectant sans complexe de son écœurement.

— Il ne t'a pas prévenu... Un cadavre certes, mais... six victimes ! murmura-t-elle à son oreille avec jubilation.

Le regard de Wolf se perdit au sol. Il se tenait dans l'ombre projetée par ce corps grotesque dont les proportions lui parurent plus incohérentes encore. La lumière se glissait par les interstices au niveau des raccords distordus entre les membres et le torse.

— Que foutent les journalistes ici, nom de Dieu ?

Wolf reconnut la voix tonitruante de son chef, s'adressant à la cantonade.

— Ce service a plus de fuites que ce putain de *Titanic*. Si j'en vois un parler à la presse, je le vire !

Wolf sourit, sachant pertinemment que Simmons surjouait son rôle de patron tyrannique. Ils se connaissaient depuis plus de dix ans et, jusqu'à l'épisode Khalid, Wolf l'avait toujours considéré comme un ami. Toutefois, sous son côté hâbleur, Simmons était un bon flic, intelligent et bienveillant.

Simmons fondit sur eux en quelques enjambées. Plus petit que Wolf, la cinquantaine, il avait pris du ventre à force d'être cloîtré au bureau.

— Fawkes ! (Il s'appliquait à ne jamais interpeller un membre de son équipe par son surnom.) Personne ne m'avait prévenu que c'était *mufti day* !

Wolf perçut le ricanement de Baxter. Il décida de s'en tenir à sa stratégie initiale et l'ignora. Un ange passa. Simmons se tourna vers Baxter.

— Où est Adams ?

— Qui ?

— Adams, votre nouveau protégé.

— Edmunds ?

— Oui, Edmunds.

— Comment je le saurais ?

— Edmunds ! hurla Simmons dans la cacophonie ambiante.

— Tu bosses beaucoup avec lui ? demanda doucement Wolf sans parvenir à masquer une pointe de jalousie, ce qui déclencha chez sa collègue un petit rictus.

— Je suis sa baby-sitter, chuchota-t-elle. Ils l'ont transféré du service de la répression des fraudes. Il n'a pas encore vu beaucoup de macchabées, il va falloir que je le console.

Un jeune homme d'à peine vingt-cinq ans fendit tant bien que mal la foule. Il était maigre comme un clou et d'une tenue irréprochable, hormis des cheveux blond vénitien plutôt hirsutes. Un carnet à la main, il souriait à l'inspecteur principal avec une excitation non dissimulée.

— Qu'ont dit les mecs de la scientifique ? l'interrogea Simmons.

Edmunds feuilleta son carnet à la recherche de ses notes.

— Helen m'a expliqué qu'aucun de ses techniciens n'a encore découvert la moindre goutte de sang dans l'appartement. Ils lui ont confirmé que les morceaux de corps proviennent de six victimes différentes ; ils ont été grossièrement tronçonnés, sans doute avec une scie à métaux.

— *Helen* aurait-elle mentionné quelque chose qu'on ne saurait déjà ? grogna Simmons.

— En fait, oui. À cause de l'absence de sang et de resserrement des vaisseaux sanguins autour des blessures provoquées par l'amputation... (Simmons leva les yeux au ciel puis regarda sa montre.) Nous pouvons avoir l'assurance que ces morceaux ont été prélevés post-mortem, poursuivit Edmunds, visiblement content de lui.

— Voilà un travail de pro en tout point remarquable, souffla le boss sur un ton sarcastique, avant de s'écrier : quelqu'un pourrait-il, s'il vous plaît, annuler l'avis de recherche sur les bouteilles de lait concernant un homme à qui il manquerait la tête ? Merci !

Le sourire d'Edmunds s'effaça aussitôt. Wolf attira l'attention de Simmons et lui lança un regard complice. Tous deux avaient subi ce genre d'affronts à leur époque, cela faisait partie de la formation des bleus.

— Je voulais simplement dire que les propriétaires de ces jambes et de ces bras, quels qu'ils soient, sont assurément morts. On en saura plus dès que le cadavre sera rapatrié au labo, marmonna timidement Edmunds.

Wolf s'attarda sur le reflet de la silhouette dans la vitre sombre. Il se rendit compte qu'il ne l'avait pas encore observée de face, aussi la contourna-t-il.

— Et *vous*, Baxter, vous avez quoi ? l'interrogea Simmons.

— Pas grand-chose. Peu de dégâts au niveau de la serrure, elle a sans doute été crochetée. On a des agents qui s'occupent de l'enquête de voisinage, mais jusqu'ici, pas un seul témoin. Oh, et puis y a rien d'anormal avec l'installation électrique, chaque ampoule de cet appart a été enlevée, sauf celle au-dessus de la victime… enfin… des victimes, comme si c'était une installation, un spectacle…

— Et toi, Fawkes, une idée ? Fawkes ?

Wolf détaillait le visage à la peau basanée.

— Hé, si on t'emmerde, dis-le.

— Non… Pardon. Même avec cette chaleur, ce truc commence à peine à puer. Ça signifie deux choses : soit le tueur a massacré ses victimes la nuit dernière, ce qui semble peu probable, soit il a conservé les corps dans la glace.

— Je suis d'accord. Il nous faut quelqu'un pour vérifier s'il n'y aurait pas eu d'intrusion dans des entrepôts frigorifiques, des supermarchés, des restaurants, bref, tout lieu équipé de chambres froides de grande dimension.

— Faudrait aussi demander aux voisins s'ils ont entendu des bruits de perceuse.

— Un bruit de perceuse, c'est assez courant, laissa échapper Edmunds, avant de regretter sa sortie lorsque trois paires d'yeux le fusillèrent.

— Si c'est son chef-d'œuvre, continua Wolf, il est impensable que le tueur ait couru le risque qu'il se décroche du plafond et que la police ne retrouve qu'un tas informe. Ces crochets ont été fixés dans des poutres métalliques porteuses. Il y a forcément quelqu'un qui a entendu quelque chose.

Simmons hocha la tête en signe d'approbation.

— Baxter, mettez-moi un mec là-dessus.

— Patron, je pourrais te parler une seconde en privé ? dit Wolf tandis que s'éloignaient les deux autres.

Il enfila une paire de gants à usage unique et souleva une poignée de cheveux noirs emmêlés pour dégager le visage de l'horrible silhouette. C'était un homme. Il avait les yeux grands ouverts, une expression étonnamment sereine compte tenu de ce qu'il avait dû subir.

— Tu le reconnais ?

Simmons contourna la victime pour rejoindre Wolf près de la baie vitrée glaciale et s'accroupit pour mieux distinguer les traits du visage basané. Au bout de quelques minutes, il haussa les épaules.

— C'est Khalid, déclara Wolf.

— Impossible.

— Vraiment ?

Simmons dévisagea de nouveau la victime. Peu à peu, son attitude sceptique céda la place à une profonde inquiétude.

— Baxter ! hurla-t-il. J'ai besoin que vous et Adams...

— *Edmunds.*

— ...Filiez à la prison de Belmarsh. Demandez au directeur de vous conduire directement à la cellule de Naguib Khalid.

— Khalid ? répéta Baxter, choquée.

Elle jeta un coup d'œil involontaire à Wolf.

— Oui, Khalid. Vous me téléphonez dès que vous l'avez vu. Vivant. Foncez !

Wolf regarda dehors, en direction de son immeuble. Plusieurs fenêtres en face étaient demeurées dans le noir, d'autres dévoilaient des gens survoltés, filmant le spectacle avec leur téléphone portable, espérant sans doute capter un truc macabre pour épater les copains, au petit matin. Heureusement que la scène de crime était faiblement éclairée, sinon ils auraient exigé d'être aux premières loges.

À quelques fenêtres de là, Wolf pouvait sans difficulté visualiser l'intérieur de son appartement. Dans sa précipitation, il avait oublié d'éteindre les lumières. Il réussit même à distinguer un carton perché tout en haut d'une pile, marqué « Pantalons & chemises ».

Simmons revint vers Wolf en se frottant les yeux. Campés de part et d'autre du corps suspendu, ils contemplèrent les premières lueurs de l'aube phagocyter l'obscurité du ciel. Malgré le brouhaha de la pièce, le chant gracieux d'un oiseau parvint jusqu'à eux.

— La chose la plus dingue que t'aies jamais vue, hein ? plaisanta Simmons avec lassitude.

— En fait, non, plutôt la seconde, répliqua Wolf sans détacher le regard de la tache d'un bleu profond qui s'élargissait.

— *La seconde ?* Je peux savoir ce que tu places en premier, au-dessus de cette… de ce… machin ?

Simmons jeta un œil dégoûté à l'assemblage de membres suspendus. Wolf en toucha le bras déplié. La paume paraissait très pâle comparée à la peau bronzée du dessus de la main et aux ongles recouverts d'un vernis prune à paillettes. Des dizaines de fils soyeux maintenaient ce bras en extension, et une dizaine d'autres permettaient à l'index de rester pointé vers l'avant. Wolf s'assura que personne n'écoutait leur conversation, puis il se pencha à l'oreille de son chef :

— L'index désigne la fenêtre de mon appartement.

2

Samedi 28 juin 2014,
4 h 32

B<small>AXTER AVAIT LAISSÉ</small> E<small>DMUNDS</small> prendre l'ascenseur bringuebalant. Elle, s'était engouffrée dans l'issue de secours pour se retrouver dans la cage d'escalier lugubre, pleine à craquer. Elle rangea sa carte de flic quand elle comprit que la brandir ne faisait qu'entraver sa descente à contre-courant. La procession de locataires éreintés et à cran, qu'on venait juste d'autoriser à rentrer chez eux, semblait sans fin. Leur curiosité face aux événements de la nuit s'était émoussée depuis un bon moment, au profit d'un ressentiment généralisé envers la police.

Quand Baxter débarqua dans le hall de l'immeuble, Edmunds l'attendait devant les portes d'entrée. Elle le dépassa sans le calculer et s'aventura dans la fraîcheur du petit matin. Le soleil n'avait pas encore fait son apparition, mais la clarté du ciel, pure et uniforme, annonçait que la vague de chaleur était là pour durer. Elle poussa de hauts cris lorsqu'elle aperçut, massée contre la rubalise, la cohorte de journalistes et de curieux toujours plus grandissante, qui lui coupait l'accès à son Audi A1 noire.

— Pas un mot, asséna-t-elle à Edmunds qui, avec sa bonhomie naturelle, ne se formalisa pas du ton inutilement autoritaire et cassant.

Ils s'approchèrent du barrage – flashs d'appareils photo et questions en rafale –, plongèrent sous le ruban avant de jouer des coudes pour traverser la foule compacte. En entendant le flot d'excuses d'Edmunds dans son dos, Baxter se crispa. Au moment où elle se retournait pour le rabrouer, elle bouscula un grand costaud dont la caméra volumineuse se fracassa au sol dans un craquement sinistre.

— Bordel de merde ! Oh, désolée ! dit-elle, exhibant une carte de visite au logo du *Met*, dans une sorte d'automatisme.

Au cours de ces dernières années, elle l'avait fait tant de fois, ce geste de tendre sa carte comme une reconnaissance de dettes, avant d'oublier aussitôt le chaos laissé derrière elle.

Tandis que le grand costaud était agenouillé auprès des débris de sa caméra comme s'il s'agissait d'un être aimé, la main d'une femme arracha la carte des doigts de Baxter. Cette dernière la toisa avec fureur et lui rendit son regard hostile. Malgré l'heure matinale, la femme était impeccablement habillée. Nulle trace d'épuisement, pas l'ombre de cernes sous les yeux. C'était une rousse aux cheveux longs et bouclés, vêtue d'un chemisier et d'une jupe très chics. Les deux femmes se firent face un instant dans un silence pesant. Edmunds, déstabilisé, n'aurait jamais imaginé que son mentor puisse paraître aussi mal à l'aise.

La rousse lui jeta un bref coup d'œil.

— Je vois que tu t'es enfin dégotté un mec de ton âge, dit-elle à Baxter qui lança à son stagiaire un regard courroucé comme si sa seule faute était d'exister. A-t-elle déjà essayé d'employer la manière forte avec vous, jeune homme, ou pas encore ? demanda-t-elle à Edmunds avec une mine compatissante.

Persuadé de vivre le pire moment de sa vie, il demeura pétrifié.

— Non ? (Elle lorgna sa montre.) Ah mais la journée ne fait que commencer !

— Je vais me marier, bredouilla Edmunds, pas vraiment sûr que ce soit de sa bouche que sortaient ces paroles.

La rousse arbora un sourire triomphant et s'apprêtait à lui répondre.

— On y va ! ordonna Baxter, avec sa froideur habituelle. Salut, Andrea.

— Salut, Emily.

Baxter fit demi-tour, enjamba les débris de la caméra et entraîna Edmunds dans son sillage. Elle fit ronfler le moteur d'un violent coup d'accélérateur – il vérifia par trois fois que sa ceinture de sécurité était bien attachée –, puis engagea une marche arrière brusque, grimpa sur le trottoir avant de démarrer en trombe, laissant le ballet des gyrophares bleus se dissiper dans son rétroviseur.

Baxter n'avait pas desserré les dents depuis leur départ de la scène de crime et Edmunds luttait pour rester éveillé tandis qu'ils fonçaient à travers les rues désertes de la capitale. Le chauffage de l'Audi soufflait un agréable courant d'air dans l'habitacle luxueux que sa propriétaire semblait pourtant négliger. Le plancher était jonché de CD, de produits de maquillage entamés et d'emballages de sandwichs. Le soleil levant embrasa la ville au moment où ils traversaient Waterloo Bridge et le dôme de la cathédrale St Paul se fondit presque dans le ciel doré.

Les paupières lourdes, Edmunds capitula. Ses yeux se fermèrent et sa tête alla cogner la vitre de la portière. Il sursauta, furieux de se montrer faible, qui plus est devant sa supérieure.

— Alors, c'était lui ? demanda-t-il à brûle-pourpoint.

Il avait grand besoin d'entretenir un semblant de conversation pour combattre la somnolence.

— Qui ?

— Fawkes. *Le* William Fawkes.

En réalité, Edmunds avait déjà croisé Wolf, et à plusieurs reprises. Il avait remarqué la manière dont ses collègues traitaient l'inspecteur chevronné. Son aura, digne d'une célébrité, ne jouait pas en sa faveur.

— Oui, grogna Baxter, *le* William Fawkes.

— J'ai entendu tellement d'histoires à son sujet… (Il s'interrompit, testant avec prudence la réaction de sa supérieure.) Vous étiez dans son équipe à l'époque, n'est-ce pas ?

Baxter continua à conduire en silence comme si Edmunds n'avait pas prononcé le moindre mot. Il se sentit ridicule d'avoir imaginé qu'il pourrait, lui, le stagiaire, aborder la question avec elle et s'apprêtait à sortir son téléphone, histoire de s'occuper, quand, étonnamment, elle lui répondit.

— Oui, j'y étais.

— Alors, c'est vrai ? Il a fait toutes ces choses dont on l'accuse ? (Edmunds se doutait bien qu'il s'aventurait en terrain miné, mais sa curiosité l'emportait sur le risque qu'il prenait à s'attirer ses foudres.) Preuves falsifiées, agression du prisonnier…

— Quelques-unes.

Edmunds émit involontairement des *tss-tss-tss* qui la firent sortir de ses gonds.

— Je vous interdis de le juger ! Vous n'avez absolument aucune idée de ce que représente ce boulot. Wolf savait que

Khalid *était* le Tueur Crématiste. Il le *savait*. Et il savait qu'il recommencerait.

— Il y a bien dû avoir des preuves irréfutables.

Elle eut un rire amer.

— Attendez d'avoir bossé quelques années sur des affaires criminelles et vous verrez ces soi-disant preuves s'effondrer au fil du temps. (Elle marqua une pause, sentant qu'elle montait en pression.) Ça n'est pas tout blanc ou tout noir. Ce que Wolf a fait, c'était une connerie, mais il a agi par désespoir et uniquement pour de bonnes raisons.

— Y compris attaquer un homme dans une salle de tribunal pleine de monde ? renchérit-il, un brin provocateur.

— Y compris ça. (Elle avait l'esprit trop ailleurs pour lui tenir tête.) Il a craqué sous la pression. Un jour, ça vous arrivera. Ça m'arrivera. Ça nous arrive à *tous*. Priez pour que des amis soient présents à ce moment-là pour vous épauler. Personne n'a soutenu Wolf quand il a pété les plombs, même pas moi...

Edmunds, silencieux, percevait des regrets dans sa voix.

— Wolf allait être envoyé en prison. Ils voulaient faire un exemple de leur « inspecteur déshonoré ». Ils voulaient sa peau. Et puis, un matin frisquet de février, devinez qui on découvre, penché sur le corps carbonisé d'une écolière ? Khalid. La gosse serait encore vivante aujourd'hui, si seulement ils avaient écouté Wolf.

— Nom de Dieu..., murmura Edmunds. Vous croyez que c'est lui... la tête ?

— Naguib Khalid est un tueur d'enfants, et les prisonniers, tout criminels qu'ils sont, ont des principes. Alors, pour le protéger, Khalid a été envoyé dans un quartier de haute sécurité et maintenu à l'isolement ; il ne voit *personne*. Et puis, qui pourrait sortir sa tête, comme ça, de la prison ? C'est insensé.

Un silence gêné s'installa entre eux après cette conclusion sans appel de Baxter, laquelle sous-entendait qu'ils perdaient leur temps. Conscient que c'était de loin la conversation la plus passionnante qu'ils avaient eue depuis trois mois et demi de collaboration sporadique, Edmunds revint au sujet précédent.

— L'incroyable Fawkes – l'incroyable Wolf, pardon – est donc de retour sur le terrain.

— Ne sous-estimez jamais le pouvoir de l'opinion publique ni l'empressement de nos responsables à s'y plier, répliqua Baxter avec dédain.

— Vous semblez sceptique sur sa réintégration.

Baxter ne réagit pas.

— Ce n'est pas une très bonne publicité pour la police de le laisser s'en tirer sans aucune sanction, c'est ça ?

— Sans aucune sanction ? répéta Baxter, abasourdie.

— Eh bien oui, il n'a pas été envoyé en taule.

— Il aurait mieux valu qu'il y aille. Pour sauver la face, les avocats ont préconisé une hospitalisation d'office. Une façon de rattraper cet énorme gâchis, je suppose. D'après eux, le stress causé par cette affaire avait induit chez lui une réaction « qui ne lui ressemblait pas »...

— Et combien de fois une personne doit-elle faire ce qui ne lui ressemble pas avant qu'on accepte enfin l'évidence ?

Baxter ne releva pas.

— Ils ont soutenu qu'il fallait le soumettre à une obligation de soins, afin de traiter ce que son avocat a appelé une « névrose sous-jacente de la personnalité » – non... un « trouble de la personnalité antisociale ».

— Et vous, vous en pensiez quoi ?

— Je n'y croyais pas, enfin pas au début. Mais lorsqu'on vous rabâche à longueur de temps que vous êtes fou et qu'on vous bourre de pilules, difficile de ne pas s'interroger sur votre santé mentale, soupira-t-elle. Pour répondre à votre question : Wolf a eu sa réputation détruite, il a été rétrogradé puis interné pendant un an au St Ann's Hospital, et les papiers de son divorce l'attendaient sous le paillasson à son retour. Alors non, on ne peut pas dire qu'il s'en soit tiré « sans aucune sanction ».

— Sa femme l'a quitté même en apprenant qu'il avait raison depuis le début ?

— Qu'est-ce que vous voulez que je vous dise ? Cette fille est une salope.

— Vous la fréquentiez à l'époque ?

— La journaliste rousse sur la scène de crime ?

— C'est elle ?

— Andrea. Elle s'était imaginé des trucs à propos de Wolf et moi.

— Genre... que vous couchiez ensemble ?

— Quoi d'autre, à votre avis ?

— Et donc... ce n'était pas le cas ?

Edmunds retint son souffle, conscient qu'il venait de franchir la ligne blanche. La discussion était terminée. Baxter éluda la question indiscrète, appuya sur l'accélérateur, et ils filèrent sur l'autoroute à quatre voies bordée d'arbres.

— Comment ça, il est mort ? cria Baxter à un certain Davies, le directeur de la prison.

Elle s'était levée d'un bond. Assis autour du grand bureau qui occupait presque toute la sinistre pièce, Davies qui sirotait son café brûlant, tressaillit. Il avait pour habitude d'arriver très tôt au bureau, mais la demi-heure qui venait de s'écouler avait carrément bouleversé l'organisation de sa journée de travail.

— *Sergeant* Baxter, c'est aux collectivités locales qu'incombe la responsabilité de relayer ce type d'informations à vos services. Nous ne prévenons pas systématiquement...

— Mais...

Le directeur ne se laissa pas démonter.

— Le détenu Khalid est tombé malade dans sa cellule d'isolement et a été placé dans une unité médicalisée. Il a ensuite été transféré au *Queen Elizabeth Hospital*.

— Malade comment ?

Il attrapa une paire de lunettes, puis ouvrit le dossier posé sur son bureau.

— Le rapport indique : « Essoufflement et nausée ». Il a été conduit aux soins intensifs de l'hôpital vers 20 heures à cause de « l'échec de saturation en oxygène malgré une thérapie appropriée ; le malade était sans réaction », si ces mots signifient quelque chose pour l'un d'entre vous...

L'homme leva les yeux et observa Baxter et Edmunds : ils hochèrent tous deux la tête d'un air entendu. À peine avait-il reporté son attention sur le dossier qu'ils échangèrent un regard interloqué et haussèrent les épaules.

— La police locale a monté la garde devant sa porte vingt-quatre heures sur vingt-quatre, ou, plus exactement pendant vingt et une heures, puisqu'à 23 heures, le patient était décédé. (Davies referma le dossier et ôta ses lunettes.) Voilà, j'en ai bien peur, tout ce que j'ai à vous communiquer. Il faudra entrer en contact avec l'hôpital directement si vous avez besoin de plus amples informations. Vous avez d'autres questions ?

Il avala une gorgée du breuvage fumant, se brûla, puis reposa sa tasse de café suffisamment loin pour ne plus être tenté. Baxter et Edmunds se levèrent. Le jeune flic, tout sourire, tendit la main au directeur.

— Merci d'avoir pris le temps de nous…

— Ça ira, le coupa Baxter, alors qu'elle franchissait le seuil du bureau.

Edmunds baissa maladroitement son bras tendu et s'empressa de la suivre, laissant la porte se refermer derrière lui. Mais, juste avant qu'elle ne se rabatte, Baxter revint précipitamment sur ses pas.

— Merde, j'allais oublier, dit-elle. Quand Khalid a quitté la prison, vous êtes absolument sûr et certain qu'il avait encore la tête bien en place ?

Davies acquiesça, une lueur de perplexité dans le regard.

— Merci.

★

La salle de réunion du *Homicide and Serious Crime*, le service des affaires criminelles de la police de Londres, était bercée par *Good Vibrations* des Beach Boys. Wolf avait toujours aimé travailler en musique, et il était encore assez tôt pour le faire sans déranger quiconque.

Il portait une chemise blanche froissée, un pantalon chino bleu foncé et son unique paire de chaussures, des Loake Oxford faites main – un investissement certes extravagant mais sans doute le meilleur qu'il ait jamais fait. Il se souvenait parfois de l'époque d'avant cet achat, où, quasi paralysé de fatigue suite à dix-neuf heures de permanence, il glissait ses pieds dans des godasses informes après quelques maigres heures de sommeil.

Il fit monter le son et n'entendit pas l'appel sur son portable qui clignotait sur la table. Il était seul dans cette salle d'une capacité de trente personnes qui ne servait pas souvent – elle sentait encore la colle du revêtement posé au sol un an plus tôt, lors de la rénovation. Une cloison en verre dépoli la séparait du reste du service.

Il ramassa une photo sur la table en chantonnant – faux – et se trémoussa en rythme devant la grande fresque punaisée au mur. Une fois la dernière photo bien en place, il recula pour admirer son œuvre : il avait assemblé des agrandissements des différentes parties des victimes, de façon à recréer deux versions en gros plan de la terrifiante silhouette, l'une de face, l'autre de derrière. Il observait le visage cireux, espérant qu'il avait vu juste et qu'il pourrait dormir plus à son aise quand il serait attesté que Khalid était enfin mort. Malheureusement, Baxter ne l'avait toujours pas appelé pour confirmer son hypothèse.

— Bonjour ! lança une voix familière avec un fort accent écossais.

Wolf cessa instantanément de danser et baissa le volume de la radio, tandis que le *Sergeant* Finlay Shaw, le plus ancien de l'équipe, entrait dans la pièce. Un homme calme, néanmoins intimidant, qui sentait le tabac froid. Cinquante-neuf ans, le visage tanné, un nez cassé à de nombreuses reprises et jamais remis droit.

À l'instar de Baxter qui avait hérité d'Edmunds, la principale mission de Finlay était de chaperonner Wolf depuis sa reprise de poste. Les deux hommes avaient conclu un accord tacite : Finlay, qui se préparait doucement à partir en retraite, laisserait Wolf prendre la tête des opérations, et, en échange, il signerait chacun des rapports hebdomadaires qu'il était censé remplir sur son coéquipier.

— T'as deux pieds gauches, fiston, dit le vieux flic d'une voix rauque.

— Tu sais bien que mon truc à moi, c'est le chant plus que la danse.

— Pas vraiment, non... tu chantes comme une casserole. Ce que je voulais dire... (Finlay marcha jusqu'au mur et tapota le cliché que Wolf venait juste de punaiser), tu as deux pieds gauches ici.

— Hein ? (Wolf fouilla rapidement dans la pile de photos issues de la scène de crime.) J'adore me planter de temps en temps, histoire de te montrer que j'ai encore besoin de toi.

— Mais tu as encore besoin de moi, affirma Finlay en souriant.

Wolf dénicha la photo qu'il cherchait, la permuta avec une autre, et les deux hommes reculèrent pour examiner le monstrueux collage.

— Dans les années soixante-dix, j'ai travaillé sur un cas un peu ressemblant : l'affaire Charles Tenyson. (Wolf haussa les épaules.) Il nous avait laissé des bouts de corps, une jambe par-ci, une main par-là. Au début, ça nous semblait avoir été abandonné au hasard, mais pas du tout. Chacun des morceaux présentait une caractéristique bien spécifique. Il voulait qu'on apprenne *qui* il avait tué.

Wolf approcha et tapota le mur du doigt.

— On a une bague sur la main gauche, et la cicatrice d'une opération sur la jambe droite. Ce n'est pas grand-chose.

— Il y en aura bientôt davantage, répondit Finlay, pragmatique. Quelqu'un qui ne laisse pas une goutte de sang après un tel massacre ne laisse pas une bague par accident.

Wolf le remercia de cette stimulante remarque avec un long bâillement.

— Je vais te chercher un café ? proposa son collègue. J'ai besoin de fumer, de toute façon. Un double avec du lait ?

— Comment tu fais pour ne pas retenir ça ? s'exclama Wolf alors que Finlay était déjà à la porte. Double *macchiato* caramel, brûlant, avec un trait de mousse de lait, sans sucre.

— Un double avec du lait ! s'écria Finlay en sortant de la salle de réunion, manquant de peu Vanita, la *Commander*[1].

Wolf avait tout de suite reconnu la petite femme menue, d'origine indienne, grâce à ses apparitions régulières à la télévision. Elle avait par ailleurs assisté à l'un des entretiens et aux évaluations auxquels il avait dû se soumettre afin de valider sa réintégration. Pour ce qu'il s'en souvenait, elle avait voté contre.

Impossible de la manquer : elle avait toujours l'air de sortir d'un dessin animé. Ce matin, sa tenue consistait en un blazer d'un intense violet merveilleusement assorti à un pantalon orange fluo.

Il tenta de se planquer derrière le paperboard, en vain. Elle s'arrêta sur le seuil pour engager la conversation.

— Bonjour, *Sergeant*.

— Bonjour.

— On se croirait chez un fleuriste ici.

Dérouté, Wolf jeta un œil au montage atroce sur le mur derrière lui. Quand il tourna la tête vers elle, il comprit qu'elle faisait référence aux dizaines de bouquets somptueux qui, dans la pièce principale en open space, décoraient les bureaux et les meubles de classement.

— Oh, il en est arrivé toute la semaine. Je crois que c'est lié à l'affaire Muniz. Il semblerait que tout le monde ait décidé de nous couvrir de fleurs.

— C'est sympa d'être appréciés, pour une fois, répondit Vanita. Je cherche votre patron. Il n'est pas dans son bureau.

Le portable de Wolf sonna. Il vérifia le nom de son correspondant et ignora l'appel.

— Je peux vous aider à quelque chose ? lui demanda-t-il sans conviction.

---

1. Équivalent d'un chef de brigade dans la police criminelle en France.

— Je crains que non, dit-elle en esquissant un sourire. La presse nous crucifie. Le *Commissioner*[1] veut qu'on gère ça dans les plus brefs délais.

— Je croyais que c'était de votre ressort.

— Hors de question que je me présente devant les journalistes aujourd'hui, dit-elle en riant.

Ils aperçurent Simmons qui se dirigeait vers son bureau.

— Eh oui, Fawkes, il faut toujours un couillon pour porter le chapeau, tu le sais bien.

— Comme tu le constates, je suis totalement coincé ici, expliqua Simmons. Ça m'arrangerait que tu descendes parler aux charognards en bas à ma place.

Il avait l'air presque sincère.

Deux minutes après le départ de la *Commander*, Wolf avait été convoqué dans le bureau exigu de l'inspecteur principal – une pièce de sept mètres carrés à peine, où s'entassaient une table de travail, une minuscule télé, un meuble à tiroirs rouillé, deux fauteuils pivotants et un tabouret en plastique (au cas où une foule viendrait s'agglutiner dans le réduit). Wolf voyait ce lieu comme un piètre faire-valoir auprès des équipes ; il symbolisait l'impasse tout en haut de l'échelle.

— *Moi ?* lança Wolf, dubitatif.

— Absolument. La presse t'adore, tu es William Fawkes, quoi !

Wolf soupira.

— Il n'y a pas quelqu'un plus bas encore dans la chaîne alimentaire à qui je pourrais sacrifier cet honneur ?

— Je crois avoir aperçu l'homme de ménage dans les chiottes, mais ce serait mieux si c'était toi.

---

1. Directeur de la *Metropolitan Police*, un des plus hauts rangs de la police anglaise. Le *commander* travaille sous ses ordres.

— D'accord, marmonna Wolf.

Le téléphone fixe sonna. Voyant que Simmons portait le combiné à son oreille, Wolf se leva mais stoppa quand son chef lui fit signe de rester.

— J'ai Fawkes dans mon bureau. Je mets le haut-parleur.

La voix d'Edmunds était à peine audible dans le vrombissement du moteur lancé à plein régime. Wolf compatissait – il connaissait par cœur la conduite désastreuse de Baxter.

— On est en route pour le *Queen Elizabeth Hospital*. Khalid a été transféré aux soins intensifs il y a une semaine.

— Vivant ? aboya Simmons, visiblement en rogne.

— Il l'était.

— Et aujourd'hui ?

— Mort.

— La tête ?

— On va le savoir et on vous préviendra aussitôt.

— Génial. (Simmons raccrocha, abattu, et se tourna vers Wolf.) T'as du monde qui t'attend dehors. Dis-leur qu'on a six victimes. Ils le savent déjà, de toute manière. Assure-les qu'on est en train de procéder à l'identification, et qu'on contactera les familles avant de rendre les noms publics. Pas un mot sur les points de suture qui assemblent les différents morceaux, ni au sujet de ton appart.

Wolf exécuta une sorte de révérence et s'en alla. Refermant la porte derrière lui, il vit de loin Finlay approcher, deux tasses à la main.

— Timing impeccable, lui cria Wolf à travers la pièce qui se remplissait de policiers venus prendre leur service de jour.

Pendant que des affaires criminelles très médiatisées éclipsaient la vie de celles et ceux qui travaillaient sur l'enquête, on oubliait facilement que le monde continuait de tourner : des gens tuaient d'autres gens, des voleurs et des violeurs se promenaient en liberté.

Alors que Finlay passait près d'un bureau où étaient posés cinq énormes bouquets de fleurs, il commença à renifler. Wolf vit ses yeux s'embuer, et au moment où Finlay se trouvait presque devant lui, il éternua bruyamment, renversant les tasses de café sur la moquette déjà pas très nette – sous le regard atterré de son collègue.

— Ces... *bon sang* de fleurs ! hurla Finlay à qui sa femme avait formellement interdit les jurons depuis qu'il était devenu grand-père. J'vais t'en chercher un autre.

Wolf s'apprêtait à lui dire de ne pas se donner cette peine quand un coursier interne à l'immeuble surgit de l'ascenseur, une impressionnante cargaison de fleurs dans les bras. Finlay était à deux doigts de lui mettre son poing dans la figure.

— Ça va, tout le monde ? J'ai une livraison pour Miss Emily Baxter, annonça le jeune homme à l'apparence négligée.

— Super, grogna le vieux flic.

— Ça fait le cinquième ou sixième bouquet que je livre à son nom. Elle doit être canon, hein ? dit le type.

La question lourdingue prit Wolf par surprise.

— Ouais... Elle est... disons, très...

— On ne pense pas vraiment à nos collègues sous cet angle, répondit Finlay pour venir au secours de son ami.

— Ça dépend..., commenta Wolf.

— J'veux dire, bien sûr qu'elle l'est..., bafouilla Finlay en perdant pied, mais...

— Je crois que chacun est unique et beau à sa façon, conclut Wolf, doctement.

Les deux hommes se regardèrent d'un air entendu, satisfaits d'avoir circonvenu un sujet potentiellement sensible.

— Mais jamais il ne voudrait..., ajouta Finlay à l'intention du coursier.

— Non, jamais, renchérit Wolf.

Le jeune homme, ébahi, se contenta d'un « OK ».

— Wolf ! s'écria une policière à l'autre bout de la pièce, un téléphone à la main. Ta femme en ligne. Elle dit que c'est urgent.

— On n'est plus mariés.

— Peu importe, elle est au bout du fil.

Wolf allait s'emparer du combiné quand Simmons sortit de son bureau.

— T'es encore là ? Descends immédiatement, Fawkes, c'est un ordre !

— Je la rappellerai plus tard, grogna-t-il à l'agent de police avant de s'engouffrer dans l'ascenseur poussif.

Il pria pour qu'Andrea ne soit pas parmi la foule de journalistes qu'il s'apprêtait à affronter.

3

Samedi 28 juin 2014,
6 h 09

Baxter et Edmunds patientaient depuis plus de dix minutes dans la salle d'attente principale du *Queen Elizabeth Hospital*. Face à eux, la cafétéria et la librairie W.H. Smith avaient leurs rideaux à lames souples et transparentes baissés. Le ventre de Baxter gargouilla quand son regard s'attarda sur le présentoir de Monster Munch, hors de portée. Sans doute atteint d'obésité morbide, un agent de sécurité finit par arriver, se dandinant jusqu'au comptoir de l'accueil. Là, une employée antipathique désigna du doigt les deux visiteurs.

— Venez ! leur cria-t-elle avec un signe de la main, comme si elle appelait son chien. Jack va vous conduire.

L'agent de sécurité s'exécuta à contrecœur et prit lentement la direction des ascenseurs.

— On est *un peu* pressés, précisa Baxter d'une voix cassante, incapable de se contrôler.

Ce qui produisit l'effet inverse : l'homme ralentit encore le pas.

Une fois arrivés au sous-sol, il daigna enfin leur adresser la parole :

— Pour ce qui est de la mission délicate de garder quelqu'un, la *vraie* police ne nous fait pas confiance à nous, modestes vigiles. Alors, ils ont pris le relais. Ça leur a vachement réussi !

— Le cadavre a-t-il été mis sous surveillance après avoir été conduit à la morgue ? demanda gentiment Edmunds dans le but d'attendrir le bonhomme.

Il avait sorti son carnet de notes et se tenait prêt à recueillir son témoignage tandis qu'il longeait un couloir oppressant.

— C'que je dis, c'est juste une supposition, commença l'autre avec suffisance, mais il est *possible* que la police, elle s'est dit que le gars était moins dangereux mort. Mais bon, comme j'dis, c'est juste une supposition.

Tout fier de lui, il leur décocha un sourire entendu. Edmunds lança un regard à Baxter, s'attendant à la voir secouer la tête, abasourdie par la stupidité de la question posée. Prête à le ridiculiser. Au lieu de ça, elle lui vint en renfort :

— Ce que mon collègue cherche à savoir, c'est si oui ou non la morgue est sécurisée.

Le vigile stoppa devant des doubles portes. Elles étaient dénuées de toute indication, hormis un sticker « Entrée interdite » collé au niveau du hublot qu'il tapota d'un doigt boudiné.

— Ça vous va, ça, ma p'tite dame ?

Elle passa sans ménagement devant l'odieux personnage et retint un des battants pour Edmunds.

— Oui, merci. (Elle lui claqua la porte au nez.) Sombre connard.

À l'inverse de l'agent de sécurité, l'employé de la morgue se montra accueillant et efficace. Un homme doux et éloquent âgé d'une petite cinquantaine d'années, grisonnant, la barbe impeccablement taillée. Il n'eut besoin que de quelques minutes pour retrouver à la fois le dossier papier et le fichier informatique de Naguib Khalid.

— En fait, je n'étais pas présent au moment où ils ont pratiqué l'autopsie, mais d'après ce rapport, la cause de la mort est due à la tétrodotoxine. On en a découvert des traces dans son sang.

— Et cette tétoxine...

— Tétrodotoxine, la corrigea-t-il sans la moindre condescendance.

— Oui, ça. Qu'est-ce que c'est ? Et comment est-elle administrée ?

— C'est une neurotoxine naturelle.

Baxter et Edmunds le dévisagèrent, perplexes.

— Autrement dit, du poison. Et il en a probablement avalé. La plupart des décès par tétrodotoxine, ou TTX, sont provoqués par l'ingestion d'un poisson, le poisson-globe, appelé *fugu* au Japon. Pour certains, c'est un mets délicat. Pour ce qui me concerne, un Ferrero Rocher suffit largement à mon bonheur.

L'estomac de Baxter gargouilla de plus belle.

— Si je comprends bien, je dois retourner voir mon patron et lui annoncer qu'un *poisson* est responsable de la mort du Tueur Crématiste, c'est ça ? articula-t-elle, imperturbable.

— Nous devons tous faire ce qu'il nous incombe de faire, répliqua-t-il en haussant les épaules. Bien sûr, le TTX est présent chez certaines étoiles de mer, des escargots, et je crois bien qu'il y a une espèce de grenouille qui...

Cela ne semblait nullement apaiser Baxter.

— Vous vouliez voir le corps, n'est-ce pas ? proposa-t-il de lui-même.

— S'il vous plaît.

Un « s'il vous plaît » qu'Edmunds n'avait jamais entendu dans la bouche de sa supérieure.

— Puis-je me permettre de vous demander pourquoi ?

Ils venaient d'arriver devant une immense chambre froide comportant plusieurs tiroirs en acier brossé.

— Pour vérifier qu'il a bien toute sa tête, répondit Edmunds en gribouillant des notes.

L'employé se tourna vers Baxter, guettant l'esquisse d'un sourire ou peut-être une remarque sur l'humour noir de son collègue. Elle se contenta d'acquiescer. Décontenancé, l'homme chercha le bon tiroir, situé sur le rail du bas, et le tira doucement. Tous les trois retinrent leur souffle.

Les pieds et les jambes à la peau mate étaient parsemés de vieilles cicatrices et de brûlures. Puis apparurent les bras et l'aine du serial killer. Mal à l'aise, Baxter lorgna vers les deux doigts difformes de la main gauche, se souvenant de la nuit où Wolf était revenu de la cellule de détention couvert de sang. Lorsque ses supérieurs l'avaient interrogée le lendemain, elle avait affirmé ne rien savoir de l'incident.

Quand la poitrine fut en pleine lumière, leurs yeux s'attardèrent sur les importantes cicatrices liées aux opérations subies après l'agression du tribunal. Enfin, le tiroir coulissa jusqu'au bout avant de stopper dans un cliquetis... et ils surprirent leur propre reflet distordu sur le métal, là où aurait dû reposer une tête.

— Oh merde...

Wolf s'attarda devant l'entrée principale de New Scotland Yard. Il observait, non sans nervosité, l'attroupement dans l'ombre de l'imposant immeuble de verre qui occupait quasiment huit mille mètres carrés au cœur de Westminster. On mettait la dernière main à l'installation d'un podium de fortune destiné aux conférences de presse, avec en toile de fond la célèbre enseigne métallique pivotant sur son socle.

Quelqu'un lui avait dit un jour que le lettrage réfléchissant de NEW SCOTLAND YARD, porté par un système de rotation, était censé symboliser la vigilance constante de la police de Londres. L'effet miroir donnait la sensation d'être continuellement surveillé. Il en allait de même pour son immense tour, qui, par beau temps, se fondait dans le ciel bleu : le vitrage miroir de ses fenêtres absorbait même la forme de l'hôtel victorien en briques rouges situé de l'autre côté de la rue, et du lugubre bâtiment doté d'une horloge juste derrière, au 55 Broadway.

Le téléphone de Wolf sonna dans sa poche et il jura entre ses dents – il avait oublié de le mettre sur silencieux. Voyant que c'était Simmons, il décrocha aussitôt.

— Patron ?

— Baxter vient de confirmer : c'est bien Khalid.

— Je le savais. Comment ?

— Poisson.

— Pardon ?

— Poison. Ingéré.

— Il méritait bien pire que ça, maugréa Wolf.

— Je vais faire semblant de ne pas avoir entendu.

Un type en pantalon de treillis fit signe à Wolf.

— On dirait que tout est prêt pour mon discours.

— Bonne chance.

— C'est ça ! répliqua Wolf sans conviction.

— Essaie de ne pas merder.

Wolf raccrocha et contrôla rapidement sa tenue — s'assurant que sa braguette était bien remontée et qu'il n'avait pas l'air plus épuisé que d'ordinaire. Il se dirigea à grands pas vers le podium, avec l'intention d'en finir au plus vite. Cependant, sa confiance s'émoussait au fur et à mesure que grandissait le brouhaha et que surgissaient les lentilles noires des caméras de télévision, tels des canons qui le prenaient pour cible. Pendant un instant, il se revit à l'extérieur d'Old Bailey, tentant en vain de se protéger le visage alors que, sous les huées des journalistes frustrés, on le jetait à l'arrière d'un fourgon de police, au son de leurs coups de poing furieux sur la tôle du véhicule. Un souvenir qui hanterait à jamais ses nuits.

Il grimpa sur la minuscule estrade avec appréhension et se lança :

— *Sergeant* William Fawkes de...

— On n'entend rien ! Plus fort ! l'interrompit une voix dans la foule.

Un des types qui avaient installé le podium courut vers lui et alluma le micro. Wolf tâcha de ne pas prêter attention aux ricanements malveillants qui fusèrent çà et là.

— Merci. Comme je le disais, je suis le *Sergeant* William Fawkes de la *Metropolitan Police*, et une de nos équipes dirige l'enquête sur les multiples meurtres de ce matin.

Jusqu'ici, tout va bien, pensa-t-il. Les gens commençaient à lui hurler des questions, mais il les ignora et poursuivit :

— Nous sommes en mesure de confirmer que les restes de six victimes ont été découverts à une adresse de Kentish Town aux premières heures de l'aube...

Il commit l'erreur de lever le nez de ses notes et repéra aussitôt les cheveux roux d'Andrea. Il lui trouva mauvaise mine, l'air désemparé, ce qui acheva de le troubler. Il laissa tomber au sol ses fiches et se baissa pour les ramasser, se rappelant qu'il avait griffonné sur l'une une série de détails qu'il n'était pas censé dévoiler. Il récupéra la fiche compromettante et reprit sa place derrière le micro.

— Ce matin donc. (Il avait la gorge sèche et sentait qu'il allait devenir cramoisi, comme chaque fois qu'il était gêné, si bien qu'arrivé à la dernière fiche, il accéléra.) Nous procédons actuellement à l'identification des victimes et nous contacterons leurs familles avant de dévoiler leurs noms. L'enquête étant toujours en cours, ce sont les seules informations que je suis autorisé à vous communiquer pour le moment. Je vous remercie.

Il s'attendait à des applaudissements, avant de réaliser que ce serait peut-être inapproprié, ou que sa prestation ne le méritait pas. Il descendit du podium et s'éloigna. Des gens l'interpellaient.

— Will ! Will !

Il se retourna et vit Andrea courir vers lui. Elle s'était débrouillée pour esquiver le barrage du premier policier mais se trouvait bloquée par deux autres agents. Il ressentit envers elle une colère incontrôlable, identique à celle qui avait assombri leurs dernières rencontres après le divorce. Il songea à laisser les flics la refouler, mais se décida à intervenir lorsqu'un membre du Groupe de Protection Diplomatique, armé d'un fusil d'assaut Heckler & Koch G36C, s'approcha d'elle.

— C'est bon, c'est bon, je la connais, dit-il en râlant.

La dernière fois qu'ils s'étaient vus, ils s'étaient écharpés à propos de la vente de leur maison. Alors, quand elle se jeta sur lui et l'étreignit avec force, Wolf fut pour le moins déstabilisé. Il respira par la bouche, décidé à ne pas humer l'odeur de ses cheveux qu'il savait mélangée à celle de son parfum, délicieuse. Quand elle le lâcha enfin, il vit qu'elle était au bord des larmes.

— Andie, je ne peux rien te dire de plus, je...

— Jamais tu réponds au téléphone ? Ça fait deux heures que j'essaie de te joindre !

Il ne parviendrait jamais à supporter ses sautes d'humeur. Elle était à présent totalement hors d'elle.

— Je suis désolé. Il se trouve que j'ai eu une rude matinée. (Il se pencha vers elle avec une mine de conspirateur.) Apparemment, il y aurait eu *un meurtre*...

— À un jet de pierre de ton appartement !

— Ouais, fit Wolf, avec désinvolture, c'est un quartier malfamé.

— J'ai quelque chose à te demander et j'ai besoin que tu me dises la vérité, d'accord ?

— Hmm...

— C'est pire que ça, non ? Les parties du corps étaient bien cousues ensemble comme pour... une marionnette ?

— T'es au courant ? bafouilla-t-il. Où as-tu appris ça ? Je te parle au nom de la *Met*...

— C'est Khalid, n'est-ce pas ? La tête ?

Wolf l'attrapa par le bras et l'entraîna dans un coin, loin des autres flics. Elle sortit de son sac une épaisse enveloppe kraft.

— Crois-moi, dit-elle, je suis la dernière personne qui ait envie de prononcer le nom de ce type abominable. Pour autant que je sache, il a foutu en l'air notre mariage. Mais je l'ai reconnu d'après les photos.

— Les photos ? répéta Wolf, méfiant.

— Oh mon Dieu ! s'exclama-t-elle, choquée. Je savais bien qu'elles n'étaient pas truquées. Quelqu'un me les a envoyées. (Elle se tut soudain au passage de quelqu'un.) Will, quel que soit l'individu qui m'a adressé cette enveloppe, il y a joint une liste. Voilà pourquoi j'ai cherché à te joindre : six noms accolés à six dates. Je ne sais pas à quoi ça rime…

Wolf lui arracha l'enveloppe des mains et l'ouvrit avec fébrilité.

— Le premier nom est celui du maire, Turnble, et à côté figure la date d'aujourd'hui, commenta Andrea.

— Le maire ?

Wolf semblait sonné, comme si le monde se dérobait sous ses pieds.

Sans un mot, il pivota et partit en courant vers l'entrée de l'immeuble. Il entendit Andrea lui crier quelque chose, mais les paroles s'envolèrent pour se fracasser contre le verre épais de la porte à double battant.

Au téléphone avec le *Commissioner*, Simmons subissait des remontrances et autres menaces larvées, du genre « personne n'est irremplaçable ». Il s'était déjà excusé à maintes reprises de l'absence de résultats de son équipe dans l'enquête, et s'apprêtait à lui faire part de son plan d'action lorsque Wolf débola dans son bureau.

— Fawkes ! Dehors ! hurla-t-il.

Wolf se pencha vers lui et appuya sur une touche de son téléphone pour mettre fin à la communication.

— Putain, tu te crois où, là ? cria Simmons, hors de lui.

Wolf ouvrit la bouche pour s'expliquer quand une voix déformée sortit du haut-parleur :

— *Simmons* ? C'est à moi que vous parlez ?

— Eh merde ! dit Wolf en enfonçant une deuxième touche.

— Vous êtes sur la messagerie vocale de…

Wolf écrasa tous celles qui restaient pendant que Simmons, horrifié, se prenait la tête entre ses mains.

— Comment on raccroche ce truc ? cria Wolf, fou de rage.

— Y a un gros bouton rouge sur le côt..., suggéra aimablement le *Commissioner* via le haut-parleur avant qu'un déclic, puis le silence, n'indiquent à Wolf qu'il avait réussi.

Il étala aussitôt sous les yeux de Simmons les clichés Polaroïd du monstrueux cadavre.

— Notre tueur a communiqué à la presse des photos et une liste de cibles.

Simmons se frotta le visage et examina les images du corps à différents stades de son assemblage.

— Le premier sur sa liste est Turnble. *Aujourd'hui !* s'exclama Wolf.

Simmons mit quelques secondes à percuter. Et s'empara de son portable.

— Terrence ! lui répondit le maire avec entrain. (Il semblait être en extérieur.) Qu'est-ce qui me vaut le plaisir de votre appel ?

— Ray, où vous trouvez-vous ? demanda Simmons.

— Dans Richmond Park. Je retourne à pied à Ham Gate... notre coin de prédilection. Et après, j'ai une soirée pour collecter des fonds pour...

Simmons murmura les coordonnées de l'endroit à Wolf qui, déjà, contactait le centre des opérations.

— Ray, on a un problème : vous faites l'objet d'une menace de mort.

— Les affaires courantes, quoi, répondit l'intéressé en riant.

— Restez où vous êtes. Nous avons envoyé des véhicules vous récupérer pour vous ramener ici jusqu'à ce qu'on en sache davantage.

— Est-ce vraiment nécessaire ?

— Je vous expliquerai tout en détail quand vous serez là.

Simmons raccrocha et se tourna vers Wolf.

— Trois véhicules sont en route, annonça celui-ci. Le plus près est à quatre minutes. L'un des trois est une unité d'intervention rapide.

— Parfait. Fais revenir ici Baxter et Machin. Et je veux qu'on sécurise l'étage, plus personne ne rentre ni ne sort. Et préviens la sécurité qu'on amènera le maire par le parking. Exécution !

Le maire était sagement assis sur la banquette arrière de sa Mercedes-Benz classe E avec chauffeur. De retour à la voiture, il avait demandé à son secrétaire de décommander tous les rendez-vous qui composaient son emploi du temps – la journée s'annonçait longue et fastidieuse.

Deux mois plus tôt, il avait reçu un mail de menaces, et on l'avait obligé à rester cloîtré un après-midi entier dans sa maison de Richmond, dans la banlieue du Grand Londres. L'auteur de ladite menace s'était révélé être un garçon de onze ans dont il avait visité l'école en début de semaine. Il se préparait donc à subir de nouveau une perte de temps monumentale.

La longue file de véhicules qui s'engouffrait dans le parc en quête d'un merveilleux week-end les avait contraints à déplacer la Mercedes. Ils étaient à présent garés non loin du Royal Star & Garter Home, un magnifique bâtiment situé au sommet de Richmond Hill et inoccupé depuis peu. Le maire le contemplait en se demandant combien de temps serait nécessaire pour qu'un autre de ces lieux emblématiques de Londres ne connaisse la disgrâce d'être converti en appartements de luxe pour banquiers fortunés.

Il ouvrit son porte-documents, s'empara de son bronchodilatateur puis inspira profondément. L'interminable vague de chaleur avait favorisé une augmentation des taux de pollen qui détraquait ses bronches, et il était bien décidé à ne pas être hospitalisé pour la troisième fois cette année. Son plus proche rival le talonnait et il était sûr que l'annulation de ses engagements du jour ne passerait pas inaperçue.

Alors que le stress commençait à l'envahir, il baissa sa vitre et alluma une cigarette. Cela faisait bien longtemps qu'il ne faisait plus attention à l'ironie de voir trôner son paquet de clopes à côté de son inhalateur, alors même qu'il avait réussi à réduire sa consommation de tabac.

Il entendit les sirènes de police et comprit avec consternation qu'elles étaient là pour lui. Une voiture de patrouille s'arrêta en dérapant et un flic en uniforme en descendit pour parler à son chauffeur. Trente secondes plus tard, ils étaient en route, brûlant les feux rouges et fonçant sur les couloirs d'autobus. Il espérait que personne ne filmerait ce convoi ridicule, d'autant que deux véhicules de police supplémentaires vinrent renforcer l'escorte de sa Mercedes, bien trop reconnaissable.

Il se renversa sur la banquette et regarda défiler les maisons spacieuses enserrées dans les quartiers de bureaux. Chacune rivalisait pour attirer l'attention, à la façon de ces sempiternels concours à qui pissera le plus loin. Peu à peu, le ciel s'assombrit.

4

*Samedi 28 juin 2014,
7 h 19*

EDMUNDS AURAIT PARIÉ que Baxter avait renversé un cycliste dans Southwark. Il ferma les yeux alors qu'ils longeaient le fleuve à tombeau ouvert, roulant à contresens de la circulation, sans se soucier d'un groupe de piétons qui s'apprêtaient à traverser la rue à hauteur du métro Temple.

L'Audi de Baxter était équipée de lumières bleues derrière la grille de calandre, indétectables quand elles étaient éteintes et, à en juger par leur piètre efficacité à prévenir les quidams, pas si détectables que ça une fois allumées. Baxter fit une embardée pour récupérer le bon côté de la voie et se faufiler au cœur du trafic, déjà dense. Edmunds lâcha la poignée. Lors d'une brève accalmie du moteur – Baxter avait ralenti pour éviter de s'emplafonner un bus –, il se rendit compte que son téléphone sonnait. La photo de Tia, ravissante Noire d'une petite vingtaine d'années, apparut sur l'écran.

— Hé, chérie, ça va ? hurla-t-il.

— Salut. T'as disparu au beau milieu de la nuit, et y a tout ce raffut aux infos... Je voulais juste savoir si tu allais bien.

— C'est pas le pied, T. Je peux te rappeler dans un quart d'heure ?

— Pas de souci, répondit-elle d'une voix contrariée. Tu pourras prendre du lait en rentrant ce soir ?

Edmunds sortit son carnet et le nota sous la définition de la tétrodotoxine.

— Et des steaks hachés.

— T'es végétarienne !

— Des steaks ! ordonna Tia.

Il l'ajouta à sa liste de courses.

— Et du Nutella.

— À quoi tu joues, là, ma chérie ?

Baxter jeta un bref regard à Edmunds, qui, les yeux écarquillés, poussa un cri d'effroi. Elle donna un brusque coup de volant pour éviter – de justesse – une autre voiture.

— Oh merde ! s'esclaffa-t-elle, soulagée.

— D'accord, OK, conclut Edmunds au téléphone, la respiration saccadée, je dois te laisser. Oui, oui, je t'aime.

Ils passèrent les barrières de sécurité et descendirent la rampe menant au parking de l'immeuble de New Scotland Yard. Le portable ne captait plus et sa communication avec Tia fut coupée en plein milieu d'adieux déchirants.

— C'était ma fiancée, s'excusa Edmunds avec un sourire forcé. Elle en est à vingt-quatre semaines.

Croisant le regard impassible de Baxter, il crut bon d'ajouter :

— Vingt-quatre semaines de grossesse.

L'expression de Baxter ne changea pas.

— Félicitations. Je me demandais pourquoi nous, les flics, on avait tant d'heures de sommeil en trop. Un bébé hurleur va régler votre problème. (Baxter gara – si l'on peut dire – la voiture, puis dévisagea son stagiaire.) Écoutez, je crois que vous n'allez pas y arriver. Alors je vous suggère d'arrêter de me faire perdre mon temps et de retourner au service de la répression des fraudes.

Elle sortit du véhicule et claqua la portière, laissant Edmunds en plan. Il était ébranlé par sa réaction. Pas à cause de son franc-parler, ni de son désintérêt affiché pour sa paternité à venir. Non, il était plutôt troublé parce qu'elle était la première personne à lui dire ses quatre vérités. Et ce qui le vexait, c'est qu'elle avait sans doute raison.

Les membres du *Homicide and Serious Crime* étaient rassemblés au grand complet dans la salle de réunion, y compris celles et ceux qui n'étaient pas directement impliqués dans l'enquête mais qui seraient vite concernés, voire incommodés, par les mesures de confinement d'urgence. L'air conditionné, qui parvenait péniblement via les conduits d'aération, faisait voleter les photos punaisées au mur, si bien que la reconstitution oscillait légèrement, rappelant la manière dont la monstrueuse silhouette se balançait lorsqu'elle était suspendue au plafond de la scène de crime.

Simmons et Vanita discutaient depuis plus de cinq minutes et les personnes présentes commençaient à s'impatienter dans cette pièce bondée, étouffante et mal ventilée.

— ... par l'entrée du parking, expliquait Simmons. Ensuite, nous allons sécuriser le périmètre de la salle d'interrogatoire n°1 afin d'y installer Turnble.

— Vaudrait mieux utiliser la 2, suggéra quelqu'un. La 1 a toujours ce tuyau qui fuit, et je doute que le maire ait envie de rajouter le supplice de la goutte d'eau à la longue liste des désagréments de sa journée.

Des rires fusèrent, sporadiques, sans doute de la part de flics ayant cherché, justement pour cette raison, à mener leurs interrogatoires là-bas.

— D'accord, dit Simmons, on le met dans la 2. Finlay, est-ce que tout est prêt ?

— Ouais…

Simmons n'eut pas l'air convaincu par sa réponse. Wolf donna un petit coup de coude à son ami.

— Oh, oui, je leur ai dit de laisser passer Emily et… et…

— Edmunds, lui chuchota Wolf.

— C'est quoi son prénom ? marmonna-t-il.

— Edmund ? suggéra Wolf en haussant les épaules.

— … Edmund Edmunds. Toutes les portes sont gardées, des gars du Groupe de Protection Diplomatique sont déployés dans le parking, ainsi que les chiens. Nous avons baissé tous les stores à cet étage et immobilisé les ascenseurs, ce qui signifie que nous emprunterons les escaliers…

— Parfait, répliqua Simmons. Fawkes, une fois que tu auras récupéré le maire, un policier armé t'escortera jusqu'ici. Garde à l'esprit que ce bâtiment est immense et que nous ne connaissons pas tout le monde. Une fois repliés dans la salle d'interrogatoire, vous y serez pour un bon bout de temps.

— C'est-à-dire ? s'enquit Wolf.

— Jusqu'à ce qu'on soit certains que le maire ne risque plus rien.

— Je vais te dégotter un seau, proposa un inspecteur fanfaron nommé Saunders, manifestement ravi de sa repartie.

— En fait, je me demandais ce que nous aurions pour le déjeuner, rétorqua Wolf.

— Du poisson-globe, ricana Saunders, cherchant à tester sa patience.

— Saunders, vous croyez que c'est le moment de nous imposer vos blagues pourries ? s'écria Simmons de manière excessive, pour la pure forme. Sortez !

L'inspecteur à face de rat bégaya comme un gamin pris en faute :

— Je suis dans... l'incapacité... de... de sortir à cause des procédures de confinement.

— D'accord, alors fermez-la.

Baxter et Edmunds pénétrèrent dans la salle de réunion à ce moment de tension.

— Je vous remercie de nous avoir rejoints. J'ai pour vous une liste de pistes ténues que vous pouvez commencer à explorer, déclara Simmons en tendant à Baxter un dossier qu'elle s'empressa de coller entre les mains d'Edmunds.

— Bon, on a loupé quoi ? lança-t-elle à ses collègues.

— Will et moi, on est chargés de la protection rapprochée, répondit Finlay, *Edmund* Edmunds et toi, vous étudiez les premiers éléments, Saunders nous a fait son numéro de...

— Gros connard de flic ? suggéra Baxter en prenant une chaise.

Finlay hocha la tête, reconnaissant de lui avoir évité de rompre son serment de ne pas jurer.

— Bien, installez-vous, ordonna Simmons. Pendant que je vous tiens tous, voilà le topo : nous avons six victimes, une menace de mort contre le maire, et une liste de cibles avec cinq autres noms. (Il ignora consciencieusement les regards interloqués.) Est-ce que quelqu'un aurait une...

— Plus le fait que cette monstrueuse marionnette avait le doigt pointé vers la fenêtre de Will, le coupa Finlay sans la moindre hésitation.

— Oui, ça aussi. Est-ce que quelqu'un aurait une théorie ?

Des visages impassibles pour seule réponse.

— Personne, vraiment ?

Edmunds leva une main hésitante.

— C'est un défi, monsieur.

— Continuez.

— À l'université, j'ai écrit un mémoire sur les raisons qui poussent les serial killers à envoyer des messages à la presse ou à la police : le tueur du Zodiaque, le tueur aux smileys, le...

— Le tueur faustien, le méchant du film *Seven*, ajouta Saunders, à qui l'imitation d'Edmunds ne valut que des rires méprisants et un coup d'œil furieux de son patron.

— T'es pas le type du service de la répression des fraudes ? l'interrogea un des hommes.

— Souvent, mais pas toujours, reprit Edmund, imperturbable, leurs messages contiennent la preuve irréfutable les désignant comme coupables. Parfois ce n'est presque rien, par exemple un détail qui n'aurait pas été rendu public, parfois il s'agit d'une information plus solide.

— Comme les photos envoyées aujourd'hui à la femme de Fawkes, compléta Vanita, maladroitement.

— À mon ex-femme, rectifia Wolf.

— Exactement, dit Edmunds. Et dans des cas très exceptionnels, ça ressemblerait presque à un appel au secours, comme s'ils suppliaient la police de les empêcher de continuer à tuer. Ils finissent par être convaincus de n'être rien d'autre que les victimes de leurs incontrôlables pulsions meurtrières. Ou bien il leur est intolérable que quelqu'un puisse revendiquer leurs exactions à leur place. Dans un cas comme dans l'autre, le scénario est le même : consciemment ou inconsciemment, leur but ultime consiste à être finalement arrêtés.

— Et vous croyez que le criminel que nous recherchons appartiendrait à la catégorie de ces « cas exceptionnels » ? demanda Vanita. Pour quelle raison ?

— Plusieurs. D'abord la liste... Le délai précis... La presse utilisée comme appât... Je pense que les tueurs gardent leurs distances quand ils tâtent le terrain, mais qu'ils sont incapables de résister à l'envie de se rapprocher de l'enquête. À chaque nouveau meurtre, leur confiance augmente, leur complexe de toute-puissance s'intensifie, et cela les pousse à prendre des risques toujours plus grands. Et à la fin, ils finissent par *venir à nous*.

Toute l'assistance fixait Edmunds, médusée.

— Je ne crois pas avoir jamais entendu le son de votre voix avant aujourd'hui, nota Finlay.

Gêné, Edmunds haussa les épaules.

— Mais pourquoi moi ? s'interrogea Wolf. Pourquoi cette chose horrible ne désignait-elle pas la fenêtre de quelqu'un d'autre ? Pourquoi envoyer ces photos à ma femme ?

— Ton ex-femme, corrigèrent en chœur Baxter et Finlay.

— Pourquoi est-ce mon... (Wolf s'interrompit.) Pourquoi moi ?

— Tu fais une de ces têtes, lui lança Finlay avec un petit sourire.

L'attention se reporta sur Edmunds qui poursuivit :

— Pour un serial killer, il est peu fréquent de repérer un individu particulier parmi les forces de police, mais cela peut arriver – et dans ce cas, c'est toujours pour des raisons personnelles. D'une certaine façon, c'est une manifestation de flagornerie. Il estime que Wolf, et Wolf seul, représente un adversaire à sa hauteur.

— Ça me va, tant qu'il s'y prend bien, commenta Wolf, un brin méprisant.

— Qui d'autre figure sur cette liste ? s'enquit Baxter, désireuse d'aborder un sujet sur lequel Edmunds n'aurait pas écrit de thèse.

— Je m'occupe de ça, Terrence, déclara Vanita se levant pour partir. Pour le moment, nous avons choisi de ne pas divulguer cette information pour trois raisons : primo, nous ne souhaitons pas semer la panique, secundo, nous avons besoin que vous soyez tous mobilisés autour du maire, tertio, nous ne sommes pas certains à cent pour cent que la menace soit réelle : la dernière chose dont ce service aurait besoin, c'est d'une nouvelle action en justice.

Wolf sentit plusieurs regards converger vers lui.

Le téléphone de la salle de réunion sonna, et tout le monde retint son souffle alors que Simmons décrochait.

— Allez-y... Oui... Merci.

Il fit un signe de tête à Vanita, puis :

— Bien, les gars, soyez au top. Fin de la réunion.

La Mercedes du maire était déjà garée lorsque Wolf entra dans le parking souterrain à plusieurs niveaux. Ici plus encore que dans le reste du bâtiment, il manquait un système de climatisation efficace, et la chaleur qui montait du macadam, mêlée aux odeurs de pots d'échappement, d'huile et de caoutchouc, y était presque suffocante. La rampe de lumière agressive qui éclairait tout, sauf les coins les plus reculés, chahutait son horloge interne. Il se sentait lessivé et se demanda un instant si on était le soir. Il regarda sa montre : 7 h 36 du matin.

Tandis qu'il s'approchait du véhicule, une des portes arrière s'ouvrit d'un seul coup et le maire sortit de l'habitacle, au grand désarroi de son chauffeur désormais inutile.

— Est-ce que quelqu'un pourrait m'expliquer à quoi rime tout ce cirque ? fit-il en claquant la portière.

— Monsieur le maire, je me présente, *Sergeant* Fawkes.

Wolf lui tendit la main et la colère de Turnble se dissipa en un clin d'œil. Il parut gêné, puis retrouva aussitôt son sang-froid et lui serra chaleureusement la main.

— Ravi de vous rencontrer enfin, dit-il tout sourire comme s'il prenait la pose devant un gala de charité.

— Si vous voulez bien me suivre, proposa Wolf en désignant l'agent du Groupe de Protection Diplomatique qui allait les escorter à travers les étages.

— Un instant, je vous prie, l'arrêta Turnble.

Wolf ôta la main qu'il avait posée sur le dos de cet hôte de marque, un geste qui l'invitait tacitement à se dépêcher.

— J'exige de savoir ce qui se passe. Immédiatement.

Wolf serra les dents au ton plein de morgue de l'élu.

— Simmons préférerait vous briefer en personne.

Peu habitué à s'entendre dire « non », Turnble céda.

— Très bien. Pourtant, je suis étonné, voyez-vous. Je ne comprends pas que Terrence vous ait envoyé jouer les baby-sitters. Je vous ai entendu ce matin à la radio. Ne devriez-vous pas être en train de pourchasser ce serial killer ?

Wolf savait qu'il ne fallait pas répondre à ça. Son rôle était avant tout de forcer l'homme à bouger de là, mais il en avait plus qu'assez de son attitude hautaine. Il le regarda droit dans les yeux.

— C'est exactement ce que je fais.

Le maire était bien plus en forme qu'il n'y paraissait. Sans son asthme chronique et ses poumons ravagés par des décennies de tabagisme, ils auraient eu du mal à le suivre dans l'escalier. Les trois hommes ralentirent le rythme dans les dernières marches qu'ils grimpèrent d'un pas alerte avant de pénétrer dans le hall d'entrée. L'immense salle à l'aspect minimaliste constituait l'un des rares endroits du bâtiment débarrassé de toute décoration années soixante. Le *Commissioner* avait catégoriquement refusé la demande de Simmons de fermer la cage d'escalier et le hall d'accueil lors du transfert du maire. Selon lui, les gardes armés, les caméras de surveillance, les portiques détecteurs de métaux et les hordes de policiers suffisaient à faire de cet immeuble le plus sécurisé de la capitale.

Quoique le hall soit plus calme qu'il ne l'aurait été en semaine, il y avait encore pas mal de personnes qui continuaient à circuler ou qui flânaient autour de la cafétéria. Wolf repéra une trouée au milieu de l'agitation, et accéléra en direction des portes menant aux étages.

Le maire, visiblement sur les nerfs, fut le premier à remarquer un homme à la calvitie naissante qui venait d'entrer en se précipitant vers eux.

— Inspecteur !

Au cri de Turnble, Wolf fit volte-face, tout en poussant son protégé derrière lui. L'agent du Groupe de Protection Diplomatique mit en joue le type qui tenait à la main un petit sac en papier kraft.

— À terre ! hurla-t-il. Couchez-vous à terre !

L'homme pila net, dérapant un peu, puis, choqué, leva les bras.

— Au sol ! Au sol ! Lâchez ce sac ! Posez-le !

En voulant repousser le sac loin de lui, le type le fit glisser sur le parquet ciré, mais en direction de Wolf. Ce dernier, ignorant si ce geste était délibéré ou dû à la panique, agrippa le maire pour le faire reculer de quelques mètres supplémentaires.

— Y a quoi dans ce sac ? cria le policier à l'individu à terre, lequel leur lançait des regards terrifiés. Y a quoi ? Baissez les yeux ! Qu'est-ce qu'il y a dans CE SAC ?

— Mon petit déjeuner !

— Pourquoi vous couriez ?

— J'étais en retard. De vingt minutes. Je travaille au service informatique.

Tout en gardant l'homme dans sa ligne de mire, le policier recula vers le sac marron. Il s'agenouilla et l'entrouvrit très lentement.

— On dirait une sorte de sandwich roulé, lança-t-il à Wolf sur le ton de celui qui analyse un colis suspect.

— Il est à quoi ? répliqua Wolf.

— Il est à quoi ? aboya le policier.

— Jambon-fromage, cria le type au sol.

— Réquisitionné ! répondit Wolf en ricanant.

Ils atteignirent l'open space sans autre incident, et Wolf remercia leur escorte. Finlay les accueillit. La montée des sept étages à pied n'avait pas été sans mal. Visage écarlate, monsieur le maire émettait un sifflement aigu à chaque inspiration.

Les stores baissés accentuaient l'effet oppressant de l'immense pièce, ce à quoi la lumière artificielle n'arrangeait rien. Ils la traversèrent rapidement, croisant tout un tas de gens assis derrière un ordinateur, à moitié dissimulés par des bouquets de fleurs colorés. Dès qu'il aperçut son vieux camarade, Simmons sortit en trombe de son bureau et lui serra la main.

— Ah, je suis bien content de vous voir, Ray, dit-il avec sincérité, puis s'adressant à Wolf : Y a eu du grabuge en bas ?

— Fausse alerte, marmonna Wolf, la bouche pleine d'un morceau du wrap jambon-fromage.

— Terrence ! Je vous serais reconnaissant de m'expliquer enfin ce qui se passe !

— Bien entendu. Allons dans un endroit tranquille, répondit Simmons en le menant dans la salle d'interrogatoire dont il referma la porte. J'ai envoyé une voiture de patrouille à votre domicile. Je me suis dit que vous voudriez être rassuré sur Melanie et Rosie.

— Je vous en remer...

Le maire respirait très difficilement, moins bien qu'après son entrée dans l'open space. Il n'était que trop habitué à cette impression d'avoir quelqu'un assis sur sa poitrine. Pris d'une épouvantable quinte de toux, il farfouilla dans son porte-documents pour en sortir un bronchodilatateur. Il en prit deux longues bouffées qui parurent le soulager un peu.

— Je vous en remercie, reprit-il. Et donc ?

Simmons entama son exposé en faisant les cent pas.

— Bien. Par où commencer ? Vous avez entendu parler, j'imagine, de cette affaire des six corps en un ? Il se trouve que ce n'est pas aussi simple que ça en a l'air...

Au cours du quart d'heure qui suivit, Simmons lui détailla les événements du matin. Wolf se tint coi tout du long, surpris d'entendre son patron dévoiler des éléments qu'aucun d'eux n'aurait voulu voir ébruités dans la presse. Simmons avait manifestement une confiance absolue en celui qu'il considérait comme son ami. Après tout, estima Wolf, le maire était trop concerné par l'affaire pour être maintenu dans l'ignorance. La seule chose que l'inspecteur principal refusa de lui livrer, malgré une question franche et directe, fut le nom des cinq autres personnes figurant sur la liste.

— Je ne veux pas que vous vous inquiétiez. Vous êtes parfaitement en sécurité dans nos locaux, conclut-il.

— Dites-moi, Terrence, combien de temps comptez-vous me garder caché ici ?

— Par précaution, vous devez rester au moins jusqu'à minuit, puisque la menace du tueur porte sur cette journée. Évidemment, par la suite, nous intensifierons les mesures de protection vous concernant, mais vous pourrez reprendre le cours normal de votre vie.

Le maire hocha la tête, résigné.

— Pour faire vite, plus tôt on arrêtera ce salopard, plus tôt vous sortirez d'ici, résuma Simmons, sûr de lui. Fawkes est chargé de votre sécurité et ne vous quittera pas d'une semelle.

Le maire se leva pour parler à son ami en privé. Wolf se retourna, comme si contempler le mur pouvait l'empêcher d'entendre ce qui allait se dire.

— Vous êtes certain que ce soit une bonne idée ? souffla Turnble, le souffle court.

— Parfaitement. Vous êtes entre de bonnes mains.

Puis Simmons sortit. De la petite pièce, ils entendirent les instructions étouffées qu'il donnait au planton devant la porte. Le maire inspira encore deux longues bouffées de son inhalateur avant de se retourner vers Wolf. Un sourire forcé se dessina sur son visage, comme pour lui dire tout le bonheur qu'il avait à partager une bonne partie de la nuit en compagnie d'un flic à la réputation aussi sulfureuse.

— Et maintenant, lâcha le maire entre deux violentes quintes de toux, quel est le programme ?

Wolf ramassa une pile de dossiers que Simmons lui avait laissés à dessein. Il s'assit confortablement et allongea ses jambes.

— Maintenant, on attend.

5

Samedi 28 juin 2014,
12 h 10

UNE ATMOSPHÈRE PLOMBÉE, à mi-chemin entre exaspération et ressentiment, régnait dans l'open space silencieux, tandis que les heures s'égrenaient, interminables. L'inégalité flagrante entre le traitement réservé au maire Turnble, *le* notable par excellence, et celui qu'on octroyait à n'importe quelle victime ordinaire alimentait à voix basse le cœur de conversations enflammées. Baxter attribuait cet élan égalitariste – phénomène inédit chez des mecs qu'elle jugeait chauvins et bornés – à un effet de leur vanité plus qu'à une réelle aspiration à un monde plus juste. Toutefois, elle devait bien l'admettre, sur ce coup-là, ils marquaient un point.

Des regards sceptiques se tournaient de temps à autre vers la porte de la salle d'interrogatoire, espérant presque que survienne quelque chose, ne serait-ce que pour justifier le dérangement occasionné. Devoir rester assis des heures leur paraissait d'autant plus supportable qu'ils avaient une montagne de paperasse à régler – ce qui représente presque quatre-vingt-dix pour cent du boulot d'enquêteur. Au terme de leurs treize heures d'astreinte, une poignée de policiers avait déplacé le paperboard pour dissimuler le puzzle monstrueux punaisé au mur par Wolf. Comme ils ne pouvaient pas rentrer chez eux, ils avaient éteint les lumières dans l'espoir de se reposer un peu avant de reprendre le service.

Simmons s'était salement foutu en rogne lorsqu'un de ses hommes – le septième à s'y risquer – avait demandé une dérogation aux procédures de confinement. Depuis, plus personne n'osait la ramener. Tous avaient des raisons parfaitement valables, et leur patron était plus que conscient que ces mesures draconiennes auraient un impact négatif, peut-être même irrémédiable, sur des affaires d'égale importance. Mais que pouvait-il répondre ? Il aurait préféré que le maire et lui n'aient pas été amis – un détail qui l'obséderait longtemps, il le savait – mais ses décisions n'en auraient pas été pour autant changées. Le monde avait les yeux braqués sur la *Metropolitan Police*. Si elle se montrait faible, vulnérable, incapable d'empêcher un meurtre annoncé, les conséquences seraient dévastatrices.

Puisque la *Commander* Vanita avait élu domicile dans son bureau, Simmons avait dû s'installer à la place de Chambers, en vacances. À contrecœur. Les nouvelles des meurtres lui étaient-elles déjà parvenues jusqu'aux Caraïbes ? se demandait l'inspecteur principal. Chambers était un enquêteur expérimenté, mais aurait-il pu les éclairer sur cette affaire totalement hors du commun ?

Baxter avait remonté la piste du propriétaire de l'appartement où avait été découvert le crime. L'homme était persuadé qu'un couple de jeunes mariés y vivait avec un nouveau-né. Baxter supposait que des morceaux des parents avaient contribué au « corps » – elle se refusait à réfléchir au sort réservé au bébé. Or elle ne trouva pas la moindre trace d'un acte de mariage, et découvrit bientôt avec soulagement qu'aucun des rares détails fournis au propriétaire n'était avéré. Quand elle le rappela une heure plus tard, il reconnut avoir été contacté sans intermédiaire, et réglé en liquide, directement dans sa boîte aux lettres. Il affirma n'avoir jamais rencontré le locataire et que toutes les enveloppes contenant l'argent avaient fini à la poubelle. Il l'implora de ne pas le dénoncer pour non-déclaration de revenus locatifs. Persuadée que les impôts finiraient bien par lui tomber dessus, et peu encline à se rajouter du travail, elle passa à autre chose. Elle avait déjà perdu assez de temps sur cette fausse piste.

De son côté, Edmunds exultait. D'abord parce qu'assis à un angle du bureau de Baxter – n'en ayant pas un à lui –, il pouvait profiter d'une bouffée d'air froid continue qui se déversait pile sur sa tête grâce à un conduit d'aération au plafond. Ensuite parce qu'il avait fait des progrès significatifs dans la mission que sa supérieure lui avait confiée.

Chargé d'enquêter sur la provenance de la nourriture de la prison, il avait rapidement découvert qu'elle était pour une large part préparée sur place. Mais suite à une grève de la faim en 2006, l'établissement avait fait appel à une entreprise, *Complete Foods*, pour les repas spécifiques destinés aux prisonniers musulmans. Un bref coup de fil à la prison lui avait appris que Khalid était l'unique détenu à bénéficier de menus sans gluten. Lorsque *Complete Foods* admit avoir enregistré deux plaintes au sujet de personnes hospitalisées après l'ingestion de ces menus spécifiques, reconnaissant implicitement une possible contamination, Edmunds eut du mal à contenir son excitation. Il voulait impressionner Baxter qui, elle, se trouvait en pleine impasse.

Le responsable de la chaîne de conditionnement à l'usine *Complete Foods* lui expliqua que les plats étaient confectionnés la nuit, avant d'être acheminés vers les prisons, hôpitaux et écoles au petit matin. Edmunds exigea la liste des employés qui travaillaient la fameuse nuit et indiqua qu'il repasserait le lendemain pour saisir les enregistrements de la surveillance vidéo. Il s'était contenté de noter les numéros de téléphone des deux collectivités qui s'étaient plaintes – connaissant par avance l'issue regrettable pour les malheureux destinataires du menu –, lorsqu'on lui tapa sur l'épaule.

— Désolé, mon gars, le patron te demande de remplacer Hodge devant la porte, j'ai besoin de lui, dit un homme en nage, les yeux mi-clos de bonheur au-dessous de la coulée d'air froid.

Edmunds le soupçonnait de lui donner une excuse bidon pour éviter à Hodge, son pote, de se morfondre des heures à monter la garde. Il lança un regard à Baxter pour qu'elle vienne à son secours, mais elle lui signifia d'un geste qu'elle s'en foutait. Il reposa le combiné du téléphone et, sans enthousiasme, alla prendre la relève de l'agent planté devant la salle d'interrogatoire.

Edmunds déplaça le poids de son corps d'un pied à l'autre, puis cala son dos contre la porte qu'il gardait depuis un peu moins d'une heure. Le manque de sommeil commençait à se faire sentir maintenant que son esprit n'était plus concentré sur une tâche précise. Les conversations à voix basse mêlées aux cliquetis des claviers et aux ronronnements du photocopieur créaient une ambiance sonore qui agissait sur lui comme une berceuse. Ses paupières papillonnaient. À cet instant, il ne rêvait que d'une seule chose : fermer les yeux. Il appuya l'arrière de sa tête contre la porte et n'était pas loin de s'assoupir quand une voix s'éleva doucement de l'intérieur de la salle.

— Quel jeu étrange que la politique.

Wolf sursauta en entendant cette intervention soudaine, mais calculée, du maire. Les deux hommes étaient restés assis durant cinq heures d'affilée sans échanger le moindre mot. Wolf posa sur la table le dossier qu'il lisait et attendit la suite. Le maire avait les yeux rivés au sol. Tandis que la pause se transformait en un silence gênant, Wolf se demanda si son compagnon avait conscience d'avoir parlé tout haut. Il tendit la main vers son dossier lorsque le maire reprit le fil de ses pensées :

— Vous voulez faire le bien, mais vous ne le pouvez pas à moins d'être aux commandes. Vous ne pouvez conserver le pouvoir sans les votes, et vous ne pouvez obtenir ces votes qu'en donnant satisfaction à l'opinion publique. Mais parfois, donner satisfaction à l'opinion publique nécessite de sacrifier le but que vous aviez entrepris de mener à bien. Quel jeu étrange que la politique.

N'ayant absolument aucune idée de la réponse à fournir à cette étonnante tirade, Wolf choisit d'emblée d'attendre que le maire poursuive – ou bien la ferme.

— Fawkes, ne cherchons pas à faire semblant que vous m'appréciez.

— D'accord, répondit-il un peu trop vite.

— Ce que vous faites pour moi aujourd'hui n'en a que plus d'humilité.

— Je fais mon boulot.

— Tout comme je fais le mien. Je veux que vous le sachiez. L'opinion publique ne vous soutenait pas. Par conséquent, *je* ne vous ai pas soutenu.

La formule « je ne vous ai pas soutenu » parut à Wolf un doux euphémisme compte tenu de l'implacable condamnation du maire à son encontre. Sans complexe, il avait aiguisé l'appétit d'une opinion publique lassée de la corruption généralisée et fait de Wolf un symbole d'immoralité, une cible idéale sur laquelle l'homme vertueux pouvait passer sa colère.

Le maire surfait sur la vague inépuisable d'une opinion publique déchaînée contre l'incompétence de la police, et en avait profité pour dévoiler sa révolutionnaire « Politique en matière de criminalité et de maintien de l'ordre ». Il s'était prononcé à maintes reprises pour la condamnation de l'inspecteur au maximum de ce que prévoyait la loi et, au cours d'un discours exalté devant ses pairs, avait déclamé le désormais célèbre slogan : « Il faut mettre de l'ordre dans les forces de l'ordre. »

Wolf se souvenait de son revirement quasi comique au moment de la seconde arrestation de Naguib Khalid. Il ne pouvait oublier la manière dont le maire l'avait à nouveau instrumentalisé. Il avait lancé sa « Stratégie de lutte contre les disparités en matière de santé », tout en dénonçant les moyens insuffisants mis à disposition de « nos plus courageux et meilleurs policiers », et de la ville de Londres en général. Conduits par un leader charismatique et pas souvent si populaire, les supporters du maire s'étaient docilement pliés à ses manipulations. Les mêmes voix ferventes qui s'étaient élevées pour réclamer la tête de Wolf avaient ensuite fait campagne pour l'épargner. Cela avait été l'objet d'un passionnant débat à la télévision.

Wolf serait sans nul doute toujours derrière les barreaux sans l'intervention influente du maire et sa croisade très médiatisée pour réintégrer « un de nos héros brisés ». Toutefois, Wolf et Turnble étaient conscients que le premier ne devait rien au second.

Wolf demeurait muet comme une tombe, inquiet de ce qu'il pourrait balancer s'il ouvrait la bouche.

— À propos, vous avez agi comme il fallait, continua le maire avec emphase, sans prendre conscience du radical changement d'humeur de son interlocuteur. Il y a une différence entre malversation et désespoir, je m'en rends compte à présent. Personnellement, j'aurais préféré que vous ayez tué ce salopard au tribunal. La dernière victime qu'il a brûlée avait l'âge de ma fille.

La respiration du maire s'était apaisée au cours de ces longues heures de tranquillité, mais cette discussion avait fichu en l'air toute amélioration. Il secoua l'inhalateur et le bruit métallique du médicament frottant contre les parois du flacon. Il avait largement dépassé la dose hebdomadaire de Salbutamol prescrite en entrant dans la salle d'interrogatoire. Il aspira calmement une autre dose, retenant le plus longtemps possible le précieux produit.

— Cela fait un bon moment que je voulais vous dire ça. Il n'y a jamais rien eu de personnel. Je faisais juste mon...

— ... Boulot, ouais, compléta Wolf avec cynisme. Je comprends. Tout le monde fait son boulot : la presse, les avocats, le *héros* qui m'a brisé le poignet pour m'arracher à Khalid.

Le maire acquiesça d'un signe de tête. Il n'avait pas eu l'intention d'agacer Wolf, mais il se sentit mieux d'avoir vidé son sac. Malgré sa situation peu enviable, il avait l'impression de s'être débarrassé d'un poids qu'il trimballait depuis trop longtemps. Il ouvrit son porte-documents et en sortit un paquet de cigarettes.

— Ça ne vous dérange pas ?

Wolf dévisagea l'asthmatique avec incrédulité.

— C'est une blague ?

— Nous avons tous nos faiblesses, rétorqua le maire sans la moindre gêne. (Ses manières pompeuses s'estompaient au profit d'un ton d'excuse, et il mettait son autorité en veilleuse maintenant qu'il ne se sentait plus redevable envers Wolf.) Si vous attendiez de moi que je reste enfermé à double tour dans cette pièce pour encore onze heures, de mon côté, j'attends que vous m'épargniez vos remontrances. Une maintenant, une autre après le dîner, c'est tout.

Wolf s'apprêtait à protester mais le maire glissa la cigarette entre ses lèvres avec un air de défi, alluma son briquet et, le tenant dans le creux de sa main pour protéger la flamme de l'air conditionné, l'approcha de son visage.

Pendant un très bref instant, les deux hommes se regardèrent fixement. Sans rien comprendre à ce qui se passait. Wolf suivit des yeux la flamme qui venait de jaillir là où le maire avait coincé sa cigarette et qui s'était propagée à tout le bas de son visage. Poussant un hurlement, Turnble fut pris d'un violent hoquet, avala une goulée d'air et, à sa suite, le brasier s'engouffra dans sa bouche et son nez, avant de se propager aux poumons.

— À l'aide ! À l'aide ! beugla Wolf en se jetant sur le maire transformé en torche vivante. Vite ! À l'aide ! Ici !

Incapable de savoir quoi faire, il attrapa les bras de la victime qui se débattaient dans tous les sens. Déboulant dans la pièce, Edmunds resta ébahi. Le maire secoué d'une toux atroce recracha un mélange de sang mousseux et de flammèches sur le bras gauche de Wolf, dont la chemise s'embrasa. Wolf lâcha le maire dont le bras, dans un mouvement incontrôlé, le heurta brutalement au visage. Il réalisa que s'il avait pu se rapprocher assez du pauvre homme pour maintenir son nez et sa bouche fermés, le feu, privé d'oxygène, se serait instantanément éteint.

Edmunds s'était précipité dans l'open space pour y chercher la couverture anti-feu. L'alarme incendie s'était déclenchée. Tout le bureau était sur le pied de guerre. Simmons fonça vers la salle d'interrogatoire en zigzaguant entre les tables, Edmunds derrière lui. Les extincteurs automatiques à eau déversaient des jets puissants, ce qui ajoutait à la confusion : à chaque fois que le maire expulsait l'eau de sa bouche, il projetait des flammes tel un cracheur de feu paniqué. Wolf s'acharnait à le maîtriser pour l'allonger au sol et Edmunds se jeta dans la mêlée en brandissant la couverture, faisant s'écrouler les deux hommes sur le parquet inondé.

Pataugeant dans la flotte, Simmons s'approcha et grimaça de dégoût quand il découvrit l'état de son ami sous la couverture qu'Edmunds venait de soulever. Quand il comprit que l'air qu'il respirait empestait la chair brûlée, il eut un haut-le-cœur et recula, tandis que deux agents pénétraient dans la pièce. L'un d'eux plaça une couverture sur Wolf, toujours couvert de flammèches. Edmunds se pencha sur la victime en tâtant son pouls au niveau de la carotide puis s'approcha de la bouche dévastée à la recherche d'un souffle.

— Il ne respire plus ! hurla-t-il sans trop savoir à qui.

La chemise sur mesure de Savile Row s'effrita entre ses mains quand il entreprit de la déchirer. Il commença à exercer des compressions sur la poitrine en comptant mentalement. Mais à chaque appui sur le sternum du maire, du sang et des tissus musculaires carbonisés submergeaient la cage thoracique endommagée. La première chose qu'on lui avait apprise lors de ses trois jours de stage de secouriste du travail était un basique : sans des voies aériennes libres, aucune compression thoracique au monde ne peut sauver la victime. Edmunds ralentit ses efforts puis s'affala sur le sol détrempé. Il leva les yeux vers Simmons planté sur le seuil de la pièce.

— Monsieur, je suis désolé.

De l'eau dégoulinait des cheveux trempés d'Edmunds et coulait sur son visage. Il ferma les paupières, à la recherche d'une logique aux événements survenus au cours des deux dernières minutes trente. Au loin, il entendait se rapprocher des sirènes hurlantes.

Simmons s'avança, le visage indéchiffrable, il fixait le corps calciné de son ami. Contraint de détourner le regard de cette vision d'épouvante dont il savait qu'elle le hanterait le restant de ses jours, il reporta son attention sur Wolf. Celui-ci, agenouillé, tenait son bras, méchamment brûlé. Simmons l'attrapa violemment par la chemise pour le remettre debout et le plaqua contre le mur, sous le regard effaré des personnes présentes.

— T'étais censé le protéger ! cria-t-il, au bord des larmes, cognant Wolf à plusieurs reprises contre la cloison. Je t'avais demandé de le surveiller !

Premier à réagir, Edmunds bondit sur ses pieds et retint son patron par le bras. Deux autres policiers et Baxter, qui venait de surgir à la porte, l'aidèrent à maîtriser Simmons avant de le tirer à l'extérieur. En refermant la porte pour préserver la scène de crime, ils laissèrent Wolf en compagnie de l'horrible cadavre. L'inspecteur glissa le long du mur et s'affala, le corps ramassé sur lui-même. Il tâta l'arrière de son crâne, et contempla avec étonnement le sang frais sur ses doigts. Il était cerné par des dizaines de minuscules flammes huileuses qui se consumaient encore vaillamment, à l'image de ces lanternes japonaises flottantes qui guident les âmes perdues vers le royaume des morts. Il cala sa tête contre le mur et les observa qui vacillaient sous l'incessant déluge venu du plafond, songeant que l'eau froide se chargerait de faire disparaître le sang sur ses mains.

6

Samedi 28 juin 2014,
16 h 23

A NDREA DESCENDIT DU TAXI et se dirigea vers la Heron Tower, le troisième plus haut gratte-ciel de Londres. Elle leva les yeux en direction des derniers étages qui éclipsaient le soleil. Leurs formes disparates semblaient désigner le ciel de manière incongrue. À leur sommet, un mince pylône métallique se balançait en une vaine quête de prestige aux dépens de l'esthétique, voire des lois de l'attraction.

La salle de rédaction de la chaîne n'aurait pu être mieux située que dans un immeuble de ce goût-là.

Andrea pénétra dans l'immense hall d'accueil, puis s'engouffra automatiquement sur les escalators – elle n'avait jamais osé poser le pied dans un des six ascenseurs de verre qui propulsaient d'impatients hommes d'affaires vers leurs bureaux à une vitesse vertigineuse. Tandis qu'elle s'élevait doucement du rez-de-chaussée, elle admira l'aquarium monumental qui occupait l'arrière de la réception. Les hôtesses à la tenue impeccable ne semblaient pas perturbées par les soixante-dix mille litres d'eau de mer dont elles n'étaient séparées que par une fine cloison en résine acrylique.

Andrea rêvassait à la nouvelle passion de sa vie, la plongée sous-marine. Elle contempla la flore colorée qui s'accrochait aux coraux et les poissons filer soudain comme des flèches dans une eau voluptueusement chaude. Elle faillit trébucher lorsque l'escalier mécanique l'éjecta de ses pensées et la déposa brutalement à l'entresol. Elle avait reçu un appel lui indiquant la scène de crime à trois heures du matin. Après avoir finalement contacté Wolf pour lui remettre l'enveloppe terrifiante, découverte dans sa panière à courrier, elle était restée durant quatre heures à l'extérieur de New Scotland Yard pour assurer un direct toutes les trente minutes – ce qui impliquait de ressasser les mêmes informations en donnant l'impression qu'il y avait des événements palpitants et des progrès significatifs aux abords du quartier général de la police criminelle.

Après le flash infos de 11 heures, Andrea avait reçu un coup de fil du directeur de la rédaction, Elijah Reid, qui lui ordonnait de rentrer chez elle pour se reposer. Elle s'était entêtée à vouloir rester, n'ayant aucune intention de renoncer au scoop du siècle sur ce qu'elle subodorait être l'affaire la plus sensationnelle depuis celle du Tueur Crématiste. D'autant qu'elle était au courant du contenu explosif de l'enveloppe, et qu'elle n'en avait pas encore informé son patron. Elle avait capitulé quand Elijah lui avait juré qu'il lui téléphonerait au moindre mouvement.

La demi-heure du retour avait été l'occasion d'une agréable balade. Elle avait longé les parcs sous le soleil, Belgrave Square Garden, puis avait rejoint Knightsbridge et la maison de style victorien de trois étages qu'elle partageait avec son petit ami et la fille de ce dernier, âgée de neuf ans. Une fois la lourde porte d'entrée refermée, Andrea avait grimpé au dernier étage où se trouvait leur chambre, simple mais chic. Elle avait tiré les doubles rideaux, s'était allongée tout habillée sur la couette, dans la pénombre. Après avoir réglé l'alarme du réveil sur son portable, elle avait sorti de son sac une chemise cartonnée dans laquelle se trouvaient les photocopies de chacun des documents remis à Wolf et l'avait gardée tout contre sa poitrine. Elle avait fermé les paupières en pensant à leur énorme importance pour la police, pour ces pauvres gens dont le nom figurait sur la liste, et... pour sa carrière.

Pendant plus d'une heure et demie, elle n'était pas parvenue à s'endormir. Les yeux fixés sur les moulures autour du plafonnier d'époque, elle s'était interrogée si oui ou non, d'un point de vue moral et juridique, elle devait informer Elijah. Aucun doute : il exhiberait sans vergogne les douze photographies devant le monde entier. Une mise en garde hypocrite – « Attention, certaines images peuvent heurter la sensibilité des plus jeunes » – ne ferait qu'exciter la curiosité morbide et insatiable du public. Elle se demanda même si, partagées entre fascination et répulsion, les familles des victimes non identifiées auraient envie de regarder les photos de ces corps démembrés susceptibles d'être ceux de leurs proches.

Dès le matin, des dizaines de journalistes s'étaient massés devant la même toile de fond pour rendre compte des mêmes informations, chacun rivalisant d'ingéniosité pour capter l'attention des téléspectateurs qui n'avaient que l'embarras du choix. Le fait qu'Andrea ait été contactée par le tueur allait sans nul doute renforcer la concurrence avec la BBC et Sky News, qui reprendraient à coup sûr ses images dans les minutes suivant la diffusion. Toutefois, Andrea savait comment s'y prendre pour que chaque télévision du pays soit focalisée sur elle, et sur elle seule.

1. Le pitch : elle indiquerait au public qu'elle avait été choisie par le nouveau serial killer de la ville.

2. Le teasing : ils dévoileraient les photos l'une après l'autre, les décrivant avec force détails. Ils proposeraient des hypothèses folles pour enflammer les imaginations et pourraient même dégotter un ex-flic, un détective privé – ou, pourquoi pas, un auteur de romans policiers – disposé à donner son avis sur la question.

3. La promesse : Andrea révélerait l'existence d'un *supplément* dans l'envoi du tueur – une liste manuscrite des noms de ses six prochaines victimes et la date précise de leur exécution. « Tout vous sera dévoilé dans cinq minutes », promettrait-elle au téléspectateur. Un laps de temps assez long pour que l'info se propage sur la planète entière, mais trop bref pour permettre à la police d'interrompre la diffusion.

4. La révélation : une fois le monde entier suspendu à ses lèvres, elle égrènerait les noms et les dates, marquerait des pauses en dramatisant, comme le font les membres du jury des émissions télé censées faire éclore de nouveaux talents musicaux. Un roulement de tambour, peut-être, pour ponctuer le tout ? Ou bien serait-ce *trop* ?

Andrea s'en voulait d'avoir de telles pensées. Il y avait fort à parier que la police n'avait pas encore contacté ces potentielles victimes – lesquelles méritaient de connaître leur destin imminent bien avant le reste de leurs congénères. Et puis, elle risquerait l'arrestation, quelque chose qui n'avait jamais dissuadé Elijah par le passé. Bien que travaillant depuis peu pour la chaîne, Andrea l'avait vu ruiner des réputations, faire circuler des infos sur des enquêtes en cours, et être convoqué par deux fois au tribunal pour rétention de preuves et tentative de corruption d'un fonctionnaire de police.

Ayant renoncé à fermer l'œil, elle s'était assise sur le lit, guère reposée mais décidée sur un plan d'action à mettre en œuvre. Elle utiliserait les photos, au risque d'avoir des ennuis, mais les avantages pour sa carrière dépasseraient largement les inconvénients. Elle garderait la liste secrète. Voilà la bonne chose à faire. Elle se sentit fière d'avoir le courage de résister à la pression grandissante de son patron et, par là, de veiller à ne pas devenir aussi impitoyable et nuisible que lui.

Elle avait atteint le couloir menant à la salle de rédaction. Même à cette hauteur encore raisonnable, Andrea avait tendance à dévier instinctivement vers le mur, refusant d'admirer la vue surplombant les rooftops de Camomile Street. Quand elle entra dans le bureau, elle fut comme chaque fois frappée par le brouhaha qui régnait ici vingt-quatre heures sur vingt-quatre. Son boss, Elijah, adorait ce chaos ; il s'y sentait comme un poisson dans l'eau. Des gens s'apostrophaient de part et d'autre de la pièce, par-dessus les sonneries de téléphone discordantes, au milieu d'une multitude d'écrans plasma suspendus au plafond, dont les sous-titres s'affichaient en continu. Elle savait que l'acclimatation ne prendrait que quelques minutes : cette atmosphère électrique deviendrait bientôt un bruit de fond familier.

La salle de rédaction était installée aux dixième et onzième étages. Le plancher entre les deux avait été retiré, afin de créer une espèce de duplex plus fonctionnel. Après des années à travailler sur des chaînes régionales, Andrea estimait la disposition des lieux excessive et dispendieuse – presque une parodie de salle de rédaction. Tout ce dont elle avait vraiment besoin se résumait à une chaise, un bureau, un ordinateur et un téléphone.

Le directeur des programmes avait été débauché d'une chaîne d'infos américaine réputée intraitable, suite entre autres à une enquête remarquée sur la corruption au sein de prestigieuses entreprises. Elijah avait introduit dans son équipe une foule d'américanismes condescendants, en plus d'imposer à ses employés – dotés d'une réserve toute britannique – l'esprit du *team building* et la participation à des séminaires de motivation. Andrea prit place dans son fauteuil ergonomique jaune fluo – des recherches scientifiques ayant établi une corrélation entre couleurs vives et efficacité au travail. Droit dans sa ligne de mire, elle avait un distributeur de glaces Ben & Jerry's. Elle vérifia sa panière à courrier, en quête d'un éventuel message du tueur, puis sortit la chemise cartonnée de son sac. Elle s'apprêtait à grimper l'escalier jusqu'à la tanière d'Elijah quand tous ses collègues abandonnèrent leurs postes pour se regrouper sous le plus large écran de la rédaction.

Andrea remarqua qu'Elijah avait suivi le mouvement et qu'il se tenait à présent sur la mezzanine, les bras croisés. Il l'avait aperçue, mais son regard avait glissé sur elle pour revenir à ce qui se déroulait à la télé. Intriguée, Andrea se leva pour rejoindre l'attroupement qui grossissait.

— Hé ! Montez le son ! cria quelqu'un.

Soudain, l'enseigne familière de New Scotland Yard apparut à l'écran et Andrea reconnut la marque de fabrique de son cameraman Rory, un objectif *soft focus* permettant de créer un effet de flou autour d'une charmante journaliste blonde vêtue d'une robe d'été très décolletée. Un sifflement fusa dans l'assistance. Isobel Platt ne travaillait pour la chaîne que depuis quatre mois. Quand elle avait appris la nomination de cette jeune femme de vingt ans, Andrea l'avait eu saumâtre. Donner un poste de cette importance à une écervelée trop maquillée, à peine capable de lire, était une insulte à l'ensemble de la profession. Aujourd'hui, elle mesurait le grave danger que cette fille représentait pour sa carrière.

Isobel déclara gaiement qu'un porte-parole de la police allait faire une déclaration « im-minente ». Le cadrage se resserra sur la naissance de ses seins, si bien qu'Andrea se demanda pourquoi Rory se fatiguait à lui conserver des jambes et une tête. Elle sentait les larmes lui picoter les yeux, tout comme elle sentait le regard d'Elijah peser sur elle, à l'affût de sa réaction. Elle se focalisa sur la télé, s'obligea à ne pas s'en détacher, ni à quitter la pièce. Aucune envie de lui offrir ce plaisir.

Ce n'était pas la première fois qu'elle sous-estimait la cruauté du directeur des programmes, quoiqu'elle ne soit pas dupe de ses motivations : dans la course à l'audience, ce serait à qui déterrerait le plus gros scoop de l'année. Alors pourquoi se priver de coller une blonde à forte poitrine devant la caméra ? Andrea n'aurait pas été étonnée qu'Isobel réapparaisse seins nus au moment de rendre l'antenne.

L'annonce de la mort du maire Turnble, lors d'une réunion de routine au quartier général de la police, fit l'effet d'une bombe auprès des journalistes. Mais Andrea n'entendit la nouvelle que d'une oreille, trop concentrée à faire évoluer sa frustration légitime en une rage froide. Il était hors de question qu'elle se laisse tranquillement déposséder de *son* sujet. Elle pivota, sans s'attarder à vérifier l'impact des seins d'Isobel sur la conférence de presse, regagna son bureau en trombe, ramassa son dossier et grimpa l'escalier d'un pas martial jusqu'à Elijah. Il devait s'y attendre car il battit en retraite dans son bureau en laissant toutefois la porte entrouverte.

Les cinq minutes suivantes, Elijah tempêta et jura tant et plus. Il était vert d'apprendre qu'Andrea avait gardé pour elle une histoire aussi explosive, et ce une journée entière. Il lui hurla sept fois qu'elle était virée, la traita trois fois de sale pute et terrorisa sa secrétaire venue lui demander si tout allait bien.

Andrea patientait, d'autant qu'elle avait anticipé une réaction de ce type. Elle trouvait la situation aussi comique que l'était son accent new-yorkais qui, au fur et à mesure que montait sa colère, se mâtinait du timbre traînant des gens du Sud. Elijah était un homme vaniteux. Il fréquentait la salle de sport avant et après le boulot, et arborait toujours des chemises une taille trop juste, conformément à son obsession du corps. Il avait dépassé la quarantaine, et pourtant ses cheveux étaient toujours d'un blond parfait, peignés en arrière avec soin. Certaines femmes de la rédaction le jugeaient irrésistible, l'incarnation idéale du mâle dominant. Pour Andrea, il était grotesque et répugnant. Encore une minute et c'en serait fini de l'étalage grossier de son pouvoir de domination.

— La qualité de ces photos est pourrie, elles sont inutilisables ! éructa-t-il.

Cependant, il peinait à dissimuler son excitation alors qu'il les étalait sur son bureau.

— Oui, c'est vrai, répondit Andrea, stoïque. Ce sont juste des tirages pour te montrer. J'ai des versions en haute définition sur une carte SD.

— Où ça ? (Quand il se rendit compte qu'il n'obtiendrait aucune réponse, il leva les yeux vers elle.) Brave petite… Tu apprends vite, dis donc.

Malgré le ton condescendant, Andrea ne put s'empêcher d'apprécier le compliment implicite. Ils luttaient maintenant à armes égales, tels deux requins tournant autour du même morceau de barbaque.

— C'est la police qui détient les originaux ?

— Oui.

— Wolf ? (Elijah avait manifesté un vif intérêt pour le divorce d'Andrea d'avec l'odieux inspecteur, le scandale du Tueur Crématiste ayant mérité les honneurs des journaux de l'autre côté de l'Atlantique.) Eh bien comme ça, sourit-il, ils ne pourront pas nous accuser de dissimulation de preuves, hein ? Va porter les photos aux graphistes. Tu gardes ton job.

Andrea fut un instant prise de court. Il avait parfaitement pigé que son intention était moins de sauver son poste que d'exiger de couvrir à nouveau *son* sujet. Le sourire d'Elijah s'étira en un rictus malveillant dès qu'il lut la déception sur le visage de la journaliste.

— Ne réagis pas comme si tu t'étais fait baiser. Tu as fait ton boulot, un point c'est tout. Isobel est sur place. C'est elle qui fera le reportage.

Andrea sentit de nouveau ses yeux picoter, et se força à réfréner ses larmes tandis qu'elle cherchait comment contre-attaquer.

— Dans ce cas, je vais juste…

— Juste quoi ? Tu vas me filer ta dém, c'est ça ? ricana-t-il. Je suis prêt à parier que la carte SD que tu as utilisée appartient à la boîte. Si je te soupçonne de vouloir quitter nos locaux avec des objets volés, je suis en droit de demander à la sécu de te fouiller.

Andrea visualisa le petit rectangle noir dans son portefeuille, coincé entre sa carte de fidélité Starbucks et sa carte PADI certifiant son brevet de plongée. Les gardes de la sécurité le découvriraient en deux secondes. Elle se souvint alors qu'elle avait encore un atout dans sa manche.

— Il existe une liste. (Les mots étaient sortis tout seuls.) Une liste des prochaines victimes du tueur.

— C'est des conneries.

Elle attrapa la boule de papier dans sa poche et la défroissa avec soin pour ne lui laisser entrevoir que la première ligne.

Le maire Raymond Edgar Turnble, samedi 28 juin

Elijah plissa les paupières pour examiner la photocopie grisée qu'elle tenait volontairement hors de sa portée. Il avait vu Andrea aller de l'écran central à son bureau, puis monter directement chez lui. Aucune possibilité qu'elle ait pu utiliser le photocopieur.

— J'ai cinq autres noms et dates en dessous. Et si tu cherches à m'arracher cette feuille, je te *jure* que je la bouffe en entier.

Il comprit qu'elle ne rigolait pas. Il se pencha en arrière et se cala dans son fauteuil, un sourire satisfait aux lèvres, comme s'ils venaient d'achever une partie de poker, âprement disputée.

— Qu'est-ce que tu veux en échange ?
— *Mon* sujet.
— OK.
— Tu peux laisser poireauter Isobel là-bas. Je présenterai mon reportage depuis le studio.
— Tu es une journaliste de terrain.
— Préviens Robert et Marie qu'on n'aura pas besoin d'eux pour l'émission de ce soir. Je veux la totalité du temps d'antenne.

Moment d'hésitation.

— C'est comme si c'était fait. Autre chose ?
— Oui. Fais verrouiller les portes d'entrée jusqu'à ce que j'aie terminé. Qu'on n'ouvre à personne. Je ne tiens pas à être arrêtée par les flics avant la fin de la transmission.

7

Samedi 28 juin 2014,
17 h 58

Assis, seul, dans le bureau de Simmons, Wolf découvrit, mal à l'aise, les nombreuses et récentes traces de coups de poing sur le vieux meuble de classement, ainsi que les éclats de plâtre au sol – premiers témoignages du travail de deuil. Il patientait, embarrassé, jouant machinalement avec le bandage humide qui enveloppait son bras gauche.

Après l'exfiltration de Simmons de la salle d'interrogatoire, Baxter était revenue. Wolf était encore affalé près du corps sans vie du maire, arrosé par la mousson qui continuait de sévir dans la pièce. Elle ne l'avait jamais vu si vulnérable, si désorienté. Il regardait dans le vide, sans même se rendre compte de sa présence. Avec des gestes tendres, elle l'avait fait se lever et conduit dans le couloir, au sec, où des visages préoccupés suivaient le moindre de leurs mouvements sans trop de bienveillance.

— Bordel de merde…, avait-elle grogné.

Ils avaient traversé l'open space en titubant, elle le soutenant de tout son poids, et s'étaient dirigés vers les toilettes pour dames. Baxter avait réussi, non sans mal, à le hisser sur le comptoir entre les deux lavabos, puis à déboutonner sa chemise tachée et à la lui ôter délicatement – en particulier au niveau des brûlures de l'avant-bras. Le tissu avait adhéré aux cloques et aux boursouflures de la peau. Des odeurs de déodorant, de sueur et de chair brûlée avaient envahi l'atmosphère du réduit. De manière totalement irrationnelle, Baxter s'était sentie nerveuse à l'idée que quelqu'un puisse entrer et la découvrir là, même si elle ne faisait rien de mal.

— Essaie de te redresser, l'implora-t-elle, une fois qu'elle eut détaché ce qu'elle pouvait de la plaie.

Elle était repartie en vitesse dans l'open space pour en rapporter une trousse de premiers secours et une serviette, afin de sécher les cheveux dégoulinants de Wolf. Au passage, elle avait pris des compresses grasses qu'elle avait appliquées sur le bras blessé avant d'enrouler le tout d'une bande, façon momie.

Un moment plus tard, on avait cogné à la porte : Edmunds. Il avait retiré sa chemise sans enthousiasme, en ayant pris la peine, au préalable, de préciser qu'il portait un tee-shirt dessous. Malgré sa taille, Edmunds avait le physique d'un lycéen maigrichon, et le vêtement était peu adapté à la corpulence de Wolf. Mais Baxter avait estimé que c'était mieux que rien : elle l'avait boutonné comme elle avait pu, s'était installée sur le comptoir au côté de son ami, attendant patiemment que celui-ci reprenne ses esprits.

Wolf avait passé le reste de l'après-midi à l'écart, à rédiger un rapport détaillé sur le déroulement des événements dans la salle d'interrogatoire. Il avait décliné les nombreux conseils lui suggérant de se rendre aux urgences, puis de rentrer chez lui. À 17 h 50, il avait été convoqué dans le bureau de Simmons. Depuis, il guettait, non sans appréhension, l'arrivée de l'inspecteur principal qu'il n'avait pas revu depuis leur altercation.

Tandis qu'il patientait, Wolf se remémorait par bribes l'épisode des toilettes et la sollicitude de Baxter, mais tout lui apparaissait dans un brouillard. Il éprouvait une espèce de culpabilité stupide d'avoir oublié de faire des pompes ce matin-là – en fait, depuis quatre ans –, et eut honte qu'on ait vu son torse un peu empâté.

Il entendit Simmons entrer derrière lui et refermer la porte. Son patron se laissa tomber dans son fauteuil, sortit d'un sac *Tesco* une bouteille de Jameson, des tasses jetables à l'effigie des Transformers et un sachet de glaçons. Ses yeux étaient encore rouges et gonflés. Il avait été obligé d'annoncer la nouvelle avant la conférence de presse à la femme du maire. Simmons prit deux tasses, jeta une poignée de glaçons dans chacune, les remplit jusqu'à ras bord et en poussa une vers Wolf, sans un mot. Chacun sirota son verre en silence.

— Whisky irlandais. Ton préféré, dit Simmons.

— Bonne mémoire.

— Ta tête, comment ça va ? demanda-t-il comme s'il n'y était pour rien.

— Mieux que mon bras, répondit Wolf, pas convaincu que les médecins valideraient les soins prodigués par Baxter.

— Je peux être franc ? On sait tous les deux que tu devrais être assis à ma place si tu n'avais pas autant merdé. Tu as toujours été un meilleur flic que moi. (Wolf demeura impassible.) Tu aurais peut-être pris des décisions plus habiles que les miennes. Et peut-être que Ray serait toujours en vie si…

Simmons s'interrompit pour boire une gorgée de whisky.

— Il n'y avait aucun moyen de le savoir, le rassura Wolf.

— Que le Salbutamol avait été mélangé à un gaz incendiaire ? Que les brassées de fleurs au milieu desquelles nous étions assis depuis une semaine étaient couvertes de pollen d'ambroisie ? (Wolf avait bien remarqué le nombre de sacs à scellés entreposés devant le bureau.) Apparemment, ça déclenche de violentes crises d'asthme. Et moi, je le fais venir *ici* !

De rage, Simmons balança sa tasse en carton contre le mur. Elle y rebondit pour atterrir sur la table. La scène détendit l'atmosphère. Puis, il s'en saisit et la remplit à nouveau.

— Bon, débarrassons-nous de ça avant que la *Commander* ne revienne : qu'est-ce qu'on va faire de toi ?

— De moi ?

— Eh bien oui, de toi. C'est le moment où je dois te dire que tu es trop impliqué dans l'affaire, et t'annoncer que dans l'intérêt général, on te retire…

Wolf s'apprêtait à protester, mais Simmons ne lui en laissa pas le temps.

— … L'enquête, et là, tu me réponds d'aller me faire foutre. Alors, je te rappelle ce qui s'est passé avec Khalid. Forcément, tu me répètes d'aller me faire foutre. À contrecœur, j'accepte donc de te garder sur l'affaire, mais je te préviens qu'à la moindre alerte de tes collègues, de ton psychiatre ou de moi-même, c'est une nouvelle affectation qui te pend au nez. Merci pour la conversation.

Wolf acquiesça : il n'était pas sans savoir que Simmons prenait des risques pour lui.

— Donc, sept cadavres, et jusqu'ici, tout ce qu'on a comme arme du crime, c'est un inhalateur, des fleurs et un poisson japonais. (Simmons secoua la tête, dégoûté.) Tu te souviens du bon vieux temps où les gens allaient simplement trouver un pauvre con pour le descendre ?

— À des jours meilleurs, dit Wolf en levant sa tasse décorée du robot Optimus Prime.

— À des jours meilleurs, répéta son chef au moment de trinquer.

Wolf sentit son portable vibrer dans la poche de son pantalon. Il le sortit et lut un très court SMS d'Andrea.

```
        SUIS DÉSOLÉE    ( )( )
                         \ /
                          V
```

Tout à coup, il se sentit mal. C'était certain, Andrea lui adressait ses excuses pour autre chose que cet atroce dessin de pénis vraisemblablement destiné à former un cœur. Il s'apprêtait à lui répondre quand Baxter entra en trombe dans le bureau et alluma la minuscule télévision fixée au mur. Simmons, stupéfait, ne réagit même pas.

— Ton ex, cette salope, est en train de tout déballer, dit-elle.

L'émission avait commencé. Andrea était magnifique. À l'observer, Wolf prit conscience qu'il avait toujours tenu sa beauté pour acquise — ses longues boucles rousses relevées en chignon, celui qu'elle réservait aux grandes occasions —, le vert émeraude de ses yeux qui pétillaient tant qu'on aurait pu les croire artificiels. La raison pour laquelle elle était en train de le trahir lui parut évidente. Elle n'était ni à l'extérieur, debout près d'une route, ni en liaison téléphonique avec le studio, la voix chevrotante et une vieille photo d'elle affichée à l'écran. Non, son reportage se déroulait sur un plateau : elle en était la présentatrice. Exactement ce dont elle avait toujours rêvé.

— ... que la mort du maire Turnble survenue cet après-midi fut, en réalité, un meurtre prémédité, lié aux six victimes retrouvées dans Kentish Town, tôt ce matin, déclara Andrea avec une assurance que Wolf savait feinte. Nous informons nos téléspectateurs que certains d'entre eux pourraient trouver choquantes les images qui vont suivre...

— Fawkes, appelle ta femme ! Immédiatement ! s'écria Simmons.

— Mon ex-femme, rectifia-t-il tandis qu'ils appuyaient chacun fébrilement sur les touches de leurs portables respectifs.

— Oui... Allô, passez-moi le numéro de la salle de rédaction à...

— Envoyez deux unités au 110 Bishopsgate...

— La personne que vous essayez de joindre n'est pas disponible...

En bruit de fond, l'émission continuait :

— ... avons eu confirmation que la tête était bien celle de Naguib Khalid, le Tueur Crématiste. On ignore encore comment Khalid, qui purgeait sa...

— Je vais tenter de joindre le service de sécurité de leur immeuble, dit Wolf après avoir laissé sur la boîte vocale d'Andrea ces trois mots : « Rappelle-moi maintenant ! »

— ... apparemment démembrés avant d'être attachés ensemble pour reconstituer un corps entier, un corps que la police a désormais baptisé *Ragdoll*, la Poupée de Chiffon, précisa Andrea tandis que les photos étaient diffusées une à une, dans toute leur horreur.

— C'est quoi ces conneries ? s'exclama Simmons, toujours en ligne avec la salle de commandement.

Ils se turent pour écouter la suite.

— ... cinq autres noms de victimes, suivis de la date précise à laquelle elles mourront. Tout cela vous sera révélé dans cinq minutes exactement. Ici Andrea Hall, restez à l'écoute !

— Elle ne va pas faire ça ? demanda Simmons à Wolf, abasourdi, une main sur le combiné.

Comme Wolf demeurait muet, il reprit le fil de sa conversation, au comble du stress.

Cinq minutes plus tard, Wolf, Simmons et Baxter fixaient le plateau du JT à nouveau éclairé, avec l'impression bizarre qu'Andrea était restée seule dans le noir pendant tout ce temps. Derrière la vitre, leurs collègues dans l'open space s'étaient massés autour d'une télé que quelqu'un avait été chercher dans la salle de réunion. Tous avaient le sentiment d'avoir une bonne longueur de retard.

Sans surprise, Andrea n'avait pas donné suite au message de Wolf. La sécurité de l'immeuble bloquait l'accès à la salle de rédaction, et les policiers dépêchés sur place n'étaient pas encore arrivés. Simmons avait contacté le directeur des programmes dont il ne connaissait que trop le nom. Ce type était imbuvable. Il l'avait officiellement informé qu'il sabotait une enquête criminelle et qu'il risquait une peine de prison – sans le moindre effet. Simmons en avait donc appelé à son sens des responsabilités, arguant qu'aucune des personnes sur cette liste n'avait été prévenue par la police de la menace qui pesait sur elle.

— On vous évite donc cette peine, lui avait rétorqué Elijah. Quand je pense que vous dites que je ne fais rien pour vous aider.

Il avait refusé de lui passer Andrea, puis lui avait raccroché au nez. Tout ce qu'ils pouvaient faire, à présent, c'était assister ensemble au désastre. Simmons remplit trois verres de whisky. Baxter, installée au bureau de son chef, renifla son verre, sceptique, avant de l'avaler cul sec. Puisqu'elle serait de notoriété publique dans quelques minutes, elle demandait à voir la liste confidentielle – mais le JT reprit.

Andrea buta sur la première phrase et eut un blanc. Wolf sentit qu'elle avait moins d'assurance, qu'elle doutait. Il savait que sous le minuscule pupitre ses genoux devaient gigoter comme chaque fois qu'elle était angoissée. Elle regardait fixement la caméra comme si elle cherchait à capter les millions d'yeux invisibles qui l'observaient, et Wolf se dit qu'elle cherchait les siens. Elle cherchait surtout un moyen de se tirer du bourbier dans lequel elle s'était elle-même fourrée.

— Andrea, on est à l'antenne, siffla une voix courroucée dans son oreillette. Andrea !

— Bonsoir. Me revoilà, Andrea Hall...

Elle passa plus de cinq minutes à récapituler les événements et à commenter les atroces photos pour les innombrables téléspectateurs qui prenaient l'émission en cours. Elle bafouilla en expliquant qu'une liste manuscrite avait été jointe à l'envoi de ces photos, et ses mains tremblèrent quand vint le moment d'énoncer les six condamnations à mort :

— Le maire Raymond Edgar Turnble, samedi 28 juin ; Vijay Rana, mercredi 2 juillet ; Jarred Andrew Garland, samedi 5 juillet ; Andrew Arthur Ford, mercredi 9 juillet ; Ashley Danielle Lochlan, samedi 12 juillet ; et le lundi 14 juillet...

Andrea marqua une pause. Non qu'elle recherche un quelconque effet dramatique (elle avait lu la liste rapidement, sans mise en scène, comme pour en terminer au plus vite), mais parce qu'elle dut essuyer une larme teintée de mascara. Elle s'éclaircit la gorge, et farfouilla dans les feuilles devant elle pour se donner une contenance. Cela ne trompa personne. Soudain, elle plaqua une main sur sa bouche et ses épaules se mirent à trembler alors qu'elle prenait conscience de ce qu'elle avait fait.

— Andrea ? Andrea ? chuchota un cameraman.

Elle se redressa et lorgna vers l'affichage du taux d'audience qui battait tous les records. C'était son heure de gloire, gâchée seulement par d'inélégantes traînées de maquillage noir sur son visage et ses manches.

— Ça va aller.

À nouveau un silence. Puis :

— Et le lundi 14 juillet, l'inspecteur en charge de l'affaire *Ragdoll*, l'officier de la *Metropolitan Police*, le *Sergeant* William Oliver Layton-Fawkes.

8

Lundi 30 juin 2014,
9 h 35

— MOCHE.
— Moche ?
— Et triste.
— Triste ? (Le Dr Preston-Hall poussa un long soupir et reposa son carnet sur la table basse près de son fauteuil.) Cet homme que vous aviez pour mission de protéger, vous l'avez vu mourir sous vos yeux, et la personne qui l'a tué annonce son intention de vous assassiner dans une quinzaine de jours. Et les seuls mots qui vous viennent à l'esprit pour résumer la situation, c'est « moche » et « triste » ?
— Dingue ? suggéra encore Wolf, croyant bien faire.
Cela sembla piquer la curiosité du médecin. Elle ramassa son carnet et se pencha en avant.
— Donc vous éprouvez un sentiment de colère ?
Wolf réfléchit un instant.
— Pas vraiment, non.

Le Dr Preston-Hall jeta à nouveau son carnet sur la table, lequel glissa et tomba par terre. Apparemment, c'était *elle* qui devenait dingue.

Depuis sa réintégration, Wolf se rendait tous les lundis matin dans cette maison à l'architecture georgienne, ornée d'une façade en stuc. Le Dr Preston-Hall était la psychiatre attitrée de la *Metropolitan Police*. Son cabinet était discrètement signalé par une plaque en bronze près de la porte d'entrée, et situé à trois minutes à peine de marche de New Scotland Yard.

L'allure du médecin reflétait l'élégance des lieux. La petite soixantaine, beaucoup de classe, des vêtements coûteux, des cheveux argentés coiffés avec une certaine sophistication, elle arborait un air sévère, et aussi cette autorité naturelle de la maîtresse d'école dont on se souvient le restant de ses jours.

— Racontez-moi... Vous faites toujours ces rêves ? Ceux avec l'hôpital ?

— L'hôpital... vous voulez dire l'asile psychiatrique !

Elle soupira.

— Seulement quand je dors, reprit Wolf.

— Et donc ?

— Pas toujours l'asile. Et je ne les qualifierais pas de « rêves », mais de cauchemars.

— Et moi, je ne les qualifierais pas de « cauchemars », répliqua le Dr Preston-Hall. Il n'y a rien de terrifiant dans un rêve. *Vous* y projetez simplement vos peurs.

— Avec tout mon respect, c'est beaucoup plus facile de l'affirmer quand on n'a pas passé treize mois et un jour de sa vie dans cet enfer.

La psychiatre changea de sujet, sentant bien que Wolf préférait consacrer la séance à batailler plutôt que de lui lâcher quelque chose de personnel. Elle déchira l'enveloppe cachetée qu'il avait apportée et lut attentivement le rapport hebdomadaire signé par Finlay. Tout ça était une belle perte de temps, des arbres et de l'encre gâchés pour pas grand-chose, pouvait-on lire sur son visage. Wolf partageait cet avis.

— Le *Sergeant* Shaw a l'air plus que satisfait de la manière dont vous avez géré le stress de ces derniers jours. Il vous octroie une note de dix sur dix. Dieu sait sur quoi il fonde son système d'évaluation, mais… c'est bon pour vous, conclut-elle d'un ton cinglant.

Wolf contemplait les vastes demeures de l'autre côté de la rue, à travers la fenêtre à guillotine. Toutes paraissaient avoir été bien entretenues au fil des ans, ou restaurées dans leur splendeur passée. Sans le murmure incessant de la ville annonçant une nouvelle semaine frénétique, Wolf aurait pu croire être remonté dans le temps. Une brise légère pénétra dans la pièce sombre, tandis que la température extérieure se préparait à atteindre vingt-huit degrés.

— Pendant toute la durée de cette enquête, je veux vous voir deux fois par semaine, décréta la psychiatre, achevant la lecture du formulaire que Finlay avait rempli de son écriture maladroite, sous la dictée de l'intéressé.

Wolf se redressa, en prenant soin de ne pas serrer les poings devant elle.

— J'apprécie que vous vous inquiétiez pour moi… (Le timbre de sa voix semblait indiquer le contraire.) mais je n'ai pas trop le temps en ce moment. J'ai un tueur à attraper, moi.

— Voilà le cœur du problème : *moi je*. Et c'est bien cela qui me préoccupe. N'est-ce pas ce qui s'est déjà produit par le passé ? Attraper ce criminel ne relève pas de *votre unique responsabilité*. Vous avez des collègues, des gens pour vous épauler…

— Et j'en ai plus que profité.

— Et moi j'ai des obligations professionnelles à assumer.

Wolf eut la sensation très nette qu'elle risquait de lui imposer trois séances par semaine s'il continuait à discuter.

— Donc, c'est entendu, reprit-elle en consultant son agenda. Que diriez-vous de mercredi matin ?

— Mercredi, je serai juste un peu occupé à empêcher le meurtre d'un homme nommé Vijay Rana.

— Jeudi, alors ?

— Parfait.

— 9 heures ?

— Parfait.

Le Dr Preston-Hall signa tous les papiers, un sourire bienveillant aux lèvres. Wolf se leva et se dirigea vers la porte.

— William...

Il se retourna.

— Faites attention à vous.

Simmons avait insisté pour que Wolf prenne son dimanche, après la journée éprouvante de la veille. Wolf le soupçonnait de simplement vouloir protéger ses arrières, veillant à ce que la psychiatre le juge suffisamment en forme pour l'autoriser à retourner bosser. Il avait fait des courses dans un Tesco Express, acheté de quoi tenir jusqu'à la fin du week-end, se doutant qu'une cohorte de journalistes ferait le siège de son immeuble, à guetter son retour. Il avait raison. Il put cependant les éviter en empruntant le couloir délimité par la rubalise, toujours en place pour permettre aux techniciens de la police scientifique d'achever leur travail.

Il avait consacré ce jour de congé imposé à faire du tri dans certains des cartons qu'Andrea avait préparés pour lui des mois plus tôt. Il savait à l'avance qu'elle n'y avait fourré que des trucs minables – pas question de lui refiler des choses utiles, comme leur voiture.

Elle l'avait appelé à dix-sept reprises sur son portable, entre samedi soir et dimanche. Il n'avait pas décroché. Il prit un seul appel, celui de sa mère qui s'intéressa à lui les deux premières minutes avant de changer de sujet pendant les quarante suivantes, abordant la question autrement plus cruciale de la clôture effondrée entre sa maison et celle d'Ethel, sa voisine. Wolf promit de venir un week-end de juillet à Bath pour la réparer. S'il était assassiné brutalement le 14, il aurait au moins la consolation de s'éviter ça.

Un bourdonnement de perceuses accueillit Wolf lorsqu'il franchit la porte du *Homicide and Serious Crime*. Une équipe d'ouvriers triés sur le volet avait entamé les réparations liées à l'inondation de la salle d'interrogatoire. Il traversa l'open space en notant chez ses collègues deux types de réaction différente. Beaucoup lui adressèrent des sourires bienveillants, un type qu'il ne connaissait pas lui proposa un café et un autre – même pas impliqué dans l'enquête – lui glissa sur le ton de la confidence : « On les aura. » Mais certains l'évitèrent comme la peste, persuadés qu'ils risquaient leur peau à le fréquenter, et ce, quel que soit le moyen – poisson venimeux, médicament ou plante – dont userait le tueur.

— Ah te voilà enfin, dit Baxter alors qu'il s'approchait d'elle et d'Edmunds. Elle était bien ta journée de repos pendant que nous on se tapait toute la paperasse ?

Wolf ignora la pique – il était le mieux placé pour savoir que l'agressivité de Baxter résumait son mode de fonctionnement selon un schéma invariable : frustration-hostilité-gêne-violence verbale. Elle s'était montrée étonnamment respectueuse depuis samedi soir, ne cherchant pas à le joindre alors même qu'elle était la seule avec qui il eût aimé discuter. Elle agissait comme si elle n'avait jamais entendu parler de la liste, ce qui les satisfaisait tous les deux.

— En fin de compte, cette petite lopette d'Edmunds, dit-elle en le désignant, ne nous est pas totalement inutile.

Baxter briefa Wolf. La piste du pollen d'ambroisie avait été abandonnée après consultation d'un expert : on pouvait faire pousser cette plante dans n'importe quelle serre du pays. Même problème avec les fleurs : les bouquets avaient été achetés chez divers fleuristes, éparpillés aux quatre coins de Londres. Dans chaque cas, le paiement avait été posté, et en liquide. Ils avaient remonté la piste soulevée par Edmunds, s'étaient rendus à l'usine *Complete Foods* pour y récupérer une liste exhaustive des employés qui travaillaient la nuit précédant l'empoisonnement de Naguib Khalid. Plus important encore, ils s'étaient fait remettre les enregistrements des caméras de surveillance où l'on voyait un inconnu entrer par effraction dans l'entreprise aux premières heures de l'aube. Edmunds tendit avec fierté à Wolf une clé USB contenant la vidéo en question, l'air d'attendre une petite tape reconnaissante sur la tête.

— Il y a une chose qui me turlupine, dit-il.

— Ah non, vous n'allez pas recommencer avec cette histoire, soupira Baxter.

— J'ai découvert que les plats contaminés avaient été livrés dans d'autres établissements, poursuivit le stagiaire. Trois personnes ont également ingurgité de la tétrodotoxine, dont deux déjà décédées.

— Et la troisième ? demanda Wolf.

— Guère encourageant.

— C'est un coup de chance que le gothique qui étudie à St Mary Academy ait été en congés d'étude, sinon nous aurions un autre mort sur les bras, ajouta Baxter.

— Exactement, renchérit Edmunds. Le tueur nous donne six noms spécifiques, et puis, il tue trois personnes...

— Deux et demie, le coupa Baxter.

— En plus, au hasard, et il ne s'en vante même pas. Ça n'a pas de sens. Les serial killers n'agissent jamais ainsi. Il y a un truc qui ne colle pas.

Wolf parut impressionné. Il se tourna vers sa collègue.

— Je comprends enfin pourquoi tu l'aimes bien.

Edmunds afficha une mine extatique.

— Je ne l'aime pas, se renfrogna Baxter.

Le sourire d'Edmunds s'effaça aussitôt.

— Je n'ai pas voulu partager mon bureau avec elle pendant ses six mois de formation, chuchota Wolf au jeune stagiaire.

— Change de disque ! aboya Baxter.

— L'inhalateur, ça a donné quelque chose ? demanda Wolf.

— Le flacon a été soudé à la main et ne contenait aucun médicament, juste un produit chimique au nom imprononçable, expliqua-t-elle. On a remonté cette piste, mais faut pas trop compter dessus, vu que tu peux t'en procurer dans n'importe quel magasin de fournitures pour labos d'établissements scolaires. Rien de très inspirant, si tu me permets ce jeu de mots pourri.

— En parlant de ça, intervint Edmunds, notre tueur devait être assez près de la victime pour échanger les inhalateurs, peu de temps avant le meurtre. Probablement ce matin. Pourquoi alors ne pas en profiter pour tuer le maire ? Cela signifie que ses actes sont moins motivés par la soif de vengeance que par la mise en scène de son crime.

— C'est logique. (Wolf hésitait à mettre sur le tapis le sujet tabou, celui qu'ils évitaient tous.) Quid des gens sur la liste ?

Baxter se crispa.

— On ne s'en est pas occupés. On travaille sur celui qui est déjà mort, mais sur ceux à venir… (Elle s'interrompit, prenant conscience de qui lui faisait face.) Faut que tu voies ça avec ton coéquipier.

Wolf se leva pour s'en aller.

— T'as des nouvelles de Chambers ? fit-il de manière désinvolte.

— Qu'est-ce que t'en as à foutre ? répondit-elle, méfiante.

Il haussa les épaules.

— Je me demandais juste s'il est au courant de ce qui se passe ici. J'ai comme l'impression qu'on va avoir besoin de toute l'aide possible.

Quand Wolf en eut marre de sentir tous ces regards dans son dos, il se rendit dans la salle de réunion, où quelqu'un avait griffonné RAGDOLL d'une écriture stylisée au-dessus de son montage surdimensionné. Il était d'autant plus sur les nerfs qu'il n'avait aucune idée de la façon de visionner l'enregistrement de la vidéo à partir de cette saloperie de clé USB.

— Y a un trou sur le côté de la télé, dit Finlay en entrant dans la pièce. Non, non, vers le bas… laisse-moi faire, ajouta le flic de quinze ans son aîné.

Finlay retira la clé que son collègue avait plantée dans une fente d'aération et l'introduisit dans le port USB. Un écran bleuté contenant un unique fichier apparut.

— Quelles sont les dernières nouvelles ? s'enquit Wolf.

— On a envoyé des policiers jouer les baby-sitters auprès de Garland, Ford et Lochlan. On n'a pas cherché à contacter les homonymes qui résident ailleurs qu'à Londres.

— Logique. Pourquoi me mettrait-il au défi de l'arrêter, si c'est pour buter quelqu'un à l'autre bout du pays ?

— Ouais, on a raisonné dans cet esprit-là. D'autres agents ont quand même été envoyés auprès des personnes à l'extérieur de la capitale, par précaution, mais ce n'est plus de notre ressort. Ton hypothèse concernant Vijay Rana valait bien la nôtre. C'est un comptable qui vivait en banlieue, à Woolwich, avant de disparaître des écrans radar il y a cinq mois lorsque les impôts ont découvert qu'il tripatouillait les comptes. Il était dans le collimateur du service de la répression des fraudes, mais il semblerait qu'ils n'aient guère progressé. Je leur ai demandé de nous envoyer son dossier.

Wolf regarda sa montre.

— Le mec a trente-huit heures de sursis. Espérons qu'on le trouvera avant le tueur. Qui sont les autres ?

— Garland est un journaliste. Ce n'est pas les ennemis qui manquent, de son côté. On a deux Ashley Lochlan. L'une est serveuse et l'autre a neuf ans.

— Mais des hommes les protègent toutes les deux, hein ?

— Bien sûr. Et Ford est agent de sécurité – enfin, il l'était avant de se retrouver en congé maladie longue durée.

— Quel rapport entre eux ?

— Aucun. Pour le moment, du moins. La priorité pour nous, c'est de les localiser puis de sécuriser leur logement.

Wolf plongea dans ses pensées.

— À quoi tu réfléchis, fiston ?

— Je me demande quelle est la personne que Vijay Rana a arnaquée avec sa compta douteuse, et je pense que ce serait très malin de sa part de nous obliger à le retrouver à sa place.

Finlay fit un signe d'approbation.

— Il pourrait s'en sortir si on le laissait là où il s'est planqué.

— Il pourrait.

Wolf remarqua enfin le paquet de feuilles que son coéquipier avait apporté. Sur le haut de la pile, la photo d'une femme d'âge mûr habillée de lingerie fine.

— Nom de Dieu, c'est quoi, ça ?

Finlay gloussa.

— Tes groupies, Wolf ! Elles se sont autoproclamées *La Meute de Louves*[1]. Comme tu es désormais l'homme à abattre, toutes les cinglées sortent du bois pour te faire des avances.

Wolf examina les premières pages, secouant la tête, incrédule, tandis que Finlay scrutait l'autre moitié du paquet, indifférent aux feuilles qui glissaient à terre.

— Impressionnant, s'exclama Finlay. Cette jeune fille porte un authentique tee-shirt de la campagne en faveur de la réintroduction du loup. J'ai toujours le mien, « Uncage the Wolf », bien qu'il ne ressemble pas tout à fait à ça quand je l'ai sur moi…

Wolf s'en voulut de n'avoir pas su l'anticiper. Par le passé, il avait été écœuré de voir les monstres qu'il avait traqués être inondés de lettres de fans quelques jours à peine après le début de leur incarcération à perpétuité. De la même façon qu'il pouvait dresser le portrait d'un tueur, il pouvait établir les traits de caractère de ses correspondantes. Des femmes désespérées, crevant de solitude, inaptes socialement, souvent d'anciennes victimes de violences conjugales, dévorées par l'illusion que personne n'est définitivement brisé, et qu'à elles seules, elles seraient en mesure de sauver

---

1. *Wolf* signifiant « loup » en anglais.

ceux que la loi avait si injustement condamnés. Wolf avait entendu dire qu'aux États-Unis ce passe-temps délirant était largement répandu, voire encouragé par des associations suggérant d'entretenir une correspondance avec un des trois mille détenus du couloir de la mort. Quel attrait cela pouvait-il comporter ? Celui de se délecter d'un final tragique, très cinématographique ? De se consacrer à des causes perdues d'avance ? Ou juste de se donner à un projet plus grand, plus fort que celui de leur petite vie insipide ?

Wolf le savait, impossible d'exprimer ouvertement ces opinions. Il était formé à afficher son indignation sur des sujets controversés, de peur de déclencher la colère des adeptes du politiquement correct. Mais ces gens n'avaient pas à affronter les conséquences d'actes criminels. Wolf, lui, n'avait d'autre choix que de regarder droit dans les yeux ces prédateurs sans empathie. Combien de ces correspondantes mal informées continueraient à leur écrire si elles devaient patauger, comme lui, dans le sang des victimes sur une scène de crime ? Qu'auraient-elles à raconter aux familles dévastées que laissaient dans leur sillage leurs petits copains psychopathes ?

— Oh ! Oh ! Vise un peu celle-là ! s'écria Finlay, si excité que plusieurs têtes dans l'open space se tournèrent vers eux. Il lui tendit la photo d'une jolie blonde d'une vingtaine d'années, posant, quasi dévêtue, avec une panoplie de policière sexy. Wolf resta sans voix devant la jeune femme qui, dans cet accoutrement, aurait pu faire la une d'un magazine pour hommes.

— Fous-moi ces conneries à la poubelle, ordonna-t-il.

Il avait sur les bras un sociopathe narcissique, c'était bien assez.

— Mais Missy… de Brighton…, lut Finlay en parcourant le mail en diagonale.

— À la poubelle ! Comment j'enclenche cette putain de vidéo ?

Finlay jeta les mails en ronchonnant, puis s'assit à côté de son collègue, la télécommande à la main.

— Si tu te fais flinguer dans deux semaines, marmonna-t-il, tu le regretteras.

Wolf ne releva pas : il concentrait son attention sur l'immense écran. L'enregistrement provenait d'une caméra située en hauteur, à l'intérieur de l'usine *Complete Foods*. Deux portes battantes s'ouvraient automatiquement et à l'arrière-plan, des ouvriers sous-payés s'affairaient comme des robots, dans une ambiance morose, avec des troubles musculo-squelettiques pour seule perspective d'avenir.

Soudain, une silhouette apparut à l'entrée. Un homme, sans aucun doute. Edmunds avait estimé qu'il mesurait aux alentours d'un mètre quatre-vingt-deux, étant donné la taille de la porte. L'homme portait un tablier taché, des gants, une charlotte et un masque blanc comme les autres employés, bien qu'il soit arrivé de l'extérieur. Marchant avec assurance, il hésita une seule fois pour décider quelle direction prendre. Au cours des deux minutes suivantes, il disparut du champ de la caméra, derrière les boîtes conditionnées pour la livraison. Puis il repartit comme il était venu par les doubles portes, sans se faire remarquer.

— On a bossé en pure perte, on dirait, soupira Finlay.

Wolf lui fit repasser la bande et demanda à mettre sur pause quand se détacha l'image la plus nette du tueur que le permettait la définition. Ils fixèrent le visage dissimulé. Même après un examen technique par les gars du labo, on n'en tirerait pas davantage. Sous la charlotte, on devinait qu'il était chauve, et rasé. Son seul trait distinctif était ce tablier maculé par ce qui ressemblait fort à du sang séché.

Naguib Khalid aurait dû être impossible à atteindre, ce qui impliquait que son meurtre avait nécessairement été le plus planifié. Wolf avait cru, à tort, que le tueur l'avait assassiné en premier, avant de s'attaquer à des cibles plus faciles. En voyant ce tablier plein de sang, il se demandait, à présent, laquelle des cinq autres victimes avait été tuée en premier ? Et plus important encore, pour quelle raison ?

9

Lundi 30 juin 2014,
18 h 15

EDMUNDS MAINTENAIT LES DEUX MINUSCULES FLACONS à la lumière. L'un s'appelait *Myrtille écrasée*, l'autre *Sherwood*. Après trois minutes d'un examen scrupuleux, il lui fallut admettre que les teintes des deux vernis à ongles se ressemblaient comme deux gouttes d'eau.

Il menait son enquête au rez-de-chaussée du grand magasin Selfridges, à l'espace beauté. Les stands des différentes marques, agencés de manière à créer un véritable dédale, évoquaient une espèce d'archipel dressé face à l'océan, une première ligne de défense contre la déferlante des clients venus d'Oxford Street. Edmunds avait croisé plusieurs hommes aux mines aussi désemparées que la sienne – ils avaient égaré leurs compagnes et erraient maintenant entre les comptoirs d'eye-liners, les rangs de rouges à lèvres, et le présentoir d'un « Enlumineur » à la texture gel-poudre qu'ils n'avaient aucune intention d'acheter.

— Puis-je vous aider ? lui proposa une blonde maquillée à la perfection, toute vêtue de noir. Les nombreuses couches de fond de teint sur sa peau ne parvenaient pas à masquer l'expression de son visage. Elle s'empara des deux vernis à ongles avec un air de condescendance.

— Je vais prendre ces deux-là, confirma Edmunds avec entrain.

La vendeuse lui adressa un sourire obséquieux et trottina vers l'arrière de son minuscule empire pour encaisser un montant que le jeune stagiaire jugea exorbitant.

— J'aime beaucoup *Sherwood*, susurra-t-elle, mais j'adore *Myrtille écrasée*.

Edmunds scruta les deux flacons si semblables et si minuscules au fond de l'énorme sac en papier qu'elle lui tendit. Il prit soin de ranger immédiatement le ticket dans son portefeuille, dans l'espoir de se le faire rembourser. Il vaudrait mieux, sinon, il venait de souffler la moitié de son budget alimentaire pour du vernis à ongles pailleté.

— Puis-je vous conseiller pour autre chose ? s'enquit la vendeuse, désormais revenue à une froide distance.

— Oui. Comment je sors de cet endroit ?

Edmunds avait perdu de vue la sortie vingt-cinq minutes plus tôt.

— Visez les escalators, les portes sont juste en face.

Edmunds zigzagua dans la direction indiquée, pour atterrir au cœur du rayon parfumerie, tout aussi flippant. Il salua un homme qu'il avait déjà croisé trois fois au maquillage, et poursuivit sa pathétique errance.

Ce détour sur le chemin du bureau, un peu plus long que prévu, intervenait à la suite d'une information nouvelle, datant du matin même. L'équipe d'experts qui étudiait la scène de crime avait enfin achevé son travail : *Ragdoll* avait été transportée aux premières heures du dimanche dans les locaux de la médecine légale. Ce transfert n'avait pas été une mince affaire, étant donné la nécessité absolue de conserver la position exacte des membres, tout comme la répartition des poids entre les différentes parties du corps. Les examens, les tests menés sans relâche et la collecte d'échantillons avaient duré toute la nuit, et ce matin, à 11 heures, Baxter et Edmunds avaient été autorisés à voir la dépouille.

Hors de l'éclairage surréaliste de la scène de crime et sous la lumière crue des néons du labo, le cadavre disparate se révélait plus répugnant encore. Dans la salle glaciale, on voyait les lambeaux de chair tailladés qui commençaient à pourrir. Les larges points de suture, si irréels dans la pénombre de l'appartement, leur apparaissaient maintenant pour ce qu'ils étaient : des mutilations d'une cruauté insoutenable.

— Comment se présente l'enquête ? demanda Joe, l'expert médico-légal qui, aux yeux d'Edmunds, ressemblait à un moine bouddhiste avec sa combinaison de protection et son crâne rasé.

— Merveilleusement bien, rétorqua Baxter, elle est quasiment bouclée.

— C'est cool alors, lui répondit l'homme, habitué à ses sarcasmes. (Il appréciait manifestement son humour caustique.) Peut-être que cela vous aidera, ajouta-t-il en lui tendant une pochette à scellé qui contenait une bague en forme d'alliance.

— Ma réponse, c'est non, un non catégorique, ironisa Baxter, provoquant l'hilarité de Joe.

— Cette bague ornait la main gauche de l'homme. Empreinte digitale partielle, et pas celle de notre victime.

— À qui appartient-elle alors ?

— Aucune idée. Ça pourrait vous mener quelque part. Ou pas.

L'excitation de Baxter était retombée.

— Vous n'avez rien qui nous donnerait un début de piste ?

— Il... ou elle a indéniablement des doigts.

Edmunds amorça un ricanement qu'il convertit en une toux sonore après avoir croisé le regard furieux de sa supérieure.

— Pas de panique, déclara Joe, j'ai quelque chose d'autre.

Il désigna la jambe noire masculine dotée d'une importante cicatrice, puis leur montra la radio. Deux tiges blanches étaient nettement visibles le long des os.

— Des plaques et des vis soutiennent le tibia, le péroné et le fémur. Cet homme a subi une très lourde opération, sur le mode « Est-ce qu'on l'opère, ou est-ce qu'on l'ampute ? » Ce genre-là. Peut-être que quelqu'un s'en souviendra.

— Y a-t-il des numéros de série sur ces plaques ? l'interrogea Baxter.

— Je vais vérifier, évidemment. Mais la traçabilité dépendra de la date de l'opération, et j'ai comme l'impression que celle-ci est ancienne – si j'en crois la cicatrice.

Tandis que Baxter échangeait avec Joe, Edmunds s'agenouilla pour examiner le bras droit, un bras de femme, qui pointait en direction de leur reflet dans la fenêtre. Ses ongles parfaitement manucurés brillaient d'un vernis à paillettes couleur prune.

— Le vernis sur l'index est différent ! bredouilla Edmunds.

— Ah, vous avez noté ça, vous aussi ! J'allais y venir. Autant il était impossible de le remarquer dans l'appartement sombre, autant ici, on peut voir nettement qu'un vernis différent a été apposé sur un des doigts.

— En quoi ça nous aide ? s'étonna Baxter.

Joe saisit une torche à ultraviolet sur un chariot, l'alluma et balaya le bras délicat, faisant apparaître et disparaître des ecchymoses au rythme du faisceau lumineux. La plus grande quantité était concentrée autour du poignet.

— Il y a eu lutte, dit Joe. Et maintenant, regardez ces ongles. Pas un seul n'est écaillé. Le vernis a été posé *après*.

— Après la bagarre ou après la mort ? insista Baxter.

— Je dirais… les deux. Je n'ai pu établir aucune réponse inflammatoire. J'en déduis donc qu'elle est morte peu de temps après avoir été brutalisée.

— Il semblerait bien que le tueur nous envoie un message.

La *Northern Line* subissait une importante rénovation et un des tronçons de la ligne, court mais essentiel, avait été fermé au public. Comme la perspective d'emprunter la navette de substitution – c'est-à-dire un autobus bondé – ne le mettait pas en joie, Wolf prit la Piccadilly Line jusqu'à la station de métro *Caledonian Road*, d'où il sortit pour terminer son périple à pied – vingt-cinq minutes de marche jusqu'à Kentish Town. Une fois qu'il eut traversé Caledonian Park et laissé derrière lui la jolie tour-horloge, celle dont les rambardes couvertes de vert-de-gris avaient un charme fou, Wolf ne goûta pas la suite de sa balade urbaine. Cependant la chaleur avait diminué et le soleil couchant rendait plutôt agréable l'atmosphère dans ce coin de la ville.

La journée avait été improductive. Malgré leurs efforts, ils n'étaient pas parvenus à localiser Vijay Rana. Wolf et Finlay avaient fait le déplacement à Woolwich et trouvé la maison dans l'état d'abandon qu'ils imaginaient. Le jardin en friche était pitoyable, avec des herbes folles qui envahissaient le chemin jusqu'à la porte d'entrée. À travers une lucarne, ils avaient aperçu une montagne de courrier intact et des publicités en pagaille pour des enseignes de plats à emporter.

Le dossier adressé par le service de la répression des fraudes ne leur avait été d'aucun secours. L'homme qui travaillait avec Rana dans le cabinet d'expertise comptable leur avait avoué avec fébrilité que s'il avait su où se planquait son ancien associé, il l'aurait déjà étranglé de ses propres mains. Ils avaient fait une seule découverte un tant soit peu prometteuse : l'absence totale d'information sur Rana avant 1991. Pour une raison ou pour une autre, il avait changé de nom. Ils espéraient que la *Royal Courts of Justice* ou bien les *National Archives* leur fourniraient une identité ou une liste de malversations antérieures qui les conduisent aux endroits que Rana avait l'habitude de fréquenter.

Tandis qu'il se rapprochait de chez lui, Wolf repéra une Bentley bleu marine aux vitres fumées, dotée d'une plaque d'immatriculation personnalisée, stationnée illégalement en bas de son immeuble. Il traversa la rue, passa près d'elle et distingua un homme aux cheveux gris argentés, côté conducteur. Il cherchait ses clés devant la porte du hall, quand son portable sonna : Andrea. Il le remit rapidement dans sa poche et entendit dans son dos claquer une portière de grosse cylindrée.

— Tu ne prends plus mes appels, fit la voix de son ex-femme.

Wolf soupira et se retourna. Habillée avec élégance, suite sans doute à une journée entière face à une caméra, elle portait le collier qu'il lui avait offert pour leur premier anniversaire de mariage. Il se retint de tout commentaire.

— Je suis restée cloîtrée au bureau toute la nuit de samedi à dimanche.

— Voilà ce qui arrive quand on enfreint la loi.

— Arrête s'il te plaît, Will. Tu sais très bien que si je n'avais pas annoncé la nouvelle, quelqu'un d'autre s'en serait chargé.

— Tu en es certaine ? Vraiment ?

— Absolument ! Crois-tu que si je n'avais pas lâché cette info, le tueur se serait dit : *Oh, zut, elle n'a pas lu ma liste, comme c'est contrariant. Je ferais mieux de laisser tomber cette histoire de menaces de mort*. Bien sûr que non ! Il aurait contacté une autre chaîne et m'aurait à peine réservé un mini créneau dans son emploi du temps surchargé.

— C'est tout ce que tu as trouvé comme excuse ?

— Je n'ai pas à m'excuser. Je veux que tu me pardonnes.

— Pour être pardonnée, il faut le vouloir, et ça passe justement par des excuses. C'est comme ça que ça marche !

— Et je peux savoir selon quels critères ?

— Disons... heu... le savoir-vivre ?

— Ton pardon, c'est important pour moi.

— Écoute, tu ne réussiras pas à m'entraîner dans une dispute. (Il fut surpris de constater à quelle vitesse ils reprenaient leurs vieilles habitudes. Il se pencha pour contempler l'élégante berline.) Quand est-ce que ton père s'est acheté une Bentley ?

— Oh... et puis va te faire foutre ! cracha-t-elle, vexée.

— Merde... C'est lui, c'est ça ? Ton nouveau mec, dit-il cherchant à distinguer les traits de l'homme à travers la vitre teintée.

— Oui, c'est Geoffrey.

— Ah... Geoffrey, hein ? Dis donc, il a l'air très... riche. Il a quel âge ? La soixantaine ?

— Cesse de le dévisager.

— Je regarde qui je veux quand je veux.

— Toujours aussi immature !

— Fais gaffe à pas trop le secouer, il pourrait se casser quelque chose.

Malgré elle, Andrea esquissa un sourire.

— Sérieux ? C'est vraiment *lui*, la raison de notre rupture ?

— C'est *toi* la raison de notre rupture !

— Je vois...

Un silence gêné s'installa entre eux.

— Nous voulions t'inviter au restaurant. On est garés ici depuis une heure et je meurs de faim.

— J'adorerais, soupira-t-il avec un air de regret qui ne fit pas illusion. Mais c'est con, je m'apprêtais à sortir.

— Tu plaisantes, tu viens juste de rentrer !

— J'apprécie le geste, mais est-ce que ça t'ennuie si je passe mon tour ? J'ai une tonne de travail et il ne me reste qu'un jour pour mettre la main sur Rana et...

En voyant Andrea écarquiller les yeux, Wolf comprit qu'il avait commis une grosse bourde.

— Tu ne l'as pas encore trouvé ?

— Andie, je suis crevé. Je ne sais plus ce que je dis. Il faut que j'y aille.

Et il l'abandonna sur le seuil de l'immeuble pour disparaître dans le hall.

Andrea grimpa dans la voiture côté passager et claqua la portière.

— Peine perdue ? demanda Geoffrey.

— Oh non... bien au contraire...

— Si tu le dis. Allons dîner au Greenhouse.

— Tu peux te débrouiller sans moi ce soir ?

Geoffrey ne put dissimuler sa déception.

— Je te dépose à ton bureau, c'est ce que tu veux ?

— Oui, s'il te plaît.

Wolf ouvrit la porte de son appartement minable et alluma la télévision pour couvrir les hurlements du couple au-dessus, engagé dans une nouvelle bataille nocturne. Le présentateur d'une émission sur l'immobilier s'évertuait à convaincre deux jeunes mariés d'acheter une maison individuelle de quatre pièces, non loin d'un parc enchanteur, dans l'une des régions les plus agréables d'Angleterre. C'était à la fois comique et démoralisant de les voir négocier la somme ridicule du prix de vente, somme qui n'aurait même pas suffi à acquérir le taudis dans lequel il vivait en plein cœur de Londres.

Wolf alla jusqu'à la lucarne de son coin cuisine et scruta la scène de crime de l'autre côté de la rue. Comme s'il s'attendait à voir surgir *Ragdoll*, suspendue spécialement pour lui. L'émission se termina – les jeunes mariés décidèrent que ce n'était pas la maison de leurs rêves – et Monsieur Météo enchaîna pour annoncer que l'exceptionnelle vague de chaleur prendrait fin la nuit prochaine avec une série d'orages et de fortes précipitations. Il éteignit la télévision, tira les rideaux et s'allongea sur le matelas au sol avec le livre qu'il avait commencé il y a plus de quatre mois. Il en lut une page et demie avant de sombrer dans un sommeil chaotique.

Il fut réveillé par la sonnerie de son portable, posé sur ses vêtements de la veille, vaguement pliés. Il sentit aussitôt la douleur dans son bras gauche et constata que la plaie avait suppuré à travers le bandage. La pièce prenait d'étranges couleurs dans le petit matin – aujourd'hui un gris triste en lieu et place de cet orangé des deux dernières semaines, auquel il avait fini par s'habituer. Il roula sur lui-même pour atteindre son téléphone.

— Patron ?

— Qu'est-ce que t'as encore foutu ? aboya Simmons, à cran.

— Je ne sais pas. Tu parles de quoi ?

— Ta femme...

— Mon ex-femme.

— ... placarde à chaque flash info le visage de Vijay Rana depuis ce matin et explique au monde entier que la police est incapable de le débusquer. Dis-moi, Fawkes, est-ce que tu cherches à me faire virer ?

— Pas délibérément, non.

— Alors, gère-moi ça.

— Je m'en occupe.

Wolf se leva, tituba, avala deux antalgiques pour son bras. Puis il alluma la télé. Andrea se matérialisa, toujours sur son trente et un, portant la même tenue que la veille. Avec son sens inné de la théâtralité, elle lut le message d'un « porte-parole de la police » – sans nul doute fabriqué de toutes pièces – qui implorait la famille et les amis de Rana de le convaincre de se rendre aux autorités pour sa propre sécurité.

Dans l'angle droit de l'écran, un minuteur effectuait le décompte fatidique. Il leur restait dix-neuf heures et vingt-trois minutes d'ici mercredi matin, avant que le tueur ne revendique son prochain meurtre, et ils n'avaient même pas un début de piste pour localiser Rana.

10

Mardi 1er juillet 2014,
8 h 28

LONDRES AVAIT RETROUVÉ SON IDENTITÉ MONOCHROME. Sous un ciel de plomb se dressaient des buildings sales et gris dont l'ombre se projetait sur une étendue infinie de béton.

Wolf composa le numéro d'Andrea entre la sortie du métro et l'entrée de New Scotland Yard. À son grand étonnement, elle décrocha aussitôt et parut sincèrement surprise par sa réaction. Elle l'assura que sa seule intention avait été d'aider la police pour expier la faute qu'elle avait auparavant commise. Selon elle, avoir les regards de tout le pays braqués à la recherche de Rana ne pouvait être qu'une bonne chose, et Wolf eut du mal à avancer le moindre argument pour s'opposer à cette logique imparable. Il obtint toutefois qu'elle lui jure, à l'avenir, de le prévenir avant la diffusion de tout détail possiblement sensible.

Quand Wolf entra, Finlay était déjà à pied d'œuvre. Il discutait au téléphone avec un membre de la *Royal Courts of Justice*, insistant sur le caractère crucial de la tâche simple dont ils tardaient à s'acquitter : une question de vie ou de mort, ni plus ni moins. Wolf prit un siège à ses côtés. Il examina la pile de documents déposés par l'équipe de nuit. Malgré leurs efforts, ils avaient récolté bien peu d'éléments pour localiser Rana. Wolf n'avait pas d'idée plus lumineuse que ses collègues et reprit le boulot là où ces collègues l'avaient laissé : pointage systématique et fastidieux des relevés de banque, des reçus de carte bancaire et des listes détaillées des appels téléphoniques.

À 9 h 23, le téléphone de Finlay sonna.

— Shaw à l'appareil, répondit-il en bâillant.

— Bonjour. Owen Whitacre des *National Archives*. Je vous prie de m'excuser pour le délai…

Finlay fit de grands gestes à Wolf pour attirer son attention.

— Avez-vous un nom à nous communiquer ?

— Effectivement. Je suis en train de vous faxer une copie du certificat de naissance, mais j'ai pensé qu'il valait mieux que je vous appelle, compte tenu de… eh bien, compte tenu de ce que nous avons découvert.

— Et qu'est-ce que vous avez découvert ?

— Que Vijay Rana est né sous le nom de Vijay Khalid.

— *Khalid ?*

— Oui. Et on a fait d'autres recherches : son seul parent est un frère plus jeune, Naguib Khalid.

— *Pétard !*

— Pardon ?

— Laissez tomber. Merci.

En quelques minutes, Simmons avait affecté trois policiers supplémentaires à Wolf et Finlay pour fouiller dans le passé de Rana. Ils se retranchèrent dans la salle de réunion, concentrés sur leur travail, loin du bruit de l'open space et des distractions possibles : il leur restait encore quatorze heures et demie pour le retrouver.

Edmunds avait la nuque en compote après une nuit passée sur un canapé inconfortable. Quand, à 20 h 10, il était rentré dans sa petite maison classée en logement social, il avait découvert la mère de sa compagne en train de faire la vaisselle. L'invitation – il l'avait complètement oubliée. Debout sur la pointe des pieds, sa belle-mère l'avait accueilli avec sa bonhomie habituelle, lui enserrant les mains de ses doigts pleins de mousse. Tia, de son côté, ne semblait pas disposée à lui pardonner. Dans cette atmosphère pesante, sa mère avait préféré prendre congé poliment, sous un prétexte quelconque.

— On avait tout planifié depuis plus de deux semaines.

— J'ai été retenu au bureau, je suis désolé d'avoir raté le dîner.

— Tu étais censé nous rapporter le dessert, tu t'en souviens ? J'ai dû bricoler un trifle à la va-vite.

Soudain, Edmunds fut un peu moins désolé d'avoir loupé le dessert.

— Oh non, fit-il sur un ton dépité, tu aurais dû m'en garder...

— Je t'en ai gardé.

Et merde...

— Est-ce que tu crois que c'est le genre de vie dont j'ai envie, dans mon état ? Tu n'es pas là pour les repas, tu débarques à toute heure du jour et de la nuit, et... Attends, tu as du vernis à paillettes sur les ongles ?

Il scruta l'extrémité prune de ses doigts.

— Il est huit heures et demie, T. Ce n'est pas exactement « à toute heure du jour et de la nuit ».

— Donc, ça pourrait être pire ?

— Peut-être, oui. C'est mon boulot qui veut ça.

— Voilà pourquoi je ne voulais pas que tu quittes le service de la répression des fraudes, avait explosé Tia d'une voix aiguë.

— Mais c'est fait – on ne va pas revenir là-dessus !

— Tu ne peux pas te montrer si égoïste alors que tu vas devenir père !

— Égoïste ? s'exclama-t-il, abasourdi. Je gagne de l'argent pour deux. On a le choix ? C'est ton salaire de coiffeuse qui nous fera vivre ?

Il avait aussitôt regretté sa remarque méprisante, mais le mal était fait : Tia grimpait déjà quatre à quatre l'escalier et lui claquait au nez la porte de leur chambre. Il aurait espéré s'excuser au matin, mais il avait dû partir tôt, avant son réveil. Il nota mentalement de lui acheter des fleurs le soir, avant de rentrer.

Il tomba sur Baxter et pria pour qu'elle ne remarque pas qu'il portait la même chemise que la veille (impossible d'accéder à la chambre, fermée à double tour), ni qu'il se payait un affreux torticolis. Mais Baxter était occupée à contacter des chirurgiens orthopédistes et des spécialistes en traumatologie au sujet de la jambe. Elle lui ordonna d'exploiter la piste de l'anneau argenté.

Edmunds chercha sur son téléphone les adresses de bijoutiers réputés, puis partit à pied vers Victoria. Ravi d'aider la police, le vendeur de l'élégante bijouterie en faisait des tonnes. Il le conduisit dans l'arrière-boutique où l'ambiance confortable cédait la place à des coffres-forts imposants, des outils crasseux, une polisseuse et une dizaine d'écrans reliés à des caméras discrètement orientées sur les vitrines en verre trempé, diffusant des images en cascade.

Un homme mal habillé, au teint cireux, était assis à son établi. Tenu à l'écart, tel un lépreux, d'une clientèle riche et distinguée, il attrapa une loupe de joaillier pour scruter l'intérieur de l'anneau.

— C'est une bague de grande valeur, en platine, poinçonnée par un bureau de contrôle réputé, l'Edinburgh Assay Office et fabriquée en 2003 par quelqu'un signant TSI. Grâce à ces initiales, vous pouvez remonter jusqu'au fabricant.

— Waouh, merci, ça nous fait vraiment avancer ! s'exclama Edmunds, impressionné de récolter de telles informations à partir de symboles aussi insignifiants. Vous auriez une idée de ce qu'elle coûte ?

L'homme posa l'anneau sur une balance, puis sortit un catalogue corné d'un de ses tiroirs.

— Ce n'est pas une marque de luxe, ce qui fait baisser un peu son prix, mais des bagues similaires sont estimées à environ trois mille.

— Trois mille livres ? répéta Edmunds, repensant un instant à sa conversation avec Tia. Au moins, ça nous donne une indication du statut social de notre victime.

— Ça nous en apprend un peu plus, reprit le vendeur, avec une mine de conspirateur. C'est la bague la plus vulgaire que j'aie jamais vue. Sans aucune dimension artistique. Porter ça, c'est comme se balader avec des billets de cinquante débordant de ses poches... Elle est le signe d'un matérialisme arrogant. Tout en façade, aucune substance.

— Vous devriez travailler pour nous, lui lança Edmunds en plaisantant.

— Ah non... ça paye pas assez.

Baxter avait téléphoné à une quarantaine d'hôpitaux au cours de la matinée. Elle avait adressé par mail la radio et une photo de la cicatrice à des dizaines de chirurgiens lorsque l'un d'eux prétendit, sous le sceau du secret médical, être celui qui avait sauvé cette jambe. Mais cinq minutes plus tard, il la rappelait pour dire que cette horrible cicatrice ne pouvait être le fruit de son travail. Sans une date ou un numéro de série sur les plaques, ses éléments s'avéraient bien trop vagues.

Découragée, elle observait Wolf dans la salle de réunion. Lui aussi était pendu au téléphone, travaillant d'arrache-pied avec son équipe. Elle n'avait toujours pas encaissé que son nom figure sur la liste du tueur, peut-être parce qu'elle s'inquiétait davantage de sa réaction à lui que de sa réaction à elle. Plus que jamais, elle ignorait ce qu'ils étaient l'un pour l'autre.

Elle admirait la façon dont il s'était réfugié dans le travail. Un type plus fragile se serait effondré, terré ou aurait sollicité le soutien de son entourage. Pas Wolf. Il avançait, plus fort et déterminé que jamais, comme l'homme qu'elle avait connu lors de l'affaire du Tueur Crématiste. Le style bombe à retardement : efficace, impitoyable, autodestructeur. Personne à part elle n'avait encore pris conscience de ce subtil changement d'attitude. Mais ça viendrait.

Edmunds avait accompli des progrès spectaculaires au sujet de la bague. Il s'était empressé de contacter l'Edinburgh Assay Office qui lui avait indiqué l'adresse du créateur, un joaillier indépendant dans la vieille ville de la capitale écossaise. Edmunds leur avait scanné des photos de l'anneau en précisant les cotes. En attendant leur réponse, il s'employait à comparer les vernis à ongles. Avant de revenir au bureau, il avait fait une halte chez Superdrug, puis chez Boots. Aussi était-il désormais l'heureux propriétaire de six vernis à paillettes, mais aucun d'eux ne correspondait à celui qu'il recherchait.

— Vous avez l'air décalqué, lui dit Baxter en raccrochant de son quarante-troisième coup de fil.

— Je n'ai pas ce qui s'appelle bien dormi.

— Vous portiez cette chemise-là hier.

— Ah oui ?

— En trois mois, je ne vous ai jamais vu avec la même chemise deux jours de suite.

— Je ne m'étais pas rendu compte que vous me surveilliez à ce point.

— Vous vous êtes disputés, c'est ça… (Elle prenait un malin plaisir à le voir gêné.) Une nuit sur le canapé, hein ? Bof, ça nous est arrivé à tous.

— Puisque c'est si anodin, est-ce qu'on pourrait changer de sujet, s'il vous plaît ?

— C'est quoi le problème ? Elle n'apprécie pas que vous fassiez équipe avec une femme ?

Baxter fit demi-tour sur sa chaise pivotante et battit des cils en rigolant.

— Non.

— Elle vous a questionné sur votre journée et vous avez pris conscience qu'à moins de lui parler d'un cadavre en morceaux et un maire cramé de l'intérieur, vous n'aviez rien à lui dire ?

— Vous oubliez le vernis à ongles, plaisanta-t-il en agitant ses doigts aux bouts violets, manière de lui montrer que ça ne l'atteignait pas.

— Vous avez loupé un truc. Un anniversaire ?

Comme Edmunds refusait de répondre, Baxter devina qu'elle avait touché juste. Elle le fixa et attendit.

— Le dîner avec sa mère, marmonna-t-il, j'ai zappé.

Baxter éclata de rire.

— Le dîner avec *manman* ? Nom de Dieu, mais dites-lui de revenir sur terre ! On essaie d'attraper un serial killer, bordel de merde ! (Elle se pencha vers lui.) Y avait un type avec qui je sortais. J'ai raté l'enterrement de sa mère parce que je poursuivais un bateau sur la Tamise !

Elle fut prise d'un fou rire qu'elle communiqua à Edmunds. Il se sentait un peu coupable de ne pas avoir défendu Tia et ses inquiétudes face à leurs futurs rôles de parents. Mais partager quelque chose avec Baxter le soulageait.

— Après ça, conclut-elle, je n'ai plus jamais entendu parler de lui !

Tandis que le fou rire de Baxter se calmait, il crut percevoir une réelle tristesse derrière sa désinvolture, comme le vague regret de toutes ces relations qu'elle aurait pu mener à bien si elle avait choisi un autre métier.

— Attendez le jour où votre marmot naîtra, et qu'on sera tous coincés sur une scène de crime, et que vous ne serez pas là…

— Ça n'arrivera pas.

Le sourire en coin, Baxter pivota sur sa chaise pour reprendre la liste de toubibs à contacter.

— Mariage, boulot de flic, divorce, marmonna-t-elle en décrochant le combiné. Demandez à n'importe qui dans cette pièce. Mariage, boulot de flic, divorce. Allô, oui… bonjour… *Sergeant* Baxter du…

Simmons traversa la pièce et s'arrêta devant la pile de photos de l'autopsie déposée sur le bureau vide de Chambers.

— Vous savez quand Chambers revient ? lui demanda-t-il.

— Aucune idée, dit-elle, en ligne avec un énième service d'orthopédie.

— J'étais persuadé que c'était aujourd'hui.

Elle haussa les épaules d'une façon qui suggérait que cela lui était parfaitement égal.

— Il m'a déjà fait le coup du volcan en éruption il y a des années. Vaudrait mieux pour lui qu'il ne soit pas « bloqué » en vacances encore une fois. Essayez de le joindre, vous voulez bien ?

— Faites-le vous-même, rétorqua Baxter, énervée par la chanson de Will Young qui passait en boucle dans son oreille.

— J'attends un appel de la *Commander*. Faites-le, c'est un ordre !

En attendant d'être « mise en relation », Baxter sortit son portable et appela son collègue chez lui. Le numéro de son domicile était préenregistré. Elle atterrit sur la boîte vocale.

— Chambers ! C'est Baxter. Où t'es planqué, grosse feignasse ? Oh merde, pourvu que les gosses ne tombent pas sur ce message. Bon… Arley ! Lori ! C'est Emily. Si vous entendez, n'écoutez pas les gros mots.

On décrocha enfin sur sa ligne fixe.

— Oh… putain… fais chier…, grogna-t-elle.

Et elle raccrocha brutalement son portable.

Wolf se sentait de plus en plus impuissant à mesure que s'écoulaient les heures. À 14 h 30, il reçut un appel du policier qu'il avait envoyé chez le cousin de Rana. Comme toutes les autres pistes, celle-là n'avait rien donné. Wolf était sûr et certain que des amis ou des parents protégeaient Rana et sa famille. Ces derniers s'étaient volatilisés il y a cinq mois, du jour au lendemain, sans laisser la moindre trace. Avec deux enfants en âge d'être scolarisés, difficile tout de même de ne pas attirer l'attention. Il se frotta les paupières, crevé. Il voyait Simmons faire les cent pas dans son minuscule bureau, négociant avec ses supérieurs lors d'interminables conversations au téléphone, un œil fixé sur les chaînes d'info en continu pour évaluer les derniers dégâts.

Une autre demi-heure s'écoula, tout aussi infructueuse. Soudain Finlay s'écria :

— J'ai quelque chose ! (Wolf et les autres relevèrent la tête pour l'écouter.) À la mort de la mère de Rana en 1997, ses deux fils ont récupéré la maison, mais sans rien signer. Quelques années plus tard, la maison a été vendue au nom de la fille de Rana qui venait de naître. Un autre tour de passe-passe en matière de fraude fiscale, j'imagine…

— Où ca ?

— Lady Margaret Road, à Southall.

— C'est là, décréta Wolf.

Wolf joua à pierre-papier-ciseaux avec un collègue et perdit. Il se dévoua donc pour interrompre Simmons, toujours en conférence téléphonique. L'inspecteur principal les rejoignit dans la salle de réunion où Finlay réexpliqua ce qu'il avait découvert. Wolf et lui furent désignés pour aller arrêter Rana, seuls. Puisque la discrétion était la condition de sa survie, ils avaient tout intérêt à laisser la presse se répandre sur l'incompétence de la police, en attendant de pouvoir annoncer jeudi matin que Rana était sain et sauf.

Simmons suggéra d'utiliser ses contacts au *Protected Persons Service*, une unité de protection rapprochée bien mieux équipée pour la sécurité et les transferts secrets de témoins. Alors qu'il s'apprêtait à passer un coup de fil, quelqu'un frappa doucement à la porte.

— Pas maintenant ! hurla-t-il à une jeune recrue qui venait de pénétrer timidement dans la pièce. J'ai dit pas maintenant !

— Je suis vraiment navré, monsieur, mais il y a un appel que vous devez prendre absolument.

— Et pourquoi, je vous prie ? lui demanda Simmons avec condescendance.

— Parce que Vijay Rana vient juste de franchir les portes du quartier général de la police de Southall pour se rendre.

— Oh !

11

Mardi 1ᵉʳ juillet 2014,
16 h 20

F INLAY S'ÉTAIT ASSOUPI au volant de la voiture sur une bretelle d'autoroute. Ça n'avait pas eu de conséquence dramatique : ils étaient à l'arrêt depuis quarante minutes dans un embouteillage monstre. La pluie martelait le toit assez fort pour camoufler ses ronflements ; plutôt que des gouttes d'eau, on aurait cru à un déluge de pierres sur la tôle. Les essuie-glaces n'avaient plus aucune utilité depuis un bon moment, ce qui expliquait en partie la circulation bloquée.

Afin de garantir leur incognito, Wolf et Finlay avaient réquisitionné un véhicule banalisé et, au moment où l'orage éclatait, ils s'étaient éclipsés sans encombre, à la barbe des journalistes qui couraient se mettre à l'abri. Même avec une sirène de police, ils seraient pris au piège sur la voie de dégagement, car le trafic était tel, avec des voitures dans tous les sens, qu'il leur aurait été impossible de rejoindre la bande d'arrêt d'urgence pourtant à moins d'une dizaine de mètres.

Wolf avait échangé avec Walker, l'inspecteur principal du poste de police de Southall. Un type apparemment compétent et intelligent. Dès son arrivée, Walker avait placé Rana en détention provisoire, en prenant soin de poster un de ses hommes devant la cellule. Seules quatre personnes, dont lui, étaient au courant de la présence de l'individu au sein de leur bâtiment. Walker avait fait jurer le secret à ses trois hommes, y compris auprès de leurs collègues. À la demande de Wolf, le lieu avait été fermé au public – officiellement à cause d'une fuite de gaz – et Walker avait ordonné à ses agents de prendre leur pause à d'autres postes de police de la ville. Malgré leur retard, Wolf se sentait soulagé de savoir Rana désormais en sécurité.

Les cinq véhicules impliqués dans le carambolage finirent par être dégagés sur le côté afin de laisser une voie libre à la circulation, même ralentie. Ils atteignirent Southall une heure plus tard, sous un ciel anthracite et des roulements de tonnerre. L'éclairage public faisait miroiter les masses d'eau débordant des caniveaux et le défilé frénétique des parapluies.

Le temps d'un sprint de dix secondes entre le parking et l'entrée du poste de police, Wolf et Finlay se retrouvèrent trempés jusqu'aux os. L'inspecteur principal les invita à entrer, et referma rapidement à clé derrière eux. Walker avait à peu près le même âge que Finlay et arborait son uniforme avec fierté. Sa calvitie avancée lui allait si bien qu'il avait l'air d'avoir choisi de devenir chauve. Il les accueillit chaleureusement, les conduisit à la salle de repos où il leur offrit une boisson chaude.

— Alors, messieurs, quel est le plan pour Mr Rana ?

Il s'était adressé à Finlay, sans doute par égard pour ses cheveux blancs, car il avait bien saisi que c'était Wolf qui donnait les directives.

— C'est un laps de temps trop court pour que le *Protected Persons Service* monte un plan, expliqua Finlay, en s'essuyant le visage de sa manche gorgée d'eau. Ils ne bougeront pas tout de suite.

— Je pense que Rana est entre des mains plus expertes encore, déclara Walker. Vous êtes ici comme chez vous.

— J'aimerais lui parler, dit Wolf alors que leur hôte s'apprêtait à quitter la pièce.

Walker ne répondit pas immédiatement, le temps peut-être de réfléchir à un argument qui ne passerait pas pour offensant.

— *Sergeant* Fawkes, vous êtes une célébrité.

Wolf se demanda où il voulait en venir.

— Plus exactement…, et je ne veux pas vous manquer de respect… vous l'étiez… avant que tout ceci se produise malgré vous…

— Ce qui veut dire ?

— Ce qui veut dire que Mr Rana est entré dans nos locaux très perturbé, bouleversé à l'idée de faire courir un risque à sa femme et ses enfants – ce qui est fort compréhensible vu le contexte. Il a alors craqué et s'est mis à pleurer en repensant à son frère.

— Je vois, dit Wolf. (Il comprenait à présent les réticences de Walker : il savait. Quoiqu'il soit agacé, il appréciait que l'inspecteur principal fasse correctement son job.) Je n'ai jamais été en contact avec Vijay Rana avant aujourd'hui. Je n'ai même jamais entendu parler de lui. Mon unique but est de faire en sorte qu'il reste en vie. J'ajouterais que si quelqu'un a besoin d'être protégé au cours de notre entretien, c'est bien moi.

— Vous ne verrez donc aucun inconvénient à ce que je sois présent lors de votre entrevue avec le prisonnier ?

— Au contraire, je me sentirai plus en sécurité.

Walker les mena vers l'arrière du bâtiment où étaient situées les cellules. Les trois policiers mis dans la confidence attendaient là, un peu tendus. Walker leur présenta Wolf et Finlay, puis demanda à celui qui montait la garde d'ouvrir la porte de Rana.

— On l'a mis à l'écart tout au bout, le plus loin possible de nos autres invités, leur précisa Walker.

Le battant pivota lourdement et révéla le matelas bleu et l'oreiller posé sur un banc en bois ainsi que des toilettes douteuses qui constituaient l'essentiel de la cellule de détention provisoire classique. Toujours vêtu de son anorak mouillé, Rana était assis, la tête entre les mains. Le bruit de la clé tournant dans la serrure résonna dans leur dos. Walker s'approcha du prisonnier.

— Monsieur Rana, ces deux inspecteurs ont pour mission de…

L'homme leva des yeux, injectés de sang. Dès qu'il aperçut Wolf, il bondit et se rua sur lui. Walker le rattrapa par un bras, Finlay par l'autre. Ils le ramenèrent sur son banc où ils l'assirent de force tandis qu'il s'époumonait :

— Espèce de salopard ! Espèce de salopard !

Les deux flics avaient de la bouteille et ils neutralisèrent Rana sans difficultés. À la fois petit de taille et en net surpoids, le visage mangé par une barbe de plusieurs jours, l'homme s'effondra en pleurs sur son oreiller. Walker et Finlay relâchèrent graduellement leur étreinte, jusqu'à ce qu'il ait retrouvé son calme. L'atmosphère se détendit.

— Toutes mes condoléances pour votre petit frère, dit alors Wolf avec un sourire narquois. C'était vraiment rien qu'un tas de merde.

— Espèce de salopard ! s'écria-t-il pendant que les deux policiers le maintenaient assis.

— Bon sang, Will ! se plaignit Finlay qui venait de recevoir un coup de genou malencontreux.

— Vous me refaites un coup pareil, râla Walker, furieux, et je n'essaie même pas de le retenir.

Wolf leva le bras en guise d'excuses et recula pour s'adosser au mur. Une fois que Rana fut redescendu en pression, Finlay lui résuma la situation, à savoir, que la nouvelle de sa reddition avait été tenue secrète et qu'ils attendaient des instructions du *Protected Persons Service*, pour le mettre en sécurité ; en attendant, il avait fait le bon choix en se rendant à la police. Finlay savait y faire : une fois qu'il eut livré à Rana un maximum d'infos pour gagner sa confiance, il passa à un interrogatoire subtil. Il lui demanda s'il connaissait une ou plusieurs des personnes de la liste du tueur ? Qui pouvait lui vouloir du mal ? Y avait-il eu un incident récemment, ou un coup de fil inhabituel ?

— M'autorisez-vous maintenant à vous poser une ou deux questions sur votre frère ? dit Finlay avec une politesse que Wolf ne lui connaissait pas.

À présent, son collègue abordait ce que tous les trois avaient identifié comme étant son point sensible, Wolf se força à garder les yeux rivés au sol, de manière à ne pas provoquer son interlocuteur.

— Pourquoi ?

— Parce qu'il y a un lien entre ces noms sur la liste et les victimes qu'il a déjà... revendiquées, précisa Finlay tout doucement.

Wolf était estomaqué.

— OK, dit Rana.

— Quand avez-vous été en contact pour la dernière fois avec votre frère ?

— 2004... Non, 2005.

— Ce qui signifie que vous n'étiez pas au procès ?

— Non, je n'y étais pas.
— Pourquoi ? intervint Wolf.

Alors que Walker se préparait à devoir maîtriser Rana, étrangement, ce dernier ne broncha pas, pas plus qu'il ne répondit d'ailleurs.

— Quelle sorte d'homme êtes-vous pour ne pas suivre un seul jour du procès de votre propre frère ? insista Wolf malgré les regards assassins de ses deux collègues. Je vais vous le dire : un homme qui connaît *déjà* la vérité, un homme qui sait *déjà* que son frère est coupable.

Silence.

— C'est *pour cette raison* que vous avez changé de nom, il y a des années. Vous saviez ce qu'il allait faire, et vous ne vouliez pas qu'on vous associe à tout ça.

— Je n'ai jamais pensé qu'il allait…

— Vous le saviez ! Et vous n'avez rien fait ! Quel âge a votre petite fille ?

— Fawkes ! hurla Walker.

— Quel âge ? répéta Wolf en criant à son tour.

— Treize ans, marmonna Rana.

— Je me demande sincèrement si votre frère n'aurait pas un jour ou l'autre brûlé vive votre gamine si je ne l'avais pas arrêté. Elle le connaissait. Et certainement, elle lui faisait confiance. Combien de temps, selon vous, aurait-il fallu avant qu'il ne finisse par s'en prendre à une proie si facile ?

— Arrêtez ! implora Rana, les mains plaquées sur les oreilles comme un gosse. Par pitié, arrêtez !

— Dites-vous bien, Vijay *Khalid*, que vous m'êtes redevable, cracha Wolf.

Il frappa la porte de la cellule à coups de poing, abandonnant à Finlay et Walker le soin de gérer les pleurnicheries du prisonnier.

À 19 h 05, Wolf reçut un appel le prévenant qu'un membre du *Protected Persons Service* les rejoindrait au plus tard à 22 h 30. Le service de protection rapprochée montait une opération spéciale afin d'affecter des agents spécialement entraînés et de déterminer un lieu d'hébergement adéquat, compte tenu de la proximité de la menace pesant sur Rana. Wolf transmit l'info à Walker et à ses hommes, lesquels lui firent comprendre qu'il avait largement abusé de leur hospitalité.

Fatigué des regards accusateurs, Wolf décida d'aller acheter à manger pour Finlay et lui, et pour le prisonnier – par précaution, il avait interdit qu'on lui donne quoi que ce soit provenant du site. Il proposa généreusement de rapporter des frites à toute l'équipe, non parce qu'il croyait leur devoir le moindre truc, mais parce qu'il n'était pas sûr qu'on le laisserait entrer les mains vides.

Il enfila sa veste trempée. Un des policiers lui tint la lourde porte qui se referma derrière lui dans un bruit métallique moins bruyant, toutefois, que le fracas de la tempête au-dehors. Wolf marchait dans la rue déserte, tentant d'ajuster ses pas aux tsunamis qui submergeaient le trottoir chaque fois qu'une voiture roulait sur une flaque. Il repéra un *fish and chip* au sol boueux et glissant. Une fois au sec, il se rendit compte que son portable sonnait.

— Wolf.

— Bonsoir, Will, c'est Elizabeth Tate, lui répondit une voix rocailleuse.

— Liz ? Qu'est-ce que je peux faire pour toi ?

Elizabeth Tate était une avocate réputée implacable, qui exerçait aussi les fonctions de commis d'office auprès de plusieurs postes de police du centre de Londres. Depuis presque trente ans, on la désignait pour défendre des prévenus totalement démunis (du poivrot à l'assassin), et se porter au secours des abandonnés et des désespérés. Malgré quelques dissensions entre eux par le passé, Wolf aimait beaucoup cette femme.

Bien des avocats mentaient comme des arracheurs de dent, non pas par souci de défendre leur client visiblement coupable, mais par amour de leur propre ego. Elizabeth défendait les siens dans les limites imposées par la loi, jamais au-delà. Les seules et rares fois où elle s'était retrouvée en porte à faux, elle avait sincèrement cru en l'innocence de son client, et dans ces circonstances, elle pouvait plaider avec autant d'acharnement et de passion que le meilleur de ses collègues.

— Je crois qu'un certain Mr Vijay Rana est actuellement sous ta protection.

— Beignets de saucisse et deux portions de frites, s'il vous plaît, mademoiselle, hurla quelqu'un dans le fond.

Wolf réfléchit à une réponse adéquate.

— Écoute, je ne sais pas d'où tu tiens…

— Pas à moi. Sa femme vient de m'appeler. Je l'ai défendu l'an dernier.

— Pour fraude fiscale ?

— Pas de commentaires.

— OK. Pour fraude fiscale.

— J'ai déjà eu Simmons en ligne. Il a donné son accord pour que je rencontre mon client dès ce soir.

— Hors de question.

— Tu as envie que je te récite le code pénal au téléphone ? Je viens juste de le faire pour ton boss, ça m'a pris vingt minutes. Mr Rana n'est pas sous ta protection, il est en état d'arrestation pour un crime. Nous savons tous les deux que tout ce qu'il dira, à toi ou à n'importe qui d'autre, dans les deux jours qui viennent, pourra être retenu contre lui dans l'affaire pour laquelle il est traîné en justice.

— C'est non.

— J'ai accepté de me soumettre à une fouille au corps, à la fouille de mes effets personnels, et je me plierai bien entendu à toutes autres procédures que tu as mises en place.

— C'est non.

Elizabeth poussa un long soupir.

— Parles-en avec Simmons, et rappelle-moi ensuite, dit-elle avant de lui raccrocher au nez.

— À quelle heure comptes-tu arriver ? grommela Wolf à Elizabeth en s'emparant d'une dernière barquette de frites spongieuses.

Simmons et lui venaient d'avoir une discussion houleuse pendant dix bonnes minutes, bien qu'il eût été illusoire de penser que leur *commissioner*, avec sa phobie des poursuites judiciaires, puisse revenir sur sa décision. Il était impossible de refuser à un prévenu son droit à une assistance judiciaire pour un crime pour lequel ils avaient la ferme intention de l'inculper. Simmons, s'attendant à un acte de rébellion de la part de Wolf, lui avait rappelé leur conversation de samedi soir : il pouvait lui retirer l'enquête à tout moment. Puis il avait brandi l'argument massue selon lequel empêcher Rana de voir son avocat pourrait constituer un motif de classement sans suite de son affaire. C'est ça qu'il voulait ? Faire à son idée au risque de sauver la peau d'un criminel ?

À contrecœur, Wolf avait donc rappelé Elizabeth.

— J'ai un truc à finir ici, à Brentford, répondit Elizabeth, je dois ensuite faire un saut dans le quartier d'Ealing, c'est sur ma route. Je devrais être là pour 22 heures.

— Débrouille-toi pour être à l'heure. On le transfère à la demie.

— J'y serai.

Il y eut soudain un coup de tonnerre plus violent que les autres et toutes les lumières du quartier général de la police s'éteignirent. Au bout de quelques secondes, la sinistre lueur verte de la veilleuse éclaira faiblement le secteur de détention provisoire. Un prisonnier d'une cellule adjacente se mit à cogner sa porte à intervalles réguliers. Le martèlement sourd, semblable au rythme d'un tambour guerrier, emplit le couloir d'une ambiance oppressante, tandis que dehors, l'orage se déchaînait. Wolf rangea son portable et se leva.

Il réalisa que sa main tremblait, et feignit d'en ignorer la raison. Le cauchemar reprenait. Toutes ces nuits dans le quartier sécurisé de la prison à ne pouvoir fermer l'œil, à entendre ces cris incessants se propager dans les couloirs labyrinthiques, et les corps des détenus se jeter contre les portes dans une tentative vaine de les briser. Il se calma au bout d'un instant, enfonça son poing au fond de sa poche.

— Vérification de la cellule de Rana, cria-t-il aux agents.

Walker et lui dévalèrent le couloir sombre. Le martèlement dans la cellule allait crescendo. L'agent de faction déverrouilla la porte en vitesse. À l'intérieur, noir complet. La veilleuse de secours n'éclairait presque rien.

— Monsieur Rana ? appela Walker. Monsieur Rana ?

Finlay surgit sur le seuil, muni d'une torche. Le faisceau lumineux balaya la pièce avant de s'arrêter sur une silhouette inerte allongée sur le banc.

— Bordel de merde ! s'écria Wolf.

Il fonça sur Rana et le retourna sur le dos. Index et majeur plaqués contre son cou, il chercha son pouls.

Soudain, Rana écarquilla les yeux et poussa un hurlement de terreur. Dormant à poings fermés, il s'était réveillé en sursaut. Wolf soupira de soulagement. Finlay sortit dans le couloir en étouffant un rire nerveux. Walker, lui, attendait 22 h 30 avec impatience.

12

Mardi 1er juillet 2014,
23 h 28

La dernière fois que Wolf avait eu l'équipe du *Protected Persons* au téléphone, ils étaient coincés dans un embouteillage sur la M25. Un des agents du poste de police avait calé son portable sur le comptoir pour que chacun puisse suivre sur *BBC News* la cause de leur retard : un camion en travers de la voie. Deux hélicoptères avaient dû se poser sur l'autoroute pour évacuer les blessés, et on déplorait au moins un mort.

La lumière était heureusement revenue, réchauffant un peu l'ambiance du poste, tandis que la tempête enflait à l'extérieur. Finlay s'était assoupi sur une chaise en plastique. Un policier se tenait toujours en faction devant la cellule, tandis que ses deux collègues échangeaient des regards ulcérés dans le dos de leur chef. Entamant leur quinzième heure de service – au lieu des douze réglementaires –, ils avaient l'impression d'être retenus prisonniers autant que les occupants des cellules.

Wolf s'était posté à la porte de derrière, guettant l'arrivée d'Elizabeth, elle aussi terriblement en retard à cause des orages. Le dernier SMS qu'elle lui avait adressé précisait qu'elle serait là dans cinq minutes et qu'il pouvait mettre la bouilloire en route.

Par le hublot de la porte, Wolf scrutait le parking noyé sous des trombes d'eau. Les bouches d'égout, saturées, recrachaient des torrents de flotte sale. Et la tempête n'était pas près de se calmer. Il aperçut deux phares à l'angle de la rue, puis un taxi ralentit et s'attarda une bonne minute devant l'entrée. Une silhouette encapuchonnée en sortit, mallette à la main, et courut en direction de la lourde porte métallique. Deux coups retentirent.

— Qui est-ce ? demanda Wolf qui ne pouvait identifier le visage sous la capuche.

— À ton avis ? répondit une voix rocailleuse.

Wolf ouvrit la porte et fut rincé par une pluie battante et horizontale. La météo avait annoncé des vents soufflant en rafales, et pour une fois elle ne s'était pas trompée. Les papiers volèrent dans la pièce. Wolf dut batailler pour repousser le lourd battant.

Elizabeth ôta son imperméable : cinquante-huit ans, des cheveux gris attachés en queue-de-cheval. Wolf l'avait toujours connue avec trois tenues différentes seulement. Trois tenues qui avaient dû lui coûter très cher à l'époque, mais qu'elle traînait depuis deux décennies et qui étaient aujourd'hui démodées et usées. Elle prétendait toujours qu'elle venait d'arrêter de fumer, mais son haleine disait le contraire. Quant à son rouge à lèvres, un rose criard, elle semblait se l'être appliqué dans le noir. Elle adressa à Wolf un sourire affectueux, dévoilant des dents jaunies.

— Liz.

— Hello, mon chou.

Elle jeta son imper sur la première chaise venue avant de lui planter deux énormes bises, une sur chaque joue. Elle le serra un peu plus longtemps qu'il n'aurait fallu, ce que Wolf prit pour une manifestation d'affection maternelle.

— Quel temps pourri, fit-elle comme si c'était un scoop.

— Tu veux boire quelque chose ?

— Je me damnerais pour un thé...

Wolf l'abandonna pour préparer ce thé qui tombait fort à propos – pour que Walker et son équipe procèdent eux-mêmes à la fouille. Il n'était pas très fier de soumettre à une palpation une collègue et amie aussi fidèle. Au moins, il n'aurait pas à s'en charger. Il traîna un peu avant de revenir et découvrit Elizabeth en train de plaisanter avec Finlay, occupé à trier le contenu de sa mallette. Il avait mis de côté un briquet gravé (elle assura ne le garder que pour des raisons sentimentales) et deux stylos à bille de luxe.

— Approuvé ! dit Finlay en souriant.

Il referma la mallette et la fit glisser vers Elizabeth qui sirotait son thé tiède à petites gorgées.

— Bien, où est mon client ?

— Je vais te conduire à lui, dit Wolf.

— Nous aurons besoin d'être seuls.

— Quelqu'un restera à la porte.

— C'est une conversation confidentielle, mon chou.

— Alors vous feriez mieux de parler doucement, conclut Wolf.

Elizabeth ne put s'empêcher de sourire.

— Toujours à faire ton gros malin à ce que je vois, Will !

Ils étaient parvenus devant la porte de la cellule de Rana lorsque le portable de Wolf sonna. Le policier laissa Elizabeth entrer et referma à clé. Rassuré, il s'éloigna dans le couloir pour répondre. C'était Simmons, porteur de deux nouvelles : l'équipe du *Protected Persons* était enfin mobile et les rejoindrait d'ici une demi-heure ; le second point, plus épineux, Wolf et Finlay n'étaient pas autorisés à accompagner Rana.

— Je pars avec eux, décréta Wolf, catégorique.

— Ils sont tenus à un protocole très strict.

— J'en ai rien à foutre... On ne peut pas leur rendre Rana et les laisser l'emmener Dieu sait où.

— Non seulement on peut, mais on va le faire.

— Tu as donné ton accord ? dit-il, terriblement déçu.

— Oui.

— Laisse-moi leur parler.

— Pas question.

— Je serai poli, je te le promets. Laisse-moi leur expliquer la situation. Quel est leur numéro ?

Alors que sa montre digitale bon marché émettait le bip de minuit, Wolf négociait au téléphone avec le commandant de l'équipe de protection rapprochée, toujours en chemin. L'homme était têtu comme une mule : hors de question de déroger aux procédures. Wolf sentait la colère monter. Il finit par raccrocher après l'avoir traité de « petit branleur ».

— C'est un miracle que tu aies encore des amis, se moqua Finlay, qui regardait un flash météo avec Walker et l'autre flic.

« Des vents violents, jusqu'à cent quarante-quatre kilomètres heure », débitait une voix aigrelette.

— Ces mecs sont hyper entraînés, arrête de vouloir tout régenter.

Wolf allait lui répondre un truc bien senti, quitte à mettre en danger une des rares amitiés qui lui restaient, quand il entendit le policier déverrouiller la porte de la cellule de Rana. Elizabeth en sortit, salua son client juste avant la fermeture du battant. Trottinant pieds nus sur le sol beige (Walker lui avait confisqué ses talons ridiculement hauts), elle remonta le couloir, passa devant Wolf sans dire un mot et récupéra ses affaires au bureau.

— Liz ? fit l'inspecteur, dérouté par son brusque changement d'attitude. Tout va bien ?

— Très bien. (Alors qu'elle reboutonnait son imper, sa main commença à trembler. À la grande stupeur de Wolf, elle essuya furtivement des larmes.) Je voudrais y aller, s'il te plaît.

Elle se dirigea vers la sortie.

— Il t'a dit quelque chose qui t'a bouleversée ? s'enquit Wolf.

Wolf était enclin à vouloir protéger cette femme qui avait affaire au quotidien à la lie de l'humanité. Toute tentative de s'en prendre à elle lui semblait aussi injuste que cruelle.

— Je suis une grande fille, William, ouvre-moi cette porte, maintenant.

Wolf tira le lourd battant métallique. Une rafale de pluie et de vent les cueillit à nouveau, le tonnerre grondait toujours. Elizabeth sortit.

— Ta mallette ! s'exclama Wolf, réalisant qu'elle avait dû la laisser avec Rana.

L'avocate parut terrifiée.

— Je vais te la chercher. Tu n'auras pas besoin de revoir ce sale type.

— Je viendrai la chercher demain matin.

— Ne sois pas ridicule.

— Bon Dieu, Will ! Laisse tomber ! lui cria-t-elle en s'éloignant à la hâte.

— Qu'est-ce qu'il y a ? demanda Finlay sans quitter des yeux le minuscule écran de télé.

Wolf suivit Elizabeth du regard. Elle tourna au coin de la rue. Lentement, un malaise commença à monter en lui. Il jeta un œil à sa montre : 00 h 07.

— Ouvrez la porte ! hurla-t-il en s'engouffrant dans le couloir à toute allure.

Le flic en faction, paniqué, lâcha ses clés, donnant à Walker le temps de les rejoindre. La serrure cliqueta, Wolf poussa le battant et Rana apparut sur le matelas, en position du lotus. Walker soupira de soulagement avant de... hoqueter lorsque son regard s'attarda sur le prisonnier.

La tête pendant sur la poitrine, il avait le visage bleui, congestionné, les yeux injectés de sang et anormalement exorbités. Ce qui ressemblait à une corde de piano était enroulé plusieurs fois autour de son cou, creusant de profonds sillons sur sa peau brune. Du fil de fer émergeait du rembourrage intérieur de la mallette ouverte à la vue de tous.

— Appelez une ambulance ! hurla Wolf en cavalant en sens inverse dans le couloir.

Il dévala le perron, fonça à travers le parking détrempé, tourna à l'angle et fouilla des yeux la rue principale. La pluie torrentielle lui fouettait le visage. Il s'était écoulé moins de trente secondes, mais aucune trace de l'avocate sur les trottoirs désertés. Il longea au pas de charge des vitrines sombres, conscient que le fracas de l'orage ne l'aidait en rien. Chaque voiture qui le doublait produisait un bruit assourdissant, auquel s'ajoutaient le tumulte des gerbes d'eau giclant de la chaussée et les milliards de gouttes tambourinant sur le capot des véhicules en stationnement.

— Elizabeth !

Il avait beau s'époumoner, sa voix était emportée par le vent. Il piqua un sprint, dépassa une ruelle coincée entre deux magasins, revint sur ses pas et scruta la petite allée plongée dans l'obscurité. Il s'avança, sensible au crépitement de la pluie sur des bouteilles en verre, des emballages abandonnés, ou toutes sortes de détritus qui devaient joncher le sol.

— Elizabeth ? appela-t-il plus doucement.

Des choses craquaient sous ses pieds alors qu'il continuait sa progression.

— Elizabeth ?

Il perçut un brusque déplacement d'air et fut repoussé brutalement contre un mur de briques froides. Oui, c'était bien elle. Il tendit le bras et parvint presque à l'attraper par ses vêtements, mais elle lui échappa et se précipita vers la rue principale.

Wolf se lança à sa poursuite. Il déboula sur la rue principale, sous le halo orangé d'un lampadaire. Elizabeth paniquait, elle traversa la route comme une folle. Un break pila juste devant elle en klaxonnant rageusement, ce qui ne fit qu'ajouter à la cacophonie ambiante. À présent, elle n'était plus qu'à quelques mètres de lui. Contre toute attente, elle ralentit le rythme, sortit son portable de sa poche et le porta à son oreille. Wolf remarqua alors le sang et la boue qui maculaient ses pieds, elle avait abandonné ses talons pour courir plus vite dans les flaques boueuses. Il se rapprochait, et fut bientôt à portée de voix. Elle haletait au téléphone :

— C'est fait ! C'est fait !

Il était sur le point de l'agripper quand elle s'élança brusquement sur la route. Il la suivit sans réfléchir. Elle trébucha en quittant le terre-plein central destiné aux piétons et s'étala sur le bitume. En se relevant tant bien que mal, elle vit Wolf qui s'était figé, une expression horrifiée sur le visage. Elle suivit son regard et eut juste le temps d'apercevoir le bus à deux étages qui lui fonçait dessus.

Elle ne cria pas.

Hébété, Wolf s'approcha de la silhouette recroquevillée près du trottoir, à une dizaine de mètres. Il entendit des voitures freiner, leurs phares éclairant le corps inerte. Les larmes lui montèrent aux yeux ; il était trop sonné et trop épuisé pour essayer d'analyser ce qui avait pu pousser son amie à faire ce qu'elle avait fait.

Le chauffeur du bus le rejoignit, tremblant et choqué, tandis que des passagers bouche bée contemplaient la scène depuis leurs sièges. Le pauvre chauffeur semblait espérer que cette femme allait se relever, qu'elle n'était peut-être même pas blessée, que sa vie à lui pourrait continuer comme avant. Wolf ne voulait ni le rassurer ni même lui adresser un regard. Cet homme ne pouvait être jugé coupable de n'avoir pas repéré à temps, dans d'aussi mauvaises conditions de visibilité, une femme allongée sur le macadam. Mais il était celui qui avait mis un terme à la vie d'Elizabeth Tate, et, soudain, Wolf sut qu'il ne maîtrisait plus ses nerfs.

Alors qu'une autre voiture ralentissait, il remarqua le portable d'Elizabeth à l'endroit exact où elle avait été percutée. Il se dirigea lentement vers l'appareil, le ramassa et se rendit compte que l'appel n'était pas déconnecté. Il le porta à son oreille et entendit le bruissement d'une respiration tranquille.

— Qui est à l'appareil ? fit-il d'une voix altérée.

Il n'obtint aucune réponse, juste cette respiration posée sur fond de machines industrielles bourdonnant dans le fond.

— *Sergeant* Fawkes de la *Metropolitan Police*, qui est à l'appareil ? répéta-t-il sans vraiment espérer de réponse, sachant quelque part en lui qu'il la connaissait déjà.

Des gyrophares bleus se profilaient non loin. Wolf s'assit au bord du trottoir, écouta le tueur qui l'écoutait. Incapable de le menacer, de lui foutre la trouille, de provoquer chez lui une réaction, il sut qu'il ne pourrait jamais mettre des mots sur la haine pure qui coulait dans ses veines à cet instant précis. Au lieu de ça, il continua à écouter, indifférent à l'agitation qui régnait autour de lui. Sans qu'il sache ni pourquoi ni comment, le rythme de sa respiration se cala sur celle du tueur, puis un craquement se fit entendre à l'autre bout de la ligne : le tueur avait raccroché brutalement.

13

Mercredi 2 juillet 2014,
5 h 43

Karen Holmes attendait avec impatience le prochain flash info sur le trafic autoroutier. Elle avait dû se lever aux aurores et n'avait pas bien dormi pendant sa courte nuit à cause de la tempête. Elle avait quitté sa petite maison de Gloucester avant le lever du jour, découvert sa poubelle à roulettes renversée au milieu de la route et un morceau de sa clôture plaqué contre la voiture de son voisin. Elle avait soulevé le lourd panneau de bois aussi doucement que possible, priant pour que l'irascible bonhomme ne remarque pas les rayures sur son capot.

Karen redoutait cette visite mensuelle à Londres dans les bureaux de sa société. La seule préoccupation de ses collègues concernait le défraiement pour l'hôtel et les repas. Elle, elle avait des soucis d'une autre nature : personne de sérieux à qui confier ses chiens durant son absence, et leur bien-être demeurait sa priorité.

Non seulement la circulation sur l'autoroute commençait à être dense, mais des cônes de signalisation imposaient en plus une interminable limitation de vitesse, en vue d'un chantier dont on se demandait bien quand il serait entamé.

Karen se pencha pour tripoter les boutons de la radio, craignant de rater le prochain flash info route. En reportant ses yeux sur la voie, elle aperçut un long sac noir posé entre les deux barrières de sécurité du terre-plein central. Un sac de taille et de forme bien inhabituelles. En arrivant à sa hauteur, à une vitesse de 78 km/h, elle aurait juré le voir bouger. Quand elle jeta un coup d'œil dans son rétroviseur, tout ce qu'elle put distinguer c'est une berline Audi qui avait décidé d'accélérer sans raison, de la coller, puis de déboîter en montant à 140 km/h. Son conducteur devait être trop riche ou trop crétin pour se soucier des radars.

Troublée, Karen repéra une sortie à trois kilomètres, sur l'autoroute. Elle n'avait pas le temps de s'arrêter, même si elle avait été convaincue d'avoir vu quelque chose – ce qui n'était sans doute pas le cas. Le sac avait dû être secoué par les vents violents et sa voiture, en passant, l'avait fait bouger… Pourtant, à mesure qu'elle roulait, Karen ne pouvait dissiper cette intuition que ce sac contenait bien quelque chose de bizarre, quelque chose qui remuait.

Ses deux Staffordshire bull-terriers étaient des chiens de refuge récupérés après avoir été laissés pour morts dans une benne à ordures. Cette pensée lui soulevait le cœur, littéralement. Au moment où elle sortit de la zone de ralentissement, une BMW la dépassa en trombe et Karen songea que si quelque chose de vivant était dans ce sac, il ne le resterait pas longtemps.

Elle donna un coup de volant et sa vieille Fiesta vibra en roulant trop vite sur les ralentisseurs avant de s'engager sur la bretelle de sortie. Il ne lui faudrait qu'un quart d'heure à peine pour aller vérifier. Elle fit le tour du rond-point et reprit l'autoroute en sens inverse.

Sur une route aussi monotone, difficile pour elle de se souvenir à quelle hauteur exactement gisait le sac. Elle ralentit dès qu'elle pensa ne plus être très loin. Quand enfin elle le repéra, elle alluma ses feux de détresse et se gara presque en face, sur la bande d'arrêt d'urgence. Elle observa la forme noire pendant une bonne minute, se traitant de folle paranoïaque : ce sac restait parfaitement immobile avant d'être soufflé par un véhicule lancé à vive allure. Elle mit son clignotant droit et s'apprêtait à repartir quand elle distingua un mouvement.

Son cœur se mit à battre très fort. Elle attendit une trouée dans le flot des voitures, sortit de la sienne, et traversa en courant les trois voies jusqu'au terre-plein central. Elle sentait le souffle des véhicules à quelques mètres d'elle, l'éclaboussant d'une eau boueuse. Elle s'agenouilla et hésita.

— Pourvu que ce ne soit pas des serpents, supplia-t-elle. Pas des serpents, par pitié.

À ce moment, le sac remua de nouveau et elle crut distinguer un gémissement. Avec prudence, elle déchira le haut du plastique noir, inquiète que ce qu'elle allait découvrir puisse sauter sur la route et être écrasé sous les roues des voitures. Dans l'état de tension où elle était, elle déchira d'un coup une grande partie de la bâche, avant d'écarquiller les yeux, horrifiée. Une femme aux cheveux blonds roula de côté ; elle était sale, ligotée et bâillonnée. Elle fixa Karen d'un regard implorant avant de s'évanouir.

Edmunds se glissa sous le portique de sécurité de New Scotland Yard d'un pas vif et léger. La veille, il était rentré chez lui à temps pour emmener Tia dîner au restaurant. Sa manière à lui de s'excuser pour la soirée précédente. Tous deux avaient fait l'effort de s'habiller pour l'occasion, et au cours des deux heures suivantes, ils avaient feint de croire que de tels moments de bonheur étaient monnaie courante. Ils avaient opté pour le menu complet, entrée-plat-dessert, et Edmunds s'était même offert une pièce de bœuf. Tout aurait été parfait si une serveuse désagréable n'avait hurlé à son chef, à travers toute la salle, qu'elle ne savait pas comment encaisser les chèques cadeaux Tesco Clubcard.

La bonne humeur d'Edmunds découlait du fait qu'il avait fini par dégotter la référence exacte qui correspondait au vernis prune. Il ignorait encore comment cette information pourrait s'avérer utile, mais c'était un pas important dans l'identification du bras droit de *Ragdoll*. En arrivant dans l'open space, il constata que Baxter était déjà à son bureau. Même de si loin, il pouvait affirmer qu'elle était d'une humeur massacrante.

— Bonjour, lança-t-il avec gaieté.

— C'est quoi ce sourire idiot sur votre visage ?

— Une bonne nuit, sans doute, répondit-il en haussant les épaules.

— C'est pas le cas pour Vijay Rana.

Edmunds s'assit.

— Est-ce qu'il... ?

— C'est pas le cas non plus pour Elizabeth Tate... Une femme que je connaissais depuis des années... Ni pour Wolf.

— Est-ce que Wolf va bien ? Mais enfin... dites-moi ce qui se passe !

Baxter le briefa sur les événements de la nuit et la découverte de la jeune femme de l'autoroute.

— La bâche dans laquelle était ligotée la fille est partie au labo, mais les ambulanciers ont trouvé ça accroché à son gros orteil.

Baxter lui tendit un sac à scellé contenant une étiquette de morgue annotée.

— « Aux bons soins du *Sergeant* William Fawkes », lut Edmunds. Il est au courant ?

— Non. Finlay et lui n'ont pas fermé l'œil de la nuit. On leur a donné leur journée.

Une heure plus tard arrivait la jeune femme traumatisée, escortée par une policière. On l'avait directement ramenée de l'hôpital et la pauvre était encore couverte de crasse. Son visage et ses bras portaient des bleus et des coupures. Ses cheveux emmêlés allaient du blond oxygéné au noir. Le moindre bruit la faisait sursauter.

La confirmation de son identité avait été envoyée au service un peu plus tôt : il s'agissait de Georgina Tate, la fille d'Elizabeth. Depuis deux jours, elle ne s'était pas présentée à son travail, et sa mère avait prévenu son employeur, prétextant des problèmes personnels. Aucune plainte pour disparition n'avait été déposée. Même à partir de ces quelques éléments, il n'était pas bien difficile de reconstituer le scénario. Baxter était ébranlée, devinant combien il avait été aisé pour le tueur d'obliger cette femme coriace et pleine de ressources, à la moralité parfaite, à commettre un meurtre.

— Elle n'est pas encore au courant, murmura Baxter avec solennité tandis que Georgina Tate entrait dans la salle d'interrogatoire qui avait été promptement rénovée.

— À propos de sa mère ?

— Elle n'a pas l'air d'être en super forme pour entendre une nouvelle pareille, pas vrai ?

Baxter ramassa ses affaires.

— On va quelque part ?

— Pas *on*. *Je* vais quelque part. En l'absence de Wolf et de Finlay, devinez à qui ils ont refilé leur chouette boulot, en plus du mien ! Qui est le numéro quatre sur la liste ?

— Andrew Ford, agent de sécurité, répondit Edmunds, un peu surpris qu'elle ait besoin de le lui demander.

— Un sombre connard aussi. Gros buveur. Il a réussi à péter une dent à une policière la nuit dernière lorsqu'elle lui a ordonné de se calmer.

— Je viens avec vous.

— Je peux gérer la situation seule. Ensuite, j'ai un entretien avec Jarred Garland, le journaliste censé mourir dans (elle compta sur ses doigts) trois jours. Il s'est mis dans le crâne de profiter de ses dernières heures en publiant une chronique pour dire à quel point on est nuls, et à quel point c'est excitant d'être sur la liste d'un serial killer. Je suis mandatée pour « l'apaiser » et « le rassurer ».

— Vous ?! s'étonna Edmunds (ce que, par chance, Baxter prit pour un compliment). Qu'attendez-vous de moi ?

— Débrouillez-vous pour savoir si Georgina Tate se souvient de quoi que ce soit d'utile. Remontez la piste de cette bague. Trouvez pour qui elle a été fabriquée. Vérifiez si les médecins légistes ont du neuf pour nous. Et récupérez le portable d'Elizabeth Tate à la seconde où les techniciens de la scientifique nous le rendront.

Une fois que Baxter eut quitté le bureau, Edmunds réalisa qu'il avait oublié de l'informer pour le vernis pailleté. Il posa le petit flacon sur le bureau, mais se sentit idiot d'être si émoustillé par une investigation si insignifiante. Wolf, lui, pourchassait dans Southall des tueuses manipulées, protégeait des femmes kidnappées et avait des échanges téléphoniques avec le prince des criminels. Évidemment, son sort n'avait rien d'enviable, mais Edmunds dut cependant admettre qu'il éprouvait envers lui une pointe de jalousie.

★

— C'est magnifique ! s'enthousiasma Elijah. (Sur le mur de la salle de conférences de presse était projetée la photo qu'il avait acquise pour une somme de deux mille livres.) Oh, oui… ma-gni-fi-que !

Andrea avait plaqué sa main contre sa bouche. Elle était soulagée que personne dans la pièce plongée dans le noir ne puisse voir les larmes rouler sur ses joues. La photo était tout sauf « magnifique ». Au contraire, c'était la chose la plus triste qu'elle ait regardée depuis longtemps. Une photo en noir et blanc de Wolf, agenouillé sur le bitume, sous la lumière crue d'un lampadaire et les phares des voitures qui, tels des projecteurs, éclairaient les flaques d'eau, la pluie battante, les vitrines sombres. Elle n'avait vu pleurer Wolf qu'en deux ou trois occasions quand ils étaient mariés. Chaque fois, cela lui avait brisé le cœur.

Là, c'était bien pire.

Il était agenouillé au beau milieu de la route, penché au-dessus du corps mutilé de la vieille femme, tenant tendrement une main ensanglantée sous les trombes d'eau, le regard perdu dans le vide, une expression de pure défaite sur le visage. Comme détruit.

Andrea observait les faces hilares de ses collègues qui applaudissaient en riant. Elle tremblait de peur et de dégoût. En cet instant, elle n'éprouvait que mépris pour chacun d'entre eux. Aurait-elle partagé leur joie mauvaise si elle n'avait pas un jour aimé cet homme sur la photo ? Elle fut bouleversée d'admettre que oui, elle aurait pu.

— La bonne femme renversée, quelqu'un a une idée ? cria Elijah à la cantonade. (Haussements d'épaules et signes de dénégation.) Andrea ?

Elle restait concentrée sur l'écran pour tenter de dissimuler ses larmes.

— Comment je pourrais la connaître ?

— Ton ex-mari et elle ont l'air proches, dit Elijah.

— Et même un peu trop proches, ricana le producteur chauve pour amuser la galerie.

— Je pensais que tu aurais pu la reconnaître, insista Elijah.

— Eh bien, non, dit-elle sur un ton jovial sans parvenir à être convaincante.

— Peu importe. C'est de la bombe, ce truc, poursuivit Elijah, imperturbable. On fait l'ouverture avec cette photo et le compte à rebours indiquant combien de temps il reste à ce Rana Truc..., enfin quel que soit son nom. On brode un peu sur sa traque et on revient à la photo en bricolant des hypothèses.

Tout le monde gloussa hormis Andrea.

— Qui est cette femme ? Pourquoi l'inspecteur en charge de l'affaire *Ragdoll* s'intéresse-t-il à un accident de la circulation au lieu de protéger la prochaine victime ? Est-ce que ça a un lien avec les meurtres ? Bref, les fondamentaux. (Elijah guettait des réactions.) Autre chose ?

— La grande tendance du moment, c'est de twitter *#passurlaliste*, déclara un jeune homme arrogant qu'Andrea ne connaissait autrement qu'avec son portable à la main. Et notre appli « *Death Clock* : Calculez l'heure de votre mort » a été téléchargée plus de cinquante mille fois.

— Merde, j'aurais pas dû la proposer gratuite, râla Elijah. Et on en est où de l'émoticône *Ragdoll* ?

Un illustrateur lui glissa un papier sur la table avec hésitation. Elijah s'en empara et l'examina avec effarement.

— C'est pas facile de retranscrire un tel degré d'horreur dans un dessin, se défendit-il, apparemment nerveux.

— Ça va le faire, répliqua Elijah en lui balançant son papier. Mais mollo sur les nichons, faut penser aux gosses, hein ?

Elijah semblait satisfait d'avoir accompli sa BA pour la prochaine décennie. Il mit fin à la réunion. Andrea fut la première à quitter la salle, ne sachant si elle allait d'abord se remaquiller ou si elle repartait sur le champ. Ce dont elle était sûre, c'est qu'elle avait terriblement besoin de voir Wolf.

Simmons était tourné vers le mur de la salle de réunion, face aux énormes collages de *Ragdoll*. Il était en uniforme, impeccable hormis une profonde éraflure sur sa chaussure droite qu'il n'avait pas réussi à camoufler avec du cirage. Il l'avait esquintée en fracassant à coups de pied le placard en métal dans son bureau, juste après vu le corps carbonisé de son ami étendu sur le sol inondé de la salle d'interrogatoire. En cet après-midi d'hommage, il lui avait paru logique de porter ces chaussures, tel un symbole intime du sentiment de perte, dans ce qui serait, à n'en point douter, une cérémonie impersonnelle.

L'office prévu pour le maire défunt aurait lieu à 13 heures à l'église St Margaret dans l'enceinte de l'abbaye de Westminster. La famille avait souhaité organiser des funérailles dans la plus stricte intimité et à une date ultérieure, une fois qu'on leur aurait restitué le corps.

Mais avant cet hommage, Simmons devait tenir une conférence de presse pour annoncer la confirmation des décès de Vijay Rana et d'Elizabeth Tate. Il s'efforçait de garder son sang-froid devant les chamailleries des membres du service des relations publiques qui devisaient sur « comment introduire une note positive dans le discours ».

Simmons suivait des yeux Georgina Tate que l'on raccompagnait hors de la salle d'interrogatoire. Il n'avait pas encore eu le courage d'y retourner et n'était même pas sûr de pouvoir le faire un jour. Il n'oublierait jamais le visage affreusement cloqué de Turnble, sa peau en lambeaux et cette odeur de chair brûlée qu'il avait l'impression de respirer chaque fois que l'assaillait ce souvenir atroce.

— OK. Et si on procédait comme ça : on recentre la communication sur le fait que nous avons réussi à neutraliser Tate, déclara un grand type maigre qui avait l'air d'un gamin. Du style : « Un meurtrier de moins dans nos rues », c'est mieux, ça, non ?

Simmons se retourna pour affronter les trois abrutis des RP qui gesticulaient, armés de leurs tableaux, de leurs graphiques et des articles de la presse du matin surlignés en fluo. Il s'apprêtait à leur dire sa façon de penser mais se contenta de secouer la tête, écœuré, et sortit.

14

Mercredi 2 juillet 2014,
11 h 35

Baxter emprunta la District Line jusqu'à la station Tower Hill et de là suivit sans enthousiasme les indications confuses données par Jarred Garland. Laissant la Tour de Londres sur sa gauche, elle descendit la rue principale déjà largement saturée de voitures. Qu'ils ne puissent pas se retrouver chez lui (où il aurait dû être, sous protection policière) ou dans les bureaux de son journal dépassait l'entendement.

Par un renversement de situation inattendu, le journaliste démagogue, arrogant et sans scrupules avait exigé d'elle qu'elle le retrouve dans une église. Garland se serait-il tourné vers la religion à l'approche du jugement dernier, comme les gens le font parfois ? Si elle avait été croyante, Baxter aurait jugé insultante et gonflée cette manière de se prétendre touché par la grâce avant le clap de fin.

La couche nuageuse commençait à s'étirer dans le ciel, permettant au soleil de réchauffer la ville par intermittence.

Au bout de dix minutes de marche, elle aperçut un clocher, bifurqua au carrefour suivant et resta bouche bée sous le soleil timide.

Le clocher en pierres blanches de St Dunstan-in-the-East se dressait au milieu de l'église en ruine. Des arbres touffus et verdoyants s'élançaient vers un toit imaginaire, et leurs branches traversaient les fenêtres en ogive. Des plantes grimpantes formaient un maillage serré sur les murs de pierre encore debout, avant de retomber en d'étranges cascades dans cet endroit où la végétation avait clairement repris ses droits. Ce jardin intimiste au cœur d'une zone de buildings de bureaux, à l'abri des regards, avait des allures de décor de conte de fées.

Baxter passa le portail en fer et pénétra dans l'église fantôme. Elle suivit un filet d'eau qui coulait sous une arche imposante prise dans la vigne vierge et parvint à une cour pavée où trônait une fontaine. Un couple prenait un selfie et une grosse dame nourrissait les pigeons. Baxter se dirigea vers la silhouette solitaire assise sur un banc.

— Jarred Garland ?

L'homme leva les yeux, étonné. Il avait environ le même âge qu'elle, portait une chemise cintrée dont il avait remonté les manches. Rasé de frais, la coiffure exagérément apprêtée, il n'était ni beau ni laid. Il la détailla de la tête aux pieds avec un sourire malicieux.

— Ma foi, la journée s'annonce mieux qu'elle n'avait commencé, dit-il avec un fort accent de l'East End. Prenez place.

Il tapota le banc à sa droite. Baxter s'assit à sa gauche. Le sourire de Garland s'agrandit.

— Si vous laissiez tomber ce rictus stupide et me racontiez pourquoi on ne pouvait pas se rencontrer à votre bureau ? déclara-t-elle d'un ton cassant.

— Dans la presse, on n'aime pas trop voir des flics fouiner un peu partout dans nos locaux. Pourquoi pas *votre* bureau ?

— Dans la police, on n'aime pas trop voir des journalistes fouille-merde, suffisants et qui (elle renifla l'air) puent l'après-rasage fouiner un peu partout dans nos locaux. Voilà pourquoi.

— Vous avez donc lu ma chronique ?

— Pas par choix.

— Je suis flatté.

— Y a pas de quoi.

— Alors, qu'en avez-vous pensé ?

— Sur ce proverbe qui dit qu'on ne doit pas mordre, etc. ?

— On ne doit pas mordre la main qui vous nourrit.

— Non, ce n'est pas la formule exacte. On ne doit pas mordre la main de la seule protection qui existe entre vous et un tueur implacable, diaboliquement intelligent.

La face poupine de Garland arbora un sourire plus narquois que jamais.

— Vous savez quoi ? J'ai commencé à rédiger ma chronique pour demain. Je démarre par des félicitations au *Met* pour cette nouvelle exécution réussie.

Baxter lista mentalement les problèmes auxquels elle s'exposait si elle collait son poing dans la figure de celui qu'elle était censée protéger.

— Mais ce n'est pas entièrement vrai, n'est-ce pas ? Vous vous êtes surpassés. L'inspecteur Fawkes en a eu deux pour le prix d'un.

Baxter ne lui répondit pas. Au lieu de ça, elle jeta un coup d'œil circulaire dans le jardin. Garland se dit qu'il avait touché une corde sensible. En réalité, Baxter évaluait la présence d'éventuels témoins pour le cas où elle perdrait son calme.

Le soleil avait disparu derrière un gros nuage pendant leur conversation et l'adorable jardin secret était à présent noyé dans une ambiance sinistre. La vision de la maison du Seigneur ainsi ouverte aux quatre vents procurait un sentiment de malaise. Les larges murs de pierre à moitié détruits où serpentait la vigne vierge offraient une nouvelle preuve que personne ne se souciait de sauver cette église dans cette ville impie.

Maintenant qu'elle avait consciencieusement désapprouvé sa toute nouvelle aire de pique-nique, Baxter, en se retournant vers Garland, repéra l'extrémité d'un mince boîtier noir qui dépassait de sa chemise.

— Espèce d'enfoiré ! cria-t-elle en arrachant l'enregistreur dont le voyant rouge était allumé.

— Hé ! Vous ne pouvez...

Baxter le balança sur le sol pavé avant de l'écraser d'un coup de talon pour faire bonne mesure.

— J'imagine que je l'ai bien mérité, admit-il, bon joueur.

— Écoutez, voilà comment ça fonctionne. Vous avez droit à deux policiers devant votre domicile. Utilisez-les. Wolf vous contactera demain...

— Je ne veux pas de lui. Je vous veux, *vous*.

— Ce n'est pas à vous de décider.

— Écoutez, *Sergeant*, voilà comment ça fonctionne. Je ne suis pas votre prisonnier, je ne suis pas en état d'arrestation. La *Metropolitan Police* n'a aucune prise sur moi et je ne suis nullement obligé d'accepter son aide. Et, sans vouloir vous vexer le moins du monde, vous n'avez pas jusqu'ici les meilleurs résultats qui soient. Je serai ravi de collaborer avec vous, mais à *mes* conditions. Pour commencer : je vous veux, *vous*.

Baxter se leva, pas d'humeur à négocier.

— En second lieu : je veux simuler ma propre mort.

Elle se massa les tempes et grimaça, comme si la bêtise de Garland lui causait une douleur physique.

— Réfléchissez. Si je suis déjà mort, le tueur ne peut plus m'assassiner. Il faudra qu'on soit convaincants, que ça ait l'air réel.

— On pourrait vous mettre à contribution, fit soudain l'inspectrice en se rasseyant. (Le visage de Garland s'illumina.) Nous pourrions vous donner les traits de John Travolta... Heu... Non, attendez, ça, c'est déjà dans un film. Et si on vous téléport... Non, ça y est, j'y suis ! On loue un avion de combat à réaction. Je crois que Wolf a son brevet de pilote, et on pourrait détruire un hélicoptère en...

— Très, très drôle. (Garland paraissait gêné.) Je crois que vous ne me prenez pas au sérieux...

— C'est parce que je ne suis pas une fille sérieuse.

— Je risque ma peau.

Pour la première fois, Baxter perçut de l'angoisse dans sa voix.

— Dans ce cas, rentrez chez vous.

Elle se leva et partit.

— Merci beaucoup, je vous suis très reconnaissant. Vous aussi, au revoir.

Edmunds raccrocha juste au moment où Baxter rentrait de son rendez-vous avec Garland. Il glissa la main sous son bureau pour se pincer fort la jambe, et éviter ainsi d'afficher le moindre sourire.

Elle détestait le voir sourire.

Elle s'assit derrière son ordinateur et soupira d'agacement, en ramassant les miettes qui parsemaient son clavier.

— Vous ne pouviez pas manger ailleurs ?

Il préféra taire qu'il n'avait pas eu le temps de déjeuner et que ce qu'elle tenait dans le creux de sa main était les restes de son petit déjeuner à elle. Baxter leva les yeux vers lui et fut surprise de l'expression figée sur son visage. Edmunds semblait sur le point d'exploser tant il luttait pour contenir son excitation.

— OK, je vous écoute... Qu'avez-vous à me dire ?
— Collins & Hunter. C'est un cabinet juridique basé dans le Surrey qui possède plusieurs filiales spécialisées à travers le pays. Il est dirigé par les membres d'une même famille et, de longue date, ils ont pour tradition d'offrir une bague à leurs employés. (Edmunds sortit la pochette à scellé contenant le gros anneau en platine.) Très exactement, cet anneau, en récompense de cinq années de bons et loyaux services.
— Vous êtes sûr de vous ?
— Oui.
— Ça ne doit pas représenter une trop longue liste, si ?
— Entre vingt et trente personnes tout au plus, d'après la dame qui m'a renseigné. Elle m'envoie les noms cet après-midi, avec leurs coordonnées.
— C'est le moment de faire un break.

Edmunds n'arrivait pas à croire qu'elle soit si différente lorsqu'elle était contente.

— Comment s'est passé votre rendez-vous avec Garland ?
— Il veut qu'on le bute. On boit un coup ?

La réponse de Baxter le choqua, mais moins que sa proposition saugrenue. Cela ne s'était jamais produit ; Edmunds paniqua.

— Un thé..., bafouilla-t-il.

Il avait le thé en horreur.

Cinq minutes plus tard, Baxter revenait en déposant un thé au lait sur le bureau qu'ils se partageaient. Elle avait visiblement oublié – ou, plus probable, n'y avait pas prêté attention – qu'Edmunds était intolérant au lactose. Il fit semblant de le siroter avec un plaisir intense.

— À quelle heure Simmons est censé revenir ? J'ai besoin de lui exposer la situation concernant Garland.

— Vers 15 heures, je crois.

— Et Georgina Tate, on a pu lui soutirer quelques infos ?

— Très peu, répondit-il en feuilletant son carnet. Homme blanc, mais on le savait déjà. Des cicatrices sur l'avant-bras droit. (Il marqua une pause pour déchiffrer ses notes gribouillées en bas de page.) Ah oui… Vous avez reçu un appel pendant votre absence : Eve Chambers. Elle m'a dit que vous aviez son numéro.

— Eve ?

Baxter était étonnée que ce soit la femme de Chambers qui l'ait rappelée.

— Elle paraissait bouleversée.

Baxter s'empara immédiatement de son portable et alla s'asseoir au bureau de Chambers. Eve décrocha à la deuxième sonnerie.

— Emily…, fit-elle d'une voix fluette.

— Eve ? Est-ce que tout va bien ?

— Oh oui, je suis sûre que oui, ma chérie. Je m'angoisse pour rien… Je ne suis qu'une pauvre conne… C'est juste que j'ai eu ton message.

— Ah, désolée.

— Non, ne le sois pas, j'ai supposé que c'était un malentendu, mais quand Ben n'est pas rentré hier soir…

— N'est pas rentré d'où, Eve ? demanda Baxter, perplexe.

— Ben, du travail, ma belle.

Baxter se redressa, soudain sur le qui-vive. Elle choisit ses mots avec soin afin de ne pas inquiéter outre mesure cette femme au si bon cœur.

— Vous êtes rentrés *quand* de vacances ?

— Hier matin, mais Ben était déjà parti au boulot quand je suis arrivée à la maison. Rien dans le frigo, même pas un post-it pour me souhaiter la bienvenue... Enfin... tu le connais !

Eve laissa échapper un rire forcé. Baxter se gratta la tête. À chaque nouvelle parole de son amie, elle était de plus en plus désorientée, mais elle donna le change.

— Oh que oui ! Dis-moi, pourquoi es-tu revenue plus tard que Chamb... que Ben ?

— Je suis désolée, ma chérie, je ne comprends pas de quoi tu me parles.

— *Quand* Ben est-il rentré de vacances ?

Elle avait presque crié. Il y eut un long silence à l'autre bout du fil. Puis :

— Il n'est pas parti en vacances, dit-elle d'une voix rauque d'anxiété.

Sidérée, Baxter s'efforça de garder les idées claires. Eve se mit à pleurer. Chambers avait donc disparu depuis plus de deux semaines, et personne ne le savait. Baxter sentit son pouls s'accélérer. Elle avait la gorge sèche.

— Tu crois qu'il lui est arrivé quelque chose ? lui souffla une petite voix.

— Je suis sûre qu'il va bien, répondit-elle sans grande conviction. Eve ? (Des sanglots pour seule réponse.) Eve, j'ai besoin de comprendre pourquoi Ben n'est pas parti en vacances avec vous... Eve ? (Les pleurs redoublèrent : elle craquait.) Parce qu'il n'arrêtait pas de m'en parler, continua Baxter sur le ton le plus bienveillant qu'elle puisse imaginer. Il m'avait montré les photos de la maison de ta sœur sur la plage et celles du restaurant sur pilotis. Il était fou de joie d'y aller.

— Oui, ma chérie, c'est vrai. Mais il m'a téléphoné le matin du jour où nous devions prendre l'avion. Les valises étaient prêtes, je l'attendais. Il avait dû se rendre chez le Dr Sami, en premier lieu pour récupérer l'ordonnance de ses médicaments, mais la consultation s'est soldée par une hospitalisation d'urgence. Il fallait le garder en observation. Et le lendemain, je recevais un SMS rassurant : on lui avait donné le feu vert, il était apte au travail.

— Qu'est-ce qu'il t'a dit d'autre avant ton départ ?

— Qu'il m'aimait, que sa jambe l'avait fait souffrir récemment mais qu'il n'avait pas voulu m'affoler. J'ai répondu que j'allais annuler aussi, bien entendu, mais il a été intraitable sur le fait que je parte, ne serait-ce que pour ne pas perdre de l'argent. On s'est même engueulés.

Elle recommença à pleurer.

— Eve ? Sa jambe, c'est quoi ?

Baxter se souvenait que son collègue marchait parfois en boitillant, mais elle ne l'avait jamais entendu se plaindre à ce sujet.

— Ben oui, tu sais, c'était des séquelles de l'accident qu'il avait eu il y a longtemps. Ça le faisait souffrir très souvent la nuit. Il détestait en parler : des plaques et des vis... Tu m'écoutes ?

Baxter venait de lâcher son portable et fouillait frénétiquement dans les tiroirs de Chambers. Tremblant comme une feuille, la respiration saccadée, elle finit par extirper le tiroir du haut et le renversa sur le bureau. Ses collègues, stupéfaits, la regardaient avec effroi.

Edmunds s'approcha d'elle en la voyant faire subir le même sort au deuxième tiroir. Elle en avait vidé le contenu par terre : des papiers, des fournitures, des boîtes d'analgésiques et des barres chocolatées. Elle s'était accroupie pour trier tout le bazar. Edmunds vint s'agenouiller face à elle.

— Laissez-moi vous aider. On cherche quoi ? fit-il doucement.

— ADN, murmura-t-elle.

Elle recommençait à hyperventiler. Elle essuya ses larmes et arracha le tiroir du bas. Elle allait le retourner quand Edmunds ramassa un peigne en plastique.

— Ce genre de chose ? dit-il en le lui tendant.

Elle rampa pour le lui prendre des mains, puis éclata en sanglots contre lui, sans pouvoir contrôler ses spasmes nerveux. Edmunds hésita, puis la prit dans ses bras, en faisant signe aux personnes qui s'approchaient de leur foutre la paix.

— Baxter, à quoi ça rime tout ça ? chuchota-t-il.

Il lui fallut plus d'une minute pour articuler une réponse. Et encore, elle put à peine desserrer les dents tant elle hoquetait :

— *Ragdoll*... la jambe... c'est celle de Chambers !

15

Mercredi 2 juillet 2014,
19 h 05

WOLF AVAIT TOUJOURS SES CHAUSSURES AUX PIEDS au moment où il s'était effondré de fatigue sur son matelas de fortune à 8 h 57. Avec Finlay, ils avaient travaillé toute la nuit sur les deux scènes de crime, à cinq cents mètres de distance : relever les éléments de preuves, contenir l'ardeur des journalistes, procéder aux interrogatoires des témoins et compiler les dépositions. Finlay l'avait déposé juste en face de son immeuble, à l'heure où les gens partent au boulot. Ils étaient trop épuisés pour discuter. Wolf s'était contenté d'une petite tape sur l'épaule de son ami avant de descendre de voiture.

Il avait suivi la première émission d'Andrea, assis à même le sol, en mangeant un morceau de pain, mais il avait éteint lorsqu'était apparue à l'écran la photo le montrant agenouillé près du corps mutilé d'Elizabeth. Il avait aussitôt sombré dans le sommeil.

Il espérait prendre le temps d'aller consulter un médecin pour son bras, mais il dormit d'une seule traite jusqu'à 18 heures. Il fut réveillé par un coup de fil de Simmons. Celui-ci lui raconta brièvement la cérémonie à la mémoire du maire, le briefa sur les progrès de l'enquête pendant la journée et les dernières retombées médiatiques. Puis, laissant s'écouler quelques secondes, il aborda ce qu'avait découvert Baxter et la confirmation de la police scientifique : le cheveu sur le peigne de Chambers possédait le même ADN que la jambe droite de *Ragdoll*. Il termina son compte rendu en rappelant à Wolf qu'il pouvait se désengager de l'affaire s'il le souhaitait.

Wolf avait glissé au micro-ondes un plat de pâtes aux boulettes de viande surgelé, mais après le coup de fil de Simmons, impossible de chasser de son esprit l'image dans l'usine du tueur au tablier taché de sang. En visionnant maintes fois l'enregistrement pas très net de la vidéo de surveillance, il s'était longuement interrogé : à qui appartenait le sang séché sur cet immonde tablier ? Qui avait été exécuté *avant* que le tueur ne leur expose la tête de Naguib Khalid comme un trophée ? Maintenant, il savait. Le salopard avait dû tuer Chambers avant qu'il ne quitte le pays.

Il se posta devant la télé pour découvrir que la photo de lui avait fait le tour des chaînes d'info. Partout, pour occuper semblait-il le temps d'antenne, on débattait de l'opportunité de conserver Wolf à la tête de l'enquête. Il réussit à engloutir deux boulettes d'une viande grasse et spongieuse avant de renoncer. Il allait tout jeter dans sa poubelle quand l'interphone sonna. Dommage qu'il ne puisse ouvrir aucune des fenêtres de cet appart : sans cela, il aurait pu dans le même élan se débarrasser d'un journaliste importun et d'un dîner dégueulasse. Au lieu de ça, il appuya sur le bouton du haut-parleur et claironna :

— William Fawkes à votre service : bouc émissaire des médias, top model et cadavre en sursis.

— Emily Baxter : épave au bout du rouleau et modérément alcoolisée. Je peux monter ?

Wolf ne put réfréner un sourire. Il déclencha la gâche électrique, ramassa ce qui traînait et jeta tout en vrac dans la chambre dont il referma la porte.

Baxter était vêtue d'un jean serré, d'un haut blanc en dentelle et de bottines noires. Elle s'était maquillée – *smoky eyes* bleu – et un parfum floral envahit le morne appartement quand elle en franchit le seuil. Elle lui tendit une bouteille de vin rouge. Wolf n'était guère habitué à la voir habillée en civil, malgré toutes ces années. L'air plus jeune, plus adorable et chic, on l'imaginait plus encline aux sorties en boîte et aux dîners qu'aux cadavres et aux serial killers.

— Une chaise ? proposa-t-il.

Elle embrassa du regard la pièce dénuée de meubles.

— T'en as une ?

— C'est la question que je t'ai posée, répondit-il sèchement.

Il attrapa le carton marqué « Pantalons & Chemises » pour qu'elle s'y assoie et dégotta deux verres à pied dans celui qu'il se destinait comme siège. Il servit le vin.

— Cet endroit est... comment dire...

À voir sa mine, il était clair qu'elle ne voulait pas s'aventurer à toucher quoi que ce soit. Puis elle regarda Wolf. Avec sa chemise froissée et ses cheveux hirsutes, il collait tout à fait au décor.

— Je viens juste de sortir du lit, mentit-il. Je pue, j'ai besoin d'une bonne douche.

Ils sirotèrent leur verre en silence.

— T'es au courant ?

— Oui.

— Je sais que tu ne le portais pas vraiment dans ton cœur, mais il comptait beaucoup pour moi. Tu comprends ?

Wolf acquiesça, les yeux rivés au sol. Jamais ils n'avaient eu ce genre de discussion.

— Aujourd'hui, j'ai chialé dans les bras de mon stagiaire, lui avoua-t-elle, mortifiée. Je ne pourrai jamais m'en remettre.

— Simmons m'a dit que c'est toi qui avais découvert ça.

— Tout de même ! Mon stagiaire ! Si au moins j'avais pleuré dans tes bras...

Un ange passa. Le silence s'éternisa car chacun savait que l'autre s'imaginait la scène.

— J'aurais aimé que tu sois là, marmonna Baxter, ce qui les conforta dans l'image inappropriée qu'ils avaient en tête.

De ses immenses yeux bleus, elle guettait sa réaction. Gêné, Wolf remua sur son siège et cassa quelque chose en verre à l'intérieur. Elle se resservit du vin, cette fois, généreusement, puis se pencha vers lui.

— Je ne veux pas... te perdre, bredouilla-t-elle.

Wolf se demanda combien de verres elle avait bu avant de venir chez lui. Elle lui prit la main.

— T'imagines, elle pensait qu'il y avait quelque chose entre nous...

— Qui ? Andrea ?

Il lui avait fallu plusieurs secondes pour piger.

— C'est dingue, hein ? Quand t'y réfléchis, nous, on est pénalisés mais sans en avoir les bons côtés de la chose.

Elle le dévisagea à nouveau. Wolf dégagea sa main de la sienne et se leva. Baxter continua à boire à petites gorgées.

— Si on sortait manger un morceau ? suggéra-t-il.

— Je n'ai pas très f...

— Bien sûr que si ! Y a un restaurant asiat' au bout de la rue. Laisse-moi cinq minutes, que je me douche, et on est partis.

Wolf se précipita dans la salle de bains. Il coinça une serviette au bas de la porte pour la maintenir fermée, puis se déshabilla en vitesse.

Baxter eut un léger étourdissement en se remettant debout. Elle tituba jusqu'au coin cuisine, versa son verre dans l'évier, puis le remplit d'eau du robinet. Elle en but trois autres d'affilée tout en scrutant l'appartement vide en face où, quelques jours plus tôt, le cerveau derrière toute cette horreur avait installé sa macabre mise en scène.

Elle repensa à Chambers, au coup de fil qu'il avait passé à sa femme, sans nul doute sous la contrainte, à sa tentative désespérée de la protéger.

Le ruissellement étouffé de la douche lui parvenait par-delà la cloison.

Elle revit le corps disloqué d'Elizabeth Tate allongé sous la pluie battante, et Wolf lui tenant la main.

Elle entendait Wolf chantonner – faux, d'ailleurs.

Baxter songea à lui, à sa crainte à elle d'être impuissante à le sauver.

Elle reposa son verre dans l'évier et vérifia sa tête dans la vitre du micro-ondes. Elle s'approcha de la salle de bains et, pour la seconde fois de la journée, son cœur s'emballa. Apercevant une fente de lumière dans l'encadrement de la porte, elle songea rapidement que soit Wolf ne pouvait pas la fermer complètement, soit il l'avait fait exprès. Elle posa sa main sur la poignée rouillée et prit une profonde inspiration...

Quelqu'un cogna à la porte de l'appartement.

Baxter se figea, la main toujours crispée sur la poignée. Wolf fredonnait toujours, ignorant qu'on avait frappé. Un autre toc-toc-toc. Plus rapide, plus vif. Elle jura entre ses dents, fonça, et ouvrit la porte à la volée.

— Emily !

— Andrea !

Les deux femmes se dévisagèrent dans un silence étrange, ne sachant que dire. Wolf sortit de la salle de bains, une simple serviette enroulée autour de la taille. Il se dirigeait vers la chambre lorsqu'il sentit peser sur lui leurs regards accusateurs. Il se figea, évalua la situation inconfortable qui se jouait devant lui, les salua et disparut dans sa chambre.

— C'est très chouette ici, dit Andrea, partagée entre une légitime indignation et la délectation d'avoir toujours eu raison à leur sujet.

— Tu ferais mieux d'entrer, je crois, lui proposa Baxter, bras croisés en un réflexe de défense. Un carton peut-être ?

— Je resterai debout.

Baxter suivait la journaliste des yeux dans sa tournée d'inspection. Comme d'habitude, elle était impeccablement habillée. Le claquement de ses talons hauts l'énervait au plus haut point.

— Cet endroit est…, commenta Andrea.

— Tout à fait, oui…, renchérit Baxter, histoire de bien lui faire comprendre que son logement à elle n'avait rien à voir avec ce taudis, même avec des revenus bien moindres que sa rivale.

— Pourquoi vivre dans un endroit pareil ? murmura Andrea.

— Je suppose qu'il n'a pas le choix : tu l'as si magistralement siphonné sur le divorce…

— Ça ne te regarde pas, grommela Andrea, mais sache qu'on va partager la vente de la maison à parts égales.

Elles contemplèrent la pièce exiguë dans un silence de mort.

— Et pour ta gouverne, Geoffrey et moi avons aidé Will financièrement à sa sortie d'hôpital.

Baxter attrapa la bouteille à moitié vide.

— Du vin ?
— Ça dépend, c'est quoi ?
— Du rouge.
— Merci, je vois bien. Je voulais dire, il vient d'où ?
— De chez Morrisons[1].
— Non merci... pardon, ne le prends pas mal...

Baxter haussa les épaules et retourna s'asseoir sur sa boîte en carton.

Habillé depuis cinq bonnes minutes, Wolf patientait dans sa lugubre retraite, dans l'attente que diminuent les cris dans la pièce d'à côté. Baxter avait accusé Andrea de s'enrichir sur la misère du monde, ce qui avait vexé l'intéressée, même si à l'évidence, ça n'était pas totalement faux. Andrea avait accusé Baxter d'être bourrée, ce qui avait vexé l'intéressée, même si à l'évidence, ça n'était pas totalement faux.

Quand la querelle se centra sur sa relation avec sa collègue, ce dernier se décida à sortir de sa cachette.

— Alors, depuis quand ça dure entre vous deux ? l'attaqua d'emblée Andrea.

— Baxter et moi ? Ne sois pas ridicule !

— Ridicule ? s'écria Baxter, offensée. Qu'est-ce qu'il y aurait de si ridicule à... comment dire... m'apprécier ?

Wolf grimaça. Quoi qu'il dise, il était coincé.

— Mais non ! Je ne voulais pas dire ça. Tu sais très bien que j'ai toujours pensé que tu étais une fille super... belle, intelligente, exceptionnelle.

Baxter toisa Andrea, un petit sourire aux lèvres.

— Exceptionnelle ? hurla Andrea. Et avec ça tu continues à nier ? (Elle s'adressa à Baxter.) Tu vis ici avec lui, oui ou non ?

---

1. Nom d'une chaîne spécialisée dans le vin.

— Je ne vivrais pas dans ce trou à rats pour tout l'or du monde ! rétorqua Baxter, saoule.

— Hé ! intervint Wolf. D'accord, d'accord, y a des petits travaux de rénovation à faire, mais une fois rafraîchi...

— *Rafraîchi ?* Défraîchi, oui ! s'esclaffa Andrea qui venait de marcher sur un truc gluant. Tout ce que je te demande, c'est d'être honnête. Qu'est-ce que ça peut te faire maintenant ? (Elle se rapprocha pour lui parler face à face.) Will...

— Andie...

— Avez-vous une histoire ensemble ? dit-elle calmement.

— Non, non et non ! Tu as foutu notre mariage en l'air pour que dalle !

— Vous vivez pendant des mois comme cul et chemise, et tu veux me faire gober que vous n'avez jamais baisé ?

— Eh ben, tu vois, nous, *on a* parfaitement géré ça ! lui cria-t-il en plein visage.

Il attrapa son pardessus au vol et sortit en claquant la porte, les laissant seules toutes les deux. Un long silence s'abattit entre les deux femmes.

— Andrea, chuchota Baxter, tu sais que rien ne me ferait plus plaisir que de t'annoncer une mauvaise nouvelle, mais il ne s'est jamais rien passé avec Wolf.

Des années de soupçons, d'accusations, d'angoisses, réduites à néant par une simple phrase sincère. La querelle venait de prendre fin. Andrea alla s'asseoir sur un carton, éberluée qu'une chose dont elle était convaincue ne se soit en fait jamais produite.

— Wolf et moi, on est amis, c'est tout, marmonna-t-elle plus pour elle-même que pour Andrea.

Baxter s'était plantée sur sa relation indéniablement compliquée avec Wolf : une confusion des sentiments due à la fois à son propre besoin d'être dorlotée, rassurée après la mort de Chambers, et à sa peur panique de perdre son meilleur ami. En plus, elle s'en voulait d'avoir autant picolé.

— Qui était la femme sur la photo avec Will ? (Baxter roula des yeux.) Non, je ne cherche pas à obtenir son nom. Est-ce que tu sais si... s'il la connaissait bien ?

— Assez bien, oui. Elle ne méritait pas... (Baxter avançait en terrain miné ; pas question de donner le moindre détail sur le meurtre de Vijay Rana.) Elle ne méritait pas ça.

— Comment arrive-t-il à tenir le coup ?

— Tu tiens vraiment à le savoir ? Eh bien, ça me rappelle *avant*.

Andrea hocha la tête ; elle pigeait parfaitement. Elle se souvenait des derniers mois de leur mariage.

— Toute cette affaire est trop personnelle, il subit trop de pression. Ça le bouffe à nouveau, reprit Baxter en songeant une fois de plus qu'elle était peut-être la seule à avoir noté ce changement.

— Va savoir si ce n'est pas là le but recherché, suggéra Andrea. Le tueur veut peut-être le pousser à bout, s'assurer que Will est si obsédé par l'idée de l'arrêter qu'il ne peut pas envisager de sauver sa peau.

— Arrêter ce salaud et sauver sa peau ne sont-elles pas une seule et unique chose ?

— Pas nécessairement. Il pourrait se tirer, mais il ne le fera pas.

Baxter sourit.

— Non, il ne le fera pas.

— Tu sais, dit Andrea, on a déjà eu cette conversation, presque mot pour mot. (Baxter se crispa, méfiante.) T'inquiète, je ne l'ai jamais dit à personne, et jamais je ne le dirai. Ce que je veux t'expliquer, c'est que nous savons déjà comment nous y prendre.

— Un mot à Simmons, et il lui retire l'affaire. Mais je ne peux pas lui faire un coup pareil. Je préfére qu'il bosse, quitte à s'autodétruire, que de le voir ici à attendre de mourir.

— Alors la décision est prise. Reste vigilante et soutiens-le autant que tu pourras.

— Si nous arrivions au moins à en sauver un, soupira Baxter, juste pour prouver au tueur qu'il n'est pas infaillible, la situation ne semblerait pas si désespérée.

— Comment pourrais-je me rendre utile ?

Baxter eut soudain une idée. Elle était consciente qu'elle prenait un gros risque à s'acoquiner avec une femme qui avait déjà été arrêtée pour avoir divulgué des données sensibles au monde entier. Elle n'avait par ailleurs aucune intention de prendre en considération la suggestion stupide de Garland de faire croire à sa mort. Mais là, elle tenait l'occasion d'utiliser la presse comme une alliée et non comme un obstacle. Pour une fois, il y avait peut-être un moyen de redistribuer les cartes en leur faveur.

Andrea paraissait sincère, et elle se faisait vraiment du souci pour Wolf. C'était aussi le seul espoir pour Baxter de réussir son plan.

— Andrea, j'ai besoin que tu m'aides à sauver la vie de Jarred Garland.

— Tu veux *m'impliquer* ?

— Toi et ton cameraman.

La journaliste lut entre les lignes l'étrange requête de Baxter. Elle imaginait le sourire triomphant d'Elijah exposant au grand jour le niveau de détresse de la *Metropolitan Police*. Il lui suggérerait probablement de jouer le jeu et de lâcher l'information à la veille du meurtre.

Ce serait un suicide professionnel que d'induire en erreur le public de cette manière délibérée, malgré des intentions louables. Comment les téléspectateurs pourraient-ils de nouveau lui accorder leur confiance si elle marchait avec Baxter ?

Puis elle se remémora les visages hilares de ses collègues dans la salle de conférences. Leur jouissance devant la mort si atroce de cette avocate, Elizabeth Tate, comme si en lui roulant dessus, ce bus avait servi leurs intérêts. Elle serra les poings rien qu'à imaginer leur joie malsaine devant le cadavre de Wolf. Elle visualisa sans peine leurs injonctions – « Ajoute un peu de pathos » – dans ce qui serait la pire journée de son existence.

Non, elle ne revivrait pas un tel cauchemar. Ils la dégoûtaient.

— C'est bon, je t'aiderai.

16

Jeudi 3 juillet 2014,
8 h 25

WOLF PASSA AU BUREAU avant son rendez-vous de 9 heures avec le Dr Preston-Hall. Il s'assit et poussa un juron en trébuchant contre sa poubelle pleine à ras bord de papiers. Une lueur rusée dans le regard, il tenta d'en repérer une autre, vide et à l'abandon, mais il lui fallut se rendre à l'évidence : la charge de travail des gens du ménage n'avait pas suivi l'augmentation de celle du service.

Il consentit donc à l'effort symbolique de ramasser les papiers – une manière comme une autre de s'occuper. Durant son jour de congé, Finlay avait pris la peine de compléter le fastidieux formulaire de surveillance pour la psy. Un Post-it était collé sur la page de garde du rapport hebdomadaire : *Quel gros tas de... matières fécales ! On se voit à la réunion. Finlay.*

Il décolla la note – la psy apprécierait moyennement –, puis lorgna vers le bureau de Chambers, imaginant Baxter, la veille, en pleine crise de nerfs. Il détestait la voir craquer.

Il n'avait été témoin de son désespoir qu'une seule fois depuis qu'ils bossaient ensemble, et, en ce jour funeste, c'est ce qui l'avait le plus affecté.

Baxter n'avait pu pénétrer dans la salle d'audience d'Old Bailey, faute de place. Mais elle s'était entêtée à l'accompagner pour assister au verdict dans le procès Khalid. À ce stade, il avait été suspendu de son poste et tous les membres de l'équipe étaient soumis à une enquête interne sur la manière dont avait été menée cette affaire. Il n'avait pas souhaité qu'elle vienne. Les disputes entre Andrea et lui avaient atteint un tel niveau au cours de la semaine, que la police avait dû intervenir à leur domicile, dans le quartier de Stoke Newington – ce qui n'avait fait qu'alimenter les rumeurs de violences conjugales. En tirant quelques ficelles, Baxter s'était vue autorisée à attendre son collègue à l'extérieur du *Great Hall*, ce qu'elle avait fait des heures durant.

Wolf revoyait encore la tête du président du jury – la copie conforme de Gandalf – à qui le greffier demandait le verdict. Il ne gardait de la suite qu'une image floue : des hurlements de panique, l'odeur du plancher ciré, une main ensanglantée plaquée contre une robe blanche.

La seule chose dont il avait un souvenir intact était la douleur intense à son poignet gauche quand le policier de garde lui avait fracassé l'os d'un vicieux coup de matraque métallique. Et puis aussi Baxter, debout, en larmes au milieu du chaos, qui lui répétait en boucle :

— Qu'est-ce que tu as *fait* ?

Au moment où il renonçait à se défendre, assailli par une horde de policiers, il avait aperçu sa collègue prenant le bras d'une jurée, une jeune femme couverte de sang, pour la conduire en sûreté. Alors qu'il la voyait disparaître entre les énormes doubles portes, il avait alors songé qu'il ne la reverrait plus jamais.

Sa rêverie fut interrompue par un bip agaçant : l'alarme du fax et son cortège familier de vrombissements et chuintements signalant une panne ou un bourrage. Il remarqua Baxter en grande discussion avec Simmons dans son bureau. Ils ne s'étaient pas revus depuis qu'il l'avait laissée en plan dans son appartement, et les deux femmes n'étaient plus là quand il s'était traîné jusqu'à chez lui. Il se sentait un peu coupable, mais pour l'heure, l'urgence était ailleurs. Il ramassa le formulaire de surveillance et s'en alla.

La séance avec le Dr Preston-Hall fut pénible, et il se sentit soulagé de quitter l'alcôve surannée pour retourner au crachin tenace, bien concret et typique de l'été britannique. Il faisait lourd mais il garda son pardessus pour protéger sa chemise blanche. Il avait toujours conservé sur un coin de son bureau le petit trophée de Finlay – une figurine du concours Miss Tee-shirt mouillé 2013 – cadeau de son ami après une mémorable averse de grêle où il avait surpris Wolf la chemise collée à la peau. Il s'était promis depuis qu'on ne l'y reprendrait plus.

Il repensait à sa séance en retournant d'un pas tranquille à New Scotland Yard. Le Dr Preston-Hall avait exprimé ses inquiétudes quant à la pression énorme qu'il subissait, et aux effets collatéraux de deux décès dont il avait été le témoin – fort heureusement, elle n'était pas au courant de la mort de Chambers.

Ces séances auraient dû se fonder uniquement sur les informations consignées dans les rapports de Finlay, et sur les échanges confidentiels entre Wolf et son médecin, mais comment aurait-il pu passer à côté de la photo exhibée par tous les JT de la veille ?

La psy l'avait assuré que cette photo représentait la chose la plus honnête qu'il lui ait laissé voir de lui, fût-ce involontairement. Elle avait ajouté que pour quiconque observait cette photo, l'homme agenouillé près de la victime était de toute évidence en train de s'effondrer psychologiquement. Fermement décidée à téléphoner à Simmons pour lui recommander de « confier au l'inspecteur Fawkes moins de responsabilités dans la conduite de l'enquête » – quoi que cela puisse signifier –, elle avait mis un terme à leur entrevue.

Lorsque Wolf revint, le bureau était à moitié vide. Deux ados avaient été tués au cours de la nuit dans un règlement de compte au couteau entre les bandes rivales du quartier d'Edmonton ; un troisième avait été hospitalisé dans un état critique. Une sorte de rappel que la délinquance continuait de sévir à Londres, indépendamment des meurtres de l'affaire *Ragdoll*, de ces vies en suspens et de la traque menée par Wolf, alimentant les conversations de millions d'individus qui, au fond, s'en foutaient.

Un message l'attendait sur son bureau : Andrew Ford, l'agent de sécurité numéro quatre de la liste, exigeait de s'entretenir avec lui en personne. Plus le temps avançait, plus ce type devenait agressif envers les policiers qui lui avaient été affectés. Cette fois, il venait de rembarrer Baxter quand elle avait voulu s'occuper de lui à sa place.

Lorsqu'ils furent enfin convoqués en salle de réunion, Wolf s'assit à côté de sa collègue, laquelle avait retrouvé sa froideur associée à un maquillage charbonneux et un air blasé.

— Salut, dit-il.
— Salut, répondit-elle du tac au tac, sans croiser son regard.

Il renonça et se tourna pour parler à Finlay.

1. TÊTE : Naguib Khalid, « le Tueur Crématiste »
2. TORSE : ?
3. BRAS GAUCHE : bague en platine, cabinet d'avocats ?
4. BRAS DROIT : *vernis à ongles ?*
5. JAMBE GAUCHE : ?
6. JAMBE DROITE : inspecteur Benjamin Chambers

A. ~~Raymond Turnble~~ (maire)
B. ~~Vijay Rana/Khalid~~ (frère, expert-comptable)
C. Jarred Garland (journaliste)
D. Andrew Ford (agent de sécurité/alcoolique/emmerdeur)
E. Ashley Lochlan (serveuse ou petite fille de neuf ans)
F. Wolf

Ils scrutaient tous la liste au tableau, dans l'espoir insensé que l'inspiration leur vienne et qu'un lien leur saute soudain aux yeux. Ils avaient consacré les vingt premières minutes de la réunion à s'engueuler copieusement, chacun y allant de son hypothèse, ce qui avait incité Simmons à griffonner de son écriture quasi illisible les progrès en cours sur le paperboard. En les voyant écrits noir sur blanc, ils purent juger de leurs décevants résultats.

— Le Tueur Crématiste doit être la clé du problème, suggéra Finlay. Khalid, son frère, Will…

— Son frère n'était pas impliqué dans le procès, précisa Simmons en ajoutant une note à la liste. Il n'était même pas là.

— Si Alex nous rapporte un nom, peut-être que ça fera sens, dit Finlay en haussant les épaules.

— N'y comptez pas trop, intervint Baxter. Edmunds a découvert vingt-deux personnes possédant ce modèle de bague. Aucune d'elles n'était impliquée de près ou de loin dans le procès de Khalid.

— Chambers l'était bien, lui, non ?

Il y eut un silence gêné à l'évocation de leur collègue. Finlay s'en voulut d'avoir cité son nom comme s'il s'agissait simplement d'une pièce du puzzle.

— Ben était impliqué, mais pas plus que n'importe qui dans cette pièce, répondit Baxter sans aucune émotion. Et même s'il l'était, comment relier ça au reste de la liste ?

— Jusqu'où on a fouillé dans la vie de ces gens ? s'interrogea Simmons.

— On a fait de notre mieux, mais si on pouvait avoir davantage de moyens…, répliqua Baxter.

— De l'aide, il n'y en aura pas, la coupa Simmons, furieux. J'ai déjà le tiers du service sur cette affaire, je n'obtiendrai pas davantage.

Elle s'écrasa. Mais savoir que l'inspecteur principal endurait une pression de tous les diables n'était pas pour lui déplaire.

— Wolf, tu es anormalement silencieux, reprit-il. Des idées sur la question ?

— Si le procès de Khalid est la clé de voûte, pourquoi je serais sur la même liste ? Ça n'a aucun sens. Il veut la mort du Tueur Crématiste, OK, mais aussi celle de la personne qui l'a arrêté ?

Nouveau silence. Tout le monde semblait perplexe.

— Peut-être est-ce dû au retentissement du procès, suggéra Finlay. Peut-être que Ben s'était occupé d'une affaire également célèbre, et ça aura attiré l'attention du tueur.

— C'est plausible, approuva Simmons, faut creuser.

Edmunds déboula à ce moment-là, débraillé et en nage.

— La bague appartenait à Michael Gable-Collins, annonça-t-il, fier de lui. Associé principal chez Collins & Hunter.

— Collins & Hunter ? Pourquoi ce nom me rappelle-t-il quelque chose ? grommela Finlay.

Wolf haussa les épaules.

— Quarante-sept ans, divorcé, sans enfant, continua Edmunds. Ce qui est intéressant, c'est qu'il a participé à un conseil d'administration vendredi dernier, à l'heure du déjeuner.

— On a donc un laps de temps d'environ douze heures entre sa réunion et la découverte de *Ragdoll*, en déduisit Simmons, avant d'ajouter sur le paperboard le nom de cet héritier d'une vieille fortune.

— Et on est absolument certains qu'il n'était pas au procès ? insista Finlay, feignant d'ignorer les soupirs d'exaspération de Baxter.

— Je suis en train de procéder à d'autres vérifications, mais d'emblée, je dirais que non, pas directement, assura Edmunds.

— Par conséquent, nous n'avons toujours pas d'indice sérieux pour établir un lien ? reprit Finlay.

— Oh, le lien, c'est le procès... sûr, déclara Edmunds sans complexe.

— Mais tu viens juste de dire que ce mec n'avait rien à voir avec le procès, dit Finlay.

— C'est pourtant le cas. Il a un rapport, ils en ont tous un. Simplement, on n'a pas encore découvert lequel. Khalid, c'est la clé.

— Mais enfin..., tenta encore le vieux flic.

— On change de sujet, le tacla Simmons, en lorgnant sur sa montre. Jarred Garland a exigé que Baxter dirige les opérations de sa protection rapprochée. J'ai beaucoup discuté avec elle de cette mission et je compte sur vous tous pour lui filer un coup de main si besoin.

— Hé, attends, attends ! s'exclama Wolf.

— Dans cette perspective, elle sera absente de nos locaux dès aujourd'hui, et demain aussi. Fawkes se fera un plaisir de reprendre ses dossiers pendant son absence, conclut Simmons sur un ton sans appel.

— Il *faut* que je reste auprès de Garland, affirma Wolf.

— Il faut surtout que tu t'estimes heureux de ne pas être débarqué de l'enquête après le coup de fil que j'ai reçu ce matin de *tu sais qui*.

— Monsieur, intervint Edmunds, je dois vous dire que je suis entièrement d'accord avec Wolf sur ce point. Le tueur lui a lancé un défi. Si nous modifions cette dynamique, il est impossible de prévoir quelle sera sa réaction. Il considérera ça comme une insulte.

Tout le monde fut surpris de son assurance. Baxter avait l'air prête à lui sauter à la gorge.

— Tant mieux, répliqua Simmons. J'espère bien que ce sera le cas. Mais ma décision est prise.

— De mon point de vue, c'est une grave erreur, monsieur, insista le stagiaire en secouant la tête.

— Edmunds, je n'ai peut-être pas comme vous décroché un doctorat pompeux qui vous fait croire que vous êtes un fin criminologue mais, croyez-le ou non, j'ai eu affaire à quelques assassins dans ma carrière, asséna l'inspecteur principal d'un ton glacial.

— Pas comme celui-là.

Finlay et Baxter remuèrent sur leur chaise, au comble du malaise, tandis qu'Edmunds campait sur ses positions.

— Ça suffit maintenant ! hurla Simmons. Vous êtes encore dans votre période d'essai, vous feriez bien de vous en souvenir ! Le tueur va essayer de tuer Jarred Garland ce samedi quelle que soit sa baby-sitter. Et Garland, pour sa part, ne souscrira à notre action que si Baxter est la sienne. (Il se tourna vers elle.) Transmettez au plus vite vos dossiers à Fawkes. Merci à tous pour la prise de tête. Rompez les rangs !

Tandis que la salle se vidait, Edmunds s'approcha de sa supérieure avec l'intention de crever l'abcès.

— Espèce de petit con, siffla-t-elle entre ses dents, qu'est-ce qui vous a pris ?

— Je...

— C'est déjà assez compliqué pour moi sans que vous mettiez en doute mes compétences devant mon patron.

Du coin de l'œil, elle repéra Wolf qui s'attardait sur le seuil, sans doute pour lui parler.

— Vous avez du boulot à faire d'ici ce soir ? lança-t-elle à Edmunds.

— Oui.

— Eh bien, allez trouver Wolf et expliquez-le-lui.

Elle se leva d'un bond et sortit de la pièce comme un ouragan, sans un regard pour son collègue.

Edmunds lui adressa alors un sourire timide.

— Vous en êtes où sur votre vernis à ongles ? grommela Wolf.

Wolf téléphona au légiste pour savoir s'il y avait du nouveau à propos des trois morceaux de cadavre non encore identifiés. Rien de solide, lui répondit le médecin : il poursuivait ses analyses.

Au lieu de se rendre à Peckham pour rencontrer Andrew Ford, Wolf traîna au bureau dans l'espoir de discuter avec Baxter avant qu'elle ne quitte les lieux.

Pour le moment, elle était en grande conversation avec Simmons. Edmunds s'était installé sans crier gare au bout du bureau de Wolf, et ne faisait pas mine de s'en aller. Au contraire, il cherchait à engager la conversation, mais Wolf était trop concentré à observer Baxter et Simmons derrière la vitre pour lui prêter la moindre attention.

— J'ai pensé à une chose, dit Edmunds. Notre tueur est méthodique, ingénieux et brillant. Il n'a pas encore commis un seul faux pas. Ce qui me fait dire qu'il a déjà fait cela avant. Réfléchissez-y. Cet homme a perfectionné son art...

— Son art ? répéta Wolf, dubitatif.

— C'est comme ça qu'il le considère, et il est indéniable, aussi atroces que soient ces meurtres, qu'ils sont néanmoins – objectivement parlant – impressionnants.

— Impressionnants ? grogna Wolf. Edmunds, allez... avouez, ce génial serial killer, ce serait pas vous ? lui demanda-t-il en gardant son sérieux.

— Je veux procéder à des recherches dans les dossiers d'affaires plus anciennes, poursuivit Edmunds sans relever, suscitant soudain l'intérêt de l'inspecteur. Par exemple, étudier des modes opératoires inhabituels, des meurtres de victimes réputées inaccessibles, des cas d'amputations ou de mutilations. Je suis sûr qu'il a laissé quelque chose derrière lui.

Le jeune stagiaire avait espéré que Wolf le soutiendrait, qu'il serait impressionné de cette initiative. Au lieu de quoi, il se mit en rogne.

— Nous sommes quatre à bosser sur cette enquête ! Quatre à plein temps ! Vous croyez vraiment qu'on peut se passer de vous, et vous laisser chercher une aiguille dans une botte de foin alors que là, dehors, des gens se font buter ?

— J'essayais... j'essayais juste d'aider.

— Alors contentez-vous de faire votre boulot.

Wolf se leva et fonça intercepter Baxter, tout juste sortie de l'entretien avec leur patron.

— Hé !

— Pas le temps, lâcha-t-elle en passant devant lui pour rejoindre son bureau, un dossier à la main.

— Écoute, si c'est à propos de la nuit dernière...

— Absolument pas.

Il l'agrippa par le poignet et l'entraîna à l'intérieur de la salle de réunion, attirant les regards de leurs collègues.

— Qu'est-ce qui te prend ? cria-t-elle quand il eut refermé la porte.

— Je suis navré d'être parti hier soir, nous avions encore des choses à discuter. C'est que... elle me rend dingue... Je n'aurais jamais dû te laisser avec elle. Je suis désolé...

Baxter parut s'impatienter.

— Tu te souviens de ce que j'ai dit de toi – belle, intelligente...

— Et exceptionnelle, lui rappela-t-elle non sans malice.

— Exceptionnelle, oui. Ça, elle n'a pas aimé, hein ?

— Non, non, elle n'a pas aimé du tout, fit-elle avec un grand sourire.

— Accepte que je vienne en renfort sur la mission Garland. Je n'en peux plus d'Edmunds, il a essayé de me mettre du vernis à ongles y a pas cinq minutes !

— Non, mais merci tout de même, rigola-t-elle.

— Allez... t'es la boss sur ce coup-là... je ferai ce que tu voudras.

— Non. Il faut que tu cesses un peu de vouloir tout contrôler. Et puis tu as entendu Simmons, il est sur le point de te dessaisir de l'enquête. Laisse tomber.

Wolf était à cran, ça se voyait.

— Excuse-moi maintenant, marmonna Baxter qui tentait de quitter la pièce.

— Tu ne comprends pas, martela-t-il, planté devant la sortie, j'ai *besoin* de me rendre utile.

— Excuse-moi, répéta-t-elle d'un ton plus ferme.

Il tenta de lui arracher le dossier des mains. La chemise plastifiée se plia en deux tandis qu'ils s'affrontaient du regard. Elle l'avait déjà vu dans cet état de nerfs au cours de l'affaire du Tueur Crématiste, rongé par l'obsession, incapable de reconnaître ses amis de ses ennemis.

— Lâche... ça... Will.

Elle ne l'appelait presque jamais par son prénom. Elle essaya une nouvelle fois de récupérer le dossier Garland, sans y parvenir. Elle n'avait qu'à élever la voix pour qu'une douzaine de policiers s'engouffrent dans la salle. Et Wolf serait débarqué de l'enquête. Elle se demanda si elle avait eu tort de laisser traîner les choses, d'ignorer les signes avant-coureurs. Tout ce qu'elle souhaitait, c'était lui venir en aide. Mais là, c'en était trop.

— Je suis désolée, murmura-t-elle.

Elle brandit son poing libre, prête à alerter ses collègues, mais c'est à ce moment précis qu'Edmunds, commettant une énième bourde, poussa la porte dans le dos de Wolf. Lequel relâcha sa prise.

— Oh pardon… J'ai l'agent de police Castagna au bout du fil pour vous. C'est au sujet d'Andrew Ford.

— Je le rappellerai, dit Wolf.

— C'est urgent, il menace de sauter par la fenêtre.

— Castagna ou Ford ?

— Ford.

— Pour s'échapper ou pour se suicider ?

— Du quatrième étage ? Je dirais, cinquante-cinquante.

Wolf sourit, et Baxter le vit redevenir lui-même : irrévérencieux.

— Bien, prévenez-les que je suis en route.

Il adressa un sourire chaleureux à sa collègue et suivit Edmunds. Elle attendit un instant, planquée derrière le verre dépoli, poussa un long soupir, s'accroupit avant d'être prise de vertiges. Après ce moment de tension, elle se sentait émotionnellement vidée, mais surtout plus indécise que jamais. Elle se redressa avant que quelqu'un n'entre dans la pièce, respira profondément et sortit.

17

Jeudi 3 juillet 2014,
15 h 20

Wolf avait dû prendre le métro aérien jusqu'à la station Peckham Rye – ce qui représentait un gros effort pour lui. En guise de récompense, il s'offrit un double *macchiato* caramel, brûlant, avec un trait de mousse de lait et sans sucre. Mais il se fit l'impression d'être une femmelette quand le type derrière lui commanda un expresso, noir, sans lait.

Wolf marchait à présent d'un pas tranquille en direction d'un ensemble de trois tours de logements sociaux qui semblaient toiser de toute leur hauteur les alentours, sans imaginer une seule seconde que les habitants du quartier les considéraient comme des horreurs architecturales, tout juste bonnes à être rasées. Au moins, leurs concepteurs avaient eu l'excellente idée de les peindre en un gris sombre ciel-londonien-morne-et-pluvieux, de sorte qu'on finissait par ne plus les voir quatre-vingt-dix pour cent de l'année.

Wolf arrivait au pied de celle qu'on avait pompeusement baptisée *Shakespeare Tower*, peu convaincu que le grand homme en eût été flatté. Il soupira devant des images familières : une douzaine de drapeaux frappés de la croix de saint George avaient été déroulés aux fenêtres, soit pour prêter allégeance à ce grand pays qu'est l'Angleterre, soit, a minima, à onze footballeurs à coup sûr décevants. Un chien – Wolf imagina que ce pouvait être un Staffordshire bull-terrier ou un berger allemand ? – aboyait sans discontinuer derrière un balcon d'un mètre cinquante où on l'avait cantonné. Du linge était étendu sous la pluie, pour sécher *sans doute* – des sous-vêtements exclusivement, façon installation d'art contemporain.

D'aucuns l'accuseraient d'être sectaire ou ringard, mais ils n'avaient pas eu le bonheur de passer la moitié de leur vie professionnelle dans des immeubles comme celui-là. Wolf estimait avoir le droit de haïr ce genre de buildings sans âme.

Alors qu'il s'apprêtait à entrer dans le hall, des cris retentirent à l'arrière du bâtiment. Il contourna la tour et fut surpris de découvrir au-dessus de lui un homme vêtu uniquement d'un slip et d'un maillot de corps douteux, accroché à la rambarde du balcon. Deux agents de police tentaient en vain de le tirer vers eux. Des curieux s'étaient postés aux fenêtres, portable à la main, des fois qu'ils soient assez veinards pour immortaliser sa chute. Wolf observait la scène d'un œil amusé. Une voisine en pyjama finit par le reconnaître.

— Hé, vous ! Vous seriez pas le flic qu'on voit à la télé ? lui cria-t-elle d'une voix rauque.

Wolf ne releva pas. L'homme suspendu dans le vide cessa de pousser des cris à l'instant où il l'aperçut en train de siroter son *macchiato*.

— Andrew Ford, je suppose ? demanda l'inspecteur.
— Inspecteur Fawkes ? fit l'autre avec un accent irlandais.
— Ouais.
— Je dois absolument vous parler.
— D'accord.
— Pas ici. Montez.
— D'accord.

Wolf haussa les épaules et repartit en direction du hall pendant que Ford était hissé tant bien que mal par-dessus la rambarde. Quand il parvint au domicile de l'individu, une très jolie policière d'origine asiatique lui ouvrit.

— Si vous saviez comme on est contents de vous voir, dit-elle, dévoilant un large sourire... édenté.

Wolf sentit la colère monter.

— C'est *lui* qui vous a fait ça ? lui demanda-t-il en effleurant sa proche bouche.

— Il ne l'a pas fait exprès. Il se débattait et j'aurais dû le laisser. C'était stupide de ma part.

— Un peu instable, le gars, pour bosser comme agent de sécurité, non ?

— Il a été licencié l'an dernier. Tout ce qu'il fait maintenant, c'est picoler et s'en prendre au monde entier.

— Il travaillait où ?

— Chez Debenhams.

— Il a dit pourquoi il voulait me voir, moi en particulier ?

— Non, juste qu'il vous connaissait.

Wolf parut surpris.

— Je l'ai probablement arrêté par le passé.

— Probablement.

La policière précéda Wolf au sein de l'appartement qui était dans un état effarant. Des DVD et des revues jonchaient le sol du couloir, une chambre transformée en dépotoir. Dans chaque recoin du salon, des bouteilles vides de vodka premier prix et des canettes de bière extraforte. L'unique canapé recouvert d'un duvet constellé de brûlures de cigarettes. L'endroit était imprégné d'un relent de sueur, de vomi, de tabac froid et d'ordures ménagères.

Andrew Ford avait dix ans de moins que Wolf, mais à le voir, on aurait pu penser qu'il en avait dix de plus. Quelques touffes de cheveux mal peignés parsemaient son crâne chauve. Mal foutu, décharné, il avait ce petit ventre rond du buveur de bière et la peau jaunâtre. Wolf le salua de loin, peu enclin à lui serrer la main.

— *Sergeant* William Oliver Layton-Fawkes du *Metropolitan Police Service*, vous dirigez l'enquête sur l'affaire *Ragdoll*, récita Ford, s'applaudissant lui-même, au bord de l'hystérie. Mais on vous appelle Wolf, pas vrai ? Extra, le surnom. Le loup dans la bergerie, comme qui dirait ?

— Le loup dans la porcherie, plutôt, non ? rétorqua l'intéressé en balayant des yeux la pièce repoussante de saleté.

Un instant interdit, Ford éclata de rire.

— Vous êtes flic, on se comprend, dit-il sans avoir saisi l'allusion.

— Vous vouliez me parler ?

— Pas devant tous ces... POULETS !

Wolf fit signe aux deux agents de quitter le salon.

— Nous, on est des sortes de compagnons d'armes, pas vrai ? continua Ford. Deux honnêtes représentants de la loi.

Wolf trouvait qu'il poussait le bouchon un peu loin : le vigile de Debenhams se prenant pour un honnête représentant de la loi. Il laissa glisser. Par contre, il commençait à perdre patience.

— Vous vouliez me parler de quoi ?

— Je veux vous aider, Wolf.

Ford renversa sa tête en arrière et imita le hurlement d'un loup.

— Eh bien, vous ne m'aidez pas beaucoup, là.

— Vous avez loupé un truc, un truc essentiel. – Wolf ne dit rien, afin d'inviter le petit bonhomme plein de suffisance à poursuivre. – Je sais quelque chose que vous ignorez, dit Ford en chantonnant tel un gamin.

— Vous parlez de la policière à qui vous avez pété une dent ?

— La Pakpak ? fit-il avec un geste dédaigneux.

— Elle m'a dit que vous me connaissiez.

— Oh oui, je vous connais, Wolf, mais vous ne vous souvenez pas du tout de moi, pas vrai ?

— Mettez-moi sur la voie.

— On a passé quarante-six jours dans la même pièce, sans jamais se parler.

— D'accord, fit Wolf sans conviction, espérant que les deux agents ne s'étaient pas trop éloignés.

— Je n'ai pas toujours fait la sécu pour un grand magasin. J'étais quelqu'un à l'époque. (Wolf restait de marbre.) Tout ce que je sais, c'est que vous portez toujours quelque chose que je vous ai donné.

Wolf, dérouté, regarda instinctivement sa chemise et son pantalon. Il vérifia ses poches, lorgna sur sa montre.

— Ça chauffe !

L'inspecteur releva la manche de son bras gauche, révélant la trace de brûlure, et sa montre à affichage digital, un modèle bas de gamme offert par sa mère pour Noël.

— Chaud ! chaud ! Chaud !

Wolf ôta sa montre et désigna la fine cicatrice blanche qui courait sur son poignet.

— Le policier de garde affecté au banc des accusés ? grommela-t-il entre ses dents.

Ford se frotta le visage nerveusement, puis partit à la cuisine chercher une bouteille de vodka.

— Vous ne me valorisez pas, là, dit-il, faussement vexé. Je suis Andrew Ford, le gars qui a sauvé la vie du Tueur Crématiste, bon sang ! (Il avala rageusement une lampée d'alcool dont une partie lui coula sur le menton.) Si je ne vous avais pas si héroïquement empêché de le finir, il n'aurait pas tué la gamine. Saint Andrew ! C'est ce que je veux qu'on écrive sur ma tombe : « Saint Andrew, assistant personnel d'un assassin d'enfant » !

En sanglotant, il s'affala sur le canapé, ramenant à lui l'immonde duvet, puis balança au sol un cendrier en équilibre instable.

— Voilà, c'est tout. Renvoyez ces poulets chez eux. Plus besoin d'être sauvé… j'avais juste besoin de vous parler… pour vous aider…

Wolf contempla le pauvre type qui, déjà, allumait sa télévision en buvant la vodka au goulot. Le générique d'une émission enfantine beugla. Wolf s'en alla.

Andrea regardait en silence son cameraman Rory, déguisé en commandant de vaisseau spatial. Il décapitait un extraterrestre (qui ressemblait terriblement à son ami Sam) avec son sabre laser (une tige en fer recouverte de papier alu). Une substance visqueuse verte gicla du corps de la créature qui n'en finissait pas de tressauter.

Rory appuya sur le bouton pause.

— Alors, t'en penses quoi ?

Fringué comme un ado malgré ses trente-cinq ans, légèrement en surpoids, le cameraman avait un visage avenant avec une grosse barbe rousse.

— Le sang est vert, se contenta de dire Andrea, encore troublée par la vidéo gore à petit budget mais efficace.

— Parce que c'est un Kruutar, un alien.

— OK, mais il vaudrait mieux du sang rouge si on espère convaincre Emily de faire ça.

Andrea avait organisé une rencontre avec Baxter et Garland au studio de Rory, *StarElf Pictures*, qui se révélait n'être qu'un garage aménagé près de la station de métro Brockley. En attendant Baxter, et sans aucun rapport avec le plan établi la veille, elle, Garland, Rory et son coproducteur-acteur principal-meilleur ami Sam discutaient de la meilleure façon de réaliser des trucages pour simuler un assassinat. Après avoir visionné une douzaine de morts violentes extraites des films produits par *StarElf*, ils en étaient venus à la conclusion que l'éviscération restait problématique, la décapitation réaliste mais peut-être excessive, et l'explosion possiblement dangereuse (le gros orteil de Sam trônant dans un bocal à cornichons au-dessus du plan de travail en témoignait). Le mieux serait de s'en tenir à une balle en pleine poitrine.

Baxter arriva enfin, énervée, avec quarante minutes de retard. Son énervement ne fit que croître en découvrant que Sam et Rory testaient avec Garland des coups de feu à bout portant. Après un bon quart d'heure à s'engueuler, pendant lesquels Garland menaça à plusieurs reprises d'aller voir ailleurs, Baxter accepta de mauvaise grâce de se calmer pour les écouter. Elle examina les lieux d'un œil sceptique. Même Garland ne pouvait pas lui en vouloir de mettre en doute les compétences de l'équipe de *StarElf*. Fort heureusement, elle n'avait pas encore remarqué le bocal où flottait le gros orteil.

— Je sens bien que vous avez des réserves, mais voilà ce que nous pouvons réaliser, déclara un Rory enthousiaste.

Ils s'étaient rencontrés cinq jours plus tôt – *par accident* –, quand Baxter avait fait tomber sa caméra bien-aimée sur le trottoir de Kentish Town. Par chance, Rory n'était pas du genre rancunier et semblait sincèrement ravi à l'idée de ce tournage clandestin.

Sam et lui expliquèrent le vieux truc, utilisé au cinéma comme au théâtre, de dissimuler sous les vêtements d'un acteur un sachet fin en plastique (souvent une capote) rempli de faux sang. Un minuscule explosif, un pétard ressemblant étrangement à un bâton de dynamite miniature, était fixé à l'arrière du sachet pour projeter le liquide vers l'avant. Ils utiliseraient une pile de montre pour fournir l'alimentation électrique et déclencher ainsi l'explosion – maîtrisée – via un émetteur fabriqué par Rory en personne. Enfin, une large ceinture garnie de caoutchouc devrait être placée entre la peau et l'explosif pour protéger des brûlures et des projectiles.

Andrea sortit pour passer un coup de fil. Rory agitait le Glock 22 avec lequel il avait l'intention de tirer sur Garland et lui tendit le lourd pistolet avec désinvolture. Garland tripotait l'arme maladroitement. Baxter frémit lorsqu'elle le vit coller son œil avec confiance sur l'extrémité du canon.

— On dirait un vrai, murmura-t-il.

— Mais c'est un vrai, répliqua Rory, tout joyeux. Seules les balles sont factices. (Il glissa une poignée de cartouches à blanc dans la main de Garland.) La cartouche contient une charge de poudre pour créer le flash et la détonation, mais il n'y a pas de balle au bout de l'étui.

— Mais on retire bien le percuteur dans les faux pistolets, exact ? fit Baxter qui venait de se baisser instinctivement parce que Garland la visait avec le Glock.

— D'habitude, oui, répondit Rory, évasif.

— Et sur cette arme ? insista Baxter.

— Ben non, pas vraiment.

Baxter se prit la tête dans les mains.

— C'est totalement légal, se justifia le cameraman, et j'ai un permis. On sait ce qu'on fait, c'est sans aucun danger, et...

Il se tourna vers Sam qui réglait une caméra.

— Tu filmes ?

— Hein ?

Sans sommation, Rory débloqua la sécurité et pressa la détente. Il y eut un bruit assourdissant et du sang jaillit de la poitrine de Sam. Andrea revint dans le garage en courant. Baxter et Garland fixaient avec horreur la tache rouge qui s'étalait rapidement. Sam lâcha son tournevis et fronça les sourcils.

— Connard, va falloir que je change de tee-shirt maintenant, dit-il à Rory, avant de retourner à ses réglages.

— C'est incroyable ! s'exclama Garland.

Ils se tournèrent tous vers Baxter qui demeurait impassible.

— Garland, pourrais-je vous parler en privé une minute ? dit-elle d'une voix douce.

Elle déverrouilla sa voiture et dégagea tout le bazar sur le siège passager pour qu'ils puissent s'installer au calme.

— Que les choses soient tout à fait claires entre nous, vous n'allez pas simuler votre mort. C'est d'une stupidité crasse.

— Mais...

— Je vous ai dit que j'avais un plan.

— Mais vous n'étiez pas...

— Nous avons placé trop d'espoir en ces gens. Avez-vous la moindre idée du scandale si on apprenait que la *Metropolitan Police* en est réduite à mettre en scène la mort de ceux qu'elle est censée protéger ?

— « Ceux qu'elle est censée protéger », c'est bien là le problème. Vous raisonnez comme un flic.

— Je *suis* flic.

— Oui, mais c'est ma vie, c'est mon choix, s'énerva le journaliste.

— Un choix que je ne cautionne pas. C'est non négociable. Si vous ne voulez pas de mon aide, libre à vous. Mais j'ai un plan, et je vous conjure de me faire confiance.

Baxter grimaça, interloquée par les mots qu'elle venait de prononcer. Garland eut l'air tout aussi surpris. Comme il n'était pas du genre à rater l'occasion de brancher une fille, quitte à prétexter l'imminence de son propre meurtre, il lui prit la main.

— OK... Je vous fais confiance, susurra-t-il, avant de gémir quand Baxter lui tordit le poignet. C'est bon, j'ai compris... On dîne quand ensemble ?

— Je vous l'ai dit, vous n'êtes pas mon type d'homme.

— Un mec comme moi, séduisant, qui a réussi et que rien n'arrête ?

— Un mec condamné à mort, rétorqua-t-elle.

Elle le vit se décomposer, non sans déplaisir.

En temps normal, jamais elle n'aurait toléré ces avances sordides. Mais après sa calamiteuse tentative de séduction de Wolf, la veille, elle appréciait qu'on s'intéresse un peu à elle.

— Je suis un bon plan B aussi, si ça vous chauffe, relança Garland qui avait vite repris du poil de la bête.

— J'imagine que oui, sourit-elle.

— Dois-je prendre cela comme un encouragement ?

— Non.

— Mais ce n'est pas un non définitif ?

Baxter réfléchit rapidement à la question.

— Non.

Une lampe aux dimensions imposantes projetait de la lumière entre les rayonnages métalliques du service des archives, situé en sous-sol. L'éclairage blanc pouvait faire penser à un clair de lune, les ombres sinistres entre les travées en plus. Assis en tailleur sur le sol en ciment de l'entrepôt, Edmunds avait perdu toute notion du temps. Autour de lui était étalé le contenu du septième carton de sa liste : des photographies, des relevés d'ADN, des dépositions de témoins.

En l'absence de Baxter et Wolf, il avait décidé d'en profiter pour rendre une petite visite au Central Storage Warehouse, un site sécurisé à la périphérie de Watford, à une trentaine de kilomètres au nord-ouest de Londres. Il avait fallu cinq ans pour numériser toutes les pièces des dossiers de la *Metropolitan Police* – un travail de titan. Cependant, les preuves physiques devaient être conservées.

Alors que les éléments ayant trait à des délits mineurs pouvaient être restitués aux familles, ou détruits après une période fixée par le tribunal, les preuves liées à des meurtres étaient gardées *sine die*. Elles étaient stockées un temps au poste de police concerné, en fonction des moyens et de la place, puis transférées dans des entrepôts d'archives maintenus sous surveillance et à la température requise. On rouvrait si souvent des affaires à la faveur d'une preuve inédite, ou s'il y avait appel, ou bien lorsque des avancées technologiques apportaient du nouveau, que cette collection d'articles macabres était destinée à survivre longtemps, y compris aux principaux protagonistes.

Edmunds étira ses bras en bâillant. Deux heures plus tôt, il avait entendu quelqu'un pousser un chariot, mais depuis il était tout seul dans le gigantesque bâtiment. Il rangea les preuves dans le carton – aucun lien non plus entre cette victime décapitée et le tueur de l'affaire *Ragdoll*. Une fois qu'il eut glissé la boîte sur la bonne étagère, il la raya de sa liste. Il ne se rendit compte de l'heure qu'à ce moment-là : 19 h 47. Merde ! Il rejoignit la sortie à petite foulée.

Au poste de sécurité, on lui rendit son téléphone et il grimpa les marches quatre à quatre jusqu'au rez-de-chaussée. Il avait cinq appels manqués de Tia. Il devait encore déposer la voiture à New Scotland Yard et faire un saut au bureau avant d'envisager de rentrer chez lui. Il composa le numéro de sa compagne, en s'armant de courage.

Assis à la terrasse du *Dog & Fox*, un pub de Wimbledon High Street, Wolf finissait sa deuxième pinte d'Estrella. Il était le seul client attablé en terrasse, car il faisait plutôt frais, et des nuages de mauvais augure obscurcissaient le ciel. Mais il ne voulait pas rater Baxter lorsqu'elle rentrerait à son appartement, de l'autre côté de la rue de ce quartier branché.

À 20 h 10, il repéra son Audi noire qui faillit renverser un piéton au carrefour avant de se garer. Il abandonna sa bière désormais tiède et se dirigea vers le véhicule. Il n'était plus qu'à une dizaine de mètres lorsque Baxter sortit de sa voiture en s'esclaffant. Puis l'autre portière s'ouvrit et un homme qu'il ne connaissait pas descendit.

— Un de ces magasins doit bien vendre des escargots, et je vais les cuisiner, se vanta l'inconnu.

— Je ne crois pas que ce soit une bonne idée de faire remonter le déjeuner…

— Je refuse d'aller plus loin avant d'avoir mis dans ma bouche un petit mollusque visqueux, gluant et dégoûtant.

Baxter ouvrit le coffre, attrapa ses sacs et verrouilla l'Audi. D'instinct, Wolf eut un mauvais pressentiment sur la tournure de la situation. Il paniqua et se tapit derrière une grosse boîte aux lettres ronde alors que le couple se rapprochait. Tous deux passèrent effectivement devant lui avant de remarquer sa silhouette imposante, accroupie sur le trottoir.

— Wolf ? s'exclama Baxter, sidérée.

Il se redressa et lui sourit comme si de rien n'était.

— Salut ! dit-il en tendant la main à l'homme. Je me présente... Wolf... enfin... Will.

— Jarred, répondit Garland en lui serrant la main.

— Oh... vous êtes...

Il croisa le regard exaspéré de Baxter.

— Qu'est-ce que tu fais ici, putain ? Et pourquoi te cacher ?

— J'avais peur que ce soit bizarre, marmonna Wolf en désignant Garland.

— Et maintenant, ça ne l'est pas ? lança-t-elle, rouge comme une tomate. Vous pourriez nous laisser un instant ? demanda-t-elle à Garland.

Ce dernier s'éloigna.

— Je suis venu te voir pour te prier de m'excuser pour hier soir, et pour ce matin, et... bon... pour tout. Je me disais qu'on pourrait grignoter un truc, mais il semblerait que tu aies d'autres... projets.

— Ce n'est pas ce que tu crois.

— Je ne crois rien.

— Tant mieux, parce que ce n'est pas le cas.

— J'en suis heureux.

— Tu en es heureux ?

Aucun n'abordait l'essentiel, ils le savaient.

— J'y vais, dit Wolf pour couper court.

— C'est ça, vas-y.

Il pivota sur ses talons et partit dans la direction opposée, vers le métro. Baxter poussa un juron et rejoignit Garland à l'autre bout de la rue.

18

Vendredi 4 juillet 2014,
5 h 40

Baxter avait très peu dormi. Ils avaient dîné au Café Rouge, qui, manque de chance, était à court d'escargots ce soir-là. Faussement déçu, Garland avait aussitôt commandé un steak avant que le serveur français n'ait le temps de lui conseiller un autre de ces immangeables mets délicats. Perturbée par la visite impromptue de Wolf, Baxter n'avait pas été d'une compagnie des plus agréables malgré tous les efforts du journaliste. Vers 22 heures, à la fin du dîner, elle avait insisté pour assurer sa protection jusqu'au bout en venant le récupérer en voiture devant le restaurant et le raccompagner à son domicile.

Plus tard, chargée de ses nombreux sacs, elle avait eu toutes les peines du monde à monter l'escalier étroit menant à son appartement, mais elle savait que si elle avait demandé un coup de main à Garland, il y aurait vu plus d'un sous-entendu. Elle était entrée en titubant dans son deux-pièces impeccablement rangé, accueillie par Echo, son chat qui avait surgi en glissant sur le parquet ciré. S'il ne faisait pas trop chaud chez elle, c'était grâce à l'air frais qui pénétrait par le vasistas du puits de lumière. Elle avait envoyé rouler ses chaussures sur le paillasson, puis déposé tous ses sacs sur l'épaisse moquette blanche de sa chambre. Après avoir nourri son chat, s'être servi un grand verre de vin rouge, elle était allée chercher son ordinateur portable dans le salon pour s'installer enfin sur le lit.

Elle avait passé presque une heure à surfer sur Internet, lire ses mails et récupérer l'équivalent d'un mois de nouvelles des uns et des autres sur Facebook. Une de ses amies était enceinte. Une autre l'invitait à son enterrement de vie de jeune fille à Édimbourg. Baxter adorait l'Écosse, mais elle s'en était tenue à une vague réponse, du style « Faudrait que je vérifie d'abord mon agenda », prétexte fallacieux pour un refus ultérieur assez probable.

Elle n'arrêtait pas de penser à Wolf qui avait été assez clair sur ce qu'il ressentait – ou plutôt, ce qu'il n'avait pas ressenti la nuit précédente. Elle avait des bleus sur l'avant-bras, là où il l'avait serrée le matin même, et voilà que le soir, il se pointait pour l'inviter au restaurant ! Est-ce qu'il culpabilisait et voulait se racheter ? Est-ce qu'il regrettait de l'avoir rejetée ? Était-elle seulement certaine qu'il l'avait rejetée ? Fatiguée de ressasser les mêmes questions, elle s'était versé un autre verre avant d'allumer la télé.

Puisque la mort de Garland n'était pas programmée avant samedi, l'affaire *Ragdoll* avait été reléguée au dernier plan dans les JT de la nuit, plus intéressés par le récent naufrage d'un pétrolier près des côtes argentines. Mille deux cents litres de fuel par heure se déversaient dans la mer, direction les Malouines. Elle avait changé un peu d'opinion sur Garland au cours du dîner, même si, elle devait l'admettre, il se ferait souffler la vedette dès demain par de pauvres petits pingouins englués dans le mazout.

C'est seulement une fois qu'ils auraient épuisé tous les sujets imaginables autour de cet événement – fuites de pétrole, cours de l'action, diversité de la faune et de la flore des Malouines, rumeur non confirmée d'une action terroriste, probabilité que l'on transporte le pétrole dans l'océan Atlantique dans le seul but de polluer les plages britanniques (qui ne le sont aucunement, *britanniques*) – qu'ils reviendraient sur les meurtres. Dans le seul but, sans doute, de débattre à la télé de l'approche grand public de Garland face à la menace pesant sur lui. Exaspérée, Baxter avait éteint la télévision et lu un livre jusque tard dans la nuit.

Ce n'est qu'après 6 heures du matin qu'elle ouvrit à nouveau son ordinateur pour consulter le site du journal de Garland. En raison de l'intérêt sans précédent suscité par sa chronique – « Dead Man Talking » – l'article était désormais téléchargeable dès la première édition du matin, transformant cette page Web comme la plus courue de toute la cyberactivité. Au milieu de l'écran, une horripilante vidéo cherchait à vous vendre soit du parfum, soit du maquillage, soit un film avec Charlize Theron, mais refusait obstinément de se refermer. Quand *enfin* la fenêtre de pub daignait disparaître, le message que Baxter avait rédigé avec Andrea s'affichait soudain. Il comptabilisait déjà plus de cent mille vues.

Une heure d'entretien en exclusivité (à 9 h 30 BST[1]),
vendue au plus offrant,
se tiendra samedi matin
dans un hôtel de Londres, à une adresse
qui sera communiquée ultérieurement. 0845 954600.

---

1. *British Summer Time* : heure d'été britannique.

Bien que Garland se soit répandu tout au long de la semaine dans ses écrits, Andrea était persuadée que la perspective d'une interview en exclusivité mondiale avec un mort en sursis représenterait un appât bien trop attractif pour qu'on y résiste. Le plan de Baxter n'était rien de moins que de faire diversion. Avec l'aide d'Andrea, ils préenregistreraient une demi-heure d'entretien avec Garland qui serait ensuite diffusé le samedi matin, « en direct ». Quand les médias du monde entier accourraient à Londres, devant l'hôtel indiqué, signalant au tueur l'endroit *précis* où se trouvait Garland, ce dernier serait en sécurité à l'autre bout du pays, sous la bonne garde du *Protected Persons Service*.

L'efficacité d'un tel plan était garantie par une combinaison plausible : l'exploitation de sa propre histoire par un journaliste opportuniste et arrogant, la concurrence naturelle entre des chaînes d'info surpuissantes, associées à l'anonymat feutré d'un rendez-vous « secret ». Ils avaient mis en place un répondeur avec un message invitant les candidats à faire leur offre, puis à laisser leurs coordonnées. C'était bien entendu un leurre, mais cela permettait de justifier la présence d'Andrea à l'hôtel, armée de sa caméra. Garland avait choisi pour cadre de l'arnaque le lobby du ME à Covent Garden, un cinq étoiles. Quand Baxter l'avait interrogé sur son choix, il avait simplement répondu que cet endroit était « époustouflant ».

Baxter regarda l'heure, rabattit le clapet de son ordinateur et partit enfiler sa tenue de sport. Le soleil était suffisamment haut dans le ciel pour inonder d'une lumière aveuglante tout son salon au moment où elle grimpait sur son tapis de course. Elle ferma les yeux, mit ses écouteurs et monta le son jusqu'à ne plus entendre le martèlement régulier de ses pas.

Sam était occupé avec Garland lorsque Andrea entra dans les locaux de *StarElf Pictures*, dont la porte avait été récemment taguée.

Tard dans la nuit, elle avait reçu un appel du journaliste la suppliant de l'aider.

— Vous savez bien qu'on peut réussir notre coup, avait-il affirmé.

— Je suis sûre qu'Emily a de bonnes raisons pour vous avoir dit non, avait tenté de le raisonner Andrea.

— Elle a les mains liées, elle est flic, pas vous... *Je vous en prie...*

— Je vais en rediscuter avec elle.

— Elle s'y opposera. (Garland semblait au bord du gouffre.) Une fois que ce sera fait, elle n'aura pas d'autre choix que de jouer le jeu. C'est mon meilleur atout, ma meilleure chance.

Andrea avait pesé le pour et le contre avant de lui répondre, espérant de tout cœur agir dans le bon sens.

— On se retrouve à *StarElf* à 8 heures.

— Merci.

Alors qu'elle pénétrait à l'intérieur du studio, Sam manipulait l'émetteur qu'il comptait poser sous la chemise du journaliste.

— Bonjour ! Bravo pour cette nouvelle œuvre de street art sur votre porte.

— Ça doit être les skaters... Les salauds ont encore essayé de nous braquer, grogna-t-il en se dirigeant vers Garland, j'ai déjà dit plusieurs fois à Rory d'arrêter d'être sympa avec ces gamins. Passez-moi le rembourrage s'il vous plaît, demanda-t-il en désignant la ceinture de protection sur le bureau derrière elle.

Andrea la ramassa, tâta l'épaisseur de la garniture en caoutchouc sous le tissu fin et la lui tendit. Le torse dénudé,

Garland se révélait d'une maigreur étonnante. Son flanc gauche était constellé de grains de beauté pas très sexy et il avait eu la mauvaise idée de se faire tatouer sur le haut du dos un ange en croix – la copie conforme du tatouage de David Beckham – ce qui, sur un gabarit aussi efflanqué, ne produisait pas le même effet.

— Respirez, ordonna Sam, avant de ceinturer le torse de Garland.

Il fixa ensuite le dispositif : la capote remplie de sang factice, le pétard et la pile de montre. Garland se rhabilla. Andrea obligea Sam à vérifier deux fois de suite le pistolet et les cartouches à blanc. Ça la troublait de trahir Baxter, aussi estimait-elle de son devoir de ne négliger aucun détail.

Sam prodigua des conseils de dernière minute à Garland sur la manière la plus convaincante de mourir. Il s'éclipsa vingt bonnes minutes avant l'arrivée de Baxter, ayant caché sur lui le passe-montagne, l'émetteur et le Glock chargé de cartouches à blanc.

— Nerveux ? s'enquit Andrea, entendant les pneus de l'Audi de Baxter crisser sur le gravier.

— Rapport à demain, oui..., répondit Garland.

— Si tout se passe comme prévu ce matin...

— C'est ce qui m'inquiète. On n'a aucun moyen de savoir s'il mordra ou non à l'hameçon. On le saura s'il essaie de me tuer... ou pas.

— C'est la raison pour laquelle Emily vous emmène dès ce soir le plus loin possible de Londres, à moins que d'ici là, elle nous ait étranglés de ses propres mains, plaisanta Andrea, pourtant angoissée par la réaction de Baxter.

Laquelle entra sur ces entrefaites, les salua, et vérifia l'heure à sa montre.

— Bon, faut y aller, dit-elle.

Baxter ne savait pas trop à quoi s'attendre, mais certainement pas à ça. À leur arrivée à l'hôtel, Garland et elle avaient été invités à emprunter un bel ascenseur noir jusqu'à la réception. Quand les portes coulissèrent, elle fit juste quelques pas sur le revêtement noir et brillant puis s'arrêta, sidérée par la beauté du cadre.

Face à eux se dressait une énorme pyramide en marbre noir. La lumière d'ambiance dévoilait une décoration exceptionnelle : un livre au format imposant ouvert sur un lutrin horizontal, des canapés blancs se reflétant si parfaitement sur le marbre poli qu'ils semblaient flotter sur l'eau ; quelques tables basses et un impressionnant bureau de réception constitué de plusieurs blocs d'obsidienne comme surgis du sol. Grâce à une projection vidéo, des méduses apparaissaient au bas des murs, remontaient langoureusement avant de disparaître tout en haut, dans l'éclairage orangé d'un soleil artificiel.

— Venez.

Garland était content de lui, il avait réussi à impressionner l'inflexible inspectrice. Une hôtesse d'accueil leur offrit une coupe de prosecco et les conduisit vers un des sofas en cuir blanc. Garland précisa à la jeune femme qu'ils avaient rendez-vous. Elle ne parut pas les reconnaître, ou alors se montra fort discrète.

— J'ai passé un très bon moment hier soir, murmura le journaliste à Baxter, tout en contemplant le fascinant ballet des méduses.

— Oui, c'est toujours délicieux là-bas.

— Je parlais de la compagnie.

— Quoi, Le Café Rouge ? Oui, il y a bien une quinzaine de ces restaurants dans Londres.

Garland lui sourit. Il comprit qu'il devait remettre ce sujet à plus tard.

— Où on va ensuite ? Je veux dire, après l'interview ? chuchota-t-il. (Elle secoua la tête.) Allez… personne ne peut nous entendre.

— Le *Protected Persons* a préparé une maison pour…

— Le dernier individu que vous serez incapable de sauver, compléta Garland avec amertume.

Baxter ne remarqua pas Sam alors qu'il se faufilait dans les toilettes, mais elle enregistra le net changement de ton de son voisin.

— Ils ne vont pas tarder, fit-il nerveusement.

Andrea était toujours en ligne avec Elijah au moment où elle entrait dans l'hôtel de luxe avec Rory. Lorsque les portes de l'ascenseur se refermèrent, son portable cessa de capter, coupant net la liste des questions pour Garland que son patron exigeait d'elle. Son objectif : la voir orienter l'interview de telle manière que Garland lance un défi à son assassin.

— Ce que les gens aiment, avait-il asséné quelques minutes plus tôt, c'est moins un massacre qu'un combat de coqs.

Une fois parvenue dans la magnifique réception, Andrea se garda bien de le rappeler.

Rory se précipita pour faire des prises de vue du livre géant et de la pyramide, songeant à les utiliser plus tard, dans un prochain film. L'hôtesse d'accueil qui n'avait pas reconnu Baxter ni Garland parut tout excitée en identifiant Andrea. L'annonce de la mise aux enchères du dernier entretien de Garland s'était propagée sur les réseaux sociaux. Andrea l'attrapa par le bras avant qu'elle ne puisse filer.

— Le ME est un hôtel de grand standing, rappela Andrea. Nous faisons aujourd'hui un galop d'essai, mais rien ne nous oblige à revenir ici demain pour la véritable interview. Dans ces conditions, je réclame la plus entière discrétion de votre part et de celle de vos collègues. Me suis-je bien fait comprendre ?

— Bien entendu, la rassura la jeune femme, comme si l'idée d'un selfie avec la prochaine victime du tueur ne lui avait pas effleuré l'esprit.

Elle marcha jusqu'à la réception et réprimanda ses collègues qui les dévisageaient sans vergogne.

— Tu penses qu'elle a pigé ? demanda Andrea.

— Je l'espère, répliqua Baxter, soucieuse. Faisons vite cette interview, qu'on se barre.

Edmunds avait une nouvelle fois dormi sur le canapé. Il était rentré chez lui vers 22 heures, mais Tia dormait déjà, enfermée à double tour dans leur chambre. Il s'était levé à l'aube pour avoir le temps d'entrer sur Google les références d'autres affaires de meurtres.

Il avait consacré sa matinée à effectuer des recherches sur Michael Gable-Collins. En laissant la bague en platine sur la main de *Ragdoll*, il paraissait clair que le tueur voulait qu'on identifie la victime. Restait à savoir *pourquoi*. Persuadé que Khalid constituait vraiment le nœud du problème, Edmunds travailla sans relâche jusqu'à finir par découvrir un lien.

Certes, le cabinet Collins & Hunter était celui qui avait représenté Khalid au procès, mais Michael Gable-Collins n'avait pas été missionné de près ou de loin sur cette affaire. Il n'avait pas assisté à la moindre journée d'audience et, en tant que spécialiste en droit de la famille, n'avait jamais participé à l'élaboration du dossier supervisé par Charlotte Hunter.

Bien que ce cabinet juridique gère des centaines de clients par an, Edmunds était persuadé qu'il s'agissait de tout sauf d'une coïncidence. Il arriva très tôt au bureau, espérant poursuivre ses recherches et établir le chaînon manquant. Il lista l'ensemble des noms liés au procès Khalid, des avocats aux témoins, en passant par le personnel et le public. S'il le fallait, il les étudierait un par un.

Andrea présenta son allocution face à la caméra, légèrement inquiète de l'effet que produirait leur saynète à peine répétée sur le public.

— Nous avons été rejoints par le journaliste Jarred Garland, la troisième personne sur la liste du tueur de l'affaire *Ragdoll*. Bonjour, Jarred.

Rory régla son cadrage pour avoir les deux face à face, assis sur le canapé immaculé.

— Merci d'accepter de vous confier à nous alors que vous traversez une période extrêmement compliquée. Commençons par la question la plus évidente : *pourquoi* ? Pourquoi ce serial killer vous a-t-il choisi ?

Concentrée sur l'interview, Baxter se rendait compte que Garland était tendu. Il avait peur. Quelque chose n'allait pas. La porte des toilettes pour hommes s'ouvrit dans un grincement, mais Sam en sortit sans que quiconque le remarque. Il entra dans la pyramide habillé tout en noir, un passe-montagne dissimulant son visage, le Glock déjà à la main.

— J'aimerais bien le savoir, mademoiselle Hall, répondit Garland. Comme vous avez dû en faire la triste expérience, être journaliste ne vous apporte pas que des amis.

Ils s'esclaffèrent d'un rire forcé.

Soudain, une employée de la réception poussa un cri strident. Rory pivota sa caméra sur l'individu en noir et Baxter se précipita sur lui. Sans même ralentir quand elle reconnut la voix de l'intrus et qu'elle pigea instantanément ce qui se tramait.

— Jarred Garland, espèce d'enculé, sale fils de pute ! improvisa Sam en s'avançant.

Rory s'écarta de son chemin puis tourna la caméra vers Garland qui se levait d'un bond, l'air terrorisé. Le coup de feu fut assourdissant, porté par l'écho du hall gigantesque. Andrea poussa un cri au bon moment, dès que le faux sang fusa de la poitrine de Garland. Baxter sauta sans ménagement sur Sam, et Garland bascula en arrière sur le sofa comme prévu. C'est alors qu'une lumière aveuglante apparut au centre de la blessure, crachotant des étincelles sur le sol noir. Garland se mit à hurler tandis que retentissait un sifflement puissant, pareil au tir d'un feu d'artifice. Il se débattait, cherchant à arracher la ceinture autour de sa poitrine.

Rory lâcha sa caméra et fonça vers lui. Il sentit une chaleur intense qui irradiait du corps tressautant. Paniqué, il essayait de dégrafer la ceinture mais constata avec terreur que ses doigts s'enfonçaient dans la cage thoracique de Garland.

Il tira comme un fou sur la ceinture, sauf que le caoutchouc s'était mélangé à la peau. Il y eut un bruit de verre brisé et le cameraman s'effondra par terre, les mains brûlées par un étrange liquide.

Baxter se précipita.

— Non ! Ne touchez pas ! C'est de l'acide !

— Vite ! Appelez une ambulance ! cria-t-elle à l'hôtesse.

Quand les étincelles blanches cessèrent de crépiter, on n'entendit plus que la respiration de Garland, terriblement laborieuse. Baxter accourut vers lui, prenant doucement sa main.

— Ça va aller, lui promit-elle. Andrea ! Andrea ! (La journaliste semblait en état de choc, le regard vide.) Ils doivent avoir une trousse de premiers secours à la réception, avec des compresses pour les brûlures. Va la chercher ! lui hurla Baxter, sans vouloir admettre la gravité de la plaie.

Andrea revint avec un kit de secours tandis que, de plus en plus proches, les premières sirènes se firent entendre. Chaque respiration paraissait être une atroce souffrance pour Garland. Sa nuque reposait sur le dossier du sofa. Ses yeux suivaient les méduses et leur lente remontée vers la lumière… au bout du tunnel.

Baxter croisa le regard d'Andrea qui lui tendait la trousse.

— Qu'est-ce que tu as fait ? dit-elle, horrifiée, puis s'adressant à Garland : Ça va aller…

Elle cherchait à le réconforter, mais elle savait qu'elle lui mentait. Un pan de sa chemise avait fondu, et une partie d'un poumon endommagé palpitait encore entre deux côtes. Elle ne voulait même pas imaginer les dégâts internes.

— Ça va aller…

Des policiers investirent en force la pyramide, maîtrisèrent Sam qui avait eu au moins la présence d'esprit de se défaire du pistolet. Une fois le périmètre sécurisé, les ambulanciers entrèrent à leur tour et avec mille précautions allongèrent Garland sur une civière. Leur regard pesant n'échappa pas à Baxter. Un autre secouriste entourait les mains de Rory de compresses pour grand brûlé.

Sur le canapé, des éclats de verre brillaient dans la lumière tamisée. Le plus gros avait la forme d'un tube, et de plus petits gisaient près des endroits où le cuir s'était creusé. Baxter rejoignit les ambulanciers, bien décidée à accompagner Garland tant qu'il serait des leurs.

Edmunds inspecta l'open space, désorienté. Il avait été si absorbé par son travail qu'il n'avait pas remarqué l'absence de tous ses collègues, regroupés autour de la télévision, dans un silence de mort. À l'exception de quelques sonneries de téléphone, on n'entendait que la voix étouffée de Simmons dans son bureau, apparemment en conversation avec le *Commissioner*.

Edmunds se leva. En se rapprochant de l'attroupement, il entrevit Andrea à l'écran. Bien qu'habitué à ses apparitions télévisuelles, ce qu'il voyait là ne ressemblait à rien de ce qu'il connaissait. Au lieu d'être confortablement assise derrière un pupitre, elle courait aux côtés d'ambulanciers, filmant tant bien que mal la scène avec son portable. Il aperçut également Baxter penchée au-dessus d'un brancard. Étendu là, Jarred Garland, à tous les coups.

Puis on rendit l'antenne, retour au studio. Les collègues d'Edmunds reprirent le chemin du bureau. Les conversations allaient bon train. Tout le monde était au courant que Baxter était en charge de la protection rapprochée de Garland. Beaucoup avaient critiqué sa décision de permettre au journaliste, qui avait tant décrédibilisé le travail de la police, de passer à la télévision.

De nouvelles questions émergeaient. Pourquoi Baxter avait-elle autorisé Garland à parader en public ? L'homme qui l'avait attaqué était-il vraiment le tueur ? Et quel type d'attaque avait réellement subi Garland ? Plusieurs rumeurs circulaient, on parlait tantôt de coups de feu, tantôt de brûlures…

Une seule question intéressait Edmunds : pourquoi le tueur avait-il agi un jour plus tôt que prévu ?

19

Vendredi 4 juillet 2014,
14 h 45

É TANT DONNÉ LA GRAVITÉ DE SES BLESSURES, et leur origine pour l'instant indéterminée, Garland fut directement transféré aux urgences du Chelsea and Westminster Hospital où l'attendait un spécialiste des grands brûlés. Baxter lui avait tenu la main durant tout le trajet, et c'est seulement lorsqu'une infirmière autoritaire l'exigea qu'elle quitta la pièce.

Andrea et Rory arrivèrent quelques minutes plus tard dans une seconde ambulance. Sous les compresses visqueuses, Baxter percevait la plaie à la main gauche du cameraman. Un gros lambeau de chair avait été arraché à sa paume droite, une blessure qui s'apparentait davantage, à première vue, à une morsure qu'à une brûlure. L'ambulancier revint vers Rory après avoir discuté avec l'infirmière, puis le conduisit auprès d'un dermatologue.

Baxter et Andrea étaient assises à l'extérieur d'un Starbucks, mutiques. Garland avait été envoyé au bloc deux heures plus tôt, et elles attendaient toujours des nouvelles de Rory. L'inspectrice avait consacré la majorité de son temps à tenter d'apprendre où la police avait emmené Sam, de manière à confirmer l'extravagant scénario auquel ses collègues auraient sans aucun doute du mal à croire.

— Je ne comprends toujours pas ce qui est arrivé, se lamentait Andrea en tripotant une touillette à café.

Baxter ne daigna pas lui répondre. Elle lui avait déjà signifié que demander sa participation à son plan était la plus grosse connerie qu'elle ait jamais faite de sa vie. Pire, elle s'interrogeait s'il y avait quelque chose de fondamentalement mauvais chez Andrea.

— On ne peut littéralement pas te faire confiance, avait-elle poursuivi. Tout ce que tu touches se transforme en merde. Est-ce que tu finiras un jour par t'en rendre compte ?

Elle était sur le point d'en remettre une couche, mais à quoi bon ? Rien de bon n'en sortirait. Il était clair qu'Andrea culpabilisait à mort, et qu'elles étaient aussi effondrées l'une que l'autre.

— Je croyais lui venir en aide, marmonna Andrea. Dans mon esprit, c'était comme tu avais dit : si on en sauve un, juste un, ça ne paraîtra pas totalement sans issue pour Will.

Baxter hésita à révéler à Andrea que Wolf l'avait coincée la veille dans la salle de réunion. Elle décida au final de garder ça pour elle.

— Je crois qu'on va le perdre, murmura Andrea.

— Garland ?

— Will.

— Non, on ne va pas le perdre, répondit Baxter en secouant la tête.

— Vous deux... vous devriez... Si tu en as envie... Il serait heureux.

Baxter déchiffra l'angoisse sous-jacente, mais refusa de considérer l'implicite questionnement.

— On ne va pas le perdre, répéta-t-elle.

Suis Dsolé. Je V fR 1 dîner pour 2, ce soir. Je t'M

Assis à son bureau – ou plutôt à la portion de bureau que lui laissait Baxter – Edmunds essayait d'envoyer un SMS à Tia sans se faire choper par Simmons. Elle n'avait pas réagi à ses trois messages d'excuses précédents.

— Edmunds ! aboya l'inspecteur principal. Si vous avez du temps pour écrire des textos, vous en avez peut-être pour aller voir le légiste et vous rancarder sur ce qui est arrivé aujourd'hui ?

— *Moi ?*

— Oui, *vous* ! hurla Simmons, qui regarda avec dégoût vers son antre lorsqu'il entendit, une fois de plus, sonner son téléphone. Fawkes et Finlay sont à l'autre bout du pays, Baxter est à l'hôpital. Il ne reste que moi. Et vous. Surtout vous.

— Oui, monsieur.

Edmunds rangea le dossier sur lequel il travaillait, mit rapidement de l'ordre sur le bureau pour éviter de se faire engueuler par Baxter, et sortit.

— Comment elle va ? demanda Joe en se lavant les mains dans le labo de la morgue. J'ai vu les infos.

Edmunds lui trouvait plus que jamais un air de moine bouddhiste.

— Je crains que tout le pays les ait vues. Elle ne m'a pas donné de nouvelles, mais elle a téléphoné à Simmons. Elle est toujours à l'hôpital avec Garland.

— C'est délicat de sa part, mais inutile, j'en ai peur.

— Ils sont en train de l'opérer, ils doivent bien penser qu'il a une chance de s'en tirer.

— Aucune. J'ai discuté avec le spécialiste pour qu'il sache à quoi s'attendre.

— C'est-à-dire ?

Joe fit signe à Edmunds de le suivre jusqu'à une paillasse où étaient exposés les morceaux de verre brisé ramassés sur le sofa de l'hôtel. Certains attendaient sous un microscope. Quelques gouttes d'un liquide résiduel étaient conservées dans une éprouvette. Une fine tige métallique, maintenue par du fil de fer à un support, avait été plongée dedans. Le reste de la ceinture de protection était disposé sur un plateau ; rien qu'à voir les lambeaux de peau collés au caoutchouc, le jeune stagiaire eut la nausée.

— Je suppose que vous êtes au courant qu'ils voulaient simuler la mort de Garland par arme à feu ?

— Oui, Simmons nous a expliqué.

— Pas une mauvaise idée. Et courageuse, déclara Joe, sans ironie. Alors comment réussir à assassiner quelqu'un dans ce cadre-là ? Trafiquer son pistolet ? Échanger les cartouches à blanc contre des vraies ? Remplacer l'explosif miniature sur le sachet de faux sang ?

— Je suppose.

— Vous avez tort ! Tous ces éléments seraient vérifiés plutôt deux fois qu'une. Notre tueur a plutôt choisi de remodeler la ceinture de protection qui serait attachée autour de la poitrine de Garland. C'est juste une bande de caoutchouc à l'intérieur d'un tissu, rien de méchant.

Edmunds s'approcha de la ceinture – ce qu'il en restait – et se couvrit le nez, incommodé par l'odeur de chair brûlée. Plusieurs brins de métal carbonisé pointaient hors de la masse caoutchouteuse.

— Ce sont des rubans de magnésium enroulés autour de la garniture en caoutchouc, expliqua Joe, de toute évidence insensibilisé à la puanteur. La ceinture, une fois plaquée contre la poitrine du malheureux, l'a brûlé à plus de mille degrés.

— Vous voulez dire... quand ils font exploser le sachet de sang...

— Ça a enflammé le ruban de magnésium. J'ai trouvé un accélérateur de combustion sur certaines zones. Le tueur n'a rien laissé au hasard.

— Quel rôle jouent les débris de verre là-dedans ?

— Celui de « sur-exterminateurs », si vous me pardonnez l'expression. Le tueur voulait s'assurer que Garland ne survivrait pas. Alors, pour faire bonne mesure, il a fixé plusieurs tubes d'acide à l'intérieur de la ceinture, qui exploseraient ensuite dans les chairs mises à mal par la chaleur intense... Sans oublier les spasmes mortels et l'œdème créés par inhalation des vapeurs toxiques.

— Mon Dieu..., souffla Edmunds qui consignait frénétiquement les informations sur son carnet. Quel type d'acide ?

— Je ne lui rends pas justice en l'identifiant comme un acide. Ce truc est pire, bien pire. C'est ce qu'on appelle un « superacide », vraisemblablement de l'acide triflique, environ mille fois plus puissant que de l'acide sulfurique ordinaire.

Edmunds fit un pas en arrière pour s'éloigner de l'innocente éprouvette.

— Attendez... C'est *ça* qui a grignoté la poitrine de Garland ?

— Vous voyez où je veux en venir ? Il ne s'en sortira pas.

— Ça ne doit pas être si facile de se procurer un tel produit ?

— Oui et non. On s'en sert beaucoup dans l'industrie comme catalyseur, et il existe une demande inquiétante sur le marché noir à des fins militaires.

Edmunds soupira de découragement.

— Vous en faites pas ! Il y a d'autres indices plus prometteurs, lança Joe presque joyeux. J'ai trouvé quelque chose sur *Ragdoll*.

Baxter quitta la table du Starbucks pour prendre l'appel en provenance de l'hôpital. Andrea en profita pour rallumer – sans enthousiasme – son portable professionnel. Onze appels manqués : neuf d'Elijah et deux de Geoffrey, reçus avant qu'elle songe à le prévenir qu'elle était indemne. Il y avait un nouveau message. Elle prit son courage à deux mains pour l'écouter :

— Où est-ce que t'es ? À l'hôpital ? Ça fait des heures que j'essaie de te joindre, s'énervait Elijah. J'ai parlé à une employée de l'hôtel. Elle m'a dit que tu avais filmé quelque chose là-bas quand c'est arrivé. J'ai besoin des séquences, ici, maintenant. J'ai envoyé un technicien à l'hôtel, Paul, avec une clé de secours pour la camionnette. Il pourra y télécharger le film. Appelle-moi dès que tu as ce message.

Baxter revint et découvrit Andrea en pleine détresse.

— Qu'est-ce que tu as ?

— Oh mon Dieu…

— Qu'est-ce qui se passe ?

Andrea la regarda, désespérée.

— Ils ont l'enregistrement, je… suis désolée.

Tout ce qu'elle touche se transforme en merde. C'est clair.

On leur avait demandé de revenir à l'hôpital, et il leur fallut batailler ferme pour franchir le barrage de caméras de télévision et de journalistes qui faisaient le siège de l'entrée principale. Andrea remarqua la présence d'Isobel et de son cameraman, sans doute dépêchés par Elijah pour couvrir l'horrible situation où elle était en première ligne.

— Tu vois l'effet que ça fait d'être traquée par les caméras ? lui balança Baxter une fois qu'un policier les eut autorisées à gagner le calme des ascenseurs.

Une infirmière les introduisit dans une salle réservée au personnel. À son attitude, Baxter sut instantanément ce qu'elle allait lui annoncer : malgré leurs efforts, l'étendue des blessures était telle que le cœur de Garland avait lâché sur la table d'opération.

Même si elle s'y attendait, et qu'elle ne connaissait Garland que depuis trois jours, elle éclata en sanglots. Il lui semblait impossible de se débarrasser de sa culpabilité. Elle en sentait le fardeau peser physiquement sur sa poitrine. La responsabilité de sa mort lui incombait. Peut-être que si elle avait… Peut-être qu'*à cause d'elle*, il n'avait pas envisagé d'autre solution que de monter ce plan dans son dos…

L'infirmière les informa que la sœur de Garland avait été prévenue et qu'elle attendait dans une pièce au rez-de-chaussée. Si elles voulait la rejoindre… Baxter se sentit incapable de l'affronter. Elle pria Andrea de souhaiter à Rory un prompt rétablissement, puis quitta l'hôpital aussi vite qu'elle le put.

Joe sortit *Ragdoll* de la chambre froide, et fit rouler délicatement le brancard jusqu'au milieu du labo. Edmunds aurait voulu ne plus jamais revoir cette chose ignoble. Un ultime outrage avait été infligé au buste de la pauvre femme, qui avait été relié aux cinq autres parties de la plus horrible des manières. De nouveaux points de suture couraient au centre de la poitrine, entre les petits seins, pour finir en haut de chaque épaule. Bien qu'on ait établi, sur la scène de crime, que les amputations et les mutilations avaient été faites post-mortem, Edmunds ne pouvait s'empêcher de penser que cette inconnue à la peau laiteuse payait le prix fort.

— Vous avez trouvé quelque chose à l'autopsie ? demanda-t-il à Joe, injustement en colère après lui pour une couture mal alignée.

— Hein ? Non... rien.

— Et alors ?

— Prenez votre temps, et dites-moi ce qui cloche dans cette composition. (Edmunds lui lança un regard horrifié.) Hormis l'évidence, cela va sans dire.

Le jeune homme parcourut des yeux le monstrueux cadavre, non qu'il en ait eu besoin, tant chaque parcelle de cette horreur lui semblait désormais incrustée dans sa mémoire. Il abhorrait jusqu'à l'idée d'être dans la même pièce que *Ragdoll*.

Il dévisagea Joe, l'air absent.

— Non ? Examinez bien les jambes. Si l'on tient compte du fait qu'elles n'ont pas la même couleur de peau ni la même taille, elles ont été sectionnées et attachées de façon quasi symétrique. En ce qui concerne les bras, c'est une tout autre histoire : un bras complet de femme d'un côté...

— Celui où il y avait le vernis à ongles – alors qu'on n'a pas besoin du bras entier pour identifier un vernis, renchérit Edmunds.

— Exact. Et juste une main et une bague de l'autre côté.

— Donc le bras appartenant au torse doit avoir une signification particulière, compléta Edmunds qui commençait à comprendre où voulait en venir le légiste.

— Et voici.

Joe s'empara d'une chemise en carton contenant plusieurs photos. Il la tendit à Edmunds qui les feuilleta, décontenancé.

— Un tatouage...

— Oui, un tatouage qui a été enlevé. Et j'ajouterais plutôt avec efficacité. Les pigments de l'encre sont encore visibles à la radio mais la photo infrarouge est même plus claire.

— Ça veut dire quoi ? s'interrogea Edmunds en retournant la photo de haut en bas.

— Ça, jeune homme, c'est votre boulot.

Cela faisait plus d'une heure que Simmons était assis dans son bureau étouffant, face à la *Commander*, à subir sa litanie de menaces, venues d'« en haut » et qu'elle se contentait de « faire redescendre ». Elle lui avait ensuite répété qu'elle était de son côté, avant de critiquer ouvertement ses inspecteurs, son service au grand complet et sa capacité à le gérer. Il pouvait à peine respirer dans la pièce sans fenêtre, et sentait ses nerfs lâcher au fur et à mesure que grimpait la température.

— Terrence, je veux que vous suspendiez Baxter de ses fonctions.

— Pour quel motif, précisément ?

— Il faut que je vous fasse un dessin ? Elle a pratiquement tué Jarred Garland elle-même avec ce... plan... *ridicule*.

Simmons n'en pouvait plus du flot continuel de paroles venimeuses qui sortaient de la bouche de cette femme. Il avait chaud, suait à grosse gouttes, au point qu'il dut s'éventer avec un paquet de feuilles.

— Elle m'a juré qu'elle n'était au courant de rien, et je la crois.

— Dans ce cas, ce n'est pas mieux. C'est de l'incompétence caractérisée.

— Baxter est l'un de mes meilleurs enquêteurs, elle connaît l'affaire mieux que quiconque, hormis Fawkes.

— Une autre de vos bombes à retardement... Croyez-vous que j'ignore les dernières recommandations de sa psychiatre ? Qu'il devrait prendre du recul par rapport à cette enquête ?

— J'ai un serial killer dans la nature qui, par le biais d'une mise en scène atroce, a pointé l'appartement de Fawkes pour nous signifier ce qu'il attendait de son *implication*, répondit Simmons plus sèchement qu'il ne l'aurait souhaité.

— Terrence, rendez-vous service : désavouez Baxter publiquement.

— Puisque je vous dis qu'elle n'était pas au courant ! Qu'aurait-elle pu faire d'autre à votre avis ?

— Primo, je...

Il était en train de perdre son calme, il le sentait. Tout ce qu'il voulait à présent, c'était se barrer de cette étuve.

— Stop ! Je m'en fous complètement ! Vous n'avez aucune idée de ce qui se trame là, *dehors*, de ce qu'endure mon équipe. Et comment le pourriez-vous ? Vous n'êtes même pas flic.

Vanita eut un sourire mauvais devant cet accès de colère inhabituel.

— Ah bon ? Et vous Terrence, l'êtes-vous encore, flic ? Assis dans ce petit placard ? Vous avez choisi de devenir patron de ce service en connaissance de cause. Vous feriez mieux de commencer à agir comme tel !

La remarque acerbe déstabilisa un instant Simmons. Il ne s'était jamais perçu comme coupé de son équipe.

— Je ne suspendrai pas Baxter, je ne la changerai pas d'affectation, je ne lui adresserai même pas un blâme, juste parce qu'elle fait son travail et qu'elle risque sa vie tous les jours !

Vanita se leva, et il eut un panorama complet des couleurs criardes de sa tenue du jour.

— Nous verrons bien ce que le *Commissioner* va penser de tout ça. J'ai programmé une conférence de presse pour 17 heures. Nous devons faire une déclaration officielle sur ce qui est arrivé ce matin.

— Faites-la vous-même, votre foutue conférence de presse, rétorqua Simmons en se levant à son tour.

— Je vous demande pardon ?

— Je ne participerai plus à aucune conférence de presse, je ne perdrai plus mon temps à écouter vos arguments qui ne servent qu'à couvrir le cul des politiques, ni même à vous répondre au téléphone, pendant que mes hommes risquent leur peau sur le terrain !

— Réfléchissez bien avant de poursuivre votre...

— Oh, mais je ne démissionne pas ! J'ai des choses bien plus utiles à faire en ce moment. Je ne vous retiens pas !

Simmons sortit en claquant la porte, et marcha jusqu'au bureau de Chambers. Il repoussa tout ce qui l'encombrait et alluma l'ordinateur.

Baxter était à son poste quand Edmunds revint au bureau. Stupéfait de voir Simmons faire une recherche sur Internet sur les chroniques les plus controversées de Garland, il accéléra le pas pour rejoindre sa supérieure et la serra dans ses bras. Étonnamment, elle se laissa faire.

— Je suis vraiment désolé pour vous, dit-il en prenant un siège.

— Il fallait que je reste près de l'hôpital... pour Garland.

— De toute manière, il n'avait aucune chance de s'en tirer. (Il lui fit un compte rendu détaillé de sa conversation avec Joe, y compris de la découverte du tatouage.) Nous devons commencer par...

— Vous devez commencer, le corrigea Baxter. Je suis dessaisie du dossier.

— Pardon ?

— Simmons m'a prévenue que la *Commander* lui mettait la pression pour que je sois suspendue de mes fonctions. Dans le meilleur des cas, je serai réaffectée sur une autre affaire dès lundi. Simmons prendra ma place et Finlay est d'accord pour vous encadrer.

Edmunds ne l'avait jamais vue aussi démoralisée. Il s'apprêtait à lui proposer de sortir prendre l'air, d'embarquer avec eux les photos infrarouge et d'aller visiter quelques salons de tatouage, quand le coursier interne, un jeune homme à l'apparence négligée, fonça vers eux.

— *Sergeant* Emily Baxter ? dit-il en lui tendant une fine enveloppe écrite à la main et portant des stickers d'une société de coursiers.

— C'est moi.

Elle prit l'enveloppe et s'apprêtait à la déchirer lorsqu'elle réalisa qu'il la dévisageait.

— Oui ?

— Normalement, c'est des fleurs que je monte jusqu'ici pour vous, n'est-ce pas ? Où vous les avez toutes mises ?

— Sous scellés, parties pour analyses, puis brûlées. Elles ont tué un homme, conclut-elle de façon détachée. Merci quand même de me les avoir montées.

Le jeune homme, stupéfait, tourna les talons sous l'œil amusé d'Edmunds. Baxter ouvrit l'enveloppe. Un fin ruban de magnésium tomba sur le bureau. Edmunds échangea un regard inquiet avec elle, avant de lui tendre aussitôt une paire de gants à usage unique. Elle retira du pli une photographie la montrant en train de grimper à l'arrière de l'ambulance pour s'installer aux côtés de Garland. La photo avait été prise depuis la foule de badauds massée devant l'hôtel. Un message griffonné au dos :

> Si vous ne respectez pas les règles du jeu,
> je ne les respecterai pas non plus.

— *Il vient à nous*, exactement comme vous l'aviez dit.
— Il ne peut pas s'en empêcher, renchérit Edmunds en examinant la photo de près.
— Il respecte la ponctuation, vous avez vu.
— Pas étonnant, c'est visiblement quelqu'un d'instruit.
— « Si vous ne respectez pas les règles du jeu, je ne les respecterai pas non plus », lut-elle tout haut.
— Je n'y crois pas.
— Vous ne pensez pas que ce soit lui ?
— Oh si, je pense que c'est lui. C'est juste que je n'y crois pas. Je ne voulais pas vous en parler aujourd'hui, après tout ce que vous avez enduré...
— Je vais bien, insista Baxter.
— Quelque chose ne tourne pas rond. Pourquoi assassiner Garland un jour avant la date annoncée ?
— Pour nous punir. Pour punir Wolf de ne pas avoir été là.
— C'est ce qu'il veut qu'on s'imagine. Il revient sur sa parole malgré un parcours sans faute, un score parfait. Pour lui c'est la seule façon de contourner ce qu'il considérait comme un échec.
— Où voulez-vous en venir ?
— Quelque chose l'a effrayé et l'a incité à tuer Garland plus tôt. Il a paniqué. Soit on était trop près, soit il était réellement persuadé de ne pas être en mesure d'assassiner Garland demain.

— Garland allait bénéficier d'un programme de protection des témoins.

— Tout comme Rana, juste avant l'intervention d'Elizabeth Tate. En outre, personne à part vous ne savait où il serait emmené. Donc, qu'est-ce qui était si différent ?

— *Moi ?* Je dirigeais cette mission. Aucun membre de l'équipe, ni Wolf n'étaient impliqués.

— Exactement.

— Vous en dites quoi ?

— Je dis que soit nous acceptons l'hypothèse que le tueur exerce une surveillance sur nous tous, et a cru ce matin que ce serait sa dernière chance avant la disparition de Garland...

— Ce qui me semble peu probable.

— ... soit quelqu'un qui connaît à fond l'affaire lui file des informations.

Baxter secoua la tête en riant.

— Waouh ! Vous, vous savez vraiment comment vous faire des copains, hein ?

— J'espère me tromper.

— Je l'espère aussi. Qui pourrait vouloir la mort de Wolf, ici ?

— Aucune idée.

Baxter réfléchit un instant.

— Bon, qu'est-ce qu'on fait maintenant ?

— On n'en parle à personne, on garde ça pour nous.

— Évidemment.

— Et ensuite on lui tend un piège.

20

*Vendredi 4 juillet 2014,
18 h 10*

Quand Wolf se réveilla, ils étaient de retour à Londres. Finlay et lui avaient traversé le pays d'est en ouest pour confier Andrew Ford aux bons soins de l'équipe du *Protected Persons Service* – sans avoir la moindre idée de sa destination finale, quoique persuadés que ce serait un coin paumé dans le sud du pays de Galles. En effet, le service de protection leur avait fixé rendez-vous sur le parking de Pontsticill Reservoir dans les Brecon Beacons, les collines du parc national éponyme.

Pendant les quatre heures de l'aller, Ford avait été assommant, plus encore lorsqu'était tombée la nouvelle du décès prématuré de Garland, relayée par toutes les radios nationales. Wolf avait profité d'un arrêt à la station-service pour joindre Baxter mais il n'avait eu que sa boîte vocale. Finlay, lui, s'était précipité dans la boutique pour acheter une bouteille de vodka, dans l'espoir fou que Ford la bouclerait jusqu'à la fin du voyage.

— Tenez, Andrew, c'est pour vous. (Ford l'avait snobé.) Tenez, avait soupiré Finlay, *saint Andrew, assistant personnel d'un assassin d'enfant*, c'est pour vous.

Depuis que Ford avait abreuvé Finlay du récit de ses exploits – ou comment, grâce à lui, le Tueur Crématiste avait échappé aux griffes du féroce mais honorable Wolf – il refusait de répondre à moins qu'on ne l'interpelle par cette stupide périphrase. Il avait largement contribué aussi à bouleverser le programme de leur journée, en traînant les pieds pour quitter son magnifique dépotoir de Peckham. De sorte qu'ils étaient arrivés en retard sur le lieu du transfert et qu'ils rentraient à présent à la capitale pile aux heures de pointe.

Au moins, le lac valait le détour. Le rugissement de l'eau les avait accueillis dès leur descente de voiture. Le réservoir était impressionnant, d'autant que le soleil faisait miroiter sur des kilomètres cette étendue bleue ceinturée de forêts. Une passerelle métallique conduisait à ce qui ressemblait à la tour émergée d'un château maudit. Cette construction ronde en pierre, ornée de plusieurs fenêtres cintrées, était coiffée d'un joli toit pointu en tuiles turquoise, surmonté d'une girouette en fer.

De la passerelle, on pouvait admirer le large déversoir, destiné à réguler le trop-plein d'eau ; pareil à une gigantesque bonde, il semblait vouloir aspirer la tour vers les entrailles de la terre. Finlay et Wolf avaient profité un bon moment du paysage avant de prendre le chemin du retour.

Wolf bâilla bruyamment et se redressa sur son siège.

— Pas assez dormi la nuit dernière ? demanda Finlay.

Il veillait héroïquement à ne pas briser son serment, mais il était difficile de ne pas jurer au volant. Une Audi venait de lui faire une queue de poisson en arrivant à hauteur des feux de signalisation.

— Pour être honnête, je ne dors pas très bien ces temps-ci.

Finlay se tourna vers son ami.

— Qu'est-ce que tu fous encore là, fiston ? Casse-toi. Prends un avion et casse-toi.

— Pour aller où ? Ma tête d'abruti s'étale sur tous les journaux de la planète.

— J'sais pas, moi. La forêt amazonienne ? Le désert australien ? Tu pourrais attendre là-bas que les choses se tassent.

— Je ne veux pas vivre le restant de mes jours en regardant par-dessus mon épaule.

— Ouais, c'est pas faux, ça pourrait durer un moment.

— Si on l'attrape, ce sera fini.

— Et si on ne l'attrape pas ?

Wolf haussa les épaules, pris au dépourvu. Le feu passa au vert et Finlay redémarra.

Lorsqu'elle pénétra dans la salle de rédaction, Andrea eut droit à une standing ovation. Ses collègues vinrent lui tapoter l'épaule en marmonnant des félicitations tandis qu'elle se frayait un chemin jusqu'à son bureau. Bien qu'elle ait essayé de le nettoyer dans les toilettes de l'hôpital, son chemisier était encore taché du faux sang du vrai mort...

Rory occupait toutes ses pensées. Il était soumis, à intervalles réguliers, à des infiltrations pour contrecarrer les effets de l'acide qui continuait de lui grignoter les chairs presque huit heures après. Le spécialiste l'avait prévenue : Rory, le cameraman, perdrait sans doute le pouce de la main droite et, dans l'hypothèse où d'autres nerfs seraient attaqués, l'usage de son index.

Les applaudissements spontanés se dissipèrent un à un et Andrea prit place derrière son ordinateur. Le film montrant

Garland se consumer vivant tournait en boucle sur les écrans du plafond. La caméra que Rory avait lâchée pour secourir Garland avait continué d'enregistrer la scène. Le verre brisé de l'objectif ajoutait une « magnifique touche dramatique ». Elle détourna le regard, révoltée. Puis elle découvrit la note laissée par son patron :

Toutes mes excuses. Je dois y aller. Les séquences du meurtre : trop de la balle ! RDV lundi matin pour discuter de l'avenir – tu le mérites. Elijah.

Ce message évasif ne pouvait signifier qu'une chose : il s'apprêtait à lui offrir le poste de présentatrice du JT, le job de ses rêves. Pourtant, loin d'être aux anges, elle se sentait vidée. Elle ramassa distraitement une enveloppe kraft déposée dans sa panière à courrier et l'ouvrit. Quelque chose en tomba et atterrit sur son bureau. Andrea l'examina : un fin ruban métallique et une photo d'elle avec Rory, en train de sortir du ME London Hotel.
  Elle s'empara de son portable et envoya un SMS à Baxter. Ce second « communiqué » constituait une info capitale, et confirmait implicitement ses droits sur cette affaire. Mais elle glissa l'enveloppe et son contenu dans son tiroir qu'elle ferma à double tour.
  Elle en avait assez de marcher dans leurs combines.

Les bougies disposées au centre de la table en bois Ikea formaient un assemblage instable, périlleux, quelque part entre l'élan romantique et le risque d'incendie. Tia avait fait la fermeture du salon de coiffure, sachant qu'Edmunds serait rentré avant elle pour s'atteler – miracle – à la préparation du dîner. Constatant avec joie les efforts de son compagnon, elle avait rangé illico la barquette individuelle achetée plus tôt dans la journée. Tout était parfait, du vin blanc au dessert de chez Waitrose, à l'image des soirées qu'ils partageaient avant la nouvelle affectation d'Edmunds.

Il avait imprimé plusieurs dossiers sur des affaires non classées qu'il comptait bien étudier une fois que Tia serait couchée. Il les avait planqués au sommet d'un placard, dans la cuisine, là où elle ne les atteindrait jamais du haut de son mètre cinquante-deux. Au fil des heures il oublia leur existence, jusqu'à ce que la conversation dévie sur le sujet sensible de son métier.

— Est-ce que... tu y étais... ? commença-t-elle en caressant son ventre, quand ce pauvre homme...

— Non.

— Mais ta chef, elle y était ? J'ai entendu la *Commander* indienne citer son nom.

— Baxter ? Elle n'est pas vraiment ma chef. Elle est... enfin, si, je pourrais la considérer comme ma supérieure hiérarchique.

— Alors tu travaillais sur quoi quand c'est arrivé ?

Tia voulait à tout prix lui prouver qu'elle s'intéressait à son travail. Malgré la confidentialité à laquelle il était tenu, il n'avait pas le cœur à la vexer. Il décida d'évoquer l'aspect le moins important de l'enquête, ce qui permettrait à la fois de la contenter et de la rassurer sur le caractère banal de son rôle au sein de l'équipe.

— Tu as vu les photos de *Ragdoll* à la télé ? Eh bien, le bras droit appartenait à une femme.

— À qui ?

— C'est justement ce que j'essaie de savoir. Elle portait deux sortes de vernis à ongles, et je tiens là peut-être un indice pour établir son identité.

— Deux sortes de vernis sur une seule main ?

— Le pouce et trois des doigts étaient peints en Candy Crush – et je t'assure que j'ai mis du temps à retrouver la teinte exacte –, et le second est légèrement différent, mais je n'ai pas encore la référence.

— Tu crois réellement qu'un vernis à ongles peut te permettre d'identifier cette femme ?

— C'est tout ce que nous avons pour avancer, dit-il en haussant les épaules.

— Ce vernis... Il faut qu'il soit *très très* spécial, pas vrai ? Je veux dire... pour pouvoir vraiment te fournir une piste.

— *Très très* spécial ? Comment ça ?

— Je t'explique. On a une cliente, une vieille peau qui se prend pour une princesse. Elle vient au salon une fois par semaine pour sa manucure, et Sheri est obligée de commander pour *madame* un vernis rare, avec de minuscules feuilles d'or ou je ne sais trop quoi.

Edmunds écoutait Tia avec attention.

— On n'en vend pas partout parce qu'un flacon de vernis, déjà, c'est trop facile à piquer, et que celui-là coûte pas loin de cent livres.

Edmunds serra fébrilement le bras de sa compagne.

— T., tu es un génie !

Il se précipita sur Internet, à la recherche de vernis de marque ridiculement onéreux et fabriqués en série limitée, et tomba au bout d'une demi-heure sur la teinte la plus approchante : *Feu de Russie 347*, de Chanel.

Ils trinquèrent à cette bonne nouvelle.

— Regarde, le flacon a été mis aux enchères à la Fashion Week de Moscou de 2007 et vendu pour la modique somme de dix mille dollars, lut Tia par-dessus son épaule.

— Dix mille dollars ? Tu plaisantes ?

— Bah... c'était probablement pour financer une association humanitaire, un truc dans ce goût-là... Peu importe, mais y a fort à parier que des filles qui trimballent ce genre de vernis dans leur sac à main, il ne doit pas y en avoir des tonnes...

Le lendemain matin, Baxter recevait un SMS d'Edmunds lui proposant de le rejoindre à 10 heures à la boutique Chanel sur Sloane Street. Quand elle lui rappela qu'on la déchargerait de l'enquête le lundi, il répondit qu'on n'était que samedi matin.

Elle s'était rendormie après avoir éteint son réveil et était à la bourre. La veille, pour exorciser la mort atroce de Garland, elle n'avait eu envie de rien d'autre que de végéter chez elle, recroquevillée devant sa télé en sirotant deux bouteilles de vin.

Elle dut freiner à cause d'un fauteuil roulant qui lui fit perdre deux précieuses minutes, mais quand une des roues buta contre une plaque d'égout, elle en profita pour déboîter. Edmunds l'attendait un peu plus loin. Elle ne cessait de penser à sa théorie sur une potentielle taupe, sévissant dans l'équipe. Plus elle y réfléchissait, plus elle jugeait cette hypothèse absurde. Wolf ne pouvait, *d'évidence*, être soupçonné. Elle avait une confiance aveugle en Finlay, et Simmons risquait d'être sanctionné par sa hiérarchie pour l'avoir défendue. Quant à Edmunds, elle ne lui avouerait jamais, elle plaçait son entière confiance en lui.

Après lui avoir tendu un gobelet de café tiède, le jeune stagiaire lui expliqua par le menu la piste suggérée par Tia. Baxter apprécia qu'il s'adresse de nouveau à elle comme à la supérieure irascible qu'elle était. Il ne montrait aucune compassion comme la veille, quand elle en avait eu tant besoin, et le respect distant qu'il lui manifestait ce matin lui redonna de l'assurance.

Une des responsables de Chanel s'était déplacée de la boutique d'Oxford Street pour les accueillir. Elle se montra d'une efficacité redoutable et passa plus d'une heure au téléphone avec le service clients et les stocks. Elle finit par leur imprimer une liste de dix-huit commandes, dont sept comportaient des noms avec le détail des achats.

— Il y a eu d'autres ventes réalisées dans le cadre d'enchères, de levées de fonds pour des associations caritatives, de dotations, expliqua-t-elle. Nous conservons les coordonnées des personnes qui achètent régulièrement, et...

Elle s'arrêta en parcourant la feuille.

— Il y a un problème ? s'enquit Baxter.

— Mr Markusson. C'est un de nos fidèles clients d'Oxford Street.

Baxter lui prit la feuille des mains et vérifia ses coordonnées.

— C'est marqué qu'il vit à Stockholm.

— Il partage son temps entre Londres et Stockholm. Il vit avec sa famille à Mayfair où il possède une propriété. Je suis sûre et certaine que nous avons une adresse de livraison. Si vous voulez bien me laisser une minute, je vérifie...

La responsable rappela le magasin central.

— Quelles sont les probabilités pour que Mr Markusson soit à poil dans un sauna en Suède en ce moment même ? marmonna tout bas Baxter à Edmunds.

— Oh, aucune, mademoiselle, répondit la directrice qui avait plaqué le combiné contre elle par souci de discrétion, il est rentré hier.

Simmons s'était fait un point d'honneur de rester au bureau de Chambers. Plusieurs personnes étaient venues le déranger pour des demandes de congés et des permutations d'équipe, mais il n'avait accepté de gérer que les cas urgents, pour se concentrer sur son travail en cours.

La veille, sa femme n'avait pas apprécié d'apprendre qu'il risquait une rétrogradation. Il avait passé une bonne partie de la nuit à la rassurer quant au remboursement de leurs traites et à leurs prochains projets de vacances. Ils se débrouilleraient, ils l'avaient toujours fait.

Simmons s'était plongé dans la vérification fastidieuse de toutes les personnes qui avaient assisté au procès Khalid à partir de la liste établie par Edmunds. Ce qui impliquait de comparer, un à un, les noms avec le fichier des personnes disparues. Quoique moins convaincu qu'Edmunds par l'hypothèse rattachant les meurtres de l'affaire *Ragdoll* à Khalid, il poursuivait son pointage. Il n'avait rien de mieux comme début de piste.

Son attention commençait à faiblir quand, au cinquante-septième nom, il découvrit une correspondance. Il double-cliqua sur le rapport dans la base de données pour obtenir l'intégralité des éléments. Le dossier avait été créé par la *Met* le dimanche 29 juin, soit le lendemain de la découverte de *Ragdoll*. Ce devait être l'une de leurs trois victimes.

— Le fils de pute, marmonna-t-il.

Baxter et Edmunds grimpèrent le perron de la maison de ville à quatre étages dans le quartier arboré et animé de Mayfair.

Ils durent s'y reprendre à deux reprises avant qu'on ne vienne leur ouvrir : un homme au corps sec et musclé, une tasse de café à la main, un portable coincé entre l'oreille et l'épaule. Ses cheveux d'un blond très clair étaient longs mais bien peignés ; il portait un jean et une chemise de luxe. Les effluves épicés d'un après-rasage flottèrent autour d'eux alors qu'il les toisait avec impatience.

— Oui ?
— Monsieur Stefan Markusson ?
— C'est moi.
— Police. Nous aimerions vous poser quelques questions.

Contre toute attente, Markusson se révéla aimable et accueillant. Il les invita à entrer dans son incroyable demeure qu'on aurait pu qualifier de style « georgien futuriste ». Le salon comportait une immense baie vitrée ouvrant sur une terrasse en bois. Baxter songea à Rory – il aurait adoré. Si leur hôte les abandonnait quelques instants, elle prendrait des photos pour le cameraman.

Markusson renvoya à l'étage son adorable fillette blonde descendue par curiosité. Edmunds se demandait s'ils ne perdaient pas leur temps au moment où surgit la ravissante Mrs Markusson – munie de ses deux bras – pour leur proposer du thé glacé. Sachant d'expérience que les maris achètent rarement des cadeaux aussi extravagants pour leurs épouses, Baxter était persuadée qu'ils obtiendraient des réponses plus honnêtes de l'homme une fois que sa légitime aurait quitté la pièce.

— Eh bien, que puis-je faire pour vous aider ? demanda-t-il avec un accent prononcé.

— Nous avons toutes les raisons de croire que vous étiez à Moscou en avril 2007, déclara Baxter.

— Avril 2007 ? Oui, la fashion week... Ma femme nous traîne à toutes ces manifestations.

— Nous avons besoin d'un renseignement à propos d'une chose que vous auriez achetée lorsque vous étiez sur place... (Baxter s'interrompit, s'attendant à ce que l'homme se souvienne de son achat à dix mille dollars. Apparemment, non.) Un flacon de vernis Chanel ?

À cet instant, Mrs Markusson revint avec les verres et Baxter nota le regard gêné du mari.

— Si tu allais t'occuper de Livia, ma chérie ? dit-il en lui serrant affectueusement le bras, on doit bientôt sortir.

Ébahie, Baxter observa la jolie blonde s'éclipser avec docilité, mais Edmunds perçut chez elle un net changement d'humeur.

— Le vernis à dix mille, insista Baxter dès que la porte fut refermée.

— C'était pour une femme que je voyais quand je venais à Londres. À cette époque, je voyageais beaucoup, et on se sent très seul quand on...

— Franchement, pourquoi, comment, ça m'est égal, le coupa Baxter. Donnez-nous juste son nom.

— Michelle.

— Nom de famille ?

— Gailey, je crois. Nous dînions ensemble quand je descendais ici. Elle était dingue de tous ces trucs de haute couture, alors je lui ai fait ce cadeau.

— Comment vous êtes-vous rencontrés ?

Markusson se racla la gorge.

— Via un site de rencontres.

— Adopteunfriqué.com ?

Il frémit sous la pique, mais parut admettre qu'il la méritait.

— Michelle n'était pas avec moi pour l'argent ; c'était pour ça que je voulais lui offrir ce cadeau, expliqua-t-il. Pour éviter les complications, il me paraissait sage de fréquenter quelqu'un d'un statut social *très différent*.

— Mais bien sûr..., fit Baxter.

— Quand l'avez-vous vue pour la dernière fois ? enchaîna Edmunds.

Il gribouillait des notes comme à son habitude, mais en dégustant son thé glacé.

— J'ai cessé de la voir à la naissance de ma fille, en 2010.

— Comme c'est délicat de votre part..., ne put s'empêcher de railler Baxter.

— C'est vrai... je ne l'ai pas revue depuis. C'est drôle les coïncidences...

— Eh bien quoi ?

— J'ai pas mal repensé à elle la semaine dernière, sans doute à cause de tout ce raffut aux infos.

Les deux flics échangèrent un regard.

— De quoi parlez-vous ? demandèrent-ils de concert.

— Le mort du Tueur Crématiste, Naguib Khalid, c'est ça ? Michelle et moi, on en a beaucoup discuté la dernière fois qu'on a dîné ensemble. C'était une étape importante pour elle.

— Quelle étape ? firent-ils à l'unisson.

— Le fait qu'on lui ait attribué ce dossier. Elle était sa contrôleuse judiciaire.

21

Lundi 7 juillet 2014,
9 h 03

Wolf entra dans les bureaux du *Homicide and Serious Crime*, et ignora l'appel sur son portable de la secrétaire du Dr Preston-Hall. Il venait tacitement de la dessaisir du dossier Wolf. Dans la mesure où elle l'avait déjà déclaré inapte au travail, il n'avait aucune raison de gaspiller un temps précieux dans d'inutiles bras de fer avec cette virago.

De son côté, Simmons avait ses raisons de s'affranchir des recommandations de la psychiatre, suite à la mort prématurée et très médiatisée de Jarred Garland. Avec si peu de temps, et des chances aussi faibles, il ne pouvait pas prendre le risque de provoquer davantage le tueur. Le message adressé à Baxter, limpide, confirmait qu'il fallait laisser Wolf à la tête de l'enquête.

Pour Simmons, avoir sur le terrain un inspecteur instable représentait un « désavantage » qui l'emportait toutefois sur les conséquences des menaces larvées du tueur. Que sous-entendait sa lettre à Baxter ? Encore plus de victimes ? Un nouvel écart par rapport au macabre calendrier ? D'autres fuites dans la presse sur des informations sensibles ?

Jamais ils ne s'en sortiraient dans ces conditions.

Ironiquement, Wolf ne pouvait s'empêcher de ressentir une sorte de gratitude envers le salaud qui avait prévu de le buter d'ici une semaine : il lui avait au moins permis de garder son job. Comme quoi, songea-t-il, à toute chose malheur est bon...

Sur un coup de tête, il avait décidé de filer à Bath pour le week-end. Il avait à peine envisagé sa propre disparition, pourtant il éprouvait une furieuse envie de se retrouver dans l'atmosphère douillette de la salle à manger de son enfance, de se régaler du bœuf Wellington trop cuit de sa mère, et d'aller boire une pinte au pub du coin avec son plus vieux pote qui avait apparemment choisi de vivre, travailler et mourir dans un rayon de trois kilomètres autour de leur ancien collège.

Il avait même pris le temps d'écouter les vieilles histoires que lui rabâchait son père depuis des années, et il comprenait enfin pourquoi elles valaient le coup d'être racontées si régulièrement. Une seule fois, à la faveur d'un blanc dans la conversation, ses parents avaient brièvement évoqué les meurtres et la condamnation latente de leur fils. Son père n'avait jamais été du genre à paniquer. Ses parents en avaient discuté entre eux, profitant que Wolf se douchait (ils lui avaient fait remarquer ensuite qu'il avait utilisé beaucoup trop d'eau chaude). Ils en étaient arrivés à l'éternelle solution censée résoudre tous les problèmes de la vie : s'il voulait revenir, il avait toujours sa chambre au premier étage.

— Moi… ça m'étonnerait que ce gars, il veuille se taper le voyage jusqu'ici, avait grogné son père.

Autrefois, entendre de telles banalités aurait hérissé Wolf, mais pour l'heure, la remarque l'avait fait gentiment rire. Se méprenant, son père s'était fâché tout rouge contre ce fils qui moquait ses analyses.

— J'suis peut-être pas un monsieur-je-sais-tout de la capitale, mais ça veut pas dire que j'suis un crétin. (Pour une raison que Wolf ignorait, son père avait toujours haï la ville de Londres et se comportait différemment avec lui depuis qu'il avait quitté la « morne petite ville de Bath ».) Et cette saloperie de M4 ! Que des travaux et des radars tout du long !

Forcément, ça n'avait fait qu'augmenter l'hilarité de Wolf, énervant encore plus son père.

— William-Oliver ! l'avait réprimandé sa mère quand son époux était parti en colère à la cuisine se préparer une tasse de thé.

Il détestait cette façon qu'elle avait de l'appeler par ses deux prénoms. Comme si son prétentieux surnom n'était pas suffisant ! Elle avait tendance à croire que le trait d'union ferait oublier leur extraction modeste, tout comme le jardin impeccablement entretenu et la voiture achetée à crédit garée devant avaient pour mission de camoufler un intérieur vieillot et défraîchi.

Wolf avait fait toutefois quelques menues réparations dans la maison. Par chance, il avait été dispensé de celle de la fameuse clôture d'Ethel. Alors qu'il sondait le mur mitoyen, à moitié plié en deux, la voisine avait brusquement surgi pour l'incendier.

Il se sentait donc tout revigoré par son week-end en arrivant au boulot en ce lundi matin, jusqu'à ce que, d'un simple coup d'œil, il s'aperçoive des bouleversements.

La *commande*r semblait avoir réinvesti l'antre de Simmons, lequel paraissait squatter le bureau de Chambers et, dans la foulée, avoir hérité d'Edmunds, assis à ses côtés, un œil au beurre noir. Baxter, elle, était en grande conversation avec un inspecteur nommé Blake dont il était de notoriété publique qu'elle ne pouvait pas l'encadrer – et qui n'avait de toute façon aucun lien avec l'enquête *Ragdoll*.

Sur le paperboard de la salle de réunion, deux noms avaient été ajoutés, et Wolf trouva une note de Finlay le priant de le rejoindre à l'ambassade d'Irlande à la lisière de Belgravia, une fois qu'il en aurait fini avec sa psy. Il avaient pour mission de protéger Andrew Ford, alors même que Wolf se souvenait parfaitement de l'avoir laissé entre de bonnes mains au sud du pays de Galles…

Soucieux, il se dirigea vers Simmons, et remarqua qu'Edmunds avait, en plus d'un cocard, le nez cassé.

— Bonjour, dit-il l'air de rien, alors quelles sont les nouvelles ?

Madeline Ayers avait travaillé quatre ans pour Collins & Hunter, et c'est elle qui avait défendu Naguib Khalid pendant toute la durée de son très médiatique procès. Simmons avait immédiatement reconnu le nom sur le rapport du Bureau des personnes disparues. C'est Ayers qui avait conduit l'attaque la plus virulente et la plus souvent calomnieuse contre Wolf et le *Metropolitan Police Service*. Elle s'était fait un nom à coup de remarques désinvoltes et de citations controversées dans l'enceinte du tribunal, dont la fameuse suggestion faite à Wolf d'échanger son siège avec celui de son client.

Lire le nom d'Ayers sur cette liste confirmait qu'Edmunds avait vu juste depuis le début : ça concernait et ça n'avait toujours concerné que Khalid. Dès lors, l'envoi de policiers à son domicile de Chelsea n'avait été qu'une pure formalité pour confirmer que le buste mince et pâle qui tenait maladroitement les cinq autres parties en place était bien celui de l'avocate. Malgré cette avancée prometteuse et tragique à la fois, on ne comprenait toujours pas ce que venait faire là-dedans Michael Gable-Collins.

À peine trois heures plus tard, Baxter et Edmunds étaient revenus au bureau pour annoncer que la contrôleuse judiciaire de Khalid, Michelle Gailey, était bien leur cinquième victime – une identification réussie grâce à un vernis à ongles à dix mille dollars offert par un Suédois adultère et dispendieux. Bien qu'éclipsé par des affaires plus pressantes à l'époque, Khalid était sous le coup d'un retrait de permis de conduire, assorti d'un contrôle judiciaire sous la responsabilité de Michelle Gailey, quand il avait reconnu l'assassinat de sa dernière victime.

Des six morceaux composant *Ragdoll*, un seul demeurait non identifié. Quoique aucune des autres personnes présentes au procès n'ait été déclarée disparue, Simmons était désormais convaincu que cette ultime victime figurait là, sous son nez. Il avait recommencé ses recherches du début, résolu à contacter chaque personne de la liste ou au moins à s'assurer qu'elle avait été vue bien en vie depuis la découverte de *Ragdoll*.

À l'aube du dimanche matin, Rachel Cox terminait son service de nuit dans le pittoresque village gallois de Tintern. Cela faisait une bonne année maintenant qu'elle travaillait pour le *Protected Persons Service*, et c'était de loin le poste le plus agréable où elle ait été affectée. Le plus éprouvant aussi.

Andrew Ford passait la majorité de son temps soit à crier des obscénités à elle et sa collègue, soit à balancer tout ce qui lui tombait sous la main. Le vendredi soir, il avait failli déclencher un incendie après avoir tenté, en vain, d'allumer un feu dans le petit cottage au toit de chaume. Et le samedi après-midi, les deux agents du service de protection avaient dû user de la force pour l'empêcher de quitter la propriété.

Finlay avait pourtant prévenu Rachel, le jour du transfert sur le parking du réservoir – elle avait décliné ses conseils. À présent, elle étudiait sérieusement l'hypothèse d'aller en ville, dès qu'elle aurait dormi une heure ou deux, pour rapporter de l'alcool, dût-elle acheter de la gnôle de contrebande. Elle garderait ça pour elle – pas question d'en informer son chef – mais elle était désormais convaincue que cela rendrait plus supportables les nuits avec leur hôte irlandais.

Grâce au ciel, il avait capitulé vers trois heures du matin, et s'était endormi. Rachel veillait, assise à la grosse table en bois brut de la cuisine où régnait une douce chaleur. Seul le halo réconfortant de la lumière du couloir éclairait la maison. Rachel écoutait les ronflements réguliers de Ford et dressait l'oreille chaque fois qu'un son guttural annonçait une possible perturbation du sommeil. Pour rien au monde, elle n'aurait souhaité qu'il se réveille. Quand elle s'était sentie somnolente, elle s'était levée pour procéder à une tournée d'inspection du domaine, conformément aux directives.

Rachel marchait sur la pointe des pieds pour ne pas faire craquer le plancher. Elle avait déverrouillé aussi doucement que possible la lourde porte de derrière, et alors seulement, elle avait enfilé ses bottes pour s'aventurer dans le petit matin frisquet, baigné par les premières lueurs de l'aube. L'herbe était humide, l'air froid lui piquait les yeux. À présent tout à fait réveillée, elle regrettait de ne pas avoir pris sa veste.

Tandis qu'elle contournait le mur du cottage vers le jardin de devant, elle avait tressaillit en apercevant, près du portail, à une cinquantaine de mètres, une silhouette quasi fantomatique. Elle se tenait juste sous la fenêtre de la chambre où dormait sa collègue armée et savait qu'il lui suffisait d'appeler pour qu'en moins de vingt secondes, celle-ci la rejoigne. Mais Rachel ne voulait pas la réveiller inutilement. Par ailleurs, elle était sortie en oubliant sa radio sur la table de la cuisine, et n'avait aucune envie que ça se sache. Aussi avait-elle décidé de tirer ça au clair toute seule.

Elle s'était emparée de la lacrymo au poivre qu'elle gardait toujours sur elle, et dirigée vers la silhouette floue qui se détachait sur les collines rougeoyantes. La température semblait chuter au fur et à mesure que ses pas l'éloignaient de la maison, et sa respiration saccadée générait une petite buée blanche qui ajoutait à la scène une touche gothique.

Plus que quelques minutes, et le soleil surgirait derrière les ondulations de la ligne d'horizon. Avançant à pas de loup, Rachel n'était qu'à une dizaine de mètres de la silhouette, mais ne parvenait pas encore à en discerner les traits. Grande, fixant un point sur le portail, cette personne n'avait manifestement pas conscience d'être observée. Jusqu'à ce que Rachel aborde l'allée de gravillons, lesquels crissèrent sous ses bottes. L'inquiétante silhouette se retourna soudain dans sa direction.

— Puis-je vous aider ? demanda-t-elle avec assurance. (On l'avait formée à ne dévoiler son identité de flic qu'en dernier ressort. Elle se rapprocha.) Je répète, puis-je vous aider ?

Elle se reprochait d'avoir oublié sa radio, d'autant qu'elle était maintenant trop loin du cottage pour espérer alerter sa collègue. Elle regrettait amèrement ne pas l'avoir réveillée tout de suite. Face à elle, la silhouette restait immobile et silencieuse. Rachel se trouvait assez près pour percevoir son souffle rauque et de petits nuages de buée blanche, telle une fumée signalant un danger.

C'est alors qu'elle avait craqué, poussant un long cri d'appel à l'aide. La silhouette s'était mise aussitôt à courir.

— Coombes ! avait hurlé Rachel, tandis qu'elle se lançait à la poursuite de l'ombre, passant le portail en trombe pour s'engager sur le sentier en pente qui longeait la forêt.

À vingt-cinq ans, Rachel était une sprinteuse hors pair, la meilleure de sa fac. Elle réduisit sans mal l'écart entre eux, malgré la dénivellation et l'instabilité du sol. Il régnait un silence des plus étranges, seulement troublé par leurs respirations rythmées et le bruit de leurs foulées sur le terrain boueux.

— Police ! Arrêtez !

Le soleil se levait, la cime des arbres noirs se colorait d'or. Rachel pouvait désormais distinguer l'homme qu'elle traquait : baraqué, le crâne rasé, avec une profonde cicatrice dessus, en diagonale. Il portait de grosses bottes et un manteau noir, ou peut-être bleu marine, dans lequel s'engouffrait le vent.

Soudain, il avait bifurqué et sauté maladroitement par-dessus la barrière en fils barbelés qui ceinturait la forêt.

Rachel l'entendit pousser un cri de douleur, chuter puis se redresser avant de détaler dans le sous-bois. Elle se concentra sur l'endroit où il avait franchi l'obstacle et abandonna la traque. Parfois, sous l'effet de l'adrénaline, on oublie vite l'enseignement reçu. Là, elle se rendit compte qu'elle n'avait pour toute arme que sa gazeuse, et que l'imposante carrure de l'homme ajoutée à la densité de la forêt serait un avantage pour lui et un désavantage pour elle. En outre, elle avait récolté plus important…

Elle s'était agenouillée pour examiner le sang qui gouttait sur la pointe acérée du fil de fer. Elle n'avait aucun moyen de couper le barbelé, mais il était impensable de laisser cette preuve sans surveillance. Aussi avait-elle utilisé le mouchoir dans sa poche pour éponger un maximum de sang. Tout en gardant un œil sur la lisière de la forêt, elle avait remonté la colline escarpée.

Première arrivée au bureau le dimanche matin, Baxter découvrit le message du *Protected Persons Service*. Vingt minutes de procédures de contrôle et de vérification furent nécessaires avant qu'elle soit autorisée à parler à Rachel. Cette dernière lui fit un compte rendu détaillé de l'incident, sans omettre l'enveloppe kraft qui l'attendait à son retour, coincée entre les grilles du portail : dedans, une photo d'elle et sa collègue, en train de batailler avec Ford dans le jardin, devant le cottage, l'après-midi précédent.

Rachel et son supérieur s'étaient révélés à la fois compétents et minutieux. Ils avaient fait passer le bois au peigne fin par la police locale, baliser le sentier boueux pour le relevé d'empreintes. Le mouchoir taché de sang et le morceau de barbelé avaient été expédiés sans délai au labo de la scientifique au *Met*.

Il s'agissait de la première erreur du tueur, et ils avaient bien l'intention d'en tirer le maximum.

En attendant, Andrew Ford n'était plus en sécurité, de toute évidence, dans ce cottage. Simmons – qui ne parvenait toujours pas à joindre Wolf – avait chargé Baxter et Edmunds de le récupérer le temps qu'il mette en place un plan B. Après avoir téléphoné à plusieurs de ses contacts haut placés – qu'il devait à l'entregent de feu son ami Turnble –, il s'était entretenu avec l'ambassadeur d'Irlande.

Le choix de cette ambassade s'imposait de lui-même : des policiers armés du Groupe de Protection Diplomatique y stationnaient en permanence et toutes les procédures de sécurité y étaient respectées. Simmons avait été aussi transparent que possible avec l'ambassadeur, évoquant sans détour la personnalité difficile de Ford et son lourd problème d'alcool.

— Nous n'aurons donc pas à vérifier qu'il a bien un passeport irlandais ! avait ironisé le diplomate.

Il avait proposé ensuite que les agents du *Met* s'installent avec Ford au dernier étage du bâtiment jusqu'à ce que la situation soit résolue. Finlay eut le grand honneur d'être désigné pour passer la nuit de dimanche là-bas.

Edmunds était enfin rentré chez lui ce même dimanche soir, épuisé par un aller-retour au pays de Galles. Ils avaient laissé Ford dans les bras de Finlay, puis Baxter l'avait déposé devant son domicile.

— Fais gaffe à ce que le chat ne s'enfuie pas ! lui avait hurlé Tia alors qu'il franchissait le seuil.

— Le *quoi* ? dit-il en trébuchant sur un minuscule chaton tigré. T. ? Tu peux me dire ce qui se passe ?

— Il s'appelle Bernard, et il me tiendra compagnie pendant que tu seras au boulot.

— Un peu comme le bébé, en somme ?

— Le bébé n'est pas encore là, OK ?

Edmunds s'était dirigé vers la cuisine, le chaton cherchant à se faufiler entre ses jambes en quête de caresses. Tia était tellement aux anges qu'elle n'avait même pas pensé à lui reprocher son retard. Il lui avait donc épargné tout commentaire désagréable sur le fait qu'elle ne l'avait pas consulté – lui évitant, par là même de lui rappeler son allergie grave aux poils de chat.

Le lundi venu, Vanita avait pris en charge la direction de l'enquête, et Simmons s'était installé d'emblée au bureau de Chambers. Il attendait avec impatience de se fondre dans la partie opérationnelle de son équipe, et semblait se foutre des mesures disciplinaires qui lui tomberaient dessus une fois l'affaire réglée. Quant à Baxter, elle avait été réaffectée à des missions ordinaires.

Sa première affaire était une banale histoire de crime passionnel : une femme avait tué son mari infidèle à coups de couteau. Sans grand panache, avait-elle concédé. Il lui avait fallu se taper des heures de paperasse pour consigner les cinq secondes de résolution de l'énigme… Comme si cela ne suffisait pas, elle avait eu le bonheur de faire équipe avec Blake, un copain de l'odieux Saunders, qui avait toujours eu un faible pour elle. Baxter était une comédienne hors pair, et personne ne soupçonna un instant qu'elle ne pouvait pas le supporter.

Dans la salle de réunion, Simmons avait complété sa liste griffonnée sur paperboard :

1. TÊTE : Naguib Khalid, le « Tueur Crématiste »
2. TORSE : ? Madeline Ayers (avocate de Khalid)
3. BRAS GAUCHE : *bague en platine, cabinet d'avocats ?* – Michael Gable-Collins – *pourquoi ?*
4. BRAS DROIT : *vernis à ongles ?* – Michelle Gailey (contrôleuse judiciaire de Khalid)
5. JAMBE GAUCHE : ?
6. JAMBE DROITE : inspecteur Benjamin Chambers – *pourquoi ?*

A. ~~Raymond Turnble~~ (maire)
B. ~~Vijay Rana/Khalid~~ (frère/expert-comptable) – *Pas présent au procès*

C. ~~Jarred Garland~~ (journaliste)
D. Andrew Ford (agent de sécurité/alcoolique/emmerdeur) – *Policier de garde affecté au banc des accusés*
E. Ashley Lochlan (serveuse ou petite fille de neuf ans)
F. Wolf

Au matin, Edmunds avait totalement oublié que la famille s'était agrandie, et c'est alors qu'il s'apprêtait à partir au bureau que la mémoire lui était littéralement revenue d'un coup : il avait trébuché par inadvertance sur l'innocente peluche et s'était emplafonné tête la première dans la porte d'entrée.

Tia avait pris le parti du chaton agressé, et ordonné à son compagnon de « cesser d'effrayer cette pauvre bête **avec tout ce sang qui te coule du nez** ».

22

Lundi 7 juillet 2014,
11 h 29

À LA SECONDE où le signal ON AIR s'éteignit, Andrea ôta son micro, se précipita hors du studio, et retourna dans la salle de rédaction. Elijah avait programmé leur rendez-vous pour 11 h 35, et en grimpant l'escalier jusqu'à la mezzanine, elle n'avait toujours aucune idée de ce qu'elle lui répondrait s'il lui offrait bel et bien le poste dont elle avait toujours rêvé.

Lorsqu'elle avait accepté d'aider Baxter, c'était aussi avec la ferme intention de laisser derrière elle cette profession où régnait une compétition féroce. Sa tentative de rédemption s'était soldée par un flop monumental puisque la malheureuse opération avait généré l'effet inverse. Sa renommée et son influence journalistique avaient atteint des sommets. Dans son désir de se libérer de ce cloaque, elle n'avait réussi qu'à s'y embourber davantage.

Elijah surveillait son arrivée, et pour la première fois de sa vie, il lui ouvrit la porte avant qu'elle ait le temps de frapper, lui volant les quelques secondes dont elle aurait eu bien besoin pour se remettre les idées en place. Il sentait la transpiration, et des auréoles sombres se dessinaient sous ses aisselles. Il portait une chemise bleu ciel, si cintrée qu'elle semblait vouloir se déchirer au moindre effort. Quant à son pantalon noir serré, il accentuait encore son improbable silhouette.

Il lui proposa un de ses atroces expressos qu'elle déclina, puis il lui déclara d'une voix monocorde qu'il se laissait rarement impressionner, mais que là, elle l'avait bluffé. Une « véritable killeuse » ! Il ne l'en aurait jamais crue capable. Il appuya sur une touche de son ordinateur pour envoyer un graphique sur le rétroprojecteur derrière lui, et commença à débiter des chiffres sans même les regarder. Andrea se mordit les lèvres pour ne pas rire : la moitié du diagramme asymétrique avait glissé hors de la fenêtre, ce qu'il aurait pu aisément corriger s'il n'avait pas été vaniteux au point de ne pas daigner tourner la tête.

Elle décrocha quand il entreprit de la féliciter pour son excellent travail sur le meurtre de Garland, comme si c'était une émission de téléréalité millimétrée – or, d'un certain point de vue, c'était le cas. Alors que lui revenaient en mémoire des images du journaliste terrorisé, se débattant sans comprendre ce qui lui arrivait, Andrea entendit Elijah prononcer les derniers mots de son laïus :

— ... notre nouvelle présentatrice du JT en *prime time*.

Qu'elle ne réponde pas le laissa interdit.

— Tu as écouté ce que je viens de te dire ?

— Oui, dit-elle calmement.

Elijah se renversa dans son fauteuil, balança un chewing-gum dans sa bouche et hocha la tête, l'air blasé. Puis, il pointa un index condescendant vers elle. Pendant une seconde, Andrea fut tentée de le mimer.

— J'imagine ce que tu te dis, déclara-t-il en mâchouillant son chewing-gum, bouche ouverte. Tu te dis : *Est-ce qu'il s'attend vraiment à ce que je m'installe devant la caméra pour annoncer la mort de mon ex-mari ?*

Elle détestait qu'il se mette à penser à sa place, quoique, dans ce cas précis, il avait visé dans le mille.

— Eh ben, c'est comme ça, ma chérie ! C'est ce qui va rendre l'exercice tellement fascinant. Qui ira s'emmerder sur la BBC alors que sur notre chaîne, on pourra te regarder, toi, l'amour de sa vie, apprendre en direct la disparition de Wolf, ton cher ex-mari, puis... lire la dépêche à l'antenne ! Personne ne voudra manquer ça, sous aucun prétexte !

Andrea ricana et se leva.

— Tu es incroyable, souffla-t-elle.

— Je suis réaliste, mon chou. De toute façon, cette épreuve, tu vas devoir te la cogner. Alors pourquoi ne pas le faire devant une caméra et devenir en prime une star de l'info ? Oh, tu pourrais même le convaincre de réaliser une interview la veille. Ce serait si émouvant. Nous diffuserions vos adieux déchirants...

Andrea sortit comme une furie en claquant la porte du bureau derrière elle.

— Réfléchis-y ! lui cria-t-il. Je veux ta réponse d'ici le week-end !

Andrea était attendue au studio dans vingt minutes. Elle partit aux toilettes, vérifia qu'aucun WC n'était occupé, s'enferma dans l'un des box et éclata en sanglots.

Edmunds bâilla. Dans le labo vide où il attendait Joe, il s'était replié dans un coin exigu délimité par un frigo et une poubelle spéciale déchets hospitaliers, à savoir le plus loin possible de la grande chambre froide qu'il lorgnait par intermittence, tout en prenant fébrilement des notes.

Il avait veillé jusqu'à plus de trois heures du matin, à compulser les dossiers cachés en haut du placard de sa cuisine hors de portée de Tia – mais pas du chaton qui s'était agrippé aux rideaux pour grimper sur les meubles. Une importante déposition de témoin en avait fait les frais... Edmunds attendait midi avec impatience : il était crevé et affamé. Mais au moins, ses efforts avaient été récompensés : un cas avait attiré son attention.

— Waouh ! Bon sang, qu'est-ce qu'il vous arrive ? s'exclama Joe en entrant dans le labo.

— C'est rien, répondit Edmunds en se touchant le nez.

— Bon, aucun doute, c'est lui. Les trois photos ont été prises par le même appareil.

— Je vous en supplie, dites-moi que vous avez découvert quelque chose à partir du sang.

— Hélas non. Le tueur ne figure pas dans notre base de données.

— Ce qui signifie que nous ne l'avons jamais arrêté, murmura Edmunds comme s'il se parlait à lui-même.

Il pouvait à présent exclure de ses investigations une grande partie des affaires non classées qu'il étudiait.

— Groupe sanguin O positif.

— Le plus rare ?

— Le plus répandu. Pas de signe de maladie, aucune trace d'alcool ni de drogue. Couleur des yeux : gris ou bleu. Pour un serial killer aussi tordu, son sang est d'une banalité déconcertante.

— Alors vous n'avez rien ?

— Je n'ai pas dit ça non plus. Les empreintes de pas correspondent à du 46, et d'après le dessin de la semelle, il portait des rangers. Peut-être un militaire ?

Edmunds ressortit son carnet.

— L'équipe de techniciens de scène de crime a relevé de l'amiante, du goudron et de la peinture dans les empreintes qu'il a laissées. Il y avait aussi un niveau de cuivre, de nickel et de plomb plus élevé que dans la boue du sentier. Un entrepôt, peut-être ? Cherchez de ce côté-là.

— Merci, dit Edmunds en refermant son carnet.

— Hé, on m'a dit que vous aviez identifié le buste. Avez-vous réussi à savoir ce que représentait le tatouage ?

— Un canari s'envolant de sa cage.

Joe eut l'air surpris.

— Quelle drôle d'idée de vouloir le faire enlever.

— Elle avait dû se rendre compte que certains canaris méritent de rester en cage...

L'ambassade d'Irlande était un énorme bâtiment de cinq étages situé à l'angle d'une rue, et dont une partie des fenêtres donnaient sur les jardins de Buckingham Palace. En cette journée ensoleillée, Wolf franchit l'imposant portique en pierre où flottaient les drapeaux, puis pénétra dans le hall d'entrée. Un panneau indiquait la présence d'un escalier de secours via le sous-sol, où se trouvait le service des ordures ménagères.

À une époque, Wolf avait fréquenté nombre d'ambassades – pas par choix, non... Chaque fois, il en avait retiré la même impression : les hauts plafonds, les tableaux de peinture démodés, les miroirs à cadres dorés et ces canapés profonds qui semblaient perpétuellement inutilisés. C'était un peu comme rendre visite à un parent fortuné à la fois heureux de vous recevoir et heureux de vous voir partir avant que vous n'ayez cassé la porcelaine. L'ambassade d'Irlande n'échappait pas à la règle.

Wolf se soumit aux contrôles de sécurité, puis s'avança vers la magnifique cage d'escalier aux murs bleu-vert. On l'arrêta à trois reprises pour vérification, ce qu'il jugea de bon augure, et il atteignit le dernier étage, accueilli par la voix tonitruante d'Andrew Ford.

Wolf s'arrêta sur le palier pour contempler le palais de la reine de l'autre côté de la rue. Il sourit au policier en faction qui ne lui retourna pas son sourire, et entra. Finlay regardait tranquillement la télévision, tandis que Ford se trémoussait par terre comme un sale gosse.

La pièce, d'ordinaire, servait de bureau. Les ordinateurs et les placards de rangement avaient été empilés contre un mur pour offrir l'hospitalité à cet invité bien peu conciliant. Outre la télévision, on avait installé à la dernière minute un lit de camp, une bouilloire et deux canapés.

Fidèle à lui-même, Ford avait dormi devant la télé, sur un des sofas en cuir : l'immonde duvet constellé de trous de cigarette y était étalé. Quelle étrange vision que cet homme repoussant, aigri, dans un cadre si décadent. Wolf avait du mal à comprendre pourquoi, de toutes ses maigres affaires, Ford avait choisi d'emporter ce duvet immonde.

— Wolf ! s'écria-t-il, tout joyeux, comme s'ils étaient de vieilles connaissances.

Assis sur l'autre canapé – sans duvet –, Finlay salua l'arrivée de son ami d'un geste.

— Ça donne quoi la cohabitation ?

— J'ai promis de ne plus jurer, donc impossible de te répéter ce qu'il a dit. Mais ça n'était pas amical, commenta Finlay.

Ford se releva et Wolf remarqua qu'il tremblait. L'Irlandais se précipita au carreau pour scruter la rue.

— Il va venir, Wolf, je le sens, il va venir me tuer.

— Le tueur ? Eh bien... mais non... Il ne va pas le faire.

— Si, bien sûr que si ! Il le sait, hein ? Il savait où j'étais planqué, pas vrai ? Et il sait où je suis en ce moment.

— Il le saura si vous restez planté devant cette fenêtre. Allez vous asseoir.

Ford s'exécuta. Finlay suivit du regard celui qui avait transformé les dix-sept dernières heures de sa vie en un cauchemar éveillé. Wolf prit place à ses côtés.

— T'as bien dormi ?

— Je vais le tuer de mes propres mains s'il continue à se conduire de cette façon, gronda son ami.

— Il l'a bu quand, son dernier verre ?

— Tôt ce matin.

Wolf connaissait d'expérience les effets du manque sur un grand alcoolique. Les crises d'angoisse de Ford et les premières manifestations du syndrome du delirium tremens n'auguraient rien de bon.

— Il a besoin de boire.

— Tu te doutes bien que j'ai demandé, bougonna Finlay, mais l'ambassadeur ne veut rien entendre.

— Pourquoi tu te ferais pas une pause ? proposa Wolf. Je suis sûr que tu meurs d'envie de fumer.

— C'est moi qui vais *mourir* ! s'époumona Ford sur l'autre canapé.

Les deux flics ne lui adressèrent même pas un regard.

— Et tant que tu y es, rapporte-nous de la... *limonade*, suggéra Wolf à son ami, d'un air entendu.

Simmons passa devant le nouveau bureau de Vanita, un café à la main.

— *Chaachaaa chod*, chuchota-t-elle, son insulte préférée en hindi.

À cause de lui, elle avait dû se coltiner en une matinée tout le travail en retard et le courrier en retard. Elle ouvrit le mail suivant : une mise à jour sur l'affaire *Ragdoll* adressée à tous ceux qui étaient impliqués de près ou de loin dans l'enquête. Le nom de Chambers figurait encore dans la liste des destinataires. Elle soupira. Simmons avait bien désactivé son badge d'accès au bâtiment après l'annonce de sa mort, conformément à la procédure, mais personne n'avait songé à le retirer des listes de distribution sur la messagerie.

Impensable de laisser apparaître le nom d'un collègue décédé sur leurs si fréquentes mises à jour, songea Vanita. Elle tapa rapidement une note au service informatique afin que soit supprimé des listings le nom de Chambers.

Simmons et Edmunds travaillaient en silence depuis plus d'une heure, à cinquante centimètres l'un de l'autre. Le jeune stagiaire se sentait plus détendu en présence de son irascible patron. Ses trois mois aux côtés de Baxter l'avaient sans doute endurci, mais il reconnaissait que la sérénité avait ses avantages aussi. Deux professionnels absorbés dans leur boulot, œuvrant avec efficacité, sagacité, dans un respect mutuel.

Simmons se tourna vers Edmunds.

— Faites-moi penser à vous commander un bureau.

— Bien, monsieur.

Après ce bref échange, le silence devint moins serein.

Simmons s'échinait toujours sur d'interminables vérifications des quelque quatre-vingts personnes liées au procès. Après un premier survol de la liste, il n'en avait biffé que vingt-quatre, puis il avait tout repris depuis le début. Il était sûr et certain désormais qu'une fois cette dernière victime identifiée, le puzzle serait complet.

Edmunds, à qui revenait cette idée, ne se souvenait plus très bien quand ni comment l'inspecteur principal avait repris à son compte cette partie de l'enquête, mais il n'envisageait pas de le questionner à ce sujet. Il avait écopé de son lot de vérifications lui aussi, qui consistait à chercher les éléments communs entre les victimes de *Ragdoll* et Naguib Khalid.

Bien que la connexion avec Chambers ou Jarred Garland ne soit pas encore établie, il imaginait sans peine la kyrielle d'ennemis qu'un policier et un journaliste avaient pu se forger au fil des ans. Edmunds décida de se concentrer plutôt sur Michael Gable-Collins, le maire Turnble, et la serveuse Ashley Lochlan.

Un lien existait forcément entre toutes ces personnes, mais rien à faire : même en sachant que Khalid était la clé du problème, impossible de découvrir la signification de cet ensemble.

Baxter enquêtait sur une scène d'agression sexuelle qui avait eu lieu dans une impasse à deux rues du domicile de Wolf – il habitait vraiment un quartier pourri. Elle avait refusé de grimper dans une benne à ordures pour y rechercher des indices, du coup, Blake lui avait demandé à la place d'interroger des témoins. Mais son esprit était ailleurs, avec Wolf et Finlay retranchés dans l'ambassade d'Irlande, à un jour et demi de l'échéance fatidique. Edmunds aussi lui manquait. Elle s'était tellement habituée à l'avoir derrière elle, tel un chiot docile, qu'elle s'était surprise à aboyer un ordre le matin même – pour rien, à part peut-être le souvenir.

Elle s'ennuyait ferme. C'était une chose horrible à admettre, car elle bossait sur la plus horrible des épreuves qu'une jeune femme puisse traverser. Mais c'était un fait : elle se faisait royalement chier. Elle repensait à sa sensation de désespoir absolu quand Garland agonisait à quelques mètres d'elle. Elle se revoyait lui tenir la main, lui assurer qu'il s'en sortirait, écouter l'infirmière lui annoncer son décès...

Il lui fallait de l'adrénaline. Et même si cette journée au ME avait été la pire de sa vie, elle accepterait de la revivre si on lui donnait l'occasion. Qu'est-ce qui n'allait pas chez elle ? Ces souvenirs atroces qui la hantaient étaient-ils préférables à pas de souvenirs du tout ? Avoir peur, être en danger, était-ce mieux que rien ? Le tueur se posait-il lui aussi ce genre de questions pour justifier ses atrocités ?

Effrayée par la nature de ses pensées, Baxter reprit son travail.

Wolf et Finaly étaient scotchés devant l'émission *Top Gear*, le volume au minimum, tandis que Ford ronflait bruyamment sous son duvet. Il s'était écroulé après une bouteille et demie de « limonade », offrant aux deux flics une heure de béatitude.

— Thomas Page, marmotta Finaly aussi bas que possible.

— Pardon ?

— Thomas Page.

— Un salaud. Il m'a pété...

— Deux dents sur une scène de crime quand tu étais stagiaire. Je sais.

— Il se mettait toujours en rogne.

— Et toi, tu la ramenais tout le temps.

— Pourquoi tu me parles de lui ?

— Hugh Cotrill.

— Un branleur, cracha Wolf, manquant réveiller Ford. Ma première arrestation pour vol qualifié. C'est ce connard de magouilleur qui l'a fait relâcher.

— Il faisait son boulot, répliqua Finlay avec un sourire, cherchant sciemment à contrarier son ami.

— Ce con s'est fait piquer sa montre par son propre client ! Où tu veux en venir ?

— Là où j'veux en venir, Wolf, c'est que tu as plein de qualités, mais que le pardon n'en fait pas partie. Tu es un rancunier de première. Je suis sûr que tu m'en veux à mort pour une chose ou une autre, que j'ai dite ou faite.

— Que tu as dite. Oui, c'est vrai.

— Cette épave, là-bas, ne m'est vraiment pas sympathique, tant s'en faut. Mais toi, tu dois *réellement* le haïr. Il t'a brisé le poignet en trois endroits, c'est ça ?

Wolf hocha la tête.

— Et il a certainement sauvé la vie de Khalid.

— D'accord... Je me répète : où tu veux en venir ?

— À rien en particulier. Je souligne juste l'ironie de la situation. Tu es chargé de protéger un homme, et je ne crois pas une seconde que tu te soucies de le garder en vie.

— Tu as raison sur un point, murmura Wolf, un instant distrait par la télévision, il y a une ironie certaine à cette situation. Je me retrouve dans la position de vouloir sauver ce sac à m... (Wolf ne prononça pas le mot de cinq lettres, Finlay lui en fut reconnaissant.) Ce mec plus que tout, parce que si on arrive à sauver *sa vie*, alors peut-être qu'on pourra sauver *la mienne*.

Finlay acquiesça et donna une tape amicale à son coéquipier, avant de s'en retourner au sport automobile.

23

―――

Mardi 8 juillet 2014,
6 h 54

— Laissez-moi partir ! hurlait Ford tandis que Wolf, Finlay et un policier du Groupe de Protection Diplomatique l'empêchaient manu militari de sortir de la pièce. Vous êtes en train de me tuer ! Vous êtes en train de me tuer !

En pleine crise de panique, l'homme décharné, à la peau jaunâtre, se révélait bien plus costaud que prévu. Même en s'y mettant à trois, ils eurent du mal à le tirer en arrière du seuil du bureau. Ils durent le porter mais il battait violemment des jambes et agrippait le montant de la porte. En fond sonore, Andrea s'adressait aux téléspectateurs tandis que le décompte des heures défilait au-dessus de sa tête. Après qu'elle eut donné l'antenne à un journaliste sur le terrain, Wolf fut horrifié de se voir à l'écran, avec ses deux collègues, en train de maîtriser Ford.

Il faillit lâcher prise en cherchant des yeux la caméra qu'il aperçut entre les mains d'un pauvre malade, dangereusement penché à la fenêtre d'un immeuble avoisinant. Fort judicieusement, le policier du Groupe de Protection Diplomatique avait appelé du renfort par radio, et deux hommes armés firent irruption dans le bureau.

— Baissez les rideaux ! leur cria Wolf.

Les deux agents jetèrent un bref coup d'œil à la télévision et comprirent. L'un d'eux se précipita vers les fenêtres et le second encercla de ses bras les jambes de Ford. Lequel s'avoua vaincu et éclata en sanglots.

— Vous êtes en train de me tuer ! répéta-t-il.

— Virez-moi ces journalistes, ordonna Wolf aux deux agents qui repartirent aussitôt.

— Vous êtes en train de me tuer !

— La ferme ! beugla Wolf.

Il fallait qu'il parle à Simmons. Il n'avait aucune idée de leur marge de manœuvre à retenir ainsi Ford contre son gré. À cause de l'intrusion de ce cameraman intrépide, ils pouvaient tous être inculpés de coups et blessures. Wolf ne se faisait pas beaucoup d'illusions sur la réaction de Vanita, uniquement soucieuse de l'avis des relations publiques et de protéger ses arrières. Seul Simmons savait comment les choses se déroulaient dans la vraie vie.

Une demi-heure plus tard, Wolf appelait son patron, arrivé très tôt au bureau. À la différence de Garland qui les avait menacés de refuser leur protection, Ford ne pouvait être considéré comme étant « en pleine possession de ses moyens » selon Simmons. C'est donc dans son intérêt que la police se voyait obligée de le placer provisoirement en détention.

Certes, c'était là une zone floue et, dans le meilleur des cas, ils se raccrochaient aux branches comme ils pouvaient. La procédure les obligeait en plus à présenter Ford à un médecin, mais après l'incident Elizabeth Tate, Wolf ne permettrait à personne de l'approcher.

L'ambassadeur avait vu le journal télévisé. Wolf ne l'épargna pas – usant d'une mauvaise foi dont il s'excuserait plus tard auprès de cet homme d'influence si hospitalier. Sur le moment, Wolf accusa son personnel d'avoir vendu l'information à la presse et exigea que toute la lumière soit faite sur ces fuites.

Harassé et irritable après cette nuit avec Ford, il avait déchargé sa colère sur la mauvaise personne. C'est Andrea qui avait mis en danger la vie d'autrui dans sa course à l'audience. Cette fois, il ne la laisserait pas s'en tirer aussi facilement. Il ferait en sorte de la tenir pour responsable si quelque chose arrivait à ce type.

Simmons avait suggéré de faire héberger Ford ailleurs, mais Wolf s'y opposa. La moitié des journalistes de la capitale avait élu domicile sur le trottoir en face de l'ambassade.

D'ailleurs, un bourdonnement s'infiltrait sans discontinuer par les fenêtres entrouvertes – même au téléphone, Simmons pouvait l'entendre. Impossible donc de déplacer Ford sans l'exposer aux badauds et à l'activité frénétique des médias. Sans compter que l'ambassade était un bâtiment sécurisé et le meilleur endroit pour garantir sa protection.

Quand Wolf revint dans la pièce, Ford discutait tranquillement avec Finlay. Il semblait résigné et digne, bien loin de son état d'hystérie, à peine une demi-heure plus tôt.

— Vous ne faisiez que votre travail, affirmait Finlay. En vertu de quoi auriez-vous pu laisser quelqu'un déclaré innocent par la cour être battu à mort sans vous interposer ?

— Vous êtes pas sérieux ? Vous essayez de me dire que j'ai bien agi ? Vous le pensez vraiment ? ricana Ford.

— Non, je vous explique que c'était la seule chose que vous pouviez faire.

Wolf repoussa la porte tout doucement ; il ne voulait pas interférer dans cet échange fascinant.

— Si vous n'étiez pas intervenu, reprit Finlay, Khalid serait peut-être mort, et jamais personne n'aurait su qu'il était le Tueur Crématiste, et Will, ici présent, – il fit un geste vers lui – aurait passé vingt-cinq années de sa vie en prison.

— Une petite fille a été tuée, répondit Ford, les larmes aux yeux.

— Oui, et un homme bon a été sauvé d'une injustice. Je ne suis pas en train de justifier le fait que garder Khalid en vie ait été une bonne chose, je veux juste vous dire… Voilà, c'est la vie, c'est comme ça…

Finlay sortit un vieux jeu de cartes qu'il trimballait toujours sur lui et les distribua en trois tas. Ses arguments semblaient avoir apaisé non seulement l'homme à l'attitude si imprévisible, mais Wolf également. Il avait ressassé sans cesse les effets désastreux de ce jour terrible, sans jamais en envisager les aspects positifs. Il vint s'asseoir à leurs côtés.

Il ramassa ses cartes et scruta Finlay. Après des années à jouer avec lui, il le savait fieffé tricheur. Ford examina son jeu et fondit en larmes, ce qui n'était pas le visage le plus impassible qui soit.

— Personne n'a de trois ? demanda Finlay.

— Tu peux toujours courir, rétorqua Wolf.

Blake avait à la fois une vessie capricieuse et un goût immodéré pour l'Earl Grey. Edmunds était parvenu à cette conclusion la veille, en observant ses allées et venues continuelles. Il attendit que Blake ait dépassé son bureau (et donc celui de Simmons) pour pouvoir se lever et foncer vers

Baxter, au fond de l'open space. Il avait deux minutes devant lui.

— Edmunds, mais qu'est-ce que vous foutez ? fit-elle à voix basse, en le voyant s'accroupir pour ne pas attirer l'attention.

— Quelqu'un a averti la presse et maintenant le tueur sait pour l'ambassade.

— Je ne suis pas autorisée à discuter avec vous de l'enquête.

— Vous êtes la seule en qui j'aie confiance.

Baxter s'adoucit. Tout le monde la traitait comme une lépreuse depuis le fiasco Garland. Ça lui mettait du baume au cœur qu'une personne au moins l'estime encore.

— Vous pouvez tous leur faire confiance là-dessus : n'importe qui aurait pu baver au sujet de l'ambassade, aussi bien le Groupe de Protection Diplomatique que le personnel, ou juste le quidam d'un immeuble voisin. Il faut laisser tomber. Filez d'ici avant de me créer des ennuis.

Edmunds retourna en courant à son bureau. Juste avant que Blake ne revienne avec une tasse fumante à la main.

En début d'après-midi, Simmons avait éliminé quarante-sept des quatre-vingt-huit noms de sa liste tandis qu'Edmunds continuait à explorer des connexions possibles entre les victimes. Les contrôles habituels n'ayant rien donné, il en revint aux méthodes du service de la répression des fraudes, et emprunta les mots de passe d'un ancien collègue pour accéder à des logiciels spécialisés.

En un quart d'heure, il avait mis le doigt sur quelque chose, et sauta de joie sur sa chaise – Simmons frôla l'infarctus. Ils se rendirent dans la salle de réunion pour discuter loin des oreilles indiscrètes.

— Ashley Lochlan ! lança Edmunds avec excitation.

— La prochaine victime ? Qu'est-ce que vous avez sur elle ?

— En 2010, elle était mariée et s'appelait Ashley Hudson.

— On aurait dû le savoir ?

— On le savait, mais les ordinateurs ne détectent pas un second compte en banque lorsque le nom est différent et qu'il n'a été ouvert que depuis dix mois. Or, le 5 avril 2010, elle a déposé deux mille cinq cents livres sur son compte bancaire Hudson, expliqua Edmunds en tendant une feuille imprimée à Simmons.

— C'est vers cette date qu'a débuté le procès.

— J'ai suivi cette piste. Ashley gagnait modestement sa vie dans un pub. Quinze jours plus tard, elle déposait deux mille cinq cents autres livres à la banque.

— Intéressant.

— Suspect, corrigea Edmunds. J'ai passé en revue les comptes de nos autres victimes sur cette période et j'ai découvert deux retraits de ces mêmes montants réalisés par Mr Vijay Rana.

— Pourquoi le frère de Khalid aurait-il filé cinq mille balles à une barmaid ?

— C'est ce que je m'apprête à lui demander.

— Allez-y. Excellent travail, Edmunds.

À 16 heures, Wolf entendit devant leur porte les bruits étouffés de la relève. Ils avaient éteint la télé après l'incident du matin – acte d'ordre symbolique, vu la marée de curieux, les voitures de police et les hordes de journalistes qui affluaient sous leurs fenêtres.

Hormis un ou deux brefs dérapages, Ford faisait des efforts pour conserver son calme, donnant à ses deux chaperons une idée de l'homme qu'il avait dû être autrefois.

Ce qui le rendait combatif, c'était plutôt la foule avide de sang qui attendait en bas.

— J'ai déjà laissé un serial killer foutre ma vie en l'air, je ne vais pas en laisser un autre la bousiller définitivement.

— Voilà qui est bien dit, l'encouragea Finlay.

— Je reprends le contrôle, dit Ford, et pas plus tard qu'aujourd'hui. Ce jour en vaut bien un autre.

Par précaution, ils avaient refermé toutes les fenêtres, et tiré tous les rideaux. La pièce était étouffante, malgré le ventilateur qu'on leur avait apporté. Wolf déboutonna les manches de sa chemise et les remonta, dévoilant la brûlure sur son bras gauche.

— Qu'est-ce qui s'est passé ? lui demanda Ford.

— C'est rien.

— Il a été blessé quand le maire s'est..., commença Finlay.

— Vous prenez un gros risque tous les deux, rien qu'en étant à côté de moi, hein ? Pour ce qu'on en sait, ce gars pourrait utiliser un lance-roquettes pour nous atteindre.

Finlay croisa le regard de Wolf avec inquiétude. Une telle hypothèse ne les avait pas effleurés.

— Je n'en n'ai plus pour longtemps, de toute façon, plaisanta Wolf, scrutant dehors entre les deux rideaux.

— Je ne veux pas que vous soyez blessé à cause de moi.

Wolf observait un groupe de trois personnes depuis cinq minutes. Ils se tenaient à l'écart du reste des badauds et semblaient attendre quelque chose. Deux d'entre eux portaient un grand sac en toile, qu'ils déposèrent au milieu de la rue fermée à la circulation. Ils en sortirent des masques d'animaux qu'ils attachèrent à leur visage. Six autres individus les rejoignirent, sans doute de la même bande.

— Finlay ! Tu peux contacter les policiers qui sont dans la rue ?

— Oui. Qu'est-ce que tu vois ?

— Des emmerdes.

Masque de Singe et masque d'Aigle farfouillèrent dans le sac à la recherche de quelque chose. Puis ils se frayèrent un chemin à travers la foule et se glissèrent sous la rubalise.

— Tueur d'enfant ! hurla l'un.

— Le sauveur du Tueur Crématiste ! s'écria l'autre – une voix de femme.

Les agents de police s'interposèrent rapidement pour contraindre les deux contrevenants à repasser sous le ruban. Mais les sept autres s'étaient attardés derrière et attiraient l'attention des médias en sortant des banderoles, des pancartes et un mégaphone du sac en toile. Une femme enfila un masque de requin avant de s'époumoner :

— Andrew Ford mérite ce qui lui arrive ! S'il n'avait pas sauvé le Tueur Crématiste, Annabelle Adams serait encore en vie !

Wolf jaugea la réaction de Ford : étonnamment, il restait assis, calme, malgré les insultes. Finlay alluma la télé, choisit un dessin animé et monta le volume. Wolf songea que cette pièce immense devenait aussi lugubre tout à coup que le logement sordide de Ford.

— Épargne le Diable et Dieu te punira !

Les manifestants répétaient leur slogan en une mélopée faussement religieuse. Un journaliste tendit son micro vers l'un d'eux, tandis que le meneur insinuait que Ford était « de mèche avec Khalid depuis le début ».

— Est-ce que ce vous avez eu droit à ce genre de choses par le passé ? demanda Wolf sans détacher ses yeux de la foule menaçante en contrebas.

— Jamais avec cette ampleur, murmura Ford, déboussolé, et il se mit à fredonner : Épargne le Diable et Dieu *me* punira !

Des voitures de police avaient pris position près des manifestants qui ne pouvaient être dispersés tant qu'ils restaient calmes. Wolf fit signe à son ami de le rejoindre.

— Tu crois que c'est lui qui est derrière tout ça ? lui chuchota Finlay, comme s'il lisait dans ses pensées.

— J'en sais rien, mais ça sent pas bon.

— Tu veux que je descende tâter le terrain ?

— Non, tu t'occuperas mieux de lui que moi. J'y vais.

Wolf contempla une dernière fois l'attroupement de gens masqués, puis se dirigea vers la porte.

— Wolf, lui lança Ford, *reprenez le contrôle.*

Le flic sourit poliment à l'étrange injonction, sans trop comprendre. Au moment où il atteignait le rez-de-chaussée, il reçut un appel d'Edmunds qui le briefa sur Ashley Lochlan.

— Wolf, je l'ai contactée mais elle ne veut parler à personne d'autre que vous.

— Suis pas mal occupé, là...

Il venait à peine de franchir le seuil qu'une nuée de journalistes fondit sur lui. Finalement, il aurait mieux valu que Finlay descende à sa place. Ignorant les gens qui l'interpellaient par son nom, il se faufila sous la rubalise et traversa la foule en direction de la mélopée.

— C'est important, insista Edmunds au téléphone. Elle est peut-être en mesure de nous livrer la connexion entre vous tous. On aurait une chance de remonter la piste de celui qui veut votre peau.

— OK. Envoyez-moi son numéro par SMS. Je lui téléphone dès que je peux.

Il raccrocha. Un cercle s'était formé autour des perturbateurs. Vus de près, leurs masques – à l'effigie de célèbres personnages de dessins animés – faisaient froid dans le dos. Des voix venimeuses s'élevaient derrière des sourires cruels et figés, des yeux haineux brillaient à travers deux fentes noires. Le plus intimidant des manifestants, à la fois par sa carrure et son comportement, portait un masque de loup, évoquant Wolfie, le loup de Tex Avery. L'homme brandissait sa pancarte bien en l'air et scandait le refrain avec hargne. Wolf remarqua qu'il boitait légèrement. Peut-être à cause d'une balle en caoutchouc reçue dans l'arrière-train... ?

Wolf prit soin de ne pas le provoquer, et se tourna vers masque de Requin qui poursuivait sa diatribe, la bouche collée au mégaphone. Il lui arracha l'appareil et l'envoya valser contre le mur où il se brisa avec un sifflement suraigu. Les caméras de télévision n'en perdaient pas une miette.

— Hé, vous, ça va pas ? cria la femme d'une voix redevenue normale. Attendez... Vous êtes pas... cet inspecteur... ?

— Qu'est-ce que vous foutez ici ?

— Nous manifestons.

Wolf sentit un changement d'attitude chez elle.

— Nom de Dieu, détendez-vous un peu ! dit-elle en ôtant son masque. En fait, j'en sais rien. Aucun de nous ne le sait. C'est ce site, vous savez, où on vous propose par exemple l'organisation de flashmobs, ou bien des rassemblements de filles près de l'hôtel pour faire croire à la célébrité de tel boys band. Aujourd'hui, on devait mettre en scène une manif.

— Le nom de ce site ?

Elle lui tendit un flyer détaillé.

— On nous les a distribués à la sortie de la fac.

— Vous êtes payés pour faire ça ?

— Évidemment. Sinon personne ne viendrait.

— Vous sembliez pourtant très concernée par le problème.

— Hé, ça s'appelle jouer la comédie. Je récitais mon texte.

Wolf était conscient du nombre de gens qui assistait à cette scène. Dans un monde idéal, il ne l'aurait jamais interrogée en direct à la télé.

— Comment êtes-vous payés ?

— En liquide. L'argent était dans le sac. Cinquante livres chacun. Et puisque vous allez me poser la question, on avait tous rendez-vous près d'une tombe au Brompton Cemetery. Le sac nous y attendait.

— De qui ?

— Le sac de qui ?

— Non, la *tombe* de qui ?

— De celle que j'ai citée… Annabelle Adams.

Wolf dissimula sa surprise de son mieux.

— Bon, ce sac et tout son contenu sont saisis dans le cadre d'une enquête criminelle, cria-t-il en donnant un coup de pied dans le fourre-tout en toile, on y va !

Des plaintes et des insultes fusèrent, mais la bande obtempéra : ils balancèrent par terre leurs pancartes, banderoles, et fiches aide-mémoire en un tas informe.

— Et les masques, gronda Wolf avec impatience.

Un à un, ils rendirent chacun des six masques colorés. Deux des manifestants rabattirent instinctivement leurs capuches, pour conserver l'anonymat jusqu'au bout, même si, techniquement parlant, ils n'avaient rien fait de mal.

Wolf se tourna pour exiger du dernier manifestant qu'il retire son masque de Loup. Celui-ci poursuivait son petit numéro, psalmodiant le slogan à tue-tête, tapant sur le sol en mesure comme s'il marquait son territoire. Wolf lui barra le chemin. Le Wolfie, à la large carrure, qui se pourléchait les babines, le bouscula.

— Je vais avoir besoin de cette pancarte, dit-il en désignant celle où était inscrite la phrase chantonnée.

Wolf fit un pas en arrière pour éviter un nouveau choc, tout en se préparant au pire. Voilà ce qui correspondait au profil typique du type qui répond à une annonce, se planque derrière l'anonymat d'un masque, et tire le meilleur parti de ces cohues pour commettre des vols, des actes de vandalisme ou exprimer une violence gratuite.

Il n'hésiterait pas à arrêter le voyou, lequel venait de se rapprocher à quelques centimètres de son visage. Wolf n'était pas habitué à se mesurer à un homme de corpulence égale, et recula légèrement en reniflant l'odeur rance, mélange de médicament et de renfermé, qu'exhalait la peau de son adversaire. Les yeux bleus le regardaient fixement comme s'ils faisaient partie intégrante du masque.

— Ça suffit, maintenant. Donnez-moi cette pancarte, ordonna Wolf sur un ton qui aurait effrayé n'importe qui.

Il maintenait le contact visuel.

L'homme tourna la tête, tel un animal se préparant à le défier. Wolf sentait les caméras pointées dans leur direction, guettant l'escalade. Soudain, l'homme balança sa pancarte sur le bitume.

— Le masque aussi.

L'homme ne montrait aucun signe de vouloir obtempérer.

— Le masque, répéta Wolf.

Cette fois, c'est lui l'inspecteur qui s'approcha, si près que son nez effleurait le plastique. On aurait dit deux prédateurs prêts à se battre à mort. Au bout d'une dizaine de secondes insupportables, à la grande surprise de Wolf, l'homme détourna le regard et leva ses yeux pâles vers la fenêtre du dernier étage de l'ambassade. Tout autour d'eux, les gens poussaient des cris d'effroi, le regard rivé dans la même direction.

Alors Wolf découvrit avec horreur Ford en équilibre instable sur le toit en pente du bâtiment. Finlay se penchait par une lucarne et l'exhortait à rebrousser chemin. La foule retenait son souffle. Ford s'éloigna de Finlay qui tentait de l'agripper, et se dirigea vers une cheminée en vacillant comme un funambule.

— Non, non, non, grogna Wolf.

Il repoussa brutalement le manifestant et se fraya un chemin vers l'ambassade, où des agents du Groupe de Protection Diplomatique scrutaient la scène par d'autres fenêtres de l'étage et de l'étage inférieur.

— Andrew ! Ne faites pas ça ! criait Finlay, hissé maintenant sur le rebord, une partie du corps allongée sur le toit.

Une tuile céda sous son poids et, après une chute sans fin, vint s'écraser sur le pare-brise d'une voiture de police.

— Finlay, non, ne bouge pas ! hurla Wolf. Ne bouge pas !

— Wolf ! s'écria Ford.

L'inspecteur stoppa net et regarda l'homme, dont les rares touffes de cheveux se balançaient dans la brise qui soufflait à cette hauteur. Il entendit la sirène des pompiers se rapprocher.

— Vous devez reprendre le contrôle, Wolf !

Cette fois, il comprit.

— Ford, si vous faites ça... si vous mourez, il aura gagné ! s'époumonait Finlay en progressant sur le toit en pente.

Il se retenait au rebord de la fenêtre, mais des tuiles continuaient à chuter dans le vide.

— Non. Si je le fais, c'est *moi* qui gagne.

Ford lâcha la cheminée et écarta ses bras tremblants pour chercher à se tenir droit. Dans la rue, la circulation s'était figée. Les gens sortaient de leur voiture pour assister en direct au drame. Hormis les journalistes qui chuchotaient leur reportage, la foule était muette. Les pompiers n'étaient plus très loin.

Alors que Finlay était à mi-chemin de la cheminée, des cris d'horreur s'élevèrent quand Ford manqua perdre l'équilibre. Il ferma les yeux et avança en titubant sur le bord du toit.

— Voilà, c'est la vie, c'est comme ça..., dit-il, si doucement que seul Finlay put l'entendre.

Et Andrew Ford sauta. Le saut de l'ange. Comme les quelque deux cents personnes rassemblées, Wolf, impuissant, le vit plonger, longer les fenêtres et s'écraser avec un bruit mat dans l'escalier menant au sous-sol.

Pendant quelques secondes régna un silence incroyable. Puis les journalistes se précipitèrent dans un même élan, submergeant le maigre cordon de policiers. Ce serait à qui capterait l'image la plus horrible.

Wolf courut vers l'escalier en fer de l'issue de secours, et sauta d'un bond les six marches jusqu'à Ford. Alors qu'il se penchait sur le corps disloqué, il prit conscience qu'il marchait dans le sang qui coulait de l'arrière de son crâne. Avant qu'il puisse vérifier son pouls, le soleil s'effaça soudain, masqué par une horde de reporters avides. Wolf, traumatisé, se laissa glisser à terre, dos contre le mur, dans la flaque qui s'agrandissait, indifférent aux flashs qui immortaliseraient certainement une nouvelle photo à sensation.

Trois minutes plus tard, le lieu était investi par les ambulanciers et les agents de police. Après s'être relevé, Wolf observa les pompiers porter secours à Finlay, accroché à la cheminée comme à une bouée de sauvetage. Alors qu'il devait attendre le légiste, il se dirigea vers l'escalier métallique en laissant dans son sillage des empreintes rouge sombre.

Glissant ses mains dans ses poches, il fronça les sourcils au contact d'un morceau de papier froissé. Il le sortit et le déplia avec soin : une empreinte digitale sanglante occupait le centre de la page. En transparence, on pouvait voir des lettres sombres. Wolf tourna la feuille et découvrit un bref message de l'écriture du tueur :

Bon retour parmi nous.

Il fixa le morceau de papier, incrédule et terrifié. Depuis combien de temps trimballait-il ce papier ? Comment le tueur avait-il pu lui..
Le masque de Loup !
— Laissez-moi passer ! hurla-t-il.
Il remonta en trombe vers la rue encombrée, dévisageant la foule pour retrouver les manifestants. Il slaloma entre les types de la télévision qui remballaient leur matériel, et fonça vers l'endroit où s'entassaient pancartes et bannières.
— Poussez-vous de là ! ordonna-t-il à des passants qui lambinaient.
Il grimpa sur un banc d'où il repéra un bout de plastique sale au beau milieu de la chaussée. Le masque de Loup, piétiné. En le ramassant, il savait que le tueur l'observait. Sans doute se moquait-il de lui, se délectant de la façon dont il avait manipulé Ford et continuait à manipuler les médias. Et même si Wolf se refusait à l'admettre, cet enfoiré le manipulait aussi.

St Ann's Hospital

Mercredi 6 octobre 2010,
10 h 08

L<small>E REGARD VIDE</small>, Wolf fixait le jardin partiellement ensoleillé qui entourait le vieux bâtiment. Une lumière dorée s'immisçait à travers le feuillage d'automne, et dessinait sur les pelouses des flaques mouvantes au gré d'une douce brise.

Le fait de se concentrer sur ce paysage serein constituait un effort en soi pour son cerveau fatigué. Les médicaments qu'on l'obligeait à prendre deux fois par jour le laissaient dans un état végétatif, pas comparable bien sûr à l'hébétude provoquée par l'alcool – non, proche plutôt de l'apathie et de l'indifférence.

Il comprenait pourtant le rôle crucial de cet immense jardin. Les patients qui erraient à l'intérieur des parties communes représentaient tout le spectre des troubles mentaux : les suicidaires partageaient leurs repas avec ceux qui avaient commis des crimes de sang, les grands dépressifs accablés par une image dégradée d'eux-mêmes côtoyaient des malades ayant la folie des grandeurs. Une recette idéale pour un désastre annoncé, diluée dans une médication à outrance. Wolf n'y voyait rien d'autre qu'une volonté de contrôler les gens plutôt que de les guérir.

Il perdait la notion du temps, plongé qu'il était dans la routine de la vie à l'hôpital, à errer sans but dans les couloirs, au côté de ses camarades vêtus de blouses ressemblant à des pyjamas en nylon. On leur indiquait quand manger, quand se laver, quand dormir.

Wolf n'était pas certain que son abrutissement puisse être attribué aux seules drogues, ou à l'épuisement causé par ses insomnies. Même dans son état semi-catatonique, il angoissait dès la tombée du jour, redoutant le calme avant la tempête quand les infirmiers raccompagnaient les patients à leurs chambres et que l'enfermement accentuait la véritable psychose contenue entre les murs du vieil hôpital. Chaque nuit il pensait au désespoir des malades contraints de se retrouver seuls avec eux-mêmes, chaque nuit il entendait leurs pleurs déchirants.

— Ouvrez la bouche, ordonna l'infirmière, impatiente.

Wolf obéit et tira la langue pour lui prouver qu'il avait bien avalé sa ration de pilules multicolores.

— Vous comprenez pourquoi nous avons dû vous transférer dans le quartier sécurisé, n'est-ce pas ? lui demanda-t-elle comme si elle s'adressait à un gamin.

Wolf ne répondit pas.

— Si je peux expliquer au Dr Sym que vous êtes disposé à suivre votre traitement, je suis sûre qu'elle acceptera de vous changer de service.

Wolf reporta son attention sur le paysage à travers la fenêtre, et l'infirmière, vexée, s'en alla infantiliser un autre patient.

Il était assis tranquillement à une table, dans un coin de la salle de « récréation », fidèle *récréation*, jusqu'aux chaises orange empilables, de l'espace détente de son lycée. Comme chaque jour à la même heure, Monsieur Ping-Pong piquait une colère, en bon mauvais perdant qu'il était, après le match qu'il jouait en solo, les deux Pink Ladies – Wolf ne connaissait que leur surnom, sans doute lié à la couleur de leur blouse – réalisaient leurs œuvres en pâte à modeler, un groupe d'habitués avait investi les vieux canapés devant la télévision.

Il entendit vaguement un journaliste prononcer son nom, associé à celui du maire de Londres, avant qu'un infirmier ne se précipite pour zapper sur une aventure de Bob l'Éponge.

Wolf secoua la tête de découragement en contemplant le spectacle, digne d'une classe de maternelle. La nuit précédente avait été le théâtre de scènes autrement plus violentes. Une des Pink Ladies avait griffé la porte de sa chambre jusqu'à s'en arracher les ongles. Visiblement, elle avait oublié l'incident, car elle pétrissait gaiement sa pâte à modeler sans se soucier du sang qui coulait dans la fleur qu'elle façonnait.

Il s'interrogeait sur sa propre capacité à vivre comme eux. Au fond de lui, il savait qu'il aurait été capable d'achever Khalid devant témoins, sans se soucier des conséquences, en oubliant toute notion d'instinct de conservation.

Oui, il l'aurait vraiment réduit en bouillie.

Les gens dits « normaux » contrôlaient davantage leurs émotions, alors peut-être que ce que lui considérait comme normal ne l'était pas.

Il fut interrompu dans le cours de ses pensées par un jeune Noir d'une vingtaine d'années qui abandonna la télé pour s'approcher de lui, près de la fenêtre. Sauf en de rares occasions – inéluctables –, Wolf évitait tout contact avec les autres pensionnaires. Il avait même étendu la règle à Andrea, qui avait fini par cesser ses coups de fil à l'hôpital le jour où il avait refusé de quitter sa chambre quand elle était venue lui rendre visite.

Wolf avait déjà repéré le jeune homme qui se baladait dans une blouse rouge brique, toujours pieds nus. Il le savait réservé et prostré, et fut donc surpris de le voir désigner la chaise orange face à lui.

Wolf acquiesça.

L'homme souleva la chaise à deux mains, avec précaution, et la recula de la table. Il exhalait une légère odeur de désinfectant. Wolf fixa les menottes dont il était affublé, obligatoires dès que l'homme circulait dans les parties communes.

— Joel, se présenta-t-il avec un fort accent de la banlieue sud de Londres.

Wolf saisit l'excuse des menottes pour ne pas avoir à lui serrer la main. Malgré son comportement serein, l'homme ne l'était pas. Ses jambes gigotaient sous la table, et l'un de ses pieds frappait nerveusement le sol.

— Je crois que j'te connais, grommela-t-il en pointant ses deux mains vers Wolf. À la seconde où t'as passé la porte, m'suis dit : *Ce mec-là, j'le connais.*

Wolf attendait la suite.

— Quand j'ai vu ce que t'avais fait, m'suis dit : *Ce mec, c'est pas qu'il pense que c'est le Tueur Crématiste, non, il le sait.* Pas vrai ? C'est le dingue qui bousillait les p'tites filles, pas vrai ? Et ils l'ont laissé filer.

Wolf acquiesça.

Joel jura et secoua la tête.

— T'as eu raison, mec. T'as essayé de le buter et t'as eu raison.

— Vous savez, répondit Wolf qui s'exprimait pour la première fois depuis des semaines (le timbre de sa voix lui parut d'ailleurs étrange), j'apprécie votre opinion, mais je l'aurais estimée à sa juste mesure si je ne vous avais pas vu toute la matinée en train de marmonner au-dessus d'un bol de céréales.

— Un homme qui croit en Dieu doit savoir faire la différence entre marmonner et prier, s'offensa Joel.

— Et un homme sain d'esprit doit savoir faire la différence entre un bol de Coco Pops et le dieu qu'il vénère, ironisa Wolf.

Il prit brusquement conscience que l'échange de vannes avec ses collègues lui manquait.

— OK, OK, joue-la comme ça, dit Joel en se levant. On se retrouvera, *inspecteur*.

Il s'éloigna, s'arrêta et se retourna.

— Mon grand-père, y disait tout le temps : « La valeur d'un homme se reconnaît au nombre de ses ennemis. »

— Votre grand-père était un sage. (Ce bref échange avait épuisé Wolf.) Je suppose qu'avec des conseils comme celui-là, on finit ici.

— Nan... Moi j'ai choisi d'être enfermé.

— Sans blague ?

— Tant que j'suis là, j'suis vivant.

— La valeur d'un homme, etc.

— Le problème, *inspecteur*, c'est qu'il me reste plus d'ennemis.

24

*Mercredi 9 juillet 2014,
2 h 59*

L'ALARME DE LA MONTRE D'EDMUNDS se déclencha à 3 heures. Il s'était assis en tailleur, pile sous l'impressionnant plafonnier du Central Storage Warehouse. C'était sa quatrième visite aux archives de la police et il prit conscience qu'il attendait avec une certaine impatience ces moments de solitude nocturne.

Il trouvait rassérénant de travailler seul dans ce sous-sol à la température constante et idéale : il y faisait assez chaud pour qu'il puisse enlever sa veste, et assez frais pour qu'il reste concentré. Certes, il respirait pas mal de poussière, mais le volume effarant d'informations contenues dans cet endroit le bouleversait.

C'était comme un éternel jeu de piste. Dans chacun des dizaines de milliers de cartons référencés, un puzzle attendait d'être étudié, et peut-être enfin renconstitué. Edmunds préférait songer au défi que représentait chaque cas plutôt que de se laisser happer par ce que représentaient ces boîtes identiques : des vies volées, d'autres fichues en l'air, une succession de tragédies alignées sur des rayonnages métalliques dans un silence de cathédrale.

Les événements de la journée avaient confirmé sans l'ombre d'un doute la justesse de sa théorie : une fois de plus, le tueur avait connaissance du lieu où était cachée sa cible.

Baxter faisait preuve de trop de naïveté.

Même s'il était envisageable que l'information ait fuité de l'ambassade, il fallait bien admettre que le même scénario se répétait. C'était la quatrième fois qu'ils se faisaient avoir. Pire, le tueur tirait les ficelles.

Edmunds avait menti à Tia. Il lui avait raconté qu'il était d'astreinte pour une surveillance, se réservant ainsi une de ces précieuses nuits pour traquer le tueur dans un dossier ancien. Il en était convaincu, les premières exactions de ce monstre étaient consignées quelque part dans cet énorme entrepôt, à l'époque de ses débuts, avant qu'il leur fonce dessus plein pot.

Dans la nuit de lundi, il était tombé sur une affaire non résolue de 2008 dans laquelle un islamiste né en Angleterre était mort dans sa cellule d'un quartier de haute sécurité. Personne n'était ni entré ni sorti du bâtiment au cours de l'heure estimée de son décès, ce que la vidéo de surveillance confirmait. Le corps de cet homme de vingt-trois ans, par ailleurs en bonne santé, présentait des signes de suffocation. Toutefois, comme aucune preuve ne corroborait cette hypothèse, on avait déclaré le prisonnier décédé de mort naturelle.

Les recherches sur Internet avaient aussi révélé le cas suspect d'un marine assassiné sur une base militaire. Suite aux conclusions de Joe sur l'empreinte de la botte identifiée comme une ranger, Edmunds avait adressé une requête spéciale auprès de la police militaire afin d'avoir accès au dossier complet. Il attendait leur retour.

Il avait consacré la dernière heure à trier les éléments du dossier d'un meurtre remontant à 2009. L'héritier d'une multinationale d'électronique avait mystérieusement disparu d'une suite d'hôtel malgré la présence de deux gardes du corps dans la chambre voisine, à moins de six mètres. On avait découvert suffisamment de sang dans la suite pour conclure à la mort du jeune homme, bien que son cadavre n'ait jamais été retrouvé. Les relevés d'empreintes digitales, d'ADN, les images de vidéosurveillance n'ayant pu apporter le moindre début de piste sur le tueur, Edmunds n'avait aucune possibilité de le rattacher à *Ragdoll*. Il avait noté la date sur son carnet et rangé le contenu du dossier dans le carton.

L'air conditionné l'aidait à tenir. Il ne se sentait même pas fatigué, mais il s'était promis de partir au plus tard à 3 heures pour s'octroyer un temps minimum de sommeil avant de retourner au bureau. Il soupira : il lui restait cinq dossiers à examiner. Il se releva, remit la dernière boîte à sa place et remonta la longue travée plongée dans une semi-pénombre.

À peine était-il arrivé au bout des rayonnages qu'il remarqua la date sur les étiquettes : décembre 2009, le mois précis de l'affaire suivante sur sa liste. Il lorgna sa montre : 3 h 07.

— Allez, encore un petit dernier, dit-il tout haut en tirant à lui le carton.

À 8 h 27, Wolf se dirigeait vers un ensemble d'immeubles peu engageants auquel on accédait par une allée lugubre à partir de Plumstead High Street. Il avait renoncé à se rendormir, hanté qu'il était par le masque de loup — une image dérangeante de plus à ajouter à ses angoisses. L'excès de confiance du tueur le perturbait. Venir jusqu'à l'ambassade était en soi un risque, mais il avait été assez téméraire pour prendre part à la manifestation qu'il avait lui-même organisée, et assez narcissique pour affronter Wolf en public.

Wolf se souvenait de la théorie d'Edmunds sur le besoin irrépressible qu'éprouverait le tueur à se rapprocher de plus en plus de la police, tenaillé au fil du temps par le désir de se faire arrêter. Il se demandait si, en ce sens, la scène devant l'ambassade devait être interprétée comme un appel à l'aide, et si c'était vraiment le désespoir, et non l'arrogance, qui motivait ses actions.

Wolf grimpa un escalier aux marches couvertes de boue – il ne se souvenait plus trop s'il avait plu depuis la tempête de la semaine passée. Au troisième étage, il poussa le battant à la peinture écaillée d'une porte coupe-feu et entra dans un couloir jaunâtre. Il constata qu'aucun des deux policiers censés monter la garde devant le domicile d'Ashley Lochlan n'était là.

Il s'approcha de la porte de l'appartement numéro 16, la seule qui semblait avoir été récemment repeinte de tout l'immeuble. Il s'apprêtait à toquer quand il vit débouler les deux policiers avec des sandwichs et du café à la main. Ils sursautèrent en découvrant l'inspecteur.

— Bonjour, bafouilla la femme flic, la bouche pleine de pain toasté et de bacon.

Le ventre de Wolf gargouilla. Elle lui offrit l'autre moitié de son petit déjeuner, mais il le refusa poliment.

— Vous savez quand vous la ferez bouger de là ? demanda son collègue au visage juvénile.

— Pas encore, répondit Wolf sèchement.

— Oh, je ne voulais pas être indiscret, s'excusa le policier. En fait, on n'est pas pressés... Cette fille est un amour, elle va nous manquer.

La policière approuva d'un signe de tête, au grand étonnement de Wolf. Les stéréotypes qui lui avaient toujours été utiles dans ses analyses lui faisaient ici défaut. Il s'était préparé à rencontrer une mémère à chat, en pyjamas, la cigarette au bec, et en aucun cas la fille sympa décrite ces agents.

— Elle vient juste de sauter dans sa douche, déclara la policière. Venez, je vais vous montrer le chemin.

Elle déverrouilla la porte d'entrée et le fit pénétrer dans un appartement coquet qui sentait bon le café et le bacon. Un léger vent agitait le voilage délicat aux fenêtres et le bouquet de fleurs sur la table du salon. Des tableaux au pastel ornaient les murs, au-dessus d'un beau parquet en chêne. Une kyrielle de photos couvraient un pan entier du salon et un moule de cuisson séchait près de l'évier. Wolf entendit l'eau couler dans la pièce attenante.

— Ashley ! cria la policière.

L'eau cessa de couler.

— Le *Sergeant* Fawkes est arrivé.

— Est-ce qu'il est aussi mignon qu'à la télé ? lui répondit une voix à l'accent d'Édimbourg.

La policière ne put dissimuler sa gêne, d'autant qu'Ashley s'enhardit :

— Bon, c'est vrai, il aurait bien besoin d'un relooking express pour qu'on puisse l'emmener où que ce soit, mais…

— Il aurait surtout bien besoin de sommeil, lui cria en retour la policière.

— Dis-lui de se servir du café dans la cuisine quand tu le feras entrer.

— Ashley…

— Oui ?

— Il est *déjà* entré.

— Oh ! Et il a entendu ?

— Oui.

— Sans déconner...

La policière partit rejoindre en vitesse son collègue, au comble du malaise. Wolf entendait toutes sortes de bruits derrière la mince cloison, raclements, pulvérisations, claquements secs. Il se plaça face aux photos, simples, spontanées : une belle jeune femme – toujours la même – à la plage avec ses amis, assise dans un parc en compagnie d'un vieil homme, à Legoland avec un enfant qui semblait être son fils. Il eut un pincement au cœur en contemplant les deux visages épanouis en ce qui avait certainement dû être une magnifique journée.

— Il s'appelle Jordan et il a six ans, expliqua une voix dans son dos, bien plus mélodieuse que l'accent rauque de Finlay.

Wolf se retourna et découvrit sur le seuil de la salle de bains l'éblouissante jeune femme des photos. Elle séchait ses cheveux blonds, vêtue à la va-vite d'un short en jean très court et un débardeur gris perle. Le regard de Wolf s'attarda sur ses longues jambes avant de se reporter sur le mur de photos, passablement gêné.

— Ne sois pas aussi sinistre, grommela-t-il entre ses dents.

— Pardon ?

— J'ai dit : où est-il ?

— J'ai cru entendre : « Ne sois pas aussi sinistre. »

— Pas du tout, se défendit-il en dodelinant de la tête, l'air innocent.

Ashley le regarda de travers.

— Je l'ai envoyé chez ma mère après... enfin, après que le serial killer a annoncé qu'il voulait nous tuer, tous.

Wolf fit un effort surhumain pour ne pas fixer ses jambes.

— Ashley, dit-elle en lui tendant la main.

Il fut bien obligé de s'approcher d'elle, de respirer le shampoing à la fraise qu'elle venait juste de rincer, de remarquer ses yeux noisette pétillants et les taches humides sur son débardeur, là où le tissu fin collait à sa peau.

— Fawkes, répondit-il en écrasant presque sa délicate main dans sa grosse paluche.

— Pas William ?

— Pas William.

— Alors vous pouvez m'appeler Lochlan, suggéra-t-elle après l'avoir examiné de la tête aux pieds.

— Quoi ?

— Rien... C'est que... à vous voir en personne, vous avez l'air différent.

— C'est parce que la presse ne me photographie que lorsque je suis près d'un cadavre... Forcément, je fais toujours la gueule sur les photos.

— N'essayez pas de me faire croire qu'aujourd'hui vous avez la tête d'un type heureux ? rit-elle.

— Non... C'est juste que je n'ai pas dormi depuis une semaine, que je suis un héros incompris, bien que je sois le seul individu suffisamment courageux et malin pour attraper un serial killer plus malin encore.

— C'est vrai ?

Il haussa les épaules tandis qu'elle le dévisageait, intriguée.

— Petit déjeuner ?

— Qu'est-ce que vous me proposez ?

— Le meilleur café au monde est au coin de la rue.

— Et d'une, le meilleur café au monde est au coin de *ma* rue, chez Sid's. Et de deux, vous n'allez nulle part, vous êtes confinée chez vous.

— Vous me protégerez, ironisa-t-elle.

Wolf savait qu'il ne devrait pas céder, mais d'un autre côté, il ne voulait pas briser le charme de leur conversation.

— Je vais juste enfiler une paire de chaussures.

— Si vous pouviez faire de même avec un pantalon.

Ashley le toisa, faussement vexée, et le surprit à reluquer ses jambes.

— Pourquoi ? Je vous rends nerveux ?

— Loin de là, protesta-t-il, Mais il est hors de question que je me montre dehors avec quelqu'un aussi mal fagoté !

Ashley marcha en riant jusqu'à l'étendoir à linge, retira son débardeur et fit glisser son short sur ses chevilles. Wolf était trop sidéré pour penser à regarder ailleurs. Puis elle passa un jean délavé moulant et attacha ses cheveux n'importe comment en une queue-de-cheval. Ce qui eut pour seul effet de la rendre définitivement irrésistible.

— C'est mieux ?

— Absolument pas.

Jamais elle ne se comportait de la sorte, mais avec, au bas mot, trois jours à vivre, ça l'amusait de flirter avec le gars à qui il n'en restait que cinq. Elle glissa ses pieds dans des Converse qui avaient beaucoup vécu et ramassa son trousseau de clés sur la table de la cuisine.

— Vous avez le vertige ? demanda-t-elle tranquillement.

— Pardon ?

Elle alla jusqu'au balcon sur la pointe des pieds, et se tourna vers lui.

— On saute ?

Wolf trouvait qu'Ashley avait exagéré les qualités du *petit café au coin de la rue*. Tout ce qui composait son « breakfast complet » semblait jouir d'une vie propre à en croire la facilité avec laquelle ça glissait dans l'assiette sur une épaisse couche de graisse. Ashley ne termina même pas son propre toast. Il la soupçonnait d'avoir juste cherché une excuse pour mettre le nez dehors, et de n'avoir jamais poussé la porte de cet endroit auparavant. Personne de sensé ne commettrait deux fois la même erreur.

— Je ne veux pas vous contredire, Ashley, mais ce café est...

— Je travaille ici.

— ... sympa, très sympa.

En remontant la rue, ils avaient attiré pas mal de regards. Wolf n'était pas très sûr que ce soit à cause de lui que les gens se retournaient, il penchait plutôt pour Ashley. Ils s'étaient installés près de la fenêtre, aussi loin que possible du reste de la clientèle. Ils discutèrent de choses et d'autres pendant une vingtaine de minutes.

— Je me suis fait du souci pour vous, laissa-t-elle échapper alors que qu'ils étaient en train de débattre des meilleurs albums de Bon Jovi.

— Pardon ?

— Comment... comment gérez-vous tout ça ?

— Si je comprends bien, on menace de vous tuer dans trois jours et *vous*, vous faites du souci pour *moi* ? répondit Wolf en profitant de l'occasion pour reposer ses couverts.

— On vous menace bien de mourir dans cinq jours, vous, dit-elle en haussant les épaules.

Ces mots le prirent au dépourvu. Wolf s'était tellement investi dans l'enquête qu'il n'avait pas réalisé à quel point ses jours étaient comptés.

— J'ai beaucoup regardé les infos, continua-t-elle. Il n'y a pas grand-chose d'autre à faire quand on est coincé entre quatre murs. C'est comme le jeu du chat et de la souris. Et plus vous avez l'air à la ramasse, plus le tueur va vous pousser à bout.

— J'ignorais que j'avais l'air « à la ramasse ».

— C'est pourtant le cas. Quoi qu'il arrive à ces gens, quoi qu'il m'arrive, ce n'est pas votre faute.

Wolf lâcha un ricanement involontaire. Elle perdait son temps à espérer le réconforter.

— Vous semblez très calée sur la question.

— Je suis une excellente avocate du destin.

— Je ne voudrais pas vous décevoir, mais pour ce que j'en ai vu, s'il y a un dieu là-haut, on a dû le contrarier parce qu'il n'est clairement pas de notre côté.

— Ça tombe bien, parce que je ne parlais pas de Dieu. Je parle de choses qui s'articulent de bien étrange façon.

— Telles que… ?

— Telle que votre venue ce matin chez moi. Je parle de deux personnes qui n'auraient jamais dû se rencontrer, de la chance que j'ai enfin de me racheter pour un truc que j'ai fait il y a des années…

Wolf était intrigué. Il s'assura que personne ne pouvait surprendre leur conversation. Il était si captivé par ce qu'elle racontait qu'il en oubliait presque l'endroit où ils étaient. D'ailleurs, la délicate Ashley détonnait dans cet environnement. Une peu comme Andrew Ford affichant sa crasse et ses mauvaise manières dans le bureau feutré et propret de l'ambassade.

— Promettez-moi, continua-t-elle, que vous me laisserez finir avant de… Promettez-moi !

Wolf croisa les bras et s'appuya contre le dossier de sa chaise, devinant ce qu'elle s'apprêtait à lui confier : pourquoi elle avait reçu cinq mille livres de Vijay Rana.

— Il y a quatre ans, je travaillais comme serveuse dans un pub de Woolwich. J'étais dans une mauvaise passe. Jordan n'avait qu'un an, et je tentais de quitter son père qui était un sale type… Vraiment. Je ne pouvais travailler qu'à mi-temps à cause du petit que ma mère gardait quand j'étais au boulot. Vijay venait déjeuner presque tous les midis au pub. On a sympathisé. Plus d'une fois, il m'avait vue pleurer à cause de problèmes d'argent ou du divorce. C'était un type bien. Parfois, il me laissait un billet de dix pour le pourboire, que je refusais, mais il insistait pour que je le garde. Il voulait m'aider.

— Peut-être qu'il voulait autre chose que simplement vous *aider* ? répliqua Wolf avec cynisme, incapable d'éprouver de la sympathie pour le frère de Khalid.

— Non, il ne me draguait pas, il avait sa famille. Bref, un jour, il est venu avec une proposition. Il m'a expliqué qu'un de ses amis avait des soucis avec la police, mais qu'il savait que cet homme était innocent. Il m'a offert cinq mille livres juste pour que je dise que j'avais vu quelqu'un à telle heure en rentrant chez moi. C'est tout.

— Vous avez fait un faux témoignage ? grogna Wolf.

— J'étais au bout du rouleau – et oui, j'ai honte de l'avouer, mais j'ai accepté de le faire. Je ne pensais pas que ça ferait une grande différence. À cette époque, je n'avais plus que quinze livres sur mon compte en banque.

— Ça a fait *toute* la différence !

Wolf fusilla Ashley du regard ; toute manifestation de tendresse envers elle avait disparu.

— C'est vrai. Dès que j'ai compris qu'il s'agissait de l'affaire du Tueur Crématiste, j'ai paniqué. (Elle avait les yeux humides.) Jamais je n'aurais menti pour un salaud comme lui, même pour tout l'or du monde. Je suis allée voir Vijay chez lui – *vous devez me croire* – et je lui ai expliqué que je refusais, que ça avait été une erreur de ma part, que je ne mentionnerais ni son nom ni l'argent promis.

— Et quelle a été sa réaction ?

— Il a d'abord essayé de me faire changer d'avis, mais au final je crois qu'il a compris ma décision. En rentrant chez moi, je me suis arrêtée pour téléphoner au cabinet d'avocats.

— Collins & Hunter.

— On m'a passé un de leurs cadres dirigeants.

— Michael Gable-Collins ?

— Oui ! confirma-t-elle, étonnée.

Sa mort n'avait pas été révélée au grand public.

— J'ai dit à ce monsieur que je me rétractais, alors il a commencé à me menacer. Il m'a débité les problèmes que j'encourais, les poursuites judiciaires pour outrage à la cour, pour entrave à la justice, peut-être même que je risquais d'être accusée de complicité de meurtre. Il m'a demandé si je voulais finir en prison, et ce que je ferais lorsque les services sociaux m'enlèveraient Jordan...

Ashley était bouleversée à l'évocation de cette conversation. Wolf lui tendit une serviette en papier.

— Ce procès était un gros enjeu pour leur cabinet. Il fallait qu'il le gagne, quel qu'en soit le prix, lui expliqua Wolf.

— Cet homme m'a ordonné de fermer ma « petite gueule de pipelette » et s'est engagé à faire son possible pour que je ne sois pas convoquée au tribunal. C'est la dernière fois que j'ai entendu parler de lui. Après ça, j'ai suivi le procès aux informations et j'ai appris ce que vous avez fait le jour du verdict : en fait, vous avez tenté de mettre hors d'état de nuire l'homme que j'avais contribué à faire libérer. Je... je suis tellement désolée.

Wolf se leva sans un mot, sortit un billet de dix de son portefeuille et le laissa tomber sur la table, à côté de son assiette à peine entamée.

— Ce n'est pas à moi que vous devez présenter vos excuses.

Elle fondit en larmes.

Il sortit du café, abandonnant celle dont il devait pourtant assurer la sécurité.

25

*Mercredi 9 juillet 2014,
10 h 20*

E DMUNDS ÉTAIT IVRE DE FATIGUE. Il avait fini par quitter les archives vers 6 heures du matin et, moins d'une heure plus tard, il s'asseyait à son *semi*-bureau, fidèle au poste. L'espoir d'une petite sieste avant que le service ne se remplisse de ces bienheureux de l'équipe de jour avait été anéanti à l'arrivée à 7 h 05 de Simmons. L'inspecteur principal faisait preuve d'une conscience professionnelle, assortie de tendances obsessionnelles, que seul Edmunds parvenait à surpasser. Simmons s'était octroyé une longueur d'avance sur sa journée de travail afin d'achever rapidement ses vérifications : plus que sept noms.

Edmunds avait envoyé un SMS à Tia pour lui dire qu'elle lui manquait et qu'il ferait de son mieux pour rentrer à l'heure ce soir. Il avait même suggéré qu'ils pourraient dîner dehors. Avant de presser la touche envoi, il avait hésité. La simple idée d'ajouter encore de l'épuisement à l'épuisement ne l'enthousiasmait guère, mais il estimait devoir faire un effort pour elle. D'autant qu'il culpabilisait de lui avoir menti, même si c'était pour la bonne cause.

Après avoir démontré ses compétences en criminologie au cours de la toute première réunion de l'équipe, on l'avait désigné, de manière non officielle, expert en profilage criminel. Une mission pour laquelle il n'avait ni les qualifications, ni la rémunération. La *Commander* avait exigé de lui un rapport sur la dernière missive du tueur, glissée dans la poche de Wolf.

Il n'avait pas fallu longtemps à Joe pour établir que l'empreinte digitale sanglante sur la feuille correspondait à l'échantillon de sang sur le fil barbelé. Edmunds pouvait en conclure, sans forcer le trait, que ce message n'était rien d'autre qu'une provocation mâtinée de raillerie. Le tueur leur indiquait que son faux pas au pays de Galles n'en était pas un, et par l'échantillon de sang laissé derrière lui, il leur signifiait leur incompétence. Le fait qu'il ait choisi de livrer son message en personne attestait d'un complexe de Dieu hors du commun, et d'une intention très claire de boucler son « affaire » dans les cinq jours à venir.

Edmunds se réveilla en sursaut. Son rapport à moitié tapé attendait sur l'écran d'ordinateur, le curseur clignotant d'impatience après le dernier mot. L'écran de veille n'avait pas eu le temps de s'activer, et il n'avait dû fermer les paupières que quelques secondes. Pourtant la sensation de vertige lui semblait bien pire. Il proposa un thé à Simmons, histoire d'aller faire un tour à la cuisine. Pendant que la bouilloire chauffait, il s'aspergea le visage d'eau froide au-dessus de l'évier encombré de mugs.

— Vous vous êtes encore fait tabasser ?

Edmunds se redressa ; les poches sous ses yeux faisaient ressortir les hématomes dus à son nez cassé. Baxter, sans gêne, utilisa l'eau qu'il avait fait chauffer.

— C'est Tia qui vous frappe ? renchérit-elle, amusée.

— Je vous l'ai dit, j'ai trébuché sur le chat.

— D'accord... Alors, avez-vous encore « trébuché sur le chat », Edmunds ?

— Non. J'ai juste fait une nuit blanche.

— Parce que ?

Il avait jusque-là gardé secrètes ses virées aux archives de la police. Il songea un instant se confier à Baxter, puis se ravisa.

— Canapé, indiqua-t-il, persuadé qu'elle prendrait pour une explication suffisante ses difficultés conjugales. Vous travaillez sur quoi ?

— Un type a sauté de Waterloo Bridge et s'est noyé. Il a laissé une lettre. Sans doute le suicide le plus limpide de toute l'histoire des suicides, sauf qu'un enquêteur – genre fan absolu des *Experts* – a déclaré la mort suspecte. Après ça, faut qu'on aille à Bloomsbury pour enquêter sur une mare de sang sans cadavre. La victime s'est probablement rendue toute seule aux urgences, et hop, mystère résolu !

Elle poussa un soupir de découragement. Edmunds jugeait cela pourtant plus excitant que la journée qui l'attendait.

— Vous avez vu Wolf ?

— Pas récemment, répondit-il.

Blake apparut sur le seuil de la cuisine. Depuis qu'il bossait en tandem avec Baxter, il portait un costume et utilisait un peigne.

— T'es prête, on y va ?

— J'suis prête.

Elle vida le reste de son café soluble dans l'évier et abandonna son mug au sommet de l'amoncellement précaire de vaisselle sale.

Andrea venait juste de raccrocher avec Wolf lorsqu'elle descendit du taxi. Leur conversation avait été un dialogue de sourds qui, comble de l'ironie, s'était déroulé dans des conditions littéralement assourdissantes : le ronronnement du moteur pour elle, le brouhaha d'une rue animée pour lui.

Elle voulait le voir pour discuter. L'équipe de production organisait déjà les choses en vue de l'échéance de la saga *Ragdoll*. Malheureusement, Wolf n'était pas d'humeur.

Il lui avait reproché d'avoir divulgué la cachette d'Andrew Ford, et l'avait accusée, injustement sans doute, d'avoir facilité la manipulation d'un individu déjà fragile et paranoïaque en retransmettant la manifestation à la télé. Elle avait écouté la litanie à charge, sans lui opposer le moindre contre-argument. Une telle attaque lui paraissait irrationnelle puisque toutes les chaînes d'info avaient agi de même.

Quand elle l'avait invité à dîner, il l'avait priée de lui foutre la paix avant de raccrocher. Même si elle ne le lui dirait jamais, elle était fâchée qu'il se montre si mesquin et donneur de leçons, alors que c'était peut-être l'un de leurs derniers échanges. À l'écouter, manifestement, l'idée qu'il ne serait peut-être plus de ce monde le mardi suivant ne lui avait même pas effleuré l'esprit. Pour Andrea, aucun doute : il avait fini par franchir la ligne ténue entre optimisme et déni total.

Elijah lui mettait la pression pour qu'elle lui rende sa réponse. Cette offre de promotion occupait toutes les pensées de journaliste, et sa propre indécision la tourmentait. À un moment donné, il lui faudrait bien choisir : soit décliner et sauvegarder le peu d'intégrité morale dont elle se sentait encore capable, soit se résoudre à accepter ce poste qui serait de toute façon pourvu avec ou sans elle.

Elle en avait discuté la veille avec Geoffrey, assis dans leur jardin – un espace aux dimensions modestes, mais sophistiqué – sous les derniers feux du soleil. Comme à son habitude, Geoffrey n'avait pas tenté d'influer sur sa décision. C'était une des raisons qui faisaient que leur couple fonctionnait aussi bien. Il respectait la liberté de sa compagne, comme Wolf l'avait fait avant lui. Geoffrey et Andrea partageaient des moments de leur vie sans éprouver le *besoin* de l'autre.

Geoffrey avait suivi la manière dont l'affaire *Ragdoll* avait été présentée au public, plus que jamais attentif au travail d'Andrea : ses conjectures sans fondement, son approche sensationnaliste des événements, le décompte des jours via la fameuse Death Clock (qu'elle-même tenait pour un gadget scandaleux), tout cela l'incitait à exhorter sa compagne à la prudence. Dans sa bibliothèque, il possédait des tonnes de livres d'histoire sur la guerre qui lui avaient enseigné ceci : les messagers sont toujours choisis pour leur habileté à communiquer vite et bien, mais surtout pour leur capacité à enjoliver les choses.

Il l'avait patiemment écoutée, tandis que la température chutait dans le jardin à présent éclairé grâce à un système automatisé qui démarrait à la nuit tombée. Il lui avait fait remarquer que si elle acceptait le poste, elle acceptait l'évidence de son ambition personnelle, rien d'autre. Ils n'avaient pas besoin d'argent, et son talent de journaliste était désormais établi. Geoffrey était un homme fin, aussi lui avait-il suggéré d'en parler à Wolf, sachant au fond de lui qu'il était le seul dont l'opinion compterait.

La conversation de ce matin-là avec son ex-mari avait eu au moins l'avantage de clarifier sa position.

Finlay suivait du regard la *Commander* qui traversait l'open space en direction du bureau de Simmons-Edmunds. De là où il se trouvait, à moitié assis sur ledit bureau, il constata que la minuscule et épouvantable bonne femme était particulièrement énervée. Elle gesticulait, son portable collé à l'oreille.

— La pauvre bichette, elle n'a pas l'air heureuse, commenta Finlay.

— Qu'est-ce qu'il y a ? demanda Simmons.

Phénomène nouveau pour lui de mendier ainsi les racontars alors qu'avant il était le premier informé.

— Will, souffla Finlay. Qui d'autre ? Il semblerait qu'il ait fait sortir Ashley Lochlan hors de son logement sécurisé.

— Pour quoi faire ?

— Prendre un petit déjeuner. Ensuite il a quitté le café très en colère, en la laissant seule. L'équipe affectée à sa sécurité a déposé une plainte en bonne et due forme. Et Vanita veut maintenant le suspendre de ses fonctions.

— C'est ça ou c'est elle qui saute, commenta Simmons. À quoi il joue, putain ?

Finlay haussa les épaules.

— C'est du Will tout craché ! Il ne s'est pas pointé ce matin, j'ai rendez-vous avec lui à l'extérieur.

Simmons commençait à prendre du plaisir à comploter avec ses collègues au nez et à la barbe de sa patronne.

— Bon, si elle vous interroge pour savoir où je suis, vous dites que je procède aux derniers arrangements concernant la planque d'Ashley Lochlan, ce qui, par ailleurs, est rigoureusement exact.

— Nous aussi, on va sortir, dit Simmons.

— Ah oui ? fit Edmunds. Où ça ?

— J'ai identifié quatre noms, et l'une de ces personnes est aujourd'hui morte. Il faut découvrir laquelle.

Simmons et Edmunds avaient fait une halte chez Greggs pour s'offrir leurs célèbres friands à la saucisse — semant des miettes de pâte feuilletée dans leur sillage — avant de se présenter à la troisième adresse. Ils avaient déjà vérifié le domicile du sténographe du tribunal, lequel était décédé d'un cancer en 2012. Puis ils avaient appris que le juge Timothy Harrogate et sa femme avaient émigré en Nouvelle-Zélande. Par chance, un voisin était resté en contact avec leur fils qui avait confirmé que ses parents étaient vivants et en parfaite santé.

Le soleil fit une brève apparition au milieu des nuages au moment où ils longeaient Brunswick Square Gardens pour rejoindre les maisons uniformes de Lansdowne Terrace. Edmunds poussa la porte noire et entrebâillée d'un immeuble et ils entrèrent dans un hall carrelé. Une plaque gravée indiquait le chemin jusqu'au « penthouse » du dernier étage, ce qui leur parut bien pompeux pour un bâtiment qui n'en comptait que quatre.

Ils empruntèrent l'escalier jusqu'au couloir desservant l'appartement en question, où des photos jaunies ornaient les murs. Sur la plupart, un homme d'âge mûr en compagnie de femmes nettement plus jeunes, nettement plus séduisantes, et toujours dans des endroits de rêve : sur un yacht avec une blonde qu'il entourait de son bras, sur une plage exotique avec une rouquine en bikini.

Un fracas énorme leur parvint depuis l'appartement. Une fois devant la porte, constatant qu'elle n'était pas verrouillée, Simmons et Edmunds échangèrent un regard inquiet avant de l'ouvrir tout doucement. Dans l'entrée, le carrelage était identique à celui du hall. Ils s'engagèrent prudemment dans le couloir, au bout duquel il entendait quelqu'un fulminer en frappant du pied :

— Espèce d'abruti, je t'avais dit de pas y toucher !

Edmunds se figea et croisa à nouveau le regard de Simmons qui, comme lui, venait de reconnaître la voix au ton assassin et condescendant.

— Baxter ? appela Edmunds, avant d'entrer dans la pièce.

Blake, à quatre pattes, ramassait les morceaux d'un vase, apparemment très cher, qu'il venait de renverser.

Blake et Baxter semblaient ahuris.

— Qu'est-ce que vous foutez ici ?

— Ronald Everett, déclaré au fichier des personnes disparues, et juré au procès Khalid, répondit Edmunds.

— Oh...

— Et vous ?

— Je vous l'ai expliqué tout à l'heure, Edmunds, la mare de sang mais pas de cadavre sur la scène de crime.

— Du sang ? Où ça ? l'interrogea Simmons.

— Partout.

Elle désigna le sol à l'arrière du canapé où une large flaque brune de sang séché maculait le carrelage blanc, en partie couvert d'un tapis imbibé d'un liquide sombre.

— Nom de Dieu..., jura Edmunds.

— Je crois pouvoir affirmer que Mr Everett nous a définitivement quittés, conclut Baxter.

Edmunds fixait les traces du carnage à ses pieds et se souvint d'un détail relevé dans un des dossiers des archives : une mare de sang mais pas de cadavre... Pouvait-on vraiment imaginer une telle coïncidence ?

— Vous en faites une drôle de tête, dit Baxter en scrutant son ex-stagiaire.

Il décida de taire ses investigations tant qu'il n'aurait rien dégagé de concret.

— La vue du sang, excusez-moi..., bredouilla-t-il en jetant un coup d'œil à sa montre.

Il avait promis à Tia de l'emmener au restaurant. S'il partait sur-le-champ, il aurait le temps de repasser par les archives avant l'heure du dîner.

— Cette débauche d'hémoglobine ne colle pas avec le mode opératoire méticuleux de notre tueur, commenta Simmons. Pas une seule goutte de sang n'a été versée au domicile des autres victimes.

— Notre tueur n'est peut-être pas aussi infaillible que nous le pensons, intervint Edmunds, en s'accroupissant pour examiner de plus près des éclaboussures écarlates qui couraient sur le flanc du canapé. Peut-être qu'il s'agit de l'unique victime qu'il a été obligé d'assassiner et de découper chez elle, peut-être que d'autres indices sont éparpillés ici et là.

À cet instant surgirent les gars de la police scientifique, et Edmunds en profita pour s'éclipser, prétextant une montagne de paperasse à régler. Il dévala l'escalier et courut jusqu'au métro.

Le portable de Wolf vibra à l'arrivée d'un SMS. Il le lut rapidement.

> Je le méritais tout à l'heure. Un dîner ? L.

— Pourquoi tu souris ? lui demanda Finlay alors qu'ils revenaient à pied à New Scotland Yard.

Wolf ne lui répondit pas mais rappela aussitôt.

— Bonjour, inspecteur Fawkes.

— Bonjour, mademoiselle Lochlan.

Finlay écarquilla les yeux.

— *Comment* avez-vous obtenu ce numéro ?

— Vous vous souvenez de Jodie, la fliquette à qui vous avez parlé ?

— Celle qui a déposé plainte contre moi ?

— C'est elle qui me l'a donné. Elle a téléphoné à un ami qui a téléphoné à un ami qui vous connaît.

— Je suis étonné que vous ayez envie de dîner avec moi.
Finlay lui lança un regard interrogateur.
— Dieu sait que nous n'avons pas mangé grand-chose ce matin, et...
— Ce que je veux dire, c'est que... je vous dois certainement des excuses.
— Je ne vous en tiens pas rancune. On n'a plus trop le temps pour ça, hein ? Sept heures ?
— Chez vous, j'imagine ?
— J'en ai bien peur... Y paraît que je suis privée de sortie.
— Je dois repasser chez moi pour un « relooking express ».
Cette fois, Finlay laissa tomber.
— Faites ça. À tout à l'heure, Fawkes.
Elle raccrocha. Wolf s'arrêta. Finlay le regarda.
— Je suppose que je suis censé te couvrir ?
— Je dois me rendre quelque part.
— N'oublie pas le superbe après-rasage qu'on t'a offert pour ton anniversaire et, par pitié, évite cette atroce chemise bleue que tu mets chaque fois que tu sors.
— J'adore cette chemise.
— Elle te fait un ventre de femme enceinte, c'est Maggie qui le dit.
— T'as un autre conseil à me donner ?
— Profite.

— Mon vieux Finlay, quand tu mens, je le vois de suite, dit Baxter.
Elle l'avait rencontré dans la cuisine, et l'avait questionné à propos de Wolf. Devant sa réponse évasive, elle l'avait soumis à un interrogatoire en règle. Il était au bord de craquer et elle le savait.

— Il ne se sentait pas bien…
— À cause de son mal au crâne.
— Ouais…
— Finlay, tu m'as dit qu'il avait mal au ventre.
— C'est ce que je voulais dire, mal au ventre.
— Non. Tu as parlé d'un mal *au crâne*.

Elle prenait plaisir à torturer son ami.

— Bon, OK, t'as gagné. Il est parti chez Ashley Lochlan.
— Simmons prétend qu'ils se sont engueulés.
— Ils se sont réconciliés.
— Eh ben pourquoi tu l'as pas accompagné ?

Finlay n'avait aucune envie d'être explicite, mais il sentait que Baxter ne le lâcherait pas tant qu'elle n'aurait pas le fin mot de l'histoire.

— J'étais pas invité, bougonna-t-il.
— Invité ? Où ça ?
— Au dîner.
— Au dîner ?

L'humeur badine de Baxter s'évanouit instantanément, et elle ne prononça plus un mot. Finlay, gêné, chercha à se donner une contenance en préparant du café. Quand il se retourna pour lui en proposer une tasse, elle avait disparu.

26

*Mercredi 9 juillet 2014,
19 h 05*

Wolf espérait que marcher sous la pluie dans Plumstead High Street aurait un peu dissipé les effluves de son « *superbe* après-rasage ». Après s'en être copieusement aspergé, il avait vaporisé les murs de son appartement afin de neutraliser les insectes qu'il entendait ramper derrière le placoplâtre. Il avait passé une demi-heure à choisir sa tenue et s'était coiffé avec soin. Son premier rendez-vous depuis dix ans, il y avait de quoi être fébrile. Quand il se regarda dans la glace, il se trouva pourtant la même tête que d'ordinaire.

Il s'arrêta dans un magasin d'alcools, choisit les deux seules bouteilles de blanc et de rouge qu'il connaissait (grâce à Baxter), et prit le dernier bouquet disponible à la station-service à côté de chez lui. Les fleurs étaient quasi fanées, et il se demanda si c'était bien lui qui venait de donner de l'argent contre un truc aussi pathétique.

Il grimpa l'escalier de l'immeuble vétuste et salua les deux policiers en faction. Ni l'un ni l'autre ne semblait transporté de joie de le voir.

— Je préfère vous le dire, on a déposé plainte contre vous, lui dit la femme.

— Vous culpabiliserez à mort si je crève la semaine prochaine.

Il sourit. Pas elle. Puis, il se faufila entre les deux agents, et frappa à la porte d'Ashley.

— Essayez de pas la faire pleurer cette fois, *collègue*, renchérit le policier, visiblement jaloux de ce rencard.

Wolf ne releva pas, mais s'en mordit aussitôt les doigts. Un silence gênant s'ensuivit, vu qu'Ashley n'avait toujours pas ouvert la porte. Quand elle déverrouilla enfin le système de sécurité installé quelques heures plus tôt, Wolf fut époustouflé – il crut entendre aussi un hoquet de surprise chez son concurrent mâle. Vêtue d'une robe en dentelle rose pâle, les cheveux remontés sur le sommet de sa tête pour retomber en boucles souples sur sa nuque, elle était éblouissante. Pour un petit repas tranquille à la maison, elle était bien trop apprêtée.

— Vous êtes en retard, dit-elle avec brusquerie.

Hésitant, Wolf la suivit, avant de claquer la porte au nez des deux plantons.

— Vous êtes magnifique, bredouilla-t-il en regrettant de ne pas avoir mis de cravate.

Il lui tendit le vin et le bouquet. Elle mit poliment les fleurs dans un vase, avec sans doute le fol espoir de les ressusciter.

— Je sais que j'en ai fait un peu trop, mais je ne suis pas certaine d'en avoir à nouveau l'occasion.

Ashley ouvrit le rouge pour elle, et le blanc pour Wolf. Ils discutèrent dans la cuisine pendant qu'elle remuait de temps à autre ce qu'elle avait préparé. Ils couvrirent l'ensemble des sujets classiques d'un premier tête-à-tête :

famille, hobbys préférés, aspirations. Ils faisaient leur possible pour agrémenter la conversation de leurs meilleures histoires drôles, de celles qu'on a testées mille fois. Et soudain, ils se sentirent *normaux*, comme si un avenir radieux les attendait, comme si cette première soirée n'était que la promesse de plein d'autres.

Le dîner qu'elle leur avait concocté se révéla délicieux, bien qu'elle s'excusât à plusieurs reprises pour les morceaux qui avaient *attaché* et dont Wolf ne vit nulle trace. Arrivés au dessert, ils avaient terminé les deux bouteilles, et leur conversation s'assouplit, devint plus mélancolique sans cesser d'être captivante.

Ashley l'avait prévenu que la chaleur deviendrait étouffante dans son appartement une fois qu'elle aurait cuisiné. Effectivement, il dut remonter ses manches, dévoilant sa brûlure. Ashley, intriguée, approcha sa chaise pour l'examiner de plus près. Du bout de son index, elle caressa la peau, plus sensible à cet endroit-là. Elle se tourna vers lui et Wolf sentit à nouveau l'odeur de fraise de son shampoing, son haleine... Leurs visages n'étaient plus qu'à quelques centimètres l'un de l'autre, et...

Le masque de loup.

Ce flash fit tressaillir Wolf. Ashley recula instinctivement. L'image du masque se dissipa, mais il était trop tard, la magie du moment était rompue. Il lut la contrariété dans les yeux de la jeune femme et tenta de sauver cette soirée, par ailleurs en tout point merveilleuse.

— Désolé.

— Non, c'est moi qui suis désolée.

— Est-ce qu'on pourrait tout reprendre à zéro ? Vous savez, votre main sur mon bras, vos yeux plongés dans les miens...

— Pourquoi vous être dégagé alors ?

— Pur réflexe, rien à voir avec vous. J'ai tressailli parce qu'hier un type a collé son visage contre le mien et que... c'était le type qui veut notre mort.

— Vous l'avez vu ?

Elle n'en croyait pas ses oreilles.

— Il portait un masque.

Il lui raconta la scène devant l'ambassade, leur petit jeu à se défier, à se renifler, l'homme et le loup, refusant l'un comme l'autre de céder. Comme envoûtée par son récit, Ashley se pencha, posa sa main sur son avant-bras. Il huma son parfum. Elle entrouvrit les lèvres.

Le portable de Wolf sonna.

— Et merde !

Il lorgna vers l'écran, s'apprêtant à décrocher, puis sourit à Ashley avec une mine gênée. Il se leva pour prendre l'appel au calme.

— Baxter ?... Qui ça ?... Non, non, ne faites pas ça... Où ça ? J'arrive, j'en ai pour une heure.

Ashley commença à débarrasser la table, dépitée.

— Vous partez, c'est ça ?

En entendant une nouvelle fois son irrésistible accent écossais, Wolf faillit changer d'avis.

— Une amie a des soucis.

— Elle ne peut pas appeler la police ?

— Pas pour ce genre de soucis. Croyez-moi, ç'aurait été n'importe qui d'autre, je l'aurais envoyée au diable.

— Cette amie doit beaucoup compter pour vous.

— Oui, je dois l'admettre.

Edmunds ouvrit les yeux et resta, durant quelques secondes, hébété. Il s'était bavé sur le bras et son corps était affalé sur un matelas fait de papiers et de cartons. Il fixa sans comprendre les travées qui s'ouvraient devant lui tels des canyons mystérieux. La pénombre et la tranquillité des archives avaient eu raison de son épuisement. Il se redressa et vérifia l'heure à sa montre : 21 h 20.

— Putain !

Il ramassa tous les documents qu'il jeta en vrac dans la boîte et courut vers la sortie, une fois qu'il eut glissé le carton sur une étagère.

Wolf eut juste assez d'argent pour régler la course de taxi, prohibitive. Il descendit devant le bar Hemingway sur Wimbledon High Street, se fraya un chemin entre les clients attablés dehors, fonça au comptoir et brandit sa carte de police.

— Elle est tombée dans les pommes aux toilettes, lui précisa la barmaid. Quelqu'un est avec elle. On a appelé les secours, mais elle a insisté pour qu'on essaie de vous joindre en premier. Hé, vous seriez pas ce flic ? Wolf ? Le Wolf ? Sans blague…

Il s'éclipsa en direction des toilettes avant qu'elle ait le temps de brandir son téléphone pour prendre une photo. Après avoir remercié la serveuse au chevet de Baxter, il s'agenouilla près de son ex-coéquipière. Elle était encore assez consciente pour répondre à son nom s'il criait assez fort, ou réagir à un bon pincement.

— Comme au bon vieux temps, grogna-t-il.

Il utilisa la veste de Baxter pour lui cacher le visage, sûr et certain que la barmaid aurait prévenu tous les photographes amateurs que l'homme dans les chiottes était le gars qu'on voyait partout aux infos. Il souleva Baxter et la traîna dehors en la maintenant sous les bras.

Le vigile lui dégagea la voie vers la sortie, plus soucieux d'exfiltrer la cliente ivre morte avant qu'elle ne vomisse que de son état. Wolf porta Baxter jusqu'à son domicile, à deux pas de là, faillit la lâcher dans l'escalier étroit, parvint à ouvrir la porte de l'appartement où il fut accueilli par la radio à fond. Il franchit les derniers mètres en chancelant et la laissa tomber sur le lit.

Il lui retira ses bottines et repoussa de son visage quelques mèches de cheveux comme il l'avait si souvent fait autrefois. Il se rendit ensuite dans la cuisine pour chercher la bassine qui servait à la vaisselle, éteignit la musique, et nourrit Echo. Deux bouteilles de vin vides gisaient au fond de l'évier – il s'en voulut d'avoir oublié de demander au bar combien de verres ils lui avaient servis.

Il avala d'un trait deux grand verres d'eau et revint dans la chambre pour déposer la bassine sur la table de chevet. Il éjecta ses chaussures d'un coup de pied et s'allongea auprès d'elle. Baxter ronflait déjà.

Dans le noir, le regard vissé au plafond, tandis que les premières rafales de pluie frappaient sur les carreaux, il s'inquiéta des récentes rechutes de Baxter. Il espérait qu'elles n'étaient dues qu'au stress qu'ils enduraient tous, et qu'elle arriverait à maîtriser cette addiction qui ne l'avait jamais vraiment quittée. Toutes ces années, il l'avait aidée à la dissimuler au reste du monde. Alors qu'il se préparait à une autre nuit d'insomnie, il se demanda quelle sorte d'aide, au fond, il lui avait vraiment apportée.

Edmunds arriva chez lui complètement trempé. La maison était plongée dans le noir et il entra à tâtons, supposant que Tia était partie se coucher. Mais dans la chambre, le lit n'était pas défait.

— T. ?

Il alluma, inspecta chaque pièce et remarqua immédiatement que plusieurs choses manquaient : le jean préféré de sa compagne, sa mallette de travail, le chat je-me-prends-les-pieds-dedans. Elle n'avait laissé aucune note, mais il devinait que, de guerre lasse, elle était partie se faire dorloter chez sa mère. Il l'avait plantée une fois de trop. Et ça ne datait pas seulement de l'affaire *Ragdoll*, ça durait depuis sa mutation à la criminelle.

Il s'avachit sur le canapé, sur lequel il s'était dit qu'il finirait la nuit... Il se frotta les yeux. C'est vrai que c'était minable de lui imposer cette vie, mais il restait encore cinq jours à cravacher, ensuite tout serait terminé – d'une façon ou d'une autre. Tia devait comprendre qu'il verrait bientôt le bout du tunnel.

Il pensa à lui passer un coup de fil, mais à cette heure-là, il y avait de grandes chances qu'elle ait éteint son portable. Il était 22 h 27. Sa future belle-mère avait dû passer la prendre, car Edmunds avait noté la présence de leur voiture dans la rue. Il se releva, décrocha les clés du véhicule, éteignit et, malgré sa fatigue, sortit dans la nuit.

Il traversa la ville sans problème, il n'y avait aucune circulation. Il se gara directement sur le parking extérieur et fonça vers le poste de sécurité. L'agent le reconnut et ils parlèrent de choses et d'autres. Edmunds lui montra ses papiers, laissa à la consigne ses effets personnels et redescendit aux archives.

Le vin qu'il avait bu chez Ashley avait contribué à plonger Wolf dans un sommeil réparateur, mais moins d'une heure plus tard, il fut réveillé par un raffut dans les toilettes attenantes. Visiblement, Baxter n'était pas au mieux de sa forme. La lumière de la salle de bains filtrait sous la porte. Le bruit aussi. Allongé dans le noir, il entendit le rugissement de la chasse d'eau, le grincement de placards ouverts puis fermés, et les raclements de gorge de son amie.

Il songea à se lever pour rentrer chez lui, enfin rassuré qu'elle soit assez lucide pour être autonome, lorsqu'elle déboula de la salle de bains, roula sur le lit et abattit son bras en travers de sa poitrine.

— C'était comment ton rencard ?

— Rapide, grogna-t-il, terriblement agacé que Finlay n'ait pas su tenir sa langue, soupçonnant une embrouille de la part de Baxter.

— Quel dommage, répondit-elle en bâillant.

— J'ai failli ne pas venir.

— Mais t'es venu. Je savais que tu viendrais, susurra-t-elle en se rendormant.

Edmunds avait vu juste. Il perdit du temps à localiser le carton sur lequel il avait déjà travaillé car, dans sa hâte de rentrer, il l'avait glissé sur le mauvais rayonnage. Il se replongea vite dans cette affaire remontant à 2009 : l'héritier d'une grosse entreprise s'était volatilisé d'une suite d'hôtel pourtant gardée. Une mare de sang et pas de cadavre. Il examina une à une toutes les photos de la scène de crime et soudain, il repéra ce qu'il cherchait.

Sur le mur, non loin de la flaque de sang, huit éclaboussures écarlates confirmaient son hypothèse. Certes, elles étaient consignées dans le rapport, mais avaient été jugées « sans intérêt », un simple dégât collatéral. Or cette scène comportait de troublants points de similitude avec celle du matin. Ils en savaient assez aujourd'hui sur le mode opératoire du tueur pour conclure que ces éclaboussures « sans intérêt » avaient été faites lorsque l'homme démembrait sa victime de façon à pouvoir emporter le corps avec lui.

C'était le même gars, Edmunds en était convaincu. C'était leur tueur.

Il s'apprêtait à ranger la boîte, très excité par sa découverte. Au moins, il tenait quelque chose d'assez prometteur pour en informer l'équipe. Au moment où il se relevait, un papier tomba du couvercle en carton. C'était le formulaire standard qui accompagnait chaque boîte dans l'entrepôt : une succession de noms, de dates, celle à laquelle le dossier était emprunté puis celle où il réintégrait son étagère avec le motif de la consultation. Edmunds s'accroupit pour le ramasser et ses yeux tombèrent sur un nom familier au bas de la page :

Sergeant William Fawkes – 05/02/2013 – Analyse des éclaboussures de sang
Sergeant William Fawkes – 10/02/2013 – Restitution du dossier

Edmunds était stupéfait. Depuis l'ouverture du dossier en 2009, il ne comportait aucune annotation de Wolf, ni aucun ajout d'un rapport sur les analyses faites par le labo de la scientifique. L'hypothèse la plus probable était que Wolf avait été amené à consulter ce carton à propos d'une autre affaire. Peut-être était-il tombé par hasard sur une précédente victime du tueur de *Ragdoll*, attirant sans le savoir l'attention du meurtrier sur lui ? Cela expliquerait la nature personnelle du défi entre eux, et aussi le degré d'admiration de l'assassin envers le seul inspecteur qu'il estimait digne de son génie.
Les pièces du puzzle se mettaient tranquillement en place.
Edmunds exultait. Il interrogerait Wolf demain matin, et celui-ci serait en mesure de lui indiquer d'autres cas anciens liés au tueur. Encouragé par sa découverte, il changea de travée pour entamer d'autres recherches sur le dossier suivant qui figurait sur sa liste.
La roue s'inversait enfin : à présent, ils chassaient le chasseur.

27

Jeudi 10 juillet 2014,
7 h 07

Un soleil incandescent s'engouffrait par la porte ouverte, projetant des ombres dorées sur le lit. Wolf ouvrit les yeux. Il était dans la chambre de Baxter, seul, allongé tout habillé sur la couette. Le martèlement régulier des pas sur le tapis de course l'avait réveillé.

Au prix d'un effort certain, il se leva, ramassa ses chaussures – qui avaient valdingué à l'autre bout de la pièce – et entra dans le salon ensoleillé. Il salua Baxter d'un geste apathique. Elle portait sa tenue de sport et la même queue-de-cheval de travers que la veille. S'il ne la connaissait pas par cœur, il l'aurait crue reposée et régénérée. Cette faculté à se remettre rapidement de ses beuveries, c'était son atout majeur et ce qui expliquait comment elle parvenait à donner le change à son entourage.

Elle ne le salua pas en retour. Il alla préparer du café dans la cuisine américaine.

— Tu as toujours une..., commença Wolf en bâillant.

Baxter était en nage ; acharnée à maintenir le rythme, elle parut agacée d'avoir à retirer ses écouteurs pour entendre ce qu'il disait.

— Tu as toujours une brosse à dents de secours ?

Ils avaient conclu cet accord tacite sur un stock d'articles de toilette qu'elle gardait en réserve au cas où Wolf, au dernier moment, resterait chez elle. À une époque, c'était si fréquent – mais en tout bien tout honneur –, que cela avait alimenté les soupçons d'Andrea sur la nature exacte de leur relation.

— Salle de bains, tiroir du bas.

Elle remit en place ses écouteurs.

Wolf sentait bien qu'elle cherchait la bagarre, et refusait de mordre à l'hameçon. C'était classique chez elle. Elle avait honte de sa conduite et l'exprimait en étant ouvertement désagréable.

L'eau frémissait dans la bouilloire et Wolf brandit un mug dans sa direction en une proposition muette.

Elle arracha rageusement ses écouteurs.

— De quoi ?

— Je voulais juste savoir si tu voulais un café ?

— Je n'en bois pas, tu devrais le savoir mieux que quiconque. Je ne bois que du vin et ces cocktails aux noms ridicules.

— C'est donc non ?

— C'est comme ça que tu me vois, hein ? Une pauvre fille qui picole et qui ne sait pas prendre soin d'elle ? Admets-le.

La détermination de Wolf à ne pas entrer dans l'arène faiblissait.

— Je ne pense pas ça de toi. Pour en revenir au café...

— Je n'avais pas besoin que tu viennes à ma rescousse, si c'était par pitié. Tu te crois grand seigneur, c'est ça ? Fais-moi plaisir, la prochaine fois, te donne pas la peine de te déplacer.

Elle était à bout de souffle, *littéralement*.

— Eh bien tu vois, je regrette de m'être déplacé ! cria-t-il. J'aurais dû te laisser ramper dans ton vomi au lieu de foutre en l'air ma soirée.

— Ah oui, c'est vrai, ton dîner avec Ashley Lochlan ! Comme c'est touchant. Je la sens bien cette relation... Je suis sûre que ça va marcher entre vous... Enfin, à condition qu'aucun de vous deux ne se fasse dézinguer dans les quatre prochains jours !

— Je vais au bureau, dit Wolf en se dirigeant vers la porte. À propos, on t'y attend.

— Je ne pige toujours pas pourquoi tu bosses sur cette affaire ! C'est comme si tu allais toi-même à l'abattoir !

La porte d'entrée claqua si fort qu'un tableau représentant la Skyline de New York se décrocha. Complètement sous adrénaline, Baxter accéléra le rythme et monta le volume de la musique.

D'une humeur massacrante, Wolf fonça droit sur Finlay, impatient d'avoir un debriefing de la soirée.

— Pourquoi tu m'as fait un coup pareil, putain ?

— Tu veux bien préciser ?

— Pourquoi t'as parlé du dîner à Baxter ?

— J'ai pas voulu, mais elle est maligne.

— Et alors ? Tu pouvais pas inventer une histoire ?

— OK, et maintenant quoi ? gronda Finlay.

Lui, l'éternelle source de jovialité et d'optimisme du service, redevint le flic bagarreur de ses débuts à Glasgow.

Wolf sortit les mains de ses poches, prêt à parer le légendaire crochet du gauche de son coéquipier.

— C'est ce qu'un ami aurait fait.

— Je suis *aussi* l'ami d'Emily.

— Raison de plus. Maintenant, tu l'as blessée.

— Sans blague ? *Moi*, je l'ai blessée ? Tu plaisantes, j'espère ? répondit Finlay d'une voix monocorde, ce qui n'était jamais bon signe. Ça fait des années que je suis témoin de la manière dont tu te conduis avec cette pauvre fille. Quoi qu'il y ait entre vous, ça t'a déjà coûté ton mariage, et tu continues quand même. Ce qui signifie seulement deux choses : soit tu as effectivement *envie d'elle* mais t'as pas les couilles de te jeter à l'eau, soit tu n'as pas envie d'elle, et t'as pas les couilles de lui rendre sa liberté. Dans les deux cas, il te reste quatre jours pour agir comme un homme.

Wolf en fut estomaqué, Finlay l'avait toujours soutenu.

— Y a une piste que je veux explorer, déclara Finlay. Je sors.

— Je viens avec toi.

— Non, j'y vais seul.

— À 10 heures, on a un briefing en salle de réunion.

— Tu me couvriras, hein ? répliqua Finlay en lui filant une grande tape dans le dos.

À 9 h 05, Wolf ne prit pas l'appel du Dr Preston-Hall et s'attendait donc à voir le téléphone de la *Commander* sonner à tout instant. Il avait entendu Baxter aboyer après quelqu'un à travers l'open space. Finlay était parti, très énervé.

Seul Edmunds semblait être ailleurs. Pendant les dix dernières minutes, il avait organisé les documents dont il voulait parler à Wolf, curieux de tester sa réaction. Il rassembla les papiers et se récita mentalement sa phrase d'introduction comme un mantra. Puis il rejoignit l'inspecteur à son bureau.

— Gabriel Poole Junior, 2009, annonça-t-il.

Il eut le sentiment de percevoir chez Wolf une brève lueur d'intérêt, mais ce dernier poussa un soupir exaspéré en le fixant avec impatience.

— Oui, et alors ?

Cette absence de réactivité ne l'empêcha pas de se lancer dans son exposé avec enthousiasme.

— J'espérais que ça pourrait vous dire quelque chose. Cet homme était l'héritier d'un empire industriel dans l'électronique. Il a disparu de sa suite d'hôtel et le cadavre n'a jamais été retrouvé. Ça ne vous dit toujours rien ?

— Écoutez, ne le prenez pas mal, mais allez raconter vos histoires à quelqu'un d'autre, OK ? Je ne suis pas d'humeur aujourd'hui.

Ébranlé, Edmunds se demanda s'il avait été assez clair.

— Désolé d'insister, Wolf, mais j'ai fait des recherches aux archives et…

— Je pensais vous l'avoir interdit.

— C'est vrai, mais je vous assure que je l'ai fait sur mon temps personnel. Peu importe, j'ai découvert…

— Non, pas de « peu importe », hurla-t-il. Si un supérieur vous interdit une chose, vous laissez tomber !

Edmunds se prenait un savon devant témoins car les vociférations de Wolf avaient éveillé l'attention de tout le service. Or, s'il était choqué qu'une innocente conversation ait tourné si vite à l'altercation, Edmunds n'en était pas pour autant disposé à « laisser tomber ». Il avait des interrogations essentielles qui nécessitaient des réponses tout aussi essentielles.

— Si je pouvais en placer une, bredouilla Edmunds, je… j'ai mis au jour un élément déterminant.

Edmunds lui tendit la première feuille. Wolf fit le tour du bureau, ce que le jeune stagiaire prit pour un signe encourageant. Enfin, il était disposé à l'écouter. Wolf lui arracha brutalement toute la pile de documents des mains et la jeta à terre. Des rires et des huées fusèrent. Baxter se précipita vers eux et Simmons, réintégrant son rôle de chef, bondit sur ses pieds.

— J'ai besoin de comprendre pourquoi vous avez consulté le dossier Poole aux archives, demanda Edmunds d'une voix plus aiguë qu'à l'ordinaire.

— Je n'aime pas du tout votre ton, rétorqua Wolf en toisant le jeune homme dégingandé.

— Et moi, je n'aime pas du tout votre réponse ! lança Edmunds en surprenant l'auditoire, à commencer par lui-même. Pourquoi ce dossier en particulier ?

D'un coup, Wolf le saisit à la gorge et le plaqua si violemment contre la paroi de la salle de réunion que de minuscules étoiles surgirent sur le verre dépoli.

— Hé ! s'écria Simmons.

— Wolf ! hurla Baxter en s'élançant vers eux.

Il relâcha Edmunds. Du sang lui coulait dans le cou. Baxter s'interposa en regardant Wolf bien en face.

— Qu'est-ce qui te prend, bordel de Dieu ?

— Tu as intérêt à dire à ton petit chien-chien de plus m'emmerder !

— Il ne travaille plus pour moi, répondit-elle, abasourdie par une telle fureur. Tu perds complètement les pédales, mon pauvre ami !

— Je *perds* les pédales ? brailla-t-il, rouge de colère.

Baxter comprit la gravité de la menace. Il était à deux doigts de balancer le secret qu'elle protégeait depuis des années. Elle s'arma de courage, soulagée de se débarrasser enfin de ce poids-là.

Mais Wolf sembla hésiter.

— Dis-lui qu'il ferait mieux d'avoir du solide avant de lancer des accusations à tout-va.

— Des accusations ? répéta Baxter.

— Je ne vous accuse de rien, coupa Edmunds, je veux juste votre aide sur un dossier.

Vanita, qui avait loupé le début du différend, sortit de son bureau.

— Quel dossier ? aboya Baxter.

— Il perd son temps à étudier des affaires non classées sur lesquelles j'ai bossé au lieu de faire son travail !

— Oh... vous faites tous chier ! s'écria Edmunds à la surprise générale.

Il effleura son crâne, du sang coulait entre ses doigts.

Wolf fondit sur lui mais fut bloqué fermement par Simmons. Baxter se pencha vers Edmunds en lui murmurant :

— C'est vrai ?

— J'ai découvert un truc.

— Je vous avais dit de laisser tomber.

— J'ai *trouvé* un truc.

— Je n'arrive pas à croire que tu écoutes ce mariole, cracha Wolf.

— Je ne l'écoute pas, je pense que vous êtes tous les deux des cons.

— Ça suffit !

Un silence glacé s'abattit sur l'open space. Vanita, livide, s'approcha de la zone de combat.

— Edmunds, vous allez me soigner cette blessure ! Baxter, vous retournez avec votre équipe ! Fawkes, vous êtes suspendu ! Effet immédiat !

— Vous ne pouvez pas me suspendre.

— Je voudrais bien voir ça ! Sortez !

— *Commander*, je suis d'accord avec Wolf, intervint Edmunds en prenant la défense de son agresseur. On a besoin de lui. Vous ne pouvez pas le suspendre.

— Je ne vous laisserai pas bousiller mon service de l'intérieur, cria-t-elle à Wolf. Sortez ! L'incident est clos !

La tension était à son comble. Tout le monde craignait la réaction de Wolf, lequel se contenta d'un petit rire amer, dégageant son bras de celui de Simmons, et se dirigea vers la sortie. Au passage, il donna un coup d'épaule à Edmunds.

Seuls Simmons et Vanita participèrent donc à la réunion de débrief programmée pour 10 heures. Les douze noms étaient inscrits sur le paperboard qui trônait au milieu de la pièce, tel un puzzle presque achevé.

— Bon… y a plus que nous, hein ? dit Simmons.

— Où est le *Sergeant* Shaw ?

— Aucune idée. Finlay ne décroche pas son téléphone, Edmunds est aux urgences, et vous venez de révoquer Fawkes.

— Eh bien dites-le… Terrence, dites-le si vous pensez que j'ai pris la mauvaise décision.

— Elle n'était pas mauvaise, elle était courageuse.

— Wolf est un handicap pour nous, même si on ne peut pas lui en vouloir. Nous avons atteint un point de non-retour et il fait plus de mal que de bien au service.

— Je suis d'accord à cent pour cent avec vous, dit-il, mais je ne peux pas tout faire tout seul. Autorisez-moi à reprendre Baxter.

— Impossible. Pas après le fiasco Garland. Je vais vous attribuer quelqu'un d'autre.

— On n'a plus le temps. Ashley Lochlan va mourir dans deux jours et Fawkes deux jours plus tard. Baxter connaît le dossier par cœur. La laisser en dehors du coup, voilà qui serait *prendre la mauvaise décision.*

Vanita marmonna entre ses dents en dodelinant de la tête. Puis :

— D'accord, mais je consignerai mon objection. Elle est sous votre responsabilité à partir de maintenant.

— Vous savez ce qu'ils ont écrit, fit Samantha Boyd en contemplant l'affreuse photo sur laquelle elle apparaissait, épouvantée, sous le portique de pierre d'Old Bailey. « La jolie jurée éclaboussée de sang », c'est le surnom qu'ils m'ont collé, comme si j'allais inscrire ça sur mon CV, ou que sais-je…

Finlay avait bien du mal à croire que la personne assise en face de lui était la jeune femme de la photo. Quoique toujours fort séduisante, elle avait troqué sa longue chevelure blond platine contre un carré court de cheveux bruns. Elle était outrageusement maquillée, ce qui faisait presque oublier ce regard bleu ciel que l'on devinait dans le noir et blanc flatteur du photographe. Et ses vêtements luxueux étaient davantage tape-à-l'œil que chics.

La troisième célébrité du plus célèbre procès de ces dernières années avait accepté de le rencontrer dans un salon de thé à la mode dans Kensington. Finlay avait d'abord cru l'établissement fermé pour rénovation, mais personne parmi la clientèle branchée, ni parmi le personnel tatoué, ne semblait le moins du monde gêné par les tuyaux apparents, les murs en béton, et les ampoules nues qui pendouillaient au-dessus des tables.

Le rendez-vous prétexté par Finlay n'avait rien à voir avec sa dispute avec Wolf. Il l'avait fixé la veille au soir, persuadé que la manière la plus efficace de réunir des indices se résumait à poser les bonnes questions aux bonnes personnes. Pour lui, cette méthode en valait bien d'autres, comme de remonter les pistes financières et d'analyser les empreintes de pas ou les traces de sang. Il n'ignorait pas que ses collègues le jugeaient terriblement *old school*, et il aurait aimé leur répondre que le dinosaure n'avait aucune intention de changer à deux ans de la retraite.

— Ça a été difficile de me sortir de cette histoire, lui confia Samantha.

— Il n'y a pas eu que du mauvais. Je suppose que votre business en a profité.

Il but une gorgée de son café et s'étrangla presque. Ce truc avait l'amertume des expressos affectionnés par Wolf.

— C'est vrai, on ne pouvait plus faire face aux commandes tellement il y en avait, surtout pour la robe blanche. On a fini par refuser des clients.

— Et ce jour-là ?

Elle réfléchit intensément avant de poursuivre.

— Vous savez, je ne cherchais pas à prendre la pose, je cherchais désespérément de l'aide. Je n'ai jamais eu pour ambition de devenir célèbre, surtout dans un contexte aussi… sordide. Ma vie a basculé du jour au lendemain. Aux yeux des gens, je n'étais plus que la « jolie jurée éclaboussée de sang ».

— Je comprends… ça a dû être un sacré bouleversement.

— Avec tout mon respect, je ne crois pas que vous puissiez comprendre. Pour vous dire toute la vérité, j'ai honte du rôle que j'ai pu jouer ce jour-là. À ce moment-là, nous étions tous tellement influencés par les indiscrétions de l'inspecteur Fawkes, et les accusations portées contre la police que ça a altéré notre jugement, je pense. Ce fut le cas pour la plupart d'entre nous puisque dix personnes sur douze ont commis cette erreur irréparable. Depuis, chaque jour que Dieu fait, je songe aux terribles conséquences…

Elle ne s'apitoyait nullement sur elle-même, elle faisait preuve au contraire d'un grand sens des responsabilités. Finlay lui montra une photo récente de Ronald Everett.

— Est-ce que vous reconnaissez cet homme ?

— Comment pourrais-je l'oublier ? J'ai été obligée de m'asseoir à côté de ce vieux pervers quarante-six jours durant. Autant vous dire que je ne le porte pas dans mon cœur.

— Voyez-vous une raison pour laquelle quelqu'un voudrait s'en prendre à lui ?

— Vous n'avez visiblement pas rencontré ce détraqué. À mon avis, ça ne pourrait être qu'un homme dont il aurait tripoté la femme. Pourquoi ? Il lui est arrivé quelque chose ?

— C'est confidentiel.

— Je ne dirai rien.

— Moi non plus, dit Finlay pour clore le débat.

Il se concentra avant de poser la question suivante.

— Quand vous repensez à Mr Everett au moment du procès, y aurait-il un détail qui le différencierait de vous et des autres jurés ?

— Qui le différencierait ? (Elle regarda dans le vide, et Finlay se demanda s'il n'avait pas perdu son temps.) Oh... si, mais c'est qu'on n'a jamais pu le prouver...

— Jamais pu prouver quoi ?

— Moi et quelques autres jurés, on a été approchés par des journalistes qui nous proposaient de l'argent contre des informations. Sur le contenu de nos débats, l'orientation que ça prenait, ce genre-là...

— Et vous croyez qu'Everett aurait cédé ?

— Non, je ne le crois pas, j'en suis convaincue. Certains éléments sont sortis dans la presse, et ce pauvre Stanley qui se battait pour un verdict de culpabilité s'est réveillé un matin avec sa photo à la une des journaux. Il y était question de ses positions islamophobes et de liens qu'aurait eus sa famille avec des médecins nazis. Des ragots...

— Mais vous étiez censés ne pas regarder les infos, non ?

— Vous ne vous souvenez pas du climat qui régnait ? Il aurait été plus facile d'éviter de respirer.

Finlay eut soudain une intuition. Il farfouilla dans sa chemise cartonnée et posa une autre photo sur la table.

— À tout hasard, serait-ce un des journalistes qui vous ont contactée ?

Elle dévisagea l'homme un moment.

— Oui ! C'est le journaliste qui est mort en direct, pas vrai ? Jarred Garland. Mon Dieu... Je n'avais pas fait le rapprochement avant... Il avait une barbe et les cheveux plus longs à l'époque.

— Vous êtes sûre et certaine qu'il s'agit du même homme ? Regardez bien.

— Sans l'ombre d'une hésitation. Je reconnaîtrais son sourire hypocrite entre mille. Si vous ne me croyez pas, vous pouvez vérifier : un soir, il m'a suivie jusqu'à chez moi et refusait de partir. J'ai dû faire appel à la police...

Edmunds ne pouvait s'empêcher de tâter son crâne au niveau des points de suture posés par l'infirmière. Dans la salle d'attente, il avait eu tout loisir de se repasser la scène avec Wolf. Il avait retranscrit l'accrochage dans son carnet, mot pour mot. Ce qui le surprenait, c'était la virulence avec laquelle Wolf avait réagi.

Edmunds se sentait vidé. S'était-il conduit, sans le vouloir, de manière irrespectueuse ? S'était-il montré accusateur ? Mais, il l'aurait accusé de quoi ? Il ne saisissait pas non plus la raison pour laquelle Wolf lui avait menti en affirmant ne pas connaître cette affaire, d'autant qu'il avait oublié de remettre dans le dossier le rapport d'analyse des experts de la scientifique. Sa réaction disproportionnée voulait-elle dire qu'il se sentait attaqué ? Et à juste titre ?

Seul point positif de son passage aux urgences : Tia avait bien été obligée de répondre à ses SMS. Elle avait même proposé de le rejoindre. Mais il l'avait assurée que tout allait bien ; ils s'étaient même entendus pour qu'elle demeure chez sa mère jusqu'à la fin de la semaine, lui promettant qu'ensuite il s'efforcerait d'être davantage présent.

Libéré de sa culpabilité, Edmunds traversa la ville jusqu'à Watford et de là prit un taxi pour les archives. Il se plia aux procédures habituelles de sécurité sans même y penser – cela devenait une routine – mais, cette fois, s'arrêta au bas de l'escalier, devant le bureau marqué « Administration ». Il toqua poliment, puis entra.

L'employée entre deux âges était assise derrière un ordinateur d'un autre temps. Elle ressemblait exactement à ce qu'il avait imaginé avant de pousser la porte : une pâleur à faire peur, une tenue négligée, une paire de grosses lunettes hideuses. Elle l'accueillit toutefois chaleureusement, telle une vieille tante ravie de recevoir de la visite. Il accepta le siège qu'elle lui désigna, mais refusa le thé de peur de ne plus pouvoir s'en dépêtrer.

Une fois qu'elle eut évoqué la mort de Jim, son mari, et les allées et venues d'un fantôme bienveillant dont elle jurait qu'il hantait le sous-sol, Edmunds orienta la conversation sur le système de retrait des dossiers archivés.

— Donc, tout doit passer par ce bureau.

— Absolument. On scanne les codes-barres de ce qui entre et de ce qui sort. Si vous passez sous le portique sans qu'un dossier soit validé, ça déclenche l'alarme !

— Ce qui signifie que vous pouvez par exemple me dire qui a emprunté quoi ?

— Bien entendu.

— Alors j'ai besoin de voir toutes les boîtes consultées par le *Sergeant* William Fawkes.

— Toutes ? Vous êtes bien sûr ? Will venait très souvent ici.

— Toutes sans exception.

St Ann's Hospital

―――――

*Dimanche 17 octobre 2010,
21 h 49*

E<small>N PRÉVISION DE LA RONDE DES INFIRMIERS</small> à 22 heures, Wolf retourna à sa chambre, le pas indolent. Le couloir lugubre s'étirait tristement sous la lumière artificielle. Il y régnait une vague odeur de chocolat chaud – qui n'avait de chaud que le nom puisque les tasses continuaient de refroidir sur leur chariot chaque fois qu'un des patients jetait à la figure du personnel le breuvage trop sucré et déjà tiède.

Il roulait entre ses doigts une petite boule de pâte à modeler volée une semaine plus tôt à l'une des Pink Ladies. Avec, il comptait se fabriquer des protège-tympans : bien que rien ne puisse totalement effacer les hurlements nocturnes, cela lui permettait de tenir à distance l'horreur de ces cris.

Plusieurs chambres étaient encore vides car leurs occupants profitaient de la télévision jusqu'à la dernière minute avant le couvre-feu. Alors qu'il bifurquait dans un autre couloir tout aussi désert, il entendit quelqu'un marmonner dans l'une d'elles. Il perçut des prières psalmodiées et évita de s'approcher.

— Inspecteur !

Wolf se figea, se demanda s'il n'était pas en train de faire une hallucination auditive, puis scruta l'obscurité de la pièce. Par la porte entrebâillée, il vit, sous un rai de lumière venu du couloir, le torse d'un homme noir penché sur ses jambes nues. Wolf allait repartir quand la voix le stoppa à nouveau :

— Inspecteur !

Avec précaution, Wolf poussa le battant qui grinça sur ses gonds. Il se tenait prudemment sur le seuil et cherchait à tâtons l'interrupteur qu'il savait sur la droite. La rampe du néon grésilla puis s'alluma. L'éclairage tamisé — le néon avait été enduit de sang séché ou de nourriture pour être opacifié — jetait des ombres inquiétantes sur les murs. L'endroit puait le brûlé, sans doute la matière sur le néon.

Joel cessa ses incantations pour se protéger les yeux de la faible lumière. Il n'était vêtu que d'un vieux slip effiloché, laissant apparaître des cicatrices de taille et d'ancienneté différentes, pour la plupart en forme de croix — traces d'automutilations répétées sur l'ensemble du corps.

La chambre était à l'image de son occupant : sur le lit couvert de taches jaunes gisaient les pages arrachées d'une bible, dont les versets avaient été déchirés puis recollés à la salive sur toutes les surfaces disponibles. Leur nombre écrasant soulignait l'étroitesse du lieu.

Comme s'il émergeait d'une transe, Joel regarda Wolf et lui sourit.

— Inspecteur, j'voulais te montrer ça, dit-il avec un geste circulaire de la main.

— Je m'en serais bien passé, chuchota Wolf en se bouchant les narines le plus discrètement possible.

— J'ai beaucoup pensé à toi, mec... à ta situation... et je crois que j'peux t'aider, annonça l'illuminé, montrant sa poitrine balafrée. Et ça va... te sauver.

— Quoi, de me scarifier ?

— Dieu.

— Me sauver de quoi, Joel ?

Joel éclata de rire et Wolf, fatigué, se tourna pour s'en aller.

— Il y a trois ans de ça, ma petite sœur a été assassinée par des dealers... Une vengeance. Elle devait cent cinquante balles à de vrais caïds... alors ils lui ont tailladé le visage à mort.

Wolf l'écoutait maintenant avec attention.

— Tu sais ce que j'voulais leur faire à ces salauds ? Et ben, j'voulais leur faire la même chose lentement, qu'ils sentent la douleur. (Joel arborait un sourire cruel en songeant à la scène de torture.) J'ai essayé de les retrouver, mais ils étaient pas du genre à se laisser trop approcher comme ça. Je me sentais impuissant, mec, tu comprends ?

Wolf hocha la tête.

— Sale période... J'ai été obligé d'accepter la seule solution possible, mec, et j'ai fait un marché.

— Un marché ?

— Mon âme contre les leurs.

— Votre âme ?

Wolf lorgna les morceaux de papier qui les cernaient et soupira, honteux d'écouter les histoires de ce mystique délirant. Il entendit un infirmier dans le couloir.

— Bonne nuit, Joel, dit-il, s'apprêtant à partir.

— Une semaine plus tard, j'trouve un sac noir devant ma porte, un gros sac poubelle, reprit Joel. Il y avait tellement de sang dedans, j'veux dire, j'en avais partout, sur les mains, sur mes fringues...

— Il y avait quoi dans ce sac ?

Joel ne répondit pas. Il revoyait ses mains rouges, il sentait à nouveau cette odeur métallique. Il recommença à psalmodier et rampa jusqu'à la bible en lambeaux, en arracha une autre feuille pour gribouiller quelque chose au crayon.

Wolf se rendit compte qu'il ne marmonnait plus des versets mais une suite de chiffres. Il prit doucement la feuille des doigts tremblants de Joel.

— C'est un numéro de téléphone.

— Inspecteur, il vient me chercher...

— C'est le numéro de qui ?

— C'est la deuxième mort, le lac de feu...

— Joel, c'est le numéro de qui ?

— La damnation éternelle. Quel être ne tremblerait pas ? (Une larme coula sur sa joue. Il croisa le regard de Wolf.) Mais tu sais quoi, mec ? (Il pointa le papier que tenait Wolf et lui lança un sourire désolé.) Ben, ça valait carrément le coup.

28

Vendredi 11 juillet 2014,
7 h 20

Baxter était en rage : elle avait dû esquinter sa belle Audi au moment de se garer. La seule place qu'elle avait trouvée sur ce petit bout de trottoir – muni depuis peu d'un horodateur – était jonchée de gravats.

Elle venait organiser les derniers préparatifs en vue du transfert d'Ashley, conformément aux instructions de Vanita. Avec Edmunds, elle irait la chercher dans une voiture banalisée et ils rejoindraient Simmons à la périphérie de la ville. De là Ashley changerait de véhicule et serait conduite sur la côte sud, où des membres du *Protected Persons Service* l'attendraient sur un bateau. Comme la dernière fois, sa destination ne leur serait pas communiquée.

Baxter grimpa jusqu'au troisième où deux agents fatigués se levèrent de leurs chaises en la voyant débouler. Elle leur tendit sa carte de police.

— On va vous demander de patienter un peu, déclara la femme flic avec un petit sourire devant son collègue mal à l'aise.

— J'ai un emploi du temps serré, répondit Baxter en frappant violemment à la porte

Les deux policiers échangèrent un regard inquiet.

— Je vous l'ai dit, ils ne doivent pas être levés.

— *Ils ?*

À cet instant précis, la serrure cliqueta et la porte s'ouvrit à la volée. Wolf terminait de boutonner sa chemise : son expression se figea en apercevant Baxter.

— Salut, ânonna-t-il.

D'abord déroutée, puis mortifiée, puis terriblement furieuse, Baxter serra son poing et, sans un mot, le frappa au visage de toutes ses forces. Il l'avait bien formée. Grâce à un déplacement parfait du poids de son corps, le coup lui avait percuté l'œil gauche avec une violence telle qu'il le fit reculer en vacillant. Sidéré, aucun des deux flics ne chercha à intervenir.

Sentant qu'elle avait dû se casser un doigt, Baxter secoua sa main pour enrayer la douleur, puis tourna les talons et dévala l'escalier.

— Baxter ! Tu pourrais juste m'écouter une seconde ?

Il la poursuivit dans la rue, jusqu'à la place de stationnement fatale.

— Je suis désolé d'avoir à brandir ma situation de condamné à mort comme une excuse, mais c'est un fait : je serai peut-être mort dans trois jours. Attends... je t'en prie.

Baxter s'arrêta, à contrecœur, et croisa les bras sur sa poitrine.

— Nous deux, on n'est pas un couple, OK ? reprit Wolf. On ne l'a jamais été.

Elle le regarda bizarrement, puis se tourna vers sa voiture.

— On est autre chose… C'est certainement troublant, horripilant, particulier et… compliqué. Mais on n'est pas un couple. Tu ne peux pas m'en vouloir pour ça.

— Tu fais toujours ce qui t'arrange, comme d'habitude ! cracha-t-elle.

— Oui, et c'est comme ça. Je ne suis pas formaté pour être un bon compagnon. Andrea pourra te le confirmer.

Baxter fit mine de s'en aller mais il la rattrapa doucement par le bras.

— Ne me touche pas !

Il la lâcha.

— Écoute, je veux que tu saches… J'ai besoin que tu saches… Je n'ai jamais eu l'intention de te faire du mal.

Baxter décroisa ses bras et le regarda droit dans les yeux.

— Va te faire foutre, Wolf, conclut-elle en rebroussant chemin vers l'immeuble d'Ashley.

Il avait l'air désespéré et, cette fois, ne chercha pas à la retenir.

— Baxter ! hurla-t-il, protège la gamine ! (Elle poursuivit obstinément son chemin.) Baxter ! S'il ne réussit pas à tuer Ashley, je crois qu'il s'en prendra à la gosse !

Elle disparut sans même un signe.

Après la vraie-fausse réunion de la veille, Vanita avait décrété un point à 9 h 30 pour l'ensemble de l'équipe. Baxter arriva en trombe, très en retard. À cause de Wolf, son rendez-vous – glacial – avec Ashley avait duré plus que prévu ; elle avait ensuite été bloquée dans les embouteillages du matin.

Survolté, Edmunds vint à sa rencontre avant même qu'elle ait eu le temps de poser ses affaires sur le bureau recouvert de taches de gras, souvenir du dîner de l'équipe de nuit. Son stagiaire avait l'air éreinté et anormalement négligé.

— Sans déconner, Edmunds, cet endroit part sévèrement en couille, aboya-t-elle, jugeant plus prudent de déposer son sac à terre.

— Il faut que je vous parle de toute urgence.

— Pas maintenant, j'ai très mal démarré la journée.

— Je pense avoir trouvé quelque chose d'important, mais y a encore un truc qui m'échappe.

Du coin de l'œil, Baxter surveillait Vanita qui les surveillait depuis la salle de réunion.

— Eh bien, faites-en profiter tout le monde. Venez avec moi.

— C'est tout le problème. Il faudrait que je vous en parle d'abord en privé.

— Faites chier, Edmunds, on verra ça plus tard !

Elle fila jusqu'à la salle de réunion et s'excusa pour son retard. Edmunds la suivit, plein d'appréhension. Sur le paperboard, la situation était exposée dans toute sa – nouvelle – complexité.

1. TÊTE : Naguib Khalid, le « Tueur Crématiste »
2. TORSE : ? Madeline Ayers (avocate de Khalid)
3. BRAS GAUCHE : *bague en platine, cabinet d'avocats ?* – Michael Gable-Collins – ~~pourquoi ?~~ – *A parlé à AL*
4. BRAS DROIT : *vernis à ongles ?* – Michelle Gailey (contrôleuse judiciaire de Khalid)
5. JAMBE GAUCHE : ? Ronald Everett (juré) – *A fourni des informations à JG*
6. JAMBE DROITE : inspecteur Benjamin Chambers – *pourquoi ?*

A. ~~Raymond Turnble~~ (maire)

B. ~~Vijay Rana/Khalid~~ (frère, expert-comptable) – *Pas présent au procès, a payé AL*

C. ~~Jarred Garland~~ (journaliste) *a acheté des informations à RE*

D. ~~Andrew Ford~~ (agent de sécurité/alcoolique/~~emmerdeur~~) – *Policier de garde affecté au banc des accusés*

E. Ashley Lochlan (serveuse ou petite fille de neuf ans) – *A fait un faux témoignage*

F. Wolf

D'emblée, Vanita présenta son plan d'évacuation d'Ashley Lochlan : son transfert à l'équipe du *Protected Persons Service* était prévu en fin d'après-midi. Quand Baxter s'étonna des annotations supplémentaires inscrites sur le paperboard, Finlay lui raconta comment, de la bouche de Samantha Boyd, il avait appris le lien entre Ronald Everett et Jarred Garland. Il lui tendit une série d'articles que le journaliste avait écrits à l'époque du procès, tous très critiques envers Wolf, le *Met* ou le juré « islamophobe et pro-nazi ».

Edmunds les écoutait à moitié. Hormis quelques heures de sommeil grappillées çà et là dans le sous-sol des archives, il n'avait pas fait une vraie nuit depuis presque quatre jours. Obsédé par ses investigations, il avait des moments d'absence et se montrait incapable de se concentrer sur un sujet plus de cinq minutes d'affilée. Preuves de son épuisement, un tic nerveux le faisait cligner de l'œil gauche, et il avait la bouche pleine d'aphtes.

Il avait fini de passer en revue tous les dossiers consultés par Wolf et en avait dégagé une conclusion très troublante. Sur la période de 2012-2013, Wolf avait effectué des recherches sur sept affaires non classées, lesquelles présentaient toutes des modes opératoires identiques à celui de leur tueur. Une des autopsies mentionnait même de l'acide triflique pour expliquer des « lésions internes épouvantables ».

Wolf pourchassait un serial killer, et pourtant aucun dossier n'avait été ouvert pour établir un lien entre ces meurtres, aucune note liée à ces enquêtes n'apparaissait dans les cartons. À l'évidence, Wolf traquait en secret ce tueur sans nom. Pourquoi ?

Edmunds l'avait remarqué, cette période suivait de peu le moment où Wolf avait été réintégré dans la police. Il se serait mis en tête d'attraper ce tueur tout seul, ignorant toutes les procédures ? De prouver que la controverse qui avait détruit sa réputation était sans fondement ?

Mais alors pourquoi n'avait-il pas partagé avec l'équipe ces informations cruciales après le démarrage du cas *Ragdoll* ? Il était impensable qu'il n'ait pas reconnu les signes distinctifs de son tueur. Voilà de quoi Edmunds devait absolument discuter, en privé, avec Baxter.

— ... pourtant, nous ne sommes toujours pas en mesure d'identifier celui qui voulait la mort de toutes ces personnes. (Vanita avait une manière bien à elle de présenter leur bilan qui sonnait comme le constat de leur incompétence.) Et bien entendu, aucun parent des victimes de Khalid ne s'est transformé en justicier solitaire.

Simmons tendit à Edmunds la série d'articles écrits par Garland ; le jeune flic les feuilleta.

— Il y a un truc bizarre, intervint Baxter. Chambers n'a aucun lien avec Khalid, pas le moindre.

Elle parvenait enfin à citer le nom de son collègue sans colère ni tristesse.

Un des articles retint l'attention d'Edmunds. Garland avait interviewé le maire Turnble, et son papier, accablant et diffamatoire, jouait avec les limites de ce qu'on peut imprimer dans un journal sans risquer un procès. Sans doute le maire était-il alors accaparé par ses stratégies de communication autour de sa révolutionnaire « Politique en matière de criminalité et de maintien de l'ordre ». Il avait d'ailleurs invité la « victime » Naguib Khalid lors d'une de ses mémorables interventions. Toujours est-il que Garland avait orienté l'interview de façon à encourager la charge véhémente du maire contre l'inspecteur tombé en disgrâce.

— Cette liste noire aurait pu être celle de Will – s'il n'avait été dessus, bien sûr, plaisanta Finlay avec malice.

— Une liste faustienne, oui, renchérit Simmons.

Finlay eut un petit rire nerveux.

Edmunds abaissa lentement l'article qu'il venait de lire et le regarda. Une pensée saugrenue prenait racine dans son cerveau harassé. De nouveau, il abaissa les yeux sur l'article, puis fixa le paperboard au centre de la pièce.

Enfin, tout était limpide. Tout faisait sens.

— C'est Wolf ! balbutia-t-il en lâchant la liasse de feuilles.

Il appuyait ses paumes contre ses tempes comme s'il tentait de remettre ses pensées éparses en bon ordre.

— Hé, je blaguais ! fit Finlay, embarrassé.

Les autres échangèrent des regards perplexes, puis Edmunds se leva d'un bond.

— Nous avons été si aveugles, commença-t-il, en faisant les cent pas. Je me suis trompé sur toute la ligne. Khalid n'a jamais été la clé du problème. C'est Wolf ! C'est Wolf la clé du problème depuis le départ !

— Qu'est-ce que vous racontez, Edmunds, vous êtes cinglé ? le rabroua Baxter. Wolf est l'un des nôtres.

Finlay grimaça et la rassura d'un mouvement de tête.

Edmunds arracha du paperboard la feuille comportant la liste des victimes, et la laissa glisser au sol.

— Hé, ça va pas ! cria Simmons, mais Vanita fit signe au jeune flic de continuer.

Edmunds se mit à griffonner frénétiquement :

1. Le Tueur Crématiste : Wolf obsédé par lui, tente une première fois de le tuer.
2. L'avocate de la défense : elle discrédite les preuves de Wolf et obtient l'acquittement de Khalid.
3. Le patron du cabinet juridique : il est complice pour le faux-témoignage.
4. La contrôleuse judiciaire : inexpérimentée – elle permet à Khalid de recommencer à tuer.
5. Le juré : il vend des infos sensibles à Garland.
6. Chambers :
7. Le maire : il instrumentalise sans vergogne Wolf avant et après l'assassinat de la dernière victime de Khalid.
8. Le frère de Khalid : il paye Lochlan pour qu'elle accepte de faire le faux témoignage.
9. Le journaliste : il imprime des mensonges sur Wolf, et utilise des infos pour influencer l'opinion publique et les jurés.
10. L'agent de sécurité : il sauve la vie de Khalid, brise le poignet de Wolf.
11. Le témoin : il ment contre une somme d'argent, et invalide ainsi les preuves de Wolf.
12. Wolf : l'imposture.

— C'est pas sérieux, hein ? articula Baxter, cherchant des yeux le soutien de ses camarades. Je veux dire… ne me dites pas que quelqu'un gobe ce tas de conneries ?

— Concernant Chambers ? l'interrogea Edmunds, quel est le chaînon manquant ?

— Comme par hasard, Wolf vous a malmené hier et vous commencez aujourd'hui à l'accuser de… je ne sais même pas quoi…

— Chambers ? répéta Edmunds.

— Il n'y a aucun rapport.

— Quel est le lien ? s'écria Edmunds.

— Je vous l'ai dit, aucun !

Finlay se racla la gorge et intervint prudemment :

— Je n'en crois pas un mot non plus, Emily, mais il faut qu'on examine cette possibilité si l'on veut crever l'abcès. (Baxter se mura dans le silence.) Will a toujours cru que Ben Chambers avait envoyé la lettre.

— Quelle lettre ?

— La lettre anonyme à la Direction de la police des polices de Londres, où l'expéditeur affirmait que Wolf était devenu « instable », « obsédé », « rongé par l'affaire » et recommandait une mutation immédiate.

Finlay se tourna vers Baxter qui évita son regard.

— La lecture de cette lettre à l'audience a été le coup de grâce, précisa Simmons, perturbé. Elle a sauvé Khalid.

— Vous avancez des allégations crédibles, Edmunds, dit Vanita en soulignant l'évidence. Mais des allégations crédibles nécessitent des preuves crédibles.

Edmunds se souvint de quelque chose. Il feuilleta les pages de son carnet et lut ses notes à haute voix.

— « 28 juin – je suis en faction devant la salle d'interrogatoire. Je surprends une conversation entre le maire Turnble et le *Sergeant* Fawkes : "Je comprends. Tout le monde fait son boulot : la presse, les avocats, le *héros* qui m'a brisé le poignet pour m'arracher à Khalid." »

— Fawkes a dit ça ? s'enquit Simmons, désormais préoccupé.

— Mot pour mot, répondit Edmunds, il a mentionné trois de nos victimes avant même qu'on s'y intéresse.

— Ça ne suffit pas ! s'emporta Vanita. Ce n'est pas avec ça qu'on pourra faire face à la tempête de merde qui nous attend – si toutefois on suit cette hypothèse.

Edmunds sortit de la pièce et revint avec le premier carton des archives. Il tendit à chacun de ses collègues des pièces maîtresses du dossier, avec le formulaire de suivi.

— Vous vous souvenez tous de la réaction de Wolf hier suite à ma découverte ? Eh bien, j'ai six autres boîtes sous mon bureau… sous *notre* bureau.

— Ça expliquerait tout, intervint Baxter, Wolf effraie ce malade et le tueur réagit dans une logique de représailles.

— J'ai tout de suite envisagé cette piste, continua Edmunds. Mais Wolf en a-t-il parlé à quelqu'un du service ? Ces boîtes de preuves inestimables auraient-elles pu sauver la vie de ces gens ? Pourront-elles sauver la vie de Wolf ?

Personne ne répliqua.

Edmunds s'accroupit et se mit à se balancer sur ses talons, d'avant en arrière. Le visage tordu d'une grimace, comme s'il souffrait, il marmonna des bribes de mots.

— Wolf l'identifie… Wolf l'approche… Lui lâche des détails sur l'affaire… Non. Non, mais il ne peut pas faire ça juste parce ce sont les ennemis de Wolf. C'est Wolf qui mène la danse…

— J'en ai assez entendu, fulmina Baxter en se levant.

— Wolf voulait se venger, voulait la justice, continua le jeune flic, pour Annabelle Adams, pour sa famille, pour lui-même. Peu importe la façon dont on le formule ! Parmi tous ceux qui ont fait preuve d'inaction, d'opportunisme ou de corruption, pas un n'a eu de compte à rendre, alors que lui s'est retrouvé interné en psychiatrie et qu'une autre jeune fille a été assassinée…

Il s'adressait à ses collègues tout autant qu'à lui-même.

— Puis Wolf est réintégré dans son poste et il commence à faire des recherches dans des affaires non classées. Après tout, un meurtre non résolu signifie un meurtrier dans la nature. Il mène ses investigations dans le plus grand secret, découvre sept affaires, et d'une certaine façon, l'identité du tueur. Ah, mais au lieu de l'arrêter, il se sert de lui contre tous ceux et celles qu'il a décidé de faire payer. Le truc de génie, c'est qu'il ajoute son propre nom à la liste, se désignant comme la cible ultime de la vengeance. Wolf savait que personne ne le soupçonnerait si sa vie était menacée. Réfléchissons à ça : si le nom de Wolf n'avait pas figuré sur la fameuse liste, il serait apparu, depuis le départ, comme un suspect potentiel.

Quelqu'un toqua à la porte vitrée.

— Pas maintenant ! hurlèrent-ils à l'unisson à une petite dame qui détala comme une souris.

— Si Fawkes a identifié le tueur, et j'insiste sur le *si*, raisonna Simmons en ignorant le regard glacial de Baxter, cela signifie que la réponse se trouve dans l'un de ces sept cartons.

— Elle devrait y être, confirma Edmunds.

— C'est du délire, tout ça ! persifla Baxter.

— Edmunds, intervint Vanita, si vous avez raison, cela impliquerait que, pendant tout ce temps, Fawkes livrait des informations au tueur.

— Cela expliquerait beaucoup de choses : je me doutais qu'il y avait des fuites depuis quelques jours.

Il se tourna vers Baxter pour qu'elle confirme, elle le snoba ostensiblement.

— Bon, nous avons une vraie chance de sauver Ashley Lochlan, conclut Vanita, puisque Wolf est hors du coup.

Finlay et Baxter échangèrent un regard lourd.

— Vous me dites, hein, si j'ai raté quelque chose..., grogna la *commander*.

— Wolf était avec elle ce matin, avoua Baxter. Il a passé la nuit là-bas.

— Non mais je rêve ! Existe-t-il une règle que ce type n'ait pas enfreinte ? (Elle fusilla Simmons du regard comme s'il en était responsable.) Nous devons informer Miss Lochlan de la situation. Edmunds, en admettant que vous ayez vu juste, croyez-vous que le tueur sache que Fawkes est derrière tout ça ?

— C'est délicat de répondre.

— Essayez quand même.

— Je ne peux que faire des suppositions.

— Alors supposez.

— Non, il l'ignore. Wolf se considère au-dessus de la mêlée et supérieurement intelligent à nous tous, le tueur inclus. Je ne le vois pas perdre du temps à s'expliquer. Par ailleurs, je n'imagine pas un instant ce tueur permettre à l'une de ses cibles de survivre, maintenant qu'il a annoncé sa série de meurtres à la terre entière. C'est une question d'orgueil. Échouer serait terrible pour lui.

— Ce qui veut dire que Fawkes a l'intention de le stopper, répliqua Vanita.

Baxter jeta avec rage contre la paroi vitrée tous les documents qu'elle tenait à la main.

— Vous êtes tous devenus dingues ! On parle de *Wolf* ! (Elle se tourna vers Finlay.) *Ton ami*, tu te souviens ?

— Oui, Emily, mais considère les faits...

Baxter s'adressa à Edmunds :

— Vous avez longuement ruminé cette histoire de taupe, et votre théorie s'y prête parfaitement, n'est-ce pas ? S'il y a quelqu'un qui se croit supérieurement intelligent ici, *c'est vous* ! (Elle cherchait du soutien auprès de ses collègues.)

Et si c'était Wolf qui s'était fait manipuler ? Hein ? L'un de vous y a-t-il songé ?

— C'est peut-être le cas, marmonna Simmons, mais quoi qu'il en soit, il faudra qu'il s'explique.

— Je suis d'accord, dit Vanita qui s'emparait déjà du téléphone de la salle de réunion. *Commander* Vanita à l'appareil. J'ai besoin d'une unité d'intervention rapide. Maintenant... Au domicile de William Fawkes.

Baxter secoua la tête, accablée, puis sortit son portable de sa poche.

Finlay s'approcha d'elle.

— Emily... *non*, chuchota-t-il avec fermeté.

Elle le rangea à contrecœur tandis que Vanita continuait de donner ses instructions :

— Attention, le sujet peut être dangereux... Je confirme... Le suspect... Affirmatif... Je vous ordonne de procéder à l'arrestation du *Sergeant* Fawkes.

29

Vendredi 11 juillet 2014,
12 h 52

Baxter jeta un coup d'œil dans le rétroviseur. Assise à l'arrière, Ashley paraissait bien nerveuse. Il faut dire qu'à cause de la circulation, ils roulaient à une allure d'escargot.

Baxter avait cédé le volant à Finlay, ce qui l'avait sidéré encore davantage que tout ce qu'il avait entendu au cours de la matinée – et pourtant nul doute que cette réunion resterait gravée dans leurs mémoires. Pour traverser la ville, il avait cependant choisi l'itinéraire le plus absurde, avec des routes en travaux où les feux de signalisation temporaires régulant le trafic, laissaient passer les véhicules… deux par deux. Baxter prenait sur elle pour ne pas exploser.

Elle avait catégoriquement refusé d'adresser la parole à Edmunds et, a fortiori, avait exclu de rouler en sa compagnie les deux heures suivantes. Elle l'imaginait à son bureau, avec cet éternel sourire niais, en train de passer les boîtes d'archives au peigne fin, à la recherche de l'élément qui incriminerait Wolf définitivement.

Lequel Wolf n'était pas à son domicile lorsque l'unité d'intervention rapide avait forcé la porte de sa sinistre tanière. Tandis qu'ils se morfondaient dans ce bouchon – merci, Finlay –, une équipe de policiers perquisitionnait son logement, ouvrant enfin les cartons qui prenaient la poussière depuis des mois.

Finlay et Baxter avaient exposé la situation dans les grandes lignes à Ashley, laquelle avait juré n'avoir aucune idée de l'endroit où Wolf aurait pu se cacher et ignorait tout de sa révocation. Baxter étant la dernière à l'avoir vu, elle avait été obligée de commenter en détail leur rencontre – sans revenir sur l'histoire du coup de poing, sachant que cela soulèverait d'autres questions auxquelles elle n'avait nulle envie de répondre.

Ils avaient pris Ashley à son appartement à 12 h 15 et devaient rejoindre Simmons à 13 h 30 sur le parking du stade de Wembley. Baxter lui avait téléphoné pour le prévenir de leur retard. Comme les deux femmes ne s'adressaient pas la parole, Finlay se démenait pour conserver sa légendaire gaieté et dégeler l'ambiance qui régnait dans l'habitacle.

Baxter les trouvait trop exposés. Depuis presque dix minutes, ils étaient à l'arrêt sur le même tronçon, au milieu de l'agitation des piétons, certains à moins d'un mètre de leur précieuse passagère. Lorsque trois voitures, dont une BMW, grillèrent le feu, elle comprit dans quel secteur ils se trouvaient.

— Putain, Finlay, mais qu'est-ce qu'on fout à Soho ?

— Tu m'as demandé de conduire, non ?

— Oui, mais j'aurais dû préciser, *dans la bonne direction*.

— Et tu serais passée par où, toi ?

— Shoreditch, Pentonville, Regent's Park.
— Y a des travaux tout autour de King's Cross.
— C'est une veine qu'on ne se soit pas payé aussi ceux-là...

Baxter entendit derrière elle le signal d'un SMS arrivé à Ashley qu'elle regarda à la dérobée.

— C'est quoi ce bordel ? s'écria l'inspectrice. Ils étaient censés vous retirer votre portable !

Elle tendit une main impatiente vers la banquette arrière tandis qu'Ashley se dépêchait de taper une réponse furtive.

— Maintenant !

Ashley éteignit son portable et le lui tendit. Baxter ôta la batterie et la carte SIM puis balança l'appareil dans la boîte à gants.

— Dites-moi à quoi ça sert qu'on se casse le cul à vous mettre à l'abri si vous êtes assise là, à déconner avec votre téléphone ?

— Elle a eu un message, dit Finlay.

— Vous pourriez peut-être faire un selfie devant la planque, quand vous y serez, et le poster sur Facebook, hein ?

— Bon sang, Emily, cria-t-il d'un ton cassant, elle a reçu un message !

La voiture derrière eux klaxonna, Finlay se rendit compte que la file avait avancé. Mais il fut bloqué par le feu rouge au carrefour où se dressait le monumental Palace Theatre.

— On est à Shaftesbury Avenue ! s'exclama Baxter, consternée. Depuis quand ce trajet est-il le plus court pour...

La portière arrière claqua.

En un éclair, les deux flics tournèrent la tête : la banquette était vide. Baxter bondit de la voiture et repéra Ashley qui se frayait un chemin à travers un groupe de touristes aux sacs à dos identiques, avant de disparaître ensuite au coin de

Shaftesbury Avenue. Baxter se lança à sa poursuite. Finlay grilla le feu rouge, évita de justesse une collision frontale, et poussa un juron pour la première fois depuis des années. Il fut contraint de faire marche arrière.

Ashley prit la première à gauche. Au moment où Baxter avait atteint le coin de la rue, elle s'engouffra sous le *Paifang*, le joli porche chinois à toit vert et piliers rouges qui marquait l'entrée du Chinatown de Londres. Baxter atteignit à son tour l'arche décorative et perdit de vue la jeune femme. Cette dernière avait pourtant ralenti le pas, persuadée qu'il lui serait facile de se fondre dans la cohue qui caractérisait cette rue étroite, grouillant de restaurants et de boutiques.

— Police ! Laissez passer ! criait Baxter, sa carte brandie à bout de bras, s'évertuant à fendre le flot continu de touristes qui déambulaient, apathiques, sous les lanternes rouges.

Les commerçants s'apostrophaient dans des langues inconnues, de la musique assourdissante s'échappait des échoppes, des senteurs exotiques se diluaient dans l'air pollué. Baxter continuait à remonter la rue en se faufilant à travers la foule compacte. Si elle ne repérait pas Ashley d'ici quelques secondes, ce serait définitivement foutu.

Elle aperçut une poubelle rouge près d'un lampadaire de même couleur, grimpa dessus d'un bond, s'attirant des regards surpris parmi les badauds, et scruta la marée humaine. Ashley n'était qu'à une vingtaine de mètres devant elle, longeant les magasins en direction de l'autre *Paifang* et du pub O'Neill qui marquait un brusque retour à la réalité londonienne.

Baxter sauta à terre et fonça, bousculant les gens tout autour d'elle. À cinq mètres à peine, Ashley courait sous l'arche pour rattraper la route. Là, une voiture s'arrêta au bord du trottoir et elle se glissa rapidement côté passager.

Baxter se colla à la vitre, le chauffeur démarra en trombe, faisant une embardée pour l'éviter.

— Wolf ! hurla-t-elle désespérément.

Il l'avait regardée droit dans les yeux avant d'accélérer et de disparaître dans Shaftesbury Avenue.

Elle se répéta plusieurs fois le numéro de la plaque minéralogique. Une fois sa respiration saccadée revenue à la normale, elle sortit son téléphone et appela Finlay.

Edmunds avait assisté à la fureur de Vanita, dans l'open space, quand on vint lui annoncer le « kidnapping » volontaire d'Ashley Lochlan. La *commander* les convoqua aussitôt, Simmons et lui, dans la salle de réunion pour leur expliquer en détail de quoi il retournait. Edmunds était alors plongé dans l'examen minutieux des boîtes d'archives et Simmons épluchait les relevés téléphoniques de Wolf sur les deux années écoulées.

— Baxter peut certifier que c'était Wolf ? demanda Edmunds.

— À cent pour cent, répondit Vanita. J'ai fait mention du numéro de la plaque dans les avis de recherche prioritaires.

— Il ne faut pas qu'on communique là-dessus à la presse, recommanda Simmons.

— Je suis entièrement d'accord, dit Vanita.

— Pourtant, si on diffusait largement leur signalement, ça nous aiderait à les retrouver, non ? suggéra Edmunds. On a aucune idée de l'endroit où Wolf l'emmène, et elle court un grand danger.

— Ça, nous n'en savons rien, pondéra Vanita.

— Si je peux me permettre, même si nous n'avons encore aucune preuve solide de son implication, nous savons qu'il est derrière toute cette histoire et…

— Revenez sur terre, Edmunds, le coupa Simmons. Vous imaginez une seule seconde l'ampleur des retombées médiatiques si on annonçait que notre enquêteur principal est le cerveau de toute cette affaire ? Et qu'il a embarqué avec lui la prochaine cible à dégommer ?

Vanita hocha la tête lentement.

— Mais enfin…, protesta Edmunds.

— Cette situation requiert une once de diplomatie et je n'ai aucune intention de perdre mon job à cause de ça – du moins tant que nous ne sommes pas certains, *sans le moindre doute possible*, de la culpabilité de Fawkes. Et même dans ce cas, poursuivit Simmons, il faudra, le temps venu, analyser en détail ce qui s'est réellement passé.

Edmunds, écœuré, sortit de la salle en trombe, claquant la porte – ce qui ne fit qu'agrandir encore la fissure dans le verre dépoli de la cloison.

— Vous avez très bien géré ça, Simmons. C'est rassurant de penser qu'il existe encore un chef d'équipe compétent dans cette maison. Quand vous aurez fini votre crise « Je veux retourner sur le terrain avec mes hommes », peut-être qu'on pourra finalement tirer le meilleur de vous.

Edmunds poussa brutalement la porte des toilettes hommes et envoya valser d'un coup de pied la poubelle en métal. L'ironie de la situation ne lui échappait pas : Wolf était protégé par cette même hiérarchie cupide et bureaucratique qui l'avait précipité dans cette désastreuse situation. Il hésitait entre rire et pleurer. S'il voulait qu'ils réagissent en haut lieu, le jeune flic devait mettre au jour une preuve irréfutable de la culpabilité de Wolf. Pour ça, il lui faudrait pénétrer son mental, raisonner comme Wolf le ferait. Et le mettre aux abois.

Baxter et Finlay se garèrent sur le parking du South Mimms, l'immense station-service-cafeteria à la périphérie de la ville. Le portable d'Ashley, une fois reconstitué, livra ses secrets : elle avait correspondu avec Wolf par SMS tout au long de leur trajet, le message entrant indiquait simplement :

Wardour Street : Cours

Les deux flics partirent fouiller l'appartement de la jeune femme, dans l'espoir de trouver un indice qui leur indiquerait l'endroit où Wolf l'avait emmenée. Rien, ils firent chou blanc. En rentrant à New Scotland Yard, ils reçurent un appel : la Ford avait été retrouvée dans un parking grâce au système automatisé de contrôle de plaques par caméra. La société de gardiennage avait aussitôt alerté la police.

La Ford vétuste avait été abandonnée, portières déverrouillées et réservoir vide, ce qui suggérait que Wolf ne reviendrait pas la récupérer. Sur la bande de la vidéosurveillance, on voyait le couple s'éloigner, sans doute pour emprunter un autre véhicule. Wolf avait maintenant quatre heures d'avance sur eux.

— Comment se fait-il qu'aucun élément actuel ne colle avec la brillante théorie d'Edmunds ? s'interrogea Baxter.

— Je n'en sais rien.

— Ce n'est pas logique. Elle a choisi de fuir avec lui de son plein gré. Elle accepte sciemment de changer de voiture. Finlay... il essaie de la sauver, pas de la tuer !

— Je suppose qu'on comprendra mieux quand on aura attrapé Wolf.

Baxter s'esclaffa. Finlay était-il vraiment si naïf ?

— On ne l'attrapera jamais.

Edmunds relut pour la énième fois les affiches d'information de l'assurance maladie punaisées un peu partout dans le hall d'accueil du St Ann's Hospital. Chaque fois qu'un infirmier franchissait l'entrée sécurisée, il relevait le nez, dans l'espoir qu'on vienne le chercher. L'entrevue qu'il avait sollicitée valait-elle finalement la peine de ces cinq heures de route aller-retour ? Il commençait à en douter.

— Inspecteur Edmunds ? l'appela une femme à la triste figure.

Elle l'invita à la suivre dans un labyrinthe de couloirs ternes, ne s'arrêtant que pour glisser son badge plastifié dans la fente idoine pour déverrouiller les accès.

— Je suis le Dr Sym, une des responsables de cet établissement, dit-elle pendant qu'Edmunds renouait avec son habitude de gribouiller des notes. (Elle farfouilla dans la paperasse qu'elle trimballait dans ses bras et déposa un papier dans le casier d'un collègue.) Alors, vous aviez des questions au sujet de... (Elle venait d'apercevoir quelqu'un avec qui elle devait apparemment s'entretenir.) Je vous prie de m'excuser, une urgence...

Elle abandonna Edmunds devant la salle de récréation. En bon gentleman, il tint la porte à une vieille dame qui en sortait et jeta un œil à l'intérieur de la pièce : la majorité des patients étaient agglutinés autour d'une télévision qui braillait au-delà du raisonnable. Un homme jouait au ping-pong tout seul en maugréant, un autre lisait près de la fenêtre.

— Inspecteur ! fit la voix du Dr Sym.

Edmunds relâcha la porte battante et alla à sa rencontre.

— On va d'abord visiter la partie résidentielle du bâtiment avant d'aller à mon bureau, où je vous sortirai le dossier de Joel.

— *Joel ?*

— Joel Shepard, dit-elle en s'impatientant.

Alors qu'elle prononçait ce nom, elle se demanda si le policier lui avait vraiment précisé de quel patient il souhaitait discuter.

— *Joel Shepard*, répéta-t-il pour lui-même.

Ce nom, il l'avait lu dans un des dossiers consultés par Wolf aux archives. Et l'avait écarté comme étant sans lien direct avec l'enquête.

— Je suis navrée, dit-elle en se frottant les yeux. J'ai pensé que vous étiez là à propos de sa mort.

— Non, ne vous excusez pas. Je n'ai pas été très explicite moi non plus. Parlez-moi de ce Joel Shepard, l'encouragea Edmunds, en ressortant son carnet.

Le Dr Sym, trop surmenée pour avoir remarqué son brusque revirement, poursuivit :

— Joel était un jeune homme très perturbé, quoique charmant – enfin... dans l'ensemble. Il souffrait de crises de paranoïa aiguë, de comportements schizophréniques et de bouffées délirantes, expliqua-t-elle en déverrouillant l'accès à la chambre du patient. Mais vu son passé, tout ce qui est arrivé ensuite n'est guère surprenant.

— Rappelez-moi les faits, s'il vous plaît.

Elle soupira.

— Il y a quelques années, la sœur de Joel est morte – enfin... je veux dire, morte assassinée, et de manière atroce. Pour se venger, il a massacré ses meurtriers. Le mal engendre le mal.

On avait passé les murs de la chambre à la chaux, mais sous la couche de blanc, on devinait les ombres menaçantes de croix noires dessinées. Des phrases étaient gravées au sol, dans le revêtement, et l'intérieur de la porte était creusé d'éraflures.

— Parfois, il nous est quasiment impossible de faire disparaître certaines dégradations de nos patients les plus atteints, commenta le docteur. Notre capacité d'accueil est à son maximum, et pourtant nous ne pouvons plus utiliser cette chambre.

Dans cette pièce glaciale, il flottait à la fois une odeur de pourri et de renfermé. Edmunds n'avait qu'une seule envie : sortir de là.

— Comment est-il mort ?

— Suicide par overdose. Cela n'aurait jamais dû se produire, vous vous en doutez, nous contrôlons le moindre cachet. On ignore encore aujourd'hui comment il s'est procuré les...

Elle s'arrêta, consciente qu'elle pensait tout haut.

— Comment Joel a-t-il justifié les meurtres ? demanda Edmunds en passant la main sur la plus large des croix.

— On n'a jamais su ce qui s'était réellement passé. Joel était convaincu qu'un démon, peut-être même le Diable en personne, avait en son nom « réclamé leurs âmes » comme il disait.

— Un démon ?

— C'était ses mots. Il était souvent délirant, il répétait qu'il avait fait un pacte avec le Diable, et que bientôt celui-ci viendrait réclamer son dû.

— C'est-à-dire ?

— Eh bien... *son âme*, inspecteur. (Elle regarda sa montre.) Faustien, quoi...

— *Faustien ?*

Ce terme, Edmunds avait récemment entendu quelqu'un l'employer, mais qui ?

— Oui, un peu comme ce musicien de blues, Robert Johnson qui racontait avoir conclu un pacte faustien sur une route poussiéreuse du Mississippi...

Il hocha la tête, saisissant l'allusion. Son cerveau lui jouait des tours car il avait la nette impression que plusieurs croix avaient noirci depuis qu'il était entré...

— Serait-il possible que je voie la chambre de William Fawkes tant que je suis là ? demanda-t-il, s'empressant de quitter la pièce.

— Je ne vois pas pour quelle raison..., dit-elle, étonnée.

— Cela ne prendra qu'une minute.

— Très bien, répondit-elle, l'air exaspéré.

Elle le conduisit dans une autre chambre, elle aussi blanchie à la chaux. Des vêtements et des effets personnels traînaient sur le lit.

— Comme je vous l'ai déjà expliqué, nous sommes au maximum de notre capacité d'accueil.

Edmunds allait et venait entre les quatre murs, scrutait le sol lisse, puis s'allongea pour regarder sous le lit métallique.

— Puis-je savoir ce que vous faites ? fit le médecin, troublée.

— Je cherche ces « dégradations impossibles à faire disparaître », répondit-il en grimpant sur le lit pour examiner le mur du fond.

— Vous savez, chaque fois qu'une chambre se libère, nous menons une inspection minutieuse. Si quelque chose était resté, nous l'aurions vu.

Edmunds tira le lit pour le dégager du mur, se pencha à la recherche d'éventuelles traces laissées par Wolf. Il passa les doigts contre la plinthe cachée par le montant du lit et sentit une succession de creux.

— Vous auriez un crayon ? dit-il sans se retourner de peur de perdre l'emplacement.

Elle lui tendit un crayon mine qu'elle avait dans la poche de sa blouse. Edmunds le lui arracha presque des mains et griffonna frénétiquement la plinthe.

— Inspecteur ? Excusez-moi, mais vous faites quoi ?

Des formes noires émergèrent soudain : des lettres, puis des mots. Quand il eut terminé, Edmunds se redressa et s'empara de son portable.

— Enfin… dites-moi ce qui se passe !

— Vous allez devoir dégotter une autre chambre pour votre patient.

— Comme je vous l'ai déjà expliqué…

— J'ai besoin que vous fermiez cette porte à clé, la coupa Edmunds d'un ton sans appel, que vous vous assuriez que personne ne rentrera dans cette pièce jusqu'à l'arrivée de la police scientifique. Me suis-je bien fait comprendre ?

Wolf et Ashley arrivaient enfin au bout de leurs six cent cinquante kilomètres de route. Ils ne s'étaient arrêtés qu'une seule fois, pour troquer la Ford Escort contre une camionnette discrète que Wolf avait planquée au cours de la nuit précédente. C'était un tacot bruyant et bien peu confortable pour une si longue distance jusqu'au nord du pays, mais pour trois cents livres, le véhicule les avait amenés à bon port, avec même vingt minutes d'avance sur l'horaire prévu. Ils se garèrent au dépose-minute de l'aéroport de Glasgow et entrèrent en courant dans le hall des départs.

À la radio, laissée en sourdine pendant sept heures d'affilée, ils avait entendu des gens s'exprimer à tort et à travers au sujet du meurtre imminent d'Ashley. Des bureaux de bookmakers avaient été sommés de présenter des excuses après avoir parié sur l'heure du dernier battement de son cœur.

— Les salauds ! s'était esclaffée Ashley.

Wolf la trouvait décidément courageuse. Il était hanté par le souvenir de la mort d'Andrew Ford, et le bruit atroce de son corps s'écrasant sur le béton. Une interview de « sa meilleure amie » avait même été diffusée, à la grande surprise d'Ashley qui n'avait aucune idée de qui pouvait être cette femme. Manifestement, les journaux d'information peinaient à remplir leur temps d'antenne – tant mieux se disait Wolf, cela signifiait que la police avait gardé sous silence la disparition de la prochaine victime.

Il s'était douté que ses collègues n'avaient pas alerté tous les aéroports ; aussi, avait-il téléphoné, dix minutes plus tôt, au chef de la sécurité pour l'avertir de leur arrivée. L'homme les attendait au moment où ils franchirent les portes du terminal, à 20 h 20.

C'était un grand Noir séduisant d'une quarantaine d'années, vêtu d'un costume avantageux. Son badge pendait à sa poche de veste, tel un accessoire élégant. Wolf remarqua qu'il avait posté deux agents de police armés, car son coup de fil ne respectait pas les procédures habituelles.

— Ah, inspecteur Fawkes, c'est bien vous. Je n'en étais pas certain, dit-il en lui donnant une franche poignée de main. Je suis Karlus DeCosta, chef de la sécurité.

Il se tourna vers Ashley et lui tendit le bras.

— Et Miss Lochlan, je suppose. (Il arbora une mimique compatissante censée l'assurer de son soutien dans la situation fâcheuse qui était la sienne.) Comment puis-je me rendre utile ?

— Il y a un avion qui décolle pour Dubaï dans dix-sept minutes, expliqua Wolf. Il faut qu'elle soit à bord.

Si DeCosta fut surpris de sa requête, il ne le montra pas.

— Vous avez un passeport ?

Ashley le sortit de son sac et le lui remit. En professionnel rigoureux, il l'examina avec soin malgré la contrainte de temps qui pesait sur eux.

— Suivez-moi.

Ils traversèrent les portiques de sécurité et réquisitionnèrent une voiturette électrique pour aller à la porte d'embarquement, tandis qu'une voix féminine débitait le dernier message d'appel aux passagers pour Dubaï.

DeCosta avait l'air habitué aux demandes inhabituelles. Il tourna brusquement à droite et s'engagea en trombe sur un tapis roulant désert – ce qui parut bien peu nécessaire à Wolf puisqu'il avait ordonné par radio de ne pas clore le vol. Il semblait prendre son rôle très à cœur.

Wolf s'approcha d'Ashley et lui chuchota :

— Il y a un avion pour Melbourne qui décollera de Dubaï deux heures après ton arrivée là-bas.

— Melbourne ? C'est ça, ton plan ? M'envoyer en vacances ? C'est hors de question. Et que fais-tu de Jordan ? De ma mère ? Tu ne me laisseras pas les appeler et ils apprendront tout ça par les infos, et...

— Tu dois être en déplacement constant.

Désemparée un instant, elle se reprit.

— On ne devrait pas mettre Karlus au parfum ? demanda-t-elle en désignant leur escorte, en train de se pencher hors de la voiturette, tel un héros de film d'action.

— Je m'en occuperai juste avant que tu atterrisses en Australie. Personne à part nous ne doit savoir où tu pars. Lorsque tu atterriras à Melbourne, il sera 5 h 25 dimanche matin. Et tu seras saine et sauve.

— Merci.

— Une fois là-bas, rends-toi directement au consulat général et décline ton identité. (Wolf prit sa main délicate et griffonna au Bic un numéro de portable dans sa paume.) Tiens-moi au courant.

Ils atteignirent la porte d'embarquement quelques minutes avant l'heure du décollage. DeCosta parla au personnel de bord pendant que Wolf et Ashley descendaient de la voiturette.

— Pars avec moi, supplia-t-elle.

— Je ne peux pas.

Elle s'attendait à cette réponse. Elle fit un pas en avant, se colla contre lui en fermant les yeux.

— Mademoiselle Lochlan, l'appela le chef de la sécurité depuis le comptoir, vous devez embarquer. *Immédiatement.*

Ashley regarda Wolf et lui fit un merveilleux sourire. Puis elle s'en alla.

— À plus, Fawkes, lança-t-elle sans se retourner.

— À plus, Lochlan.

DeCosta clôtura le vol dès qu'elle fut à bord et ordonna à la tour de contrôle de faire décoller l'avion en priorité. Wolf le remercia pour son aide et demanda à rester un peu. Il se débrouillerait tout seul avec les douanes. Il sentait le carton raide de son passeport, rangé dans la poche intérieure de sa veste. Il ne savait pas très bien pourquoi il l'avait emporté. Cela avait rendu plus ardue la tâche de décliner l'offre de s'enfuir avec elle – et d'échapper, tant qu'il le pouvait encore, au merdier qui l'attendait à Londres.

Avec regret, Wolf observa l'avion d'Ashley rouler sur le tarmac puis, réacteurs à fond, s'élancer sur la piste pour s'envoler dans le ciel écossais, loin du danger, loin de lui.

30

*Samedi 12 juillet 2014,
2 h 40*

L'AGENT DEAN HARRIS était assis dans un vieux fauteuil, une antiquité pas très confortable, non loin de la baie vitrée du salon. Quoique peu avenante, la pièce était immense. Dean lisait un livre sous une lampe de bureau qui avait dû coûter une petite fortune et qui reposait en équilibre précaire sur le rebord de la fenêtre. La télévision était allumée, le son coupé. Il la laissait en marche pour qu'elle lui tienne compagnie au cœur de la nuit solitaire qu'il passait dans cette vaste maison inhospitalière.

Ses collègues s'étaient montrés jaloux lorsqu'ils avaient appris son implication dans l'affaire *Ragdoll*. Eux en étaient encore à tenir le décompte des cadavres qu'ils avaient vus dans leur carrière, et le Gallois, comme ils le surnommaient, était leur héros : il était le seul membre de leur unité à avoir déjà fait l'usage d'un Taser.

Dean restait discret quant à cette mission, mais au fond de lui, il en était très fier. Il en avait parlé à sa famille, bien sûr, sachant que la nouvelle se répandrait tel un virus, et avait exagéré l'importance de son rôle. Ce qu'il n'avait pas prévu, c'est qu'il aurait à surveiller durant deux longues semaines une petite fille dont le seul tort était d'être l'homonyme de la cible du tueur.

Les parents Lochlan ignoraient totalement ce garde du corps imposé, mais sa seule présence les mettait encore plus sur les nerfs : ils suivaient la petite Ashley jusque dans les toilettes, inquiets, même s'ils avaient conscience que leur fille de neuf ans n'avait absolument aucun lien avec ce serial killer, ni avec toute autre personne liée à l'affaire. Au moins, ils n'étaient pas les seuls dans ce cas : partout dans le pays, il devait y avoir des dizaines d'Ashley Danielle Lochlan contraintes de vivre avec des policiers guère plus ravis.

Dean fut tiré de sa lecture par un craquement sourd à l'étage, suivi d'un léger vrombissement. Il reporta les yeux sur la page sans trop savoir où il en était. Au cours des deux dernières semaines, il avait appris à reconnaître toutes les singularités de la vieille demeure. Ce bruit particulier était le boucan que faisait la chaudière quand elle se relançait au milieu de la nuit, lorsque la température chutait.

Il bâilla bruyamment et regarda sa montre. Faire partie de l'équipe de nuit, c'était toujours le plus pénible. Pour tenir, il dormait sept heures dans la journée. Mais ça n'empêchait pas les coups de pompe ; 6 heures du matin lui parut bien loin.

Il enleva ses lunettes et se frotta les yeux. Quand il les rouvrit, la pièce était beaucoup plus claire. Des ombres menaçantes dansaient sur les murs au gré des images inconstantes de la télé. Il lui fallut un moment pour comprendre que l'éclairage puissant du jardin de devant s'était déclenché.

Dean se leva et scruta l'extérieur par la haute fenêtre. Le détecteur de mouvement avait mis en marche l'arroseur automatique et des jets d'eau tournoyaient pour l'agrément d'un public réduit à une seule personne : lui. Sinon le magnifique ensemble paysager semblait désert, aussi Dean s'assit-il pour le contempler à travers la vitre, observant ces va-et-vient absurdes dont tout le monde se fichait à cette heure.

Vingt secondes plus tard, l'arrosage automatique s'arrêta, la lumière s'éteignit et le salon fut plongé dans l'obscurité. Dean se détendit dans le vieux fauteuil et ferma ses yeux qui le picotaient. Soudain, sous ses paupières apparut une lueur jaune orangé. Il rouvrit les yeux et fut aveuglé par une lueur vive, blanche, qui inondait la pièce, mais depuis l'extérieur. Il traversa le salon en chancelant jusqu'à l'autre fenêtre et découvrit qu'un projecteur était à présent dirigé vers l'arrière de la maison, laissant le reste du jardin dans le noir le plus total.

Un coup violent retentit contre la porte du fond. Le rythme cardiaque de Dean s'accéléra, il s'empara de son gilet tactique qu'il avait déposé sur le dossier du fauteuil, l'enfila et sortit lentement du salon toujours plongé dans cette angoissante clarté artificielle. Il s'approcha de la porte de derrière, gêné par les petits points lumineux qui dansaient devant ses yeux. Il se souvint trop tard qu'il avait retiré le Taser de son gilet pour le déposer au pied du fauteuil. Il brandit sa matraque télescopique, prêt à en découdre.

L'éclairage du jardin s'éteignit brusquement.

À nouveau dans le noir, Dean retint son souffle et crut percevoir quelque chose foncer vers lui dans le couloir. Pris de panique, il fendit l'air de sa matraque, ne réussissant qu'à frapper le vide, et tout au plus le lambris du mur. Avant qu'il ne recommence à se défendre contre cet ennemi invisible, son front entra en contact avec un objet solide. Il sombra dans les ténèbres.

Était-il conscient lorsqu'il appuya d'instinct sur le bouton d'appel d'urgence de sa radio ? Il se sentait encore groggy et se releva péniblement, tituba vers l'interrupteur, guidé par le minuscule voyant vert de sa radio désormais allumée qui le reliait directement au poste de commande.

— Dean à central, envoyez des renforts, bredouilla-t-il avant de perdre l'équilibre, de glisser contre l'interrupteur et de s'affaler au sol.

Au-dessus de sa tête, l'applique s'alluma, dévoilant plusieurs traces de pas boueux sur la moquette du couloir et de l'escalier menant à la chambre d'Ashley. Dean agrippa sa matraque télescopique, se redressa sur ses jambes flageolantes et grimpa les marches tant bien que mal en suivant les empreintes de bottes qui le menaient à la jolie chambre de la petite.

Dean fit une entrée fracassante, arme brandie. Des jouets partout, mais personne. Les dernières traces de boue sur la moquette beige menaient aux portes-fenêtres du balcon. Il scruta le jardin désert et s'assit, dos contre la rambarde en fer. Toute l'adrénaline qui lui avait permis de lutter contre le vertige s'était évaporée d'un coup. Il sortit son téléphone en tremblant et envoya un SMS au numéro qu'on lui avait indiqué plus tôt dans la soirée. Puis il guetta l'arrivée des renforts.

Edmunds s'était endormi sur le canapé, son blouson encore sur le dos. Ces deux dernières semaines, il y avait passé plus de nuits que dans son lit. Baxter, elle, était bien réveillée, dans la cuisine. Elle lisait le SMS qu'elle venait juste de recevoir. Elle monta tout doucement les marches en bois jusqu'à la chambre de Tia et d'Edmunds pour vérifier que la famille Lochlan dormait bien.

Wolf avait raison. Il l'avait prévenue que le tueur viendrait pour la petite s'il ne pouvait atteindre la véritable Ashley. Il avait déjà montré son empressement à tuer au hasard. Les trois personnes empoisonnées, dommage collatéral de l'assassinat de Khalid, en étaient la preuve. Le salaud n'aurait pas hésité à tuer une enfant innocente pour satisfaire son ego.

Vanita avait hésité à accepter que les Lochlan et leur fille soient déplacés. Pour elle, c'était une pure perte de temps. Baxter avait proposé qu'ils emménagent chez elle – c'est du moins ce qu'elle avait prétendu devant l'équipe.

Elle n'avait toujours pas écarté la possibilité que Wolf soit victime d'un coup monté. Après tout, c'était la seconde Ashley Lochlan dont il sauvait la vie en moins de vingt-quatre heures. Elle avait donc téléphoné à la seule personne en qui elle avait une confiance aveugle, malgré la colère qu'elle éprouvait encore contre lui.

Tia était toujours chez sa mère, aussi Edmunds avait-il offert sa maison pour les nobles réfugiés de Baxter. Après les avoir installés, il s'était dévoué pour faire des courses de première nécessité. Baxter lui en avait été reconnaissante – au moins, ça lui avait épargné de voir les mines déconfites du couple Lochlan découvrant la modestie de leur hébergement temporaire.

Baxter avait surpris une de leurs conversations. « Il devrait renvoyer leur bonne », avait confié Mrs Lochlan à son snob de mari après avoir marché sur des croquettes dans la cuisine.

Edmunds s'était effondré sur le canapé avant le dîner, ce qui signifiait qu'il n'avait ni mangé ses haricots en boîte, ni eu l'occasion de s'entretenir en privé avec Baxter. Ce qui n'était pas plus mal, se disait-elle. Rien n'avait changé dans leurs positions respectives : il restait persuadé de la culpabilité de Wolf, car il ne le connaissait pas comme elle le connaissait.

Alors qu'elle affûtait ses arguments pour défendre son collègue à la réunion du lendemain, elle lui écrivit un bref SMS.

Gamine en lieu sûr. Ai besoin de te parler. Appelle-moi. B.

Elle se doutait que Wolf s'était certainement débarrassé de son portable pour éviter toute traçabilité, mais elle appuya tout de même sur la touche envoi. Elle avait besoin d'être reliée d'une façon ou d'une autre à la personne la plus importante de sa vie, incapable d'affronter l'impossible : qu'elle ne puisse jamais le revoir.

Andrea s'extirpa sans bruit des draps pour ne pas réveiller Geoffrey. Elle enfila son déshabillé et descendit à la cuisine sur la pointe des pieds. À travers la toiture vitrée qui leur causait tant de soucis en matière d'isolation, elle aperçut poindre les premiers rayons dorés dans un ciel bleu d'encre. Leur pièce à vivre, si parfaite par ailleurs, se transformait en étuve même en hiver, lorsque par beau temps le soleil de midi cognait à la verticale. Et l'été, elle était sûre chaque matin de se geler les orteils.

Elle referma la porte pour s'octroyer un peu d'intimité, et s'assit sur un tabouret haut derrière le comptoir, devant un jus d'orange, le portable collé à l'oreille. Après toutes ces années, c'était étrange de penser qu'elle ne trouvait rien d'anormal à passer un coup de fil si matinal à Wolf. Il était

5 heures tout de même. Elle ne pourrait jamais se le permettre avec qui que ce soit d'autre, pas même avec Geoffrey.

Elle avait été habituée aux horaires décalés de son ex-mari, et elle savait qu'il pouvait être en parfaite forme au beau milieu de la nuit comme en plein jour. La réalité était évidemment plus complexe. Il serait toujours là pour elle, à l'écouter si elle avait besoin de parler à quelqu'un, qu'il soit ou non assoupi. C'était un fait qu'elle avait toujours tenu pour acquis jusqu'à ces tout derniers jours.

Pour la sixième fois en douze heures, elle tomba sur son répondeur et préféra raccrocher que laisser un énième message confus. Elle retenterait sa chance sur le chemin du studio. Elijah attendait sa réponse d'ici la fin de la journée, et Andrea en était au stade où elle avait renoncé à y réfléchir, comptant sur une subite inspiration le moment venu.

Comme à son habitude, Geoffrey se leva à 6 heures précises. Andrea évita de remettre le sujet sur le tapis – lui aussi devait en avoir assez de ressasser la question, et quoi qu'il puisse dire, il ne l'aiderait pas. Il lui souhaita bonne chance avant d'aller se doucher, histoire de lui faire comprendre qu'il n'avait pas oublié.

Andrea partit à 6 h 20 pour s'assurer une longueur d'avance sur ce qui s'annonçait comme une nouvelle et épuisante épreuve, rythmée par cette satanée Death Clock. Une fois à son bureau, elle eut enfin l'explication du silence de Wolf. Sa boîte mail regorgeait de sollicitations écrites et de photos envoyées par des téléspectateurs avides d'être rémunérés pour avoir débusqué son ex-mari en compagnie d'Ashley Lochlan. La liste des lieux où ils avaient été aperçus couvrait un espace terriblement… *espacé*. Ça lui rappelait un de ses reportages quand elle était jeune : la traque d'un léopard des neiges échappé d'un zoo avec appel à témoins. La diversité des endroits où on avait vu le couple la laissait perplexe : deux stations-service très éloignées l'une de l'autre, l'aéroport de Glasgow – une photo les montrait même roulant à tombeau ouvert dans une voiturette électrique – et une autre photo – assez floue, celle-là – postée depuis Dubaï.

Ne sachant quoi en penser, Andrea envoya un SMS à Baxter pour vérifier la véracité de ces infos, puis elle descendit au maquillage pour éviter de croiser Elijah dans les couloirs. Elle n'avait aucune envie qu'on lui rappelle la décision cruciale à prendre.

Après tout, il lui restait encore dix heures devant elle.

Baxter était toujours assise à la table de la cuisine quand elle entendit s'étirer Edmunds dans un grognement. Elle rangea rapidement le Glock 22 dans son sac. Elle n'avait aucune intention de laisser la famille Lochlan sans protection, ni elle-même d'ailleurs. Elle n'avait eu aucune difficulté à accéder aux scellés de sa propre enquête d'où elle avait « emprunté » l'arme. Il ne lui avait fallu qu'un quart d'heure pour récupérer les balles adéquates, toujours dans les cartons de preuves conservées dans le service.

Edmunds se leva tout chancelant, l'air mal réveillé, se dirigea vers la cuisine et maugréa en apercevant la montagne de vaisselle sale dans l'évier. Apparemment, faire la vaisselle n'était pas dans les habitudes des Lochlan. Même s'ils devaient encore passer la nuit prochaine chez lui, il y avait peu de chance qu'ils s'y mettent d'ici là.

— Bonjour..., bâilla-t-il en se traînant vers la bouilloire.
— Merci pour l'hébergement.

Encore ensommeillé, Edmund se demanda si elle se foutait de lui ou pas.

— Le tueur s'est pointé pour la gosse, exactement comme Wolf l'avait prédit.

Il abandonna sa bouilloire et vint s'asseoir face à elle.

— Il a réussi à filer, ajouta-t-elle, en voyant une lueur d'espoir dans son regard. Le jeune policier qui surveillait la maison s'en tire avec une énorme bosse au front.

Baxter marqua une pause avant de monter au créneau avec l'argument qu'elle avait ressassé.

— Écoutez, je ne vous en veux pas pour hier, je ne vous en veux pas de chercher une preuve de l'implication de Wolf. Si on considère ce que vous avez déjà mis au jour, vous ne feriez pas sérieusement votre boulot si vous aviez agi différemment.

— Les gars de la scientifique disent qu'il a googlisé Madeline Ayers le lendemain de la découverte de *Ragdoll* et...

— Vous ne le connaissez pas aussi bien que moi, l'interrompit Baxter. Wolf a un code de conduite. C'est quelqu'un qui a un très haut sens moral, même si ça l'entraîne parfois à faire des choses terribles ou illégales.

— N'est-ce pas contradictoire ?

— On sait tous qu'agir pour le bien ne s'accorde pas toujours avec la loi, en tout cas pas comme on en rêverait dans un monde idéal. Wolf n'aurait jamais pu commettre ces actions que vous...

Baxter s'interrompit à son tour quand Edmunds partit chercher un dossier dans sa sacoche. Il le jeta devant elle.

— Qu'est-ce que c'est ? dit-elle avec méfiance, sans oser le toucher.

— Je me suis rendu cet après-midi au St Ann's Hospital.

Baxter s'assombrit. Pour elle, il était clair qu'il avait franchi la ligne blanche.

— Qu'est-ce qui vous fait croire, Edmunds, que vous aviez le droit de...

— J'ai trouvé quelque chose, répliqua-t-il en haussant le ton. Dans la chambre de Wolf.

L'air furieux, elle rafla le dossier sur la table et l'ouvrit. Sur la première photo, on voyait une pièce aux murs passés à la chaux avec des meubles déplacés. Elle le dévisagea avec impatience.

— Continuez.

Sur la deuxième photo, des traces sales sur une plinthe.

— Fascinant, ricana-t-elle en la rangeant dans le dossier.

Puis son regard se posa sur la troisième et dernière photo, qu'elle fixa en silence plus d'une minute. Puis son visage se plissa sous l'émotion et elle peina à dissimuler les larmes qui lui montaient aux yeux.

La photo tombée sur ses genoux était un gros plan de noms familiers, gravés dans le bois de la plinthe, les noms de ceux que Wolf estimait responsables. Le lettrage révélé par le crayon évoquait des ombres funestes à tout jamais absorbées dans le mur.

— Je suis désolé.

Baxter secoua la tête et plaqua le dossier sur la table.

— Vous vous trompez. Il était malade ! Il n'aurait pas pu... Il...

Elle savait qu'elle se mentait à elle-même. C'était comme si tout ce sur quoi elle avait bâti son existence s'effondrait. Après tout, si elle avait été assez naïve pour avoir confiance en Wolf, dans quelle autre illusion vivait-elle ? L'homme qui représentait son modèle, qu'elle avait tenté d'imiter, avec qui elle aurait voulu être, *était* le monstre contre lequel Edmunds l'avait mise en garde.

Elle entendait les cris d'agonie de Garland. Elle sentait l'odeur de chair brûlée du maire. Elle se rappelait avoir embrassé Chambers sur la bouche quand personne ne les voyait, en lui souhaitant de bonnes vacances.

— C'est lui, Baxter. Il n'y a pas de doute possible. Je suis navré.

Elle le regarda droit dans les yeux et acquiesça.

Non, il n'y avait plus aucun doute.

31

Samedi 12 juillet 2014,
8 h 36

VANITA ENTRA COMME UNE FURIE dans la salle de réunion.

— C'est vous ? siffla-t-elle entre ses dents à Finlay, avant de se tourner vers Simmons. Ou bien vous ?

Aucun d'eux n'avait la moindre idée de ce à quoi elle faisait allusion. Devant leur expression ahurie, elle s'énerva davantage, arracha la télécommande de son socle et zappa hystériquement jusqu'à ce qu'elle tombe sur Andrea derrière son pupitre, la Death Clock au-dessus de sa tête. Une photo floue apparut à l'écran. Vanita monta le son.

— … où l'on aperçoit Ashley Lochlan escortée à l'aéroport de Dubaï par le chef de la sécurité Fahad al-Murr, commentait Andrea. (Une vidéo tournée avec un simple portable fut ensuite diffusée au ralenti.) Et là, nous pouvons voir le *Sergeant* Fawkes et Ashley Lochlan traverser en toute hâte le terminal 1 de l'aéroport de Glasgow.

— Ah ça, oui…, réagit Finlay, on est au courant.

— Attendez la suite !

Andrea revint à l'écran.

— Une source proche de l'enquête nous a appris, en exclusivité, que Miss Lochlan avait été un des témoins au procès du Tueur Crématiste, et qu'elle avait des liens avec des victimes de l'affaire *Ragdoll*. Notre source a confirmé le rôle de l'inspecteur Fawkes dans l'opération d'exfiltration de Miss Lochlan hors du pays...

— Brave petite, lâcha Finaly en souriant, elle est futée, hein ?

— Pardon ? cracha Vanita.

— Je parlais d'Emily Baxter. Elle n'a rien lâché d'important à la presse, juste assez pour apporter la preuve que cette Ashley Lochlan était la cible du tueur. Il n'a donc plus besoin d'essayer de tuer la gamine ou toute homonyme. Baxter a simplement réussi à annoncer au monde entier qu'il avait raté son coup.

— Ce qu'elle a « simplement réussi à annoncer au monde entier », c'est que le *Met* avait raté son coup, que nos services sont si incompétents que Lochlan avait plus de chances de s'en sortir par ses propres moyens qu'en acceptant notre protection !

Vanita écumait de rage.

— Elle a sauvé d'autres vies, pensez à tous les Ashley Lochlan...

— Oui, mais à quel prix ?

Le téléphone de son bureau sonna. Elle poussa un juron et sortit d'un pas martial, exigeant de Simmons qu'il la suive tel un brave toutou. Il hésita, croisa le regard de Finlay.

— Terrence !

Finlay vit son chef se lever.

— Soumission à l'autorité, maugréa-t-il avec une moue de dégoût.

Sur le pas de la porte, Edmunds fit un pas de côté pour laisser sortir l'inspecteur principal. Il ouvrit sa sacoche avec des gestes lents, sans un regard pour le journal télévisé – inutile après sa longue conversation avec Baxter.

— Alors, c'est Will, c'est ça ? déclara Finlay.

Edmunds hocha la tête avec solennité et lui tendit le dossier, mais le vieux flic le refusa d'un geste.

— Je te crois, fiston, dit-il avant de reporter son attention sur l'écran.

— Si vous me permettez cette remarque, vous ne paraissez pas surpris outre mesure.

— Quand on est flic depuis aussi longtemps que moi, on ne peut plus être surpris de rien. Ça me rend triste, c'est tout. S'il y a une chose que j'ai apprise, c'est que si on pousse quelqu'un à bout, il peut devenir capable du pire.

— Vous n'essayez pas de justifier les actes de Wolf ?

— Bien sûr que non. Mais tu sais, j'ai souvent vu des gens qui avaient un bon fond commettre des actes abominables – des maris aimants qui étranglaient leurs femmes infidèles, des frères qui massacraient le conjoint violent de leur sœur, et à la fin, tu te rends compte que...

— Que quoi ?

— Que la bonté, chez nos congénères, ça n'existe pas. Il y a ceux qu'on pousse à bout et ceux qui n'ont pas *encore* été suffisamment poussés dans leurs ultimes retranchements.

— On ne dirait pas, à vous entendre, que vous voulez voir Wolf arrêté...

— C'est notre devoir de l'arrêter. Mais certains ne méritent pas ce qui leur arrive.

— Et vous croyez que les autres le méritent ?

— Oui, ils le méritent. Ne te bile pas, fiston, je veux coincer Wolf plus que n'importe qui, parce que je *ne veux pas* qu'il lui arrive malheur.

Vanita et Simmons revinrent dans la salle de réunion et reprirent place, l'air préoccupé.

Edmunds tendit à chacun une copie du profil de leur tueur.

— Dans la mesure où nous manquons cruellement de temps, commença-t-il, j'ai réuni tout ce que nous avions appris sur notre tueur, en plus de suppositions éclairées, afin de délimiter le champs des recherches. Il s'agit d'un individu mâle de type caucasien, entre un mètre quatre-vingts et un mètre quatre-vingt-dix, chauve ou cheveux rasés très courts, des cicatrices sur l'avant-bras droit et à l'arrière du crâne. Il porte des rangers pointure 46, modèle standard de l'armée d'avant 2012. Soit c'est un soldat, soit il l'a été. Intelligence au-dessus de la moyenne qu'il teste régulièrement pour satisfaire son ego. Absence totale d'empathie, aucune considération pour la vie humaine, il se délecte des défis et aime en relever. Il s'ennuie, il est donc fort probable qu'il ne soit plus dans l'armée, même s'il y a pris du plaisir. C'est un solitaire et un célibataire vivant dans un logement spartiate ; je pencherais pour un studio dans un quartier difficile. Les gens qui s'engagent dans l'armée par goût du sang ont tendance à se faire vite repérer, et sont souvent réformés après s'être rendus coupables d'actes abjects. Comme ses empreintes digitales n'apparaissent pas dans nos fichiers, il a dû être tout au plus suspecté de quelque chose. Quoique nous ne puissions exclure la possibilité de blessures, si l'on tient compte de la mention faite de cicatrices.

— Ça fait beaucoup de suppositions, rétorqua Simmons.

— C'est pourquoi j'ai parlé de « suppositions éclairées », et c'est un bon point de départ, répliqua Edmunds, sans complexe. Nous devons compiler une liste de noms qui correspondent à ce profil, des individus qui auraient été virés de l'armée dans les années précédant 2008, date de la première affaire archivée.

— Excellent travail, Edmunds, le félicita Vanita.

— Avec votre permission, j'aimerais continuer à travailler sur les affaires non classées avec Finlay. Cela nous serait utile si l'inspecteur principal Simmons pouvait commencer à compiler une liste de noms pour moi.

La proposition du « stagiaire » ne fut pas du tout du goût de l'interessé, qui s'apprêtait à le lui faire savoir vertement quand Vanita répondit :

— Tout ce que vous voulez. Je suppose que Baxter est partie à la recherche de Wolf ?

— Baxter ne quittera pas cette petite fille avant minuit, annonça Edmunds, et rien ne la fera changer d'avis. À votre place, je ne gaspillerais pas un précieux temps.

Les deux autres n'en croyaient pas leurs oreilles. Le bleu donnait maintenant des ordres à la *Commander* ?

— À chaque nouveau meurtre, le tueur s'est approché de nous, de plus en plus. Il prévoit de terminer en beauté, dans une espèce de face-à-face avec Wolf. Si on le trouve, on trouvera Wolf.

La réunion prit fin. Vanita et Simmons retournèrent dans son bureau à elle, anciennement à lui, pendant qu'Edmunds traînait pour pouvoir s'entretenir en privé avec Finlay. Il referma la porte de la salle, hésita, sans trop savoir comment aborder le sujet.

— Finlay... j'ai une question qui pourra vous paraître étrange.

— D'accord...

— C'est à propos de ce dont vous discutiez, hier, avec l'inspecteur principal.

— Faudrait être un poil plus précis, fiston.

— « Faustien ». Je me demande ce que vous entendez par ce mot ?

— Franchement, je me souviens à peine de l'objet de cette discussion.

Le carnet de notes émergea comme par magie.

— On parlait des victimes, et tout à coup vous avez dit : « Cette liste noire pourrait être celle de Will », et là-dessus, Simmons a renchéri : « Une liste faustienne, tu peux le dire. »

Finlay se souvint alors.

— Ah, ça... c'est rien qu'une blague idiote entre nous.

— Vous pourriez développer, s'il vous plaît ?

Finlay attrapa une chaise.

— Y a eu une époque où les gens juraient qu'ils étaient innocents malgré les montagnes de cadavres qu'on retrouvait dans leur entourage.

— Et ils accusaient les démons ou le Diable ?

— Dans le mille ! On avait appelé ça l'« alibi faustien » !

— Et comment ils s'y prenaient ?

— Précise ta pensée, je ne pige pas.

— Concrètement, ils faisaient quoi ?

— Concrètement ? bredouilla Finlay. Mais enfin... fiston, c'est une légende urbaine, rien de plus...

— Mettez-moi au parfum.

— Mais où veux-tu en venir ?

— S'il vous plaît, Finlay, ça pourrait être important.

— Bon d'accord, répondit Finlay, en regardant sa montre. Allez, c'est parti pour le quart d'heure d'histoires : il était question de chiffres, de simples numéros de portable. Personne ne savait à qui ils appartenaient et personne n'a jamais été en mesure de les localiser. Celui qui parvenait à choper un de ces numéros, si l'envie le prenait, il l'appelait

– mais il n'avait droit qu'à un seul appel et il passait un marché. Un pacte, si tu préfères...

— Un pacte avec le Diable..., murmura Edmunds, fasciné.

— Ouais... un pacte avec le *Diable*. Sauf que là, il y avait une contrepartie : une fois qu'il avait exécuté tes ordres, il attendait en retour... (Finlay fit signe à Edmunds de s'approcher.) Ton âme ! hurla-t-il à son oreille.

Edmunds fit un bond en arrière, face à un Finlay hilare.

— Très drôle... Vous croyez qu'il y a un fond de vérité, même minime, dans cette « légende urbaine », comme vous l'appelez ?

— Le Diable qui ferait une sorte de prélèvement à la source ? Non, bien sûr que non ! répondit Finlay, redevenu sérieux. Alex, faudrait te concentrer sur des trucs plus importants aujourd'hui, hein ?

— Vous avez raison.

Mr et Mrs Lochlan regardaient la télévision dans le salon défraîchi de la petite maison d'Edmunds. De la cuisine, Baxter entendait Ashley jouer à l'étage. Elle s'apprêtait à manger un morceau, quand soudain tout redevint silencieux là-haut.

Baxter se leva et tendit l'oreille, malgré le boucan de la télé. Elle perçut le martèlement des petits pieds de la gamine sur le palier puis dans l'escalier – elle se détendit. Ashley entra en courant dans la cuisine, des barrettes accrochées un peu n'importe comment dans les cheveux.

— Salut, Emily !

— Salut, Ashley. (Elle n'était pas hyper à l'aise avec les enfants. Pire, elle était sûre qu'ils le voyaient.) Tu as une très jolie coiffure.

— Merci. Toi aussi.

Baxter avait quelques doutes sur ce point, mais elle lui sourit.

— Je venais te demander si tu voulais toujours que je vienne si je voyais quelqu'un dehors ?

— Mais bien sûr, répondit la jeune femme avec un enthousiasme feint. J'attends un ami.

— D'accord !

Baxter s'attendait à voir la gosse repartir en courant, au lieu de quoi, la petite se contenta de glousser, en se tortillant sur place.

— Et alors ?

— Et alors ? répéta Ashley.

— Alors quoi ? insista Baxter qui perdait patience.

— Ben, c'que tu dis ! Y a quelqu'un dans le jardin de derrière.

Baxter cessa de sourire, attrapa l'enfant et fonça dans le salon où elle alerta les parents d'un geste.

— Vous allez faire exactement ce que je vous dis : montez et enfermez-vous à clé dans la chambre, OK ?

Pendant qu'ils s'exécutaient, elle fonça à la cuisine pour sortir le Glock dans son sac. Elle entendit un raclement dehors, sur le côté de la maison, et tenta de voir quelque chose par la fenêtre. Angle mort.

On cogna à la porte de devant.

Baxter remonta le couloir comme une flèche puis se planqua dans la salle de bains, en position de tir. La serrure cliqueta et la porte s'ouvrit. Une ombre envahit l'entrée. Baxter retint son souffle, guettant le passage de la silhouette devant le seuil de la salle de bains. Elle pointa tout doucement le canon de son arme sur la tête encapuchonnée. L'intrus lâcha aussitôt un sac rempli de longs ciseaux, de rasoirs et de gants à usage unique.

— Police, dit-elle lentement en jetant un bref coup d'œil au contenu suspect du sac. Qui êtes-vous ?

— Tia. Je vis ici.

Baxter abaissa son pistolet et aperçut le ventre rebondi de la jeune femme.

— Oh mon Dieu ! Je suis désolée ! Je m'appelle Emily – Emily Baxter. Ravie de vous rencontrer enfin.

Le chef de la sécurité de l'aéroport de Dubaï avait déjà eu Wolf au téléphone lorsque l'avion d'Ashley avait atterri. L'homme était connu pour tyranniser tout le monde à commencer par ses collègues – ce ne fut donc une surprise pour personne qu'il obtienne un siège en classe affaires pour Ashley sur le vol à destination de Melbourne.

La jeune femme avait honte de voir les autres passagers entassés dans des fauteuils ridicules alors qu'elle bénéficiait de quatre rangs pour elle seule. L'horloge sur l'écran vidéo était réglée sur le fuseau horaire : officiellement, on était donc dimanche matin. Mais elle ne se sentait pas encore en complète sûreté. Un bref coup d'œil à sa montre dont elle n'avait pas encore modifié l'heure lui dictait de rester sur ses gardes tant qu'il ne serait pas minuit en Angleterre.

Dès que Wolf lui avait fait part de son plan, elle s'était inquiétée d'impliquer des centaines d'innocents. Celui qui avait juré sa mort semblait ne connaître aucune limite, et qui sait si organiser un crash d'avion n'appartenait pas aussi à son champ de compétences ? Toute la durée du premier vol, elle s'était inconsciemment cramponnée à son accoudoir – refusant, selon les recommandations de Wolf, toute nourriture ou boisson et scrutant avec méfiance les allers-retours aux toilettes.

Soudain les veilleuses vacillèrent et Ashley se redressa, en alerte. Le personnel de cabine, sans y prêter attention, continua de déambuler sans bruit au milieu des passagers endormis. L'accoudoir trembla, puis tressauta plus fort. Un joyeux tintement – si peu adapté aux circonstances – accompagna l'éclairage du voyant des ceintures de sécurité.

Le tueur, il l'avait trouvée.

L'avion commença à vibrer violemment et les passagers furent réveillés. Ashley nota la mine anxieuse des hôtesses de l'air qui prodiguaient des paroles de réconfort avant de se précipiter sur leurs sièges. La lumière s'éteignit. Ashley regarda par le hublot mais ne vit que l'épaisseur de la nuit. Elle se pensait d'ores et déjà condamnée…

Quand les soubresauts de l'avion cessèrent et que la lumière revint, des rires nerveux se propagèrent dans la cabine. Les voyants des ceintures de sécurité s'éteignirent. Au micro, le commandant prodigua les excuses d'usage pour la traversée d'une zone de turbulences, et hasarda une plaisanterie sur le « massage du dos offert à l'ensemble des passagers, et pas seulement aux petits veinards de la classe affaires »…

Bientôt, tout le monde piquait du nez sauf Ashley qui calculait dans sa tête combien il lui restait de minutes avant l'atterrissage.

Au moment où Andrea finissait son bulletin télévisé, la Death Clock affichait : « + 16:59:56 ». Le signal lumineux ON AIR s'éteignit. Enfin une journée remplie d'espoir, se dit-elle, car les gens encourageaient Ashley Lochlan, lui prodiguaient des conseils pour mieux échapper au serial killer qui n'avait jusque-là jamais failli. La limite de minuit était dépassée, l'atroce compteur avait basculé en positif, au point d'être rebaptisé Life Clock. Pour la première fois, ce qui était le symbole de l'impuissance devenait celui de l'échec du tueur.

Mais la bonne humeur d'Andrea retomba lorsqu'elle revint dans la salle de rédaction. Elijah l'attendait en haut de son perchoir, et d'un geste dédaigneux lui fit signe de monter. Puis il repartit dans son antre.

Andrea refusa de se dépêcher. Elle marcha jusqu'à son bureau le temps de se calmer les nerfs, essayant de ne pas trop se biler au sujet de l'importante décision qu'elle s'apprêtait à prendre, qu'elle avait déjà prise. Elle traversa ensuite la salle bourdonnante, inspira profondément et grimpa l'escalier métallique.

Wolf regardait les infos dans la chambre du *bed and breakfast* bon marché qu'il avait réglée en liquide. Depuis des heures, il poireautait dans cette chambre insalubre, sur les nerfs. Son téléphone à carte prépayée bipa après minuit. Il ouvrit le SMS du numéro inconnu et, soulagé, se renversa dans son lit.

Toujours là ! L.

Elle était sauvée !

Il retira la carte SIM, la plia en deux pour la détruire, et se penchait vers la télévision pour éteindre lorsqu'il remarqua qu'Andrea avait déjà remis en marche la Death Clock. Trois minutes de sa vie disparurent aussi vite que s'il s'agissait de secondes…

— 23:54:23

32

Dimanche 13 juillet 2014,
6 h 20

Vanita et Simmons étaient restés respectivement jusqu'à 19 h 30 et 21 heures, pendant qu'Edmunds et Finlay se préparaient à une longue nuit. Baxter les avait rejoints peu après avoir renvoyé la famille Lochlan chez elle à minuit, sous bonne escorte policière.

Edmunds s'attendait à recevoir une série de SMS et de coups de fil incendiaires de sa compagne pour avoir transformé leur *sweet home* en un *bed and breakfast* de fortune. Mais la future maman avait adoré la compagnie de la petite fille de neuf ans, et lorsque Baxter avait quitté leur domicile, Tia dormait à poings fermés.

À son arrivée, elle trouva Finlay englué dans le pointage des soldats réformés. De son côté, Edmunds avait renversé les cartons d'archives dans la salle de réunion et triait avec soin les documents éparpillés au sol.

Baxter avait toujours pensé qu'il régnait une ambiance spéciale la nuit. Même si New Scotland Yard grouillait encore de policiers bourrés de caféine, les travailleurs nocturnes de son service ne produisaient qu'un ronronnement feutré. Même l'éclairage semblait moins agressif dans les pièces et les couloirs désertés. Les téléphones qui carillonnaient durant la journée se contentaient maintenant d'un modeste bourdonnement.

À 6 h 20 du matin, Finlay s'endormit sur sa chaise, en ronflant doucement près de Baxter qui hérita du même coup de sa laborieuse mission. Grâce au profil défini par Edmunds, en éliminant tous les candidats porteurs de blessures de guerre trop invalidantes, ils avaient réussi à établir une liste de vingt-six individus à partir du premier millier de noms compilés.

Quelqu'un toussota. Baxter releva la tête et vit devant elle un jeune homme débraillé portant une casquette.

— J'ai des cartons pour Alex Edmunds, dit-il en montrant un chariot à plateau où étaient empilées, bien droites, sept boîtes d'archives.

— Ouais... Il est...

À bout, Edmunds venait de balancer une boîte à travers la salle de réunion.

— Vous savez quoi ? se ravisa Baxter. Laissez-les-moi, d'accord ?

Un dossier lui vola au-dessus de la tête alors qu'elle entrait dans la salle. Edmunds était dans un état de rage et de frustration inouï.

— Je n'arrive pas à voir ce que *lui* a vu ! s'écria-t-il. Merde, qu'est-ce qu'il a réussi à trouver ? (Il s'empara d'une poignée de feuilles, les froissa et les jeta en direction de Baxter.) Pas d'empreintes, pas de témoins, pas de connexions entre les victimes : rien !

— Du calme, Edmunds, on ignore même si ce que Wolf a découvert est toujours là-dedans.

— Et on n'a aucun moyen de le vérifier, parce qu'il a piqué le rapport d'analyses du légiste, et qu'on est un putain de dimanche et que personne ne bosse. (Il se laissa glisser au sol, éreinté, son œil au beurre noir plus violet que jamais. Il se frappa la tempe de l'index.) Je n'ai plus le temps de jouer au crétin de service.

Baxter prit conscience que l'extrême implication de son stagiaire n'était pas motivée, comme elle le croyait, par un ego surdimensionné ou une volonté de s'affirmer auprès de l'équipe, mais par la pression démente qu'il s'était lui-même imposée. Il était la proie d'une obsession déraisonnable et semblait incapable de renoncer à tout contrôler. Elle sourit – le moment serait bien mal choisi pour lui avouer combien il lui rappelait Wolf.

— D'autres cartons sont arrivés pour vous.

Il la regarda, éberlué.

— Vous ne pouviez pas me le dire plus tôt ?

Il se leva d'un bond et sortit de la pièce comme une fusée.

Depuis une heure que Wolf attendait à l'arrêt de bus sur Coventry Street, le crachin avait fini par imbiber complètement ses vêtements. Il n'avait pas quitté des yeux la porte du cybercafé miteux qui vendait de la camelote aux touristes comme tant de boutiques de souvenirs du quartier, afin de survivre au cœur d'un des coins les plus animés de la capitale.

En veillant à bien garder ses distances, Wolf avait suivi l'homme depuis qu'il était monté dans la rame de métro à la station Goldhawk Road. Il ne l'avait pas lâché quand il slalomait à Covent Garden, entre les badauds massés devant les performances d'artistes de rue, puis jusqu'à ce cybercafé, à quelques encablures de Piccadilly Circus.

La température avait chuté avec le changement de temps, et sa proie s'était camouflée sous la tenue classique des Londoniens : un long manteau noir, des chaussures parfaitement cirées, un pantalon et une chemise impeccablement repassés, le tout abrité sous le parapluie noir réglementaire.

Wolf s'était adapté au pas rapide de sa cible, lequel fendait la foule à toute allure. Il avait remarqué qu'un nombre incroyable de gens tentaient de l'aborder – soit pour mendier quelques pièces, soit pour lui coller des flyers dans les mains –, tous inconscients du monstre qu'ils avaient en face d'eux : un loup déguisé en agneau.

Après avoir délaissé Covent Garden, l'homme avait emprunté un raccourci, une rue tranquille à l'écart des artères trop surveillées par les caméras. Wolf avait dû accélérer, surtout quand il avait aperçu un taxi à l'angle, mais l'homme avait poursuivi à pied.

Le crachin vira à la franche averse. Wolf remonta le col de son manteau noir et se courba pour se tenir chaud. Dans la vitrine du cybercafé, il observait les chiffres d'une horloge au néon tel un rappel des heures qui lui restaient à vivre.

C'était sa dernière chance, et le temps filait.

Isobel Platt avait eu droit à une formation accélérée de présentatrice télé. Cinq membres de l'équipe technique s'étaient dévoués pour expliquer à la très jeune et très ravissante journaliste quelle caméra regarder et à quel moment. Elle avait enfilé sa tenue la plus stricte pour ce développement inattendu dans sa balbutiante carrière, au grand dam d'Elijah qui avait aboyé des instructions pour qu'elle fasse « sauter au moins les trois premiers boutons ».

Le principe de l'émission d'une demi-heure qu'elle se voyait confier était simple : une interview en tête à tête avec seulement deux coupures pub et un potentiel de dix millions de téléspectateurs. Isobel se dit qu'elle allait encore vomir.

Elle n'avait vraiment pas voulu ça. Elle n'avait même jamais voulu être journaliste. Elle avait été la première surprise qu'on lui propose le poste malgré son absence totale de compétences. Elle s'était même chamaillée avec son petit ami lorsqu'elle lui avait parlé de se trouver un autre job. Au fond, elle détestait travailler dans ce studio et n'avait qu'une envie : s'enfuir.

Dans la salle de rédaction, ce n'était un secret pour personne que tout le monde la prenait pour une cruche, la traitait de pouffiasse, voire de « pouffiasse trop cruche ». Elle n'était pas dupe et avait surpris des conversations dans son dos. Isobel aurait été la première à admettre qu'elle n'était pas une lumière, mais elle les trouvait injustes. Quand d'autres, guère plus cultivés, trébuchaient sur certains mots, ils étaient vite pardonnés alors qu'elle n'avait droit à aucune clémence.

Pourtant, elle ne cessait de sourire et s'esclaffait aux blagues rances des techniciens, faisant semblant d'être aux anges de négocier les mouvements de caméra.

— J'adore ! roucoula-t-elle quand un des cameramen poussa son fauteuil à roulettes dans le bon axe.

— Ne prends pas trop tes aises ! lui lança Andrea en traversant le studio pour se rendre au maquillage, étonnamment matinale pour son premier jour dans un nouveau poste. T'es là uniquement parce que je ne peux pas l'interviewer moi-même, OK ?

— J'ai trouvé quelque chose ! hurla Edmunds.

Finlay, Vanita et Simmons foncèrent dans la salle de réunion, suivis de Baxter qui referma derrière elle. Les papiers éparpillés au sol crissèrent sous ses bottines, et

Simmons hésita un instant à réprimander Edmunds, lequel tendit à chacun une poignée de documents.

— Bon, commença-t-il, essoufflé. Un moment, s'il vous plaît... Je m'embrouille... Attendez, pas ceux-là... (Il arracha les feuilles des mains de Simmons et les flanqua par terre.) Autant que je vous donne les bons... Il s'agit d'une des affaires que Wolf a sorties des archives : Stephen Shearman, cinquante-neuf ans, PDG d'une société de composants électroniques sur le déclin. Son fils dirigeait l'entreprise et s'est suicidé après une fusion qui a mal tourné, ou un truc de ce genre... Bref, ce n'est pas important.

— Quel intérêt, alors ? intervint Vanita.

— C'est ce que je me suis dit au départ. Mais devinez qui est responsable de l'échec de cette fusion ? Gabriel Poole Junior.

— Qui ça ? demanda Baxter, au nom de tous.

— C'est l'héritier de cette grande entreprise d'électronique, qui a disparu de sa suite d'hôtel – vous savez, *une mare de sang et pas de cadavre*.

— Waouh..., souffla Baxter, qui ne saisissait pas où il voulait en venir.

Tous, ils avaient plus important à faire.

— Dans cette affaire-là, continua Edmunds en saisissant un autre carton, une fille a été tuée par une bombe. (Il désigna une autre boîte.) Une bombe posée par cet homme qu'on a retrouvé dans une cellule, mort par suffocation.

Ils l'observaient tous, sidérés.

— Vous ne comprenez donc pas ? Ce sont des meurtres *faustiens* !

Ils le fixèrent, encore plus dubitatifs.

— Mais c'est une légende urbaine..., grommela Finlay.

— Non ! Ils sont tous connectés ! Il s'agit d'assassinats destinés chaque fois à assouvir une vengeance, suivis d'un sacrifice. Nous n'avons jamais compris pourquoi Wolf figurait lui-même sur sa liste d'ennemis. Maintenant tout s'éclaire.

— C'est absurde, dit Simmons.

— Au contraire, c'est un sacré bond en avant, décréta Vanita.

Edmunds farfouilla dans un autre carton et en retira un rapport.

— Joel Shepard. Décédé il y a six mois. Suicide sujet à caution. Déclaré coupable de trois meurtres dans le cadre d'une vengeance. Convaincu que le Diable venait réclamer son dû. Il était interné dans un hôpital psychiatrique.

— Eh bien, vous avez votre réponse, je crois, ironisa Simmons.

— C'était un des patients traité à la même époque que Wolf. Wolf a consulté ce carton aux archives il y a dix jours. Et depuis, une preuve y est déclarée manquante.

— Quelle preuve ?

— « Une page de la bible ensanglantée », cita Edmunds en lisant le dossier. Je crois que Wolf a découvert quelque chose.

— Vous êtes en train de nous expliquer que le tueur de l'affaire *Ragdoll* est un assassin bien plus prolifique qu'on le croyait au départ ?

— *Commander*, ce que je dis, c'est que le Tueur Faustien n'est pas simplement une légende urbaine. Je dis que les meurtres de *Ragdoll sont* des meurtres faustiens. Je dis que Wolf a découvert l'identité du tueur, et qu'au moment où je vous parle, il traque un type convaincu qu'il est, au bas mot, un démon incarné.

La porte du café s'ouvrit enfin et une silhouette en sortit, laquelle s'engouffra immédiatement dans le flot continu de badauds attirés par les lumières vives de Piccadilly Circus. Wolf se décala légèrement sur sa droite pour avoir un meilleur angle de vue, mais le visage était dissimulé par le parapluie que l'homme venait d'ouvrir.

Wolf devait se décider : le suivre ou pas ?

C'était *lui* – Wolf en était quasiment certain. Il descendit la rue à petites foulées, se cacha le visage quand il passa devant une voiture de police à l'arrêt, puis poursuivit sa cible le long de l'artère animée. La foule se densifiait au fur et à mesure, obligeant Wolf à se démener pour garder l'homme dans sa ligne de mire. La pluie redoublait d'intensité et celles et ceux qui avaient bravement affronté l'averse se ruaient à présent vers un abri de fortune ou sur leur parapluie. En quelques secondes, le trottoir devant lui se couvrit de dizaines d'ombrelles noires, toutes identiques.

Dans son angoisse de perdre la trace de l'homme, Wolf accéléra le pas, s'engloutit dans la multitude et se retrouva juste derrière l'imposante carrure. Alors qu'ils longeaient tous deux un magasin, il chercha à distinguer les traits de sa cible dans le reflet de la vitrine. Il fallait s'assurer que c'était bien lui avant de passer à l'action.

Son étrange attitude attira l'attention de plusieurs personnes et certaines reconnurent en cet homme détrempé le « gars des infos ». Il les bouscula, se faufila, tailla la route. Quand ils arrivèrent à hauteur du centre commercial Trocadero, il n'y avait plus que deux individus entre sa proie et lui. Il enroula ses doigts autour de la poignée de son couteau de chasse – lame de quinze centimètres – qu'il avait dissimulé dans la manche de son manteau et s'approcha encore.

Il ne pouvait pas le louper.

Il ne pouvait pas prendre le risque de le laisser s'en tirer.

Il avait pourtant guetté l'endroit idéal, un parking désert ou une ruelle tranquille, mais c'est en cet instant que se présentait la meilleure occasion. Bien qu'exposé aux regards de tous, cette foule compacte lui garantissait paradoxalement l'anonymat. Il ne serait qu'un type parmi d'autres, en train de s'écarter d'un corps s'affaissant au beau milieu du trottoir.

En attendant le feu vert, devant le passage piétons, Wolf jeta un bref coup d'œil au profil de l'homme. C'était lui, aucun doute possible. Il se plaça juste dans son dos, assez près pour recevoir les gouttes de pluie qui rebondissaient sur son parapluie noir. Il fixa la base de la nuque où il frapperait. Il sortit la lame, la plaqua contre sa poitrine et inspira profondément. Il lui suffisait de l'enfoncer... maintenant.

Une lueur sur le trottoir d'en face le déconcentra. Son nom et celui d'Andrea couraient sur l'immense mur en verre incurvé qui séparait la fontaine aux quatre chevaux d'Hélios en bronze et les statues dorées des trois jeunes filles – en l'occurrence, les filles d'Hélios – lesquelles s'élançaient avec grâce du toit de l'immeuble. Il lui fallut une seconde pour comprendre que ce qui détournait son attention n'était que le reflet du grand panneau lumineux sponsorisé par LG, au-dessus de sa tête. Il leva le nez pour lire la bande qui défilait :

... INTERVIEW EN EXCLUSIVITÉ MONDIALE – 13 h 00 – Andrea Hall / Inspecteur Fawkes pour tout savoir... INTERVIEW EN EXCLUSIVITÉ MONDIALE – 13 h 00 – Andrea Hall / Inspecteur Fawkes...

Devant Wolf, le flot s'ébranlait à nouveau, cette fois pour traverser la chaussée. La circulation était bloquée, et il avait perdu sa cible de vue. Il rangea son couteau dans sa manche, et traqua le visage du tueur sous l'océan de parapluies. Soudain les cieux s'entrouvrirent et des trombes d'eau s'abattirent sur les passants. Des cris affolés envahirent la rue.

Wolf atteignit le célèbre carrefour mais une horde de piétons qui cherchait à fuir le déluge l'encercla. Lorgnant vers le panneau où la sinistre annonce miroitait sur fond de ciel anthracite, il prit conscience qu'au fond, la cible, c'était lui. Soudain, il se sentit vulnérable : au milieu de tous ces gens qui le bousculaient, se cachait l'homme qui voulait sa tête.

La panique le submergea.

Il voulut remonter la foule à contresens pour se dégager de la masse, n'hésitant pas à cogner çà et là. Dans sa course effrénée, chaotique, il perdit son couteau mais réussit à traverser la rue parmi les voitures qui roulaient au pas.

Il se retourna pour surveiller l'armée d'inconnus à ses trousses.

La mort rôdait. Elle venait le faucher.

St Ann's Hospital

Vendredi 11 février 2011,
7 h 39

J OEL S'AGENOUILLA SUR LE BÉTON FROID de sa chambre pour prier, comme il le faisait chaque matin avant le petit déjeuner. Un infirmier l'avait réveillé à l'heure habituelle pour déverrouiller sa porte et lui mettre les menottes qu'il devait porter aux poignets avant toute sortie de sa chambre.

Une quinzaine de jours plus tôt, il avait agressé une infirmière dans l'espoir (récompensé) de prolonger son séjour à l'hôpital. La jeune femme s'était toujours montrée bienveillante à son égard, et il semblait inquiet de l'avoir trop grièvement amochée. Mais il n'avait pas le choix. Il était hors de question qu'il quitte cet établissement, même s'il trouvait lâche de se soustraire ainsi à son destin.

Oui, il n'était qu'un lâche, il en avait la certitude.

Il y eut un cri dans le couloir. Joel interrompit sa prière. Des pas lourds et précipités résonnèrent derrière sa porte.

Puis un hurlement strident, quelque part dans l'hôpital, et le cœur de Joel se mit à battre plus vite.

Il se releva et inspecta le couloir où d'autres patients regardaient avec angoisse en direction de la salle de récréation.

— Tout le monde dans sa chambre ! aboya un soignant à la carrure d'athlète.

Il remontait le couloir en cavalant vers l'origine des cris quand un autre hurlement de terreur envahit le bâtiment.

Joel fut bousculé par une cohorte de malades qui, désobéissant aux ordres, se précipitaient vers les doubles portes de cette pièce où tous passaient la majorité de leur temps. Il y eut un cri de douleur. Cette fois, Joel reconnut la voix de Wolf. Il se faufila entre les blouses aux couleurs variées et entra dans la salle.

Les meubles étaient renversés, cassés, et un médecin gisait à terre, inconscient. Trois infirmiers costauds peinaient à maîtriser l'homme en pleine crise pendant qu'une infirmière demandait à l'aide au téléphone.

— Non ! Non ! Je les avais prévenus qu'il le ferait, je leur avais dit ! braillait Wolf.

Pétrifié, Joel suivit le regard féroce du flic qui scrutait l'écran de la télévision. Une journaliste parlait depuis une rue de Londres très animée. Deux agents de police, visiblement traumatisés, tenaient un drap de fortune pour dissimuler ce qui était encore en train de se consumer.

— J'aurais pu empêcher ça ! criait Wolf en pleurs.

Il se débattit tel un animal sauvage lorsqu'un médecin se précipita vers lui armé d'une énorme seringue, comme un vétérinaire s'apprête à abattre une bête.

Pendant ce temps, la reporter égrenait le peu d'informations dont elle disposait.

— Pour les téléspectatrices et les téléspectateurs qui nous rejoindraient, d'après un témoin oculaire, Naguib Khalid, le suspect innocenté en mai dernier dans l'affaire du Tueur Crématiste, a été arrêté par la police. Selon des sources non encore confirmées, il semblerait qu'on l'ait trouvé en présence d'un cadavre dont les restes, vous le voyez derrière moi, continuent de brûler...

Wolf hurla au moment où le toubib planta la grosse aiguille dans son avant-bras gauche. Son corps devint tout flasque, et le personnel, choqué, se dépêcha de l'emporter jusqu'à sa chambre. Juste avant de perdre connaissance, Wolf vit Joel dont l'expression ne traduisait ni pitié ni étonnement : il hocha la tête pour dire, simplement, qu'il comprenait. Puis Wolf sombra.

Quand il se réveilla, il était étendu dans sa chambre, la nuit était tombée sur les jardins qu'il pouvait admirer de sa fenêtre. Sa vision était trouble, et il lui fallut plus d'une minute pour saisir ce qui l'empêchait de lever la main pour effleurer sa tempe. Il était ligoté à son lit. Il remua en vain, car les sangles larges étaient serrées. La rage qu'il avait laissé éclater quelques heures plus tôt le rongeait toujours.

Il se souvenait du flash info, et de la fumée noire qui s'élevait derrière la toile blanche à moitié déchirée. Il tourna la tête et vomit par terre. Ce que dissimulait ce drap, il le savait mieux que quiconque : encore une jeune fille qui avait inutilement souffert.

Il ferma les yeux et se concentra sur sa colère. Elle le dévastait de l'intérieur, l'empêchait de réfléchir. Il fixa le plafond blanc en murmurant les noms de ceux qu'il tenait pour responsables. Soudain, il se rappela une chose, un dernier recours, une option désespérée, rien d'autre que les ruminations mentales d'un détraqué...

— Infirmière ! Infirmière !

Une heure fut nécessaire pour qu'il réussisse à convaincre les docteurs de lui retirer la camisole et une demi-heure supplémentaire pour obtenir l'autorisation de passer un coup de fil. Pendant qu'il attendait leur décision, il avait récupéré sous son matelas la page de la bible sur laquelle étaient griffonnés une série de chiffres. Il avait failli oublier qu'il l'avait dissimulée là.

Comme il tenait à peine debout, on l'épaula jusqu'au bureau des infirmières, où se trouvait le téléphone. Une fois seul, il déplia la feuille toute chiffonnée et, pour la première fois, il remarqua des mots entre les taches de sang et le numéro noté au crayon : Dieu. Diable. Âme. Enfer.

Il s'adossa au mur pour ne pas tomber et composa la série de chiffres de sa main libre. Ça sonnait.

Il y eut un déclic étouffé, suivi d'un silence.

— Allô ? fit-il nerveusement.

Silence.

— Allô ?

Une voix féminine robotisée répondit enfin.

— Épelez. Votre. Nom. Complet. Après. La. Tonalité.

— William Oliver Layton-Fawkes.

Nouveau silence, interminable. Wolf savait bien que tout cela était irrationnel, mais il y avait quelque chose de troublant dans la voix informatisée, peut-être dans l'intonation, ou le timbre. On aurait dit de la jouissance mêlée au plus profond désespoir, comme si cette voix synthétique se moquait de lui.

— En. Échange. De. Quoi ? demanda finalement la voix.

— Naguib Khalid... Le maire Raymond Turnble... Madeline Ayers... Le policier de garde affecté au banc des accusés... L'inspecteur Benjamin Chambers... et tous ceux qui ont sur leurs mains le sang de cette pauvre fille, cracha Wolf.

Pas de réponse.

Wolf allait raccrocher mais se ravisa. Il écouta le silence un long moment, et, dans son délire, il éclata même de rire. Malgré l'état comateux où le plongeait une sévère camisole chimique, il réalisait le côté absurde de ce qu'il venait de faire. Mais il se sentait mieux d'avoir énoncé ces noms tout haut, de les avoir dictés, même à un répondeur téléphonique anonyme.

Il était sur le chemin de sa chambre, à la moitié du couloir, quand la sonnerie assourdissante du téléphone déchira l'air. Il tomba à genoux, les mains plaquées sur les oreilles et se retourna vers ce téléphone ordinaire, se demandant s'il était possible que la sonnerie soit *à ce point* forte, ou bien si les médicaments avaient modifié sa perception des sons.

Un des soignants le dépassa en courant et râla. Wolf retint son souffle quand il le vit décrocher le combiné pour prendre l'appel, craignant ce qui pourrait se dire à l'autre bout de la ligne.

Le visage de l'homme se fendit d'un large sourire.

— Ouais… je sais… Un de mes patients l'a utilisé, répondit-il pour s'excuser. Pas de problème…

Laborieusement, Wolf se remit debout et gagna sa chambre. Il pensa alors que oui, peut-être, juste peut-être, il était vraiment devenu fou.

33

Dimanche 13 juillet 2014,
13 h 10

F INLAY RAYA UN AUTRE NOM, étira dix secondes ses bras, avant de se remettre à la liste des quatre cents réformés. Il observait Baxter, installée à son bureau, concentrée, tête baissée, écouteurs dans les oreilles.

L'increvable Edmunds, lui, avait quitté la salle de réunion pour s'installer devant un ordinateur, sur un programme que Finlay ne connaissait pas. Vanita et Simmons s'étaient enfermés dans leur tanière pour suivre l'interview d'Andrea Hall dans l'espoir naïf de pouvoir limiter la casse. Quelle grenade l'ex-épouse de Wolf allait-elle encore dégoupiller ? Bien que la Death Clock ait disparu de l'écran, tout le monde gardait à l'esprit que le temps leur était rigoureusement compté.

Finlay passa au nom suivant sur sa liste. Pour cerner son groupe de suspects, et le limiter, il croisait toujours plusieurs sources : le peu d'informations qu'avait accepté de leur livrer le ministère de la Défense, puis les différentes bases de données consultables grâce au Police National Computer, et enfin le fichier de la Police National Database. Il s'aidait aussi de Google. Peut-être aurait-il fallu ratisser plus large, par sécurité ? Après tout, il était toujours envisageable que leur tueur n'ait jamais été renvoyé de l'armée, ou qu'il n'ait tout simplement jamais été enrôlé ! Mais Finlay refusait de l'envisager. L'aide qu'ils pouvaient fournir à Edmunds était leur meilleure chance de retrouver Wolf.

L'air de rien, Saunders vint traîner devant le bureau de Baxter. Elle garda ses écouteurs bien en place et poursuivit son travail, espérant qu'il capterait le message. Il agita la main devant le visage de sa collègue, preuve que non.

— Saunders, fous-moi la paix !

— Waouh, pas la peine de s'énerver ! J'suis là en éclaireur, histoire de vérifier à la source ce qu'on raconte. Tu sais, la journaliste, Andrea Hall, elle fait courir de *scandaleuses* rumeurs sur Wolf et une collègue à lui, et, avec les gars, on se demandait si...

Il recula d'un pas dès qu'il croisa le regard de Baxter, marmonna quelques paroles inaudibles et décampa. Au fond d'elle, Baxter était meurtrie par ces allégations : il lui semblait qu'avec Andrea, elles étaient parvenues à un statu quo concernant leur relation avec Wolf. Décidément, il n'y avait rien à attendre d'une femme capable de colporter des ragots sur son ex-mari à quelques heures de sa mort annoncée. Cette trahison lui parut pourtant bien insignifiante comparée à ce qu'elle éprouvait réellement pour Wolf.

Une heure plus tard, Finlay entrait maladroitement un nom dans le logiciel – il se savait bien plus lent à la manœuvre que Baxter, mais mettait un point d'honneur à prendre sa part de labeur. Les références du ministère de la Défense étaient pour le moins laconiques :

Sergent Lethaniel Masse, né le 16/02/74 – (HUMINT) Service de renseignements – réformé pour raisons médicales – Juin 2007.

— Pour qui roulent-ils, ceux-là, bon sang ? maugréa-t-il.

L'armée n'aurait pas pu être plus vague. Il griffonna « renseignement militaire » sur la serviette en papier qui accompagnait son déjeuner.

Un tour rapide sur Google lui fournit des pages et des pages de résultats, principalement des forums de discussion et des actualités. Il cliqua sur un lien :

> ... le sergent Masse servait dans le Royal Mercian Regiment, régiment d'infanterie de l'armée de terre... unique survivant d'un attentat qui a tué neuf soldats de son unité... leur convoi a sauté sur un EEI (engin explosif improvisé) au sud d'Hyderabad dans la province d'Helmand... a été soigné pour des lésions internes mettant en jeu le pronostic vital et des brûlures dévastatrices sur le visage et la poitrine.

« Survivant – Complexe de Dieu ? » écrivit Finlay sur sa serviette, à côté d'une tache de gras. Il entra ces éléments dans la Police National Database et fut agréablement surpris de récupérer une avalanche d'informations : taille (un mètre quatre-vingt-neuf), situation familiale (célibataire), emploi (sans emploi), nom et prénom du plus proche parent (aucun), dernière adresse connue (aucune depuis cinq ans).

Encouragé par les similitudes avec le profil établi par Edmunds, Finlay poursuivit sa lecture sur la seconde page. Là, il comprit la raison pour laquelle il y avait un tel volume d'informations sur cet ancien sergent. Deux fichiers étaient joints. Le premier concernait un rapport de la *Metropolitan Police*, datant de 2007 :

2874 26/06/2007.
Locaux de la médecine du travail, 3ᵉ étage, 57 Portland Place, W1.
[14 h 40] Intervention à cette adresse suite à un incident. Le patient, Lethaniel Masse, a manifesté un comportement agressif envers le personnel.
À l'arrivée des policiers sur les lieux, des cris à l'étage. Mr Masse (individu mâle, 30-40 ans, dans les 1,85 m. minimum, blanc/citoyen britannique/signes distinctifs : de graves cicatrices au visage) était assis en tailleur au sol, le regard dans le vide, du sang sur un côté de la tête. Bureau retourné, vitres de la fenêtre brisées. Pendant qu'un collègue s'occupait de Mr Masse, on m'a expliqué que Mr Masse s'était lui-même infligé la blessure à la tête, mais que personne d'autre n'avait été blessé. Le Dr James Bariclough m'a informé que le patient souffrait de troubles dus à un stress post-traumatique, et qu'il avait explosé de rage quand on lui avait annoncé qu'il ne pourrait pas être réintégré dans l'armée pour cause de graves lésions physiques et mentales.
Ni le médecin ni son personnel n'ont souhaité déposer plainte. Pas de suites judiciaires. Appel à ambulance pour la blessure et le risque de tentative de suicide.
J'ai attendu sur place jusqu'à l'arrivée des secours.
[15 h 30] Entrée de l'équipe d'ambulanciers.
[15 h 40] Transfert en ambulance au University College Hospital.
[16 h 05] Fin de l'intervention.

Finlay s'était levé inconsciemment, impatient de partager sa prometteuse découverte avec ses collègues. Il déplaça sa souris sur le second fichier et double-cliqua. Une photo apparut : un ordinateur détruit gisait à terre à côté d'un bureau retourné. Sur la photo suivante, une fenêtre aux vitres brisées. Sans intérêt. Il glissa sur le dernier cliché et, là, sentit ses poils se hérisser.

La photo avait été prise sur le seuil d'une pièce, avec en arrière-plan, des membres du personnel soignant visiblement terrorisés. Le visage mutilé de Lethaniel Masse portait de profondes cicatrices apparentes. Pourtant, ce n'était pas ces horribles lésions qui avaient troublé Finlay, mais son regard : pâle, détaché, calculateur.

Le vieux flic avait rencontré pas mal de tordus au cours de sa carrière, et ce qui le frappait chez tous ceux qui avaient commis des crimes atroces, c'était leurs yeux. Tous avaient ce regard vide et froid, le même qui le fixait en ce moment depuis l'écran.

Il beugla à travers l'open space :

— Emily ! Alex !

Lethaniel Masse était un tueur, cela ne faisait aucun doute. Pour autant, était-il leur tueur ? celui de *Ragdoll* ? le tueur faustien ? ou même les deux ? Cela lui était complètement égal. Edmunds se soucierait de rassembler des preuves.

Tout ce dont ils devaient maintenant se soucier, Baxter et lui, c'était de choper ce type. Et vite.

Sur les nerfs, Wolf regardait tomber la pluie depuis des heures, rivé à son poste d'observation – l'unique fenêtre de l'appartement minuscule dont il devait régulièrement essuyer le carreau à cause de la condensation. Il priait pour que Masse revienne chez lui, conscient qu'il avait sans doute raté l'unique occasion de finir ce qu'il avait amorcé des années plus tôt.

Il lui faudrait s'adapter, improviser. À présent, il se savait au-delà de la rédemption. Jamais il n'aurait pu imaginer qu'il se retrouverait ainsi sous les feux de l'actualité, ni que Masse ferait d'Andrea sa messagère. Si tout s'était bien goupillé, c'est en héros qu'il aurait franchi les portes de New Scotland Yard dès mardi matin, après avoir tué, en état de légitime défense, l'ex-soldat devenu fou. Toute suspicion de son implication aurait dû être enterrée avec Masse. Chez lui, il avait toujours les articles de journaux, soigneusement sélectionnés, qu'il pensait dissimuler au domicile de Masse, pour accréditer sa culpabilité. La boucle aurait été bouclée.

La plupart de ces papiers concernaient l'affaire du Tueur Crématiste, soulignant l'échec de la police (dont les noms de certains membres étaient stabilotés), et évoquaient la mort inutile d'Annabelle Adams. D'autres articles relataient les tentatives de l'armée de camoufler le nombre exact de victimes civiles afghanes au cours d'accrochages réguliers entre le régiment de Masse et les rebelles. Wolf s'était persuadé que la simple mention de la guerre suffirait à expliquer l'instabilité mentale de Masse, sans compter les séquelles dramatiques de l'attentat dont il avait miraculeusement réchappé. Oui, le scénario était crédible.

Mais désormais hors de propos. Wolf avait libéré un prédateur sadique dans la ville, et tout espoir qu'il puisse un jour retourner à une vie normale s'était dissous dans ce plan insensé. Elizabeth Tate et sa fille n'auraient jamais dû être concernées, lui-même avait été imprudent de s'enfuir avec Ashley. Et surtout, il n'avait pas prévu Edmunds.

Depuis le début, le jeune apprenti inspecteur ne l'avait pas lâché, jusqu'à ce qu'il mette le doigt sur un des tout premiers meurtres de Masse. Celui-ci était certes moins accompli, mais il lui permettrait, Wolf en était sûr, d'établir des liens entre les affaires. Et s'il n'avait pas bêtement perdu son calme face à ce bleu, à l'heure qu'il est, il saurait où en étaient ses collègues dans la progression de l'enquête.

Mais rien ne lui importait plus aujourd'hui que Baxter. Qu'elle sache ce qu'il avait réellement fait et ce qu'il lui restait à accomplir. Elle ne pourrait jamais le comprendre, même si elle le désirait plus que tout. Jusqu'à preuve du contraire, elle croyait encore à la loi et à la justice, tout en acceptant un système récompensant les menteurs et les corrompus, lesquels profitaient de cette culture institutionnelle de l'apathie. Baxter le considérerait comme un ennemi, sans doute pas plus défendable que Masse.

Cette simple pensée lui faisait horreur.

Un claquement de porte retentit au rez-de-chaussée du vieil immeuble. Wolf saisit le marteau qu'il avait dégotté sous l'évier et colla son oreille à la porte du studio. Quelques secondes plus tard, une autre porte claqua, à l'étage du dessous cette fois, puis le son d'une télévision monta jusqu'à lui. Wolf se détendit et retourna faire le guet à la fenêtre qui offrait une vue imprenable sur les rails de chemin de fer et sur l'entrée du marché couvert de Shepherd Bush.

Le repaire du plus célèbre psychopathe lui était apparu bien décevant, lorsque Wolf avait inspecté les lieux. Comme s'il découvrait le vieux trucage derrière un tour de magie. Il s'attendait à une œuvre grotesque et sanguinolente, un galimatias crypto-religieux gribouillé aux murs, des photos macabres, des souvenirs de victimes mutilées, mais rien. Et pourtant cet appartement ordonné et repeint à la chaux dégageait un intense sentiment de malaise.

Il n'y avait là ni télé, ni ordinateur, ni miroir. Juste six tenues vestimentaires rigoureusement identiques, pliées dans les tiroirs d'une commode. Au réfrigérateur, seulement du lait. Pour dormir, pas de lit mais un matelas fin, à même le sol – typique des soldats de retour du front. Dans la bibliothèque, une série de livres classés par couleur : *Essai sur la guerre et la moralité*, *Les Espèces en danger : malentendus sur l'évolution humaine*, *Encyclopédie des explosifs*, *Biochimie médicale*...

Wolf essuya à nouveau la condensation sur le carreau et remarqua, au bout de la rue étroite, une voiture en maraude. Les vibrations du moteur faisaient trembler la fenêtre vétuste. Même s'il lui était impossible de distinguer ses occupants, il nota que ce véhicule était trop neuf pour venir du quartier. Wolf se redressa, les sens en alerte. Quelque chose ne collait pas.

Soudain, la voiture accéléra, bientôt suivie par deux véhicules d'intervention armée qui firent crisser leurs freins sur le macadam, pile sous la fenêtre du deuxième étage.

— Oh… merde !

Wolf se rua sur le palier, laissant la porte de Masse se claquer derrière lui. Les marches en bois craquaient déjà sous le poids de l'unité d'intervention armée.

Aucun moyen de fuir, nulle part.

Les lourdes bottes résonnaient dans la cage d'escalier. Pas d'issue de secours et pas de fenêtre dans le couloir, juste la porte éraflée d'un autre appartement.

Wolf donna un coup de pied dedans, sans réussir à la faire bouger.

Il réessaya et fendit le bois.

Il se lança de toutes ses forces contre le battant, en une tentative ultime et désespérée. La serrure céda et il bascula à l'intérieur de la pièce, vide. L'instant d'après, les agents déferlèrent sur le palier et il eut juste le temps repousser la porte. Puis il les entendit crier :

— Police ! Ouvrez !

Quelques secondes plus tard, un bélier en métal fracassait la porte de l'appartement de Masse. Le rythme cardiaque de Wolf s'accéléra, il se plaqua au sol pour écouter les bruits du raid en cours.

— Personne ! C'est rien qu'un foutu studio !

Cette voix lui était familière.

— Si on ne l'a pas trouvé maintenant, on ne le trouvera plus.

Wolf se leva pour regarder à travers le judas. Finlay et Baxter trépignaient sur le palier. Soudain, elle se mit à fixer l'œilleton de la porte en face : il aurait juré qu'elle le voyait. Elle remarqua la serrure explosée.

— Charmant endroit, dit-elle, en poussant doucement la porte.

Celle-ci s'ouvrit sur quelques centimètres avant de buter contre la botte de Wolf. Il se tourna vers la fenêtre : il y avait un toit en contrebas qu'il aurait une chance d'atteindre en sautant du rebord.

— RAS, beugla un des flics pendant que le chef de l'unité rapportait un ordinateur portable estampillé : Homicide and Serious Crime. C'est à vous, ça ? On l'a trouvé sous le matelas.

Il tendit à Baxter la sacoche argentée et couverte d'empreintes de doigts sombres. Du sang séché. Baxter releva le capot, puis le donna à Finlay comme si elle n'en supportait pas même la vue.

— C'est celui de Chambers, dit-elle en retirant les gants qu'elle avait enfilés.

— Comment tu le sais ?

— Le mot de passe.

Finlay lut le bout de papier taché de sang coincé entre l'écran et le clavier.

— Eve2014.

Il l'alluma, entra le mot de passe, et aussitôt apparut le fond d'écran du serveur sécurisé du *Met*. Un mail du 7 juillet était ouvert.

> Ce mail vous indique que votre nom a récemment été retiré de la liste de distribution du service : Homicide and Serious Crime. Pour redemander l'accès à la messagerie, veuillez contacter votre support technique.
> Cordialement,
> Le service informatique

Finlay fit lire le message à sa collègue.

— Ce salopard était connecté à notre serveur, grogna-t-elle. Voilà pourquoi il avait constamment une longueur d'avance sur nous ! Ça veut dire qu'Edmunds déconne : Wolf n'a jamais divulgué la moindre info au tueur !

— Je sais que c'est ce que tu veux croire. Moi aussi. Mais nous devons en avoir la certitude, Emily.

Elle parut découragée, tourna les talons et entra dans l'appartement de Masse.

— C'est ça, merci… Merci mille fois ! cria-t-elle à Finlay.

Pendant ce temps, Wolf avait couru à la fenêtre, gagné le toit en dessous et dévalé l'escalier de secours. Il dissimula son visage lorsqu'il passa devant les policiers en faction au bout de la rue. Au rythme des gouttes qui s'écrasaient sur la tôle du marché couvert, il grimpa quatre à quatre l'escalier jusqu'au quai de la station Goldhawk Road et sauta dans la rame, juste avant que les portes ne se referment. Alors que le métro s'engageait sur le pont en bringuebalant, il contempla la valse des gyrophares bleus en contrebas.

Pas de doute, il venait de perdre l'avantage.

34

Lundi 14 juillet 2014,
5 h 14

Baxter fut réveillée par la pluie qui frappait contre les carreaux, et au loin, le roulement du tonnerre. Elle s'était endormie sur le canapé, la joue écrasée contre son téléphone. Les spots de la cuisine, restés allumés, créaient une ambiance presque cosy.

Au fond d'elle, elle avait espéré un coup de fil de Wolf. Comment avait-il pu la laisser sans nouvelles ? Elle était en colère et en même temps se sentait trahie. Est-ce qu'elle comptait si peu à ses yeux ? Et qu'attendait-elle de cette ultime conversation ? Des excuses ? Une explication – tant de choses demeuraient sans réponse ? Ou juste la confirmation que son ami avait finalement perdu la tête ? Après tout, Wolf était peut-être plus malade que mauvais.

Elle vérifia sur son portable qu'elle n'avait pas raté un appel ou un SMS. Rien. Quand elle se leva, son pied heurta une bouteille de vin, vide, qui roula sur le parquet – elle espéra que le bruit ne réveillerait pas les voisins du dessous.

Elle marcha jusqu'à sa fenêtre et contempla les toits luisants. Dès qu'un éclair déchirait le ciel, elle pouvait voir les gros nuages noirs déferler vers elle, menaçants.

Quoi qu'il advienne, elle sentait qu'elle allait perdre quelque chose de précieux avant la fin de la journée. Restait à savoir si l'addition ne serait pas trop lourde.

Edmunds avait encore passé la nuit dans ses recherches, à analyser des pistes financières louches, à les suivre une à une dans toute la ville, comme autant de petits cailloux blancs numériques. Depuis qu'ils avaient récupéré l'ordinateur portable de Chambers, la preuve irréfutable de la culpabilité de Lethaniel Masse était établie, et, chose incroyable, les meurtres de *Ragdoll* et les meurtres faustiens se révélaient mêlés. Edmunds était frustré parce qu'il n'assisterait pas à l'arrestation de ce serial killer fascinant et particulièrement créatif. Mais il était convaincu que le moment où ils rendraient officielle l'implication de Wolf serait mille fois plus choquant que le scénario imaginé par le monstre.

Il se demanda si le monde saurait un jour toute la vérité…

Il était si fatigué qu'il avait bien du mal à se concentrer pour achever son travail. Aux alentours de 4 heures du matin, il avait reçu un SMS de la mère de Tia, et l'avait immédiatement rappelée. Tia avait eu des saignements et le service d'obstétrique avait demandé qu'elle se présente à l'hôpital pour vérifier que le bébé allait bien. Après les examens d'usage – la pose d'un monitoring pendant quelques heures – on les avait rassurées et renvoyées à la maison.

Quand Edmunds s'était fâché, demandant pourquoi il était prévenu si tardivement, sa future belle-mère lui avait expliqué que Tia ne voulait pas le déranger en un jour si important. Il fut très perturbé à l'idée que sa compagne ait dû affronter cette épreuve sans lui – il avait à présent du mal à penser à autre chose.

À 6 h 05, Vanita arriva dans les locaux, vêtue d'un pantalon qui, une fois encore, ne manquerait pas d'attirer l'attention. Son parapluie gouttait dans son sillage, mais elle modifia brusquement son itinéraire en apercevant Edmunds.

— Bonjour, Edmunds ! Il faut donner des infos à la presse – ils sont à fond. Je vous assure que dehors, c'est la folie.

— Je sais, ils se sont installés juste avant minuit.

— Vous n'avez pas bougé d'ici ? demanda-t-elle, plus impressionnée que surprise.

— Il ne faudrait pas que ça devienne une habitude.

— Personne ne vous le souhaite... Mais... (Elle lui sourit.) Vous marquez des points, Edmunds. Continuez comme ça.

Il lui tendit le rapport financier auquel il avait consacré sa nuit. Elle le feuilleta rapidement.

— Dossier en béton ?

— Absolument. Le studio près de Goldhawk Road appartient à une association qui loge les invalides de guerre, voilà pourquoi on a eu des difficultés à le localiser. Il leur verse un loyer symbolique. Tout est expliqué en page 12.

— Excellent travail.

Il saisit une enveloppe sur son bureau et la lui tendit.

— Est-ce que ça a un rapport avec l'affaire ?

— D'une certaine façon, oui.

Étonnée, elle fronça les sourcils, prit l'enveloppe et s'en alla vaquer à ses occupations.

Baxter déboula à 7 h 20, après avoir sollicité plus que de raison l'équipe du Central Forensic Image Team qui gérait la vidéosurveillance de toute la ville. Elle était soulagée de quitter cette pièce obscure, sans se rendre compte que c'était là le lot quotidien des agents de cette unité, contraints de se coltiner des heures et des heures de visionnage d'enregistrements.

Une équipe de « superidentificateurs », choisis pour leur aptitude à distinguer des visages dans la foule, avaient planché toute la nuit pour identifier Wolf et Masse grâce au logiciel de reconnaissance faciale. Pour Baxter, c'était comme chercher deux aiguilles dans une botte de foin. Elle n'avait toutefois ressenti aucune satisfaction quand, sans surprise, ils lui avaient annoncé ne pas être parvenus à localiser ni l'un ni l'autre.

Elle avait sévèrement enguirlandé un des techniciens revenu de sa pause avec deux minutes de retard, une tasse de café à la main. Indigné, leur superviseur n'avait pas manqué de la remettre à sa place, en la priant de remonter dans son service. Elle arriva comme une furie au *Homicide and Serious Crime*, tandis qu'Edmunds achevait de taper un SMS à Tia.

— Ça avance du côté des caméras de surveillance ?

— Je me suis fait virer de la salle de commandes… (Edmunds ne se donna même pas la peine de lui demander pourquoi.) De toute manière, c'était une perte de temps. Ils ne savent pas où regarder : ils surveillent la zone autour de l'appartement de Wolf, où il y a peu de chances qu'il se pointe, et celle autour du studio de Masse que je ne vois pas revenir non plus chez lui…

— Et le système de reconnaissance faciale ?

— Ah, la blague ! s'esclaffa-t-elle nerveusement. Jusque-là, le logiciel a signalé Wolf à trois reprises. La première, c'était une vieille Chinoise ! La seconde, une flaque d'eau et la dernière un poster de Justin Bieber.

Malgré le stress et ce qu'impliquait l'échec du CFIT, cette liste loufoque les fit rire de bon cœur.

— Il faut que je vous parle d'une chose, dit Edmunds.

Elle lâcha son sac qui tomba par terre avec un bruit sourd et se percha sur le bureau.

— Agent Edmunds ? l'interpella Vanita sur un ton cassant. (Elle brandissait une feuille pliée en deux.) Je peux vous voir ?

— Ho-ho..., fit Baxter.

Edmunds rejoignit la *Commander* et referma la porte derrière lui. En s'asseyant, il reconnut la lettre qu'il lui avait écrite à 4 heures et demie du matin.

— Je dois admettre que je suis surprise, en particulier en un jour comme celui-ci.

— J'ai l'impression d'avoir contribué du mieux que je pouvais à cette affaire, répliqua-t-il en désignant l'énorme dossier à la droite de Vanita.

— Oui, et quelle contribution !

— Merci.

— Vous avez bien réfléchi ?

— Oui, je vous assure.

— Je vous voyais un brillant avenir, soupira-t-elle.

— Moi aussi, mais ça ne se fera pas ici, malheureusement.

— Très bien. Je vais transmettre votre requête.

— Merci, *Commander*.

Ils se serrèrent la main, puis Edmunds sortit de la minuscule pièce. Depuis le photocopieur où elle traînait, Baxter n'avait pas perdu une miette de leur entrevue. Le jeune flic attrapa sa veste.

— Vous allez où ?

— À l'hôpital. Tia y a été admise dans la nuit.

— Elle va bien ? Et... le bébé ?

— Oui, je crois qu'ils vont bien, mais j'ai besoin d'être avec elle. Et vous n'avez plus besoin de moi.

Il sentait Baxter partagée entre une réelle compassion pour lui et son incompréhension qu'il les abandonne en un moment aussi crucial.

— Est-ce qu'elle a… validé ? fit-elle en désignant discrètement Vanita.

— Pour être tout à fait honnête, je m'en fiche. Je viens de lui remettre ma demande de mutation. Je veux retourner au service de la répression des fraudes.

— Pardon ?

— « Mariage. Boulot de flic. Divorce », vous vous souvenez ?

— Allez, Edmunds, je ne le pensais pas vraiment… Ce n'est pas non plus systématique…

— Je vais bientôt être papa. Ça ne marchera pas.

Baxter sourit. Elle se souvenait parfaitement de sa réaction cruelle quand il lui avait appris la grossesse de sa fiancée.

— « Je vous suggère d'arrêter de me faire perdre mon temps et de retourner au service de la répression des fraudes », cita-t-elle de mémoire.

À la surprise du jeune homme, elle le prit dans ses bras et le serra fort.

— Je ne pourrais pas rester, même si je le voulais. Tout le monde ici me déteste. Vous vous protégez les uns les autres, et même si quelqu'un est pourri jusqu'à l'os, vous le protégez parce que c'est l'un des vôtres… Je serai joignable si vous avez besoin de quoi que ce soit. *Quoi que ce soit.*

Baxter hocha la tête et le laissa filer.

— Pas de panique, je serai au bureau demain matin ! ajouta-t-il en riant.

— Je sais.

Il lui décocha son plus beau sourire, enfila sa veste et partit.

Wolf jeta dans la première poubelle venue le couteau qu'il avait volé au *bed and breakfast*, et tourna sur Ludgate Hill. Il pouvait à peine distinguer l'horloge de la cathédrale St Paul à travers la pluie battante. Alors qu'il longeait Old Bailey, dans la rue qui avait donné son nom à la Haute Cour criminelle, l'imposant bâtiment lui offrit un abri contre la tempête.

Il ignorait précisément pourquoi il avait choisi cet endroit. Il y en avait d'autres qui auraient pu avoir une signification pour lui : la tombe d'Annabelle Adams, la rue où Naguib Khalid avait été arrêté, planté près de sa victime en train de se consumer, le St Ann's Hospital. Pour une raison ou pour une autre, le tribunal lui était apparu comme le lieu où tout avait commencé – celui où il avait déjà affronté un démon et dont il était revenu vivant.

Depuis une semaine, Wolf avait cessé de se raser. En plus de sa barbe naissante, il avait chaussé une paire de lunettes et un déguisement simple mais efficace. Ses cheveux plaqués par d'incessantes averses peaufinaient son nouveau look. Il avait atteint l'entrée de la salle d'audience et rejoignit la file des gens qui dégoulinaient. D'après un touriste américain à la voix forte, le procès d'un meurtrier très médiatisé se tenait dans *Court Two*. Wolf n'eut d'autre option que de demander à se rendre dans *Court One*. Soucieux de ne pas attirer l'attention sur lui, il s'inquiéta un instant que l'employée, étonnée de sa demande, ne l'ait reconnu. Au lieu de quoi, elle haussa les épaules et l'escorta jusqu'à la bonne porte, avant de lui recommander de rester avec les quatre personnes qui patientaient à l'extérieur de la tribune réservée au public. Des gens qui semblaient tous se connaître et qui le toisèrent d'un œil suspicieux.

Au bout de quelques minutes, les portes furent ouvertes et il retrouva l'odeur familière de bois ciré et de cuir. Cette pièce, Wolf ne l'avait pas revue depuis qu'on l'en avait extrait de force, blessé et couvert de sang. Il suivit les quatre personnes et s'installa au premier rang, avec vue plongeante sur la salle d'audience.

Le personnel, les avocats, les témoins, les jurés, tout ce petit monde s'installa. Au moment où le prévenu fut conduit dans le box des accusés, Wolf sentit du mouvement dans son dos. Sur la mezzanine, les camarades du prévenu lui adressaient des gestes de soutien. Wolf, quant à lui, lui prédisait une condamnation, rien qu'à voir sa trogne de brute et ses nombreux tatouages – et ce, quoi qu'il ait fait. Tout le monde se leva à l'arrivée du juge qui prit place sur l'estrade.

Dès la confirmation d'Edmunds, Vanita avait diffusé les photos de Masse à la presse. Son visage mutilé s'étalait sur toutes les chaînes. Alors que le service des relations publiques du *Met* devait d'ordinaire supplier les médias de diffuser des portraits-robots, cette fois, pas la moindre difficulté. L'ironie de la situation faisait sourire la *commander* : dans sa soif de notoriété, le tueur avait précipité sa chute.

Malgré les instructions très claires qui accompagnaient la diffusion de la photo, des centaines d'appels inondèrent bientôt le standard téléphonique, apportant des tonnes de témoignages dont certains remontaient à 2007. C'est à Baxter que fut confié le soin de faire le tri, en concertation avec des agents du CFIT. Pour des résultats peu concluants.

— Ils sont tous complètement cons ou ils n'écoutent pas ce qu'on leur dit ? hurla-t-elle en froissant la dernière feuille qu'elle venait de recevoir. Qu'est-ce que j'en ai à foutre qu'on l'ait vu à Sainsbury il y a cinq ans ? J'ai besoin de savoir où il est *maintenant* !

À côté, Finlay n'osait pas trop la ramener. Un bip sur l'ordinateur de Baxter signala un mail du centre d'appels.

— Super ! Encore une fournée !

Elle ouvrit le message, parcourut la kyrielle de lignes sans intérêt – de nouveau des dates trop anciennes – jusqu'à une info portant sur le matin même, à 11 h 05. Elle fit glisser son index sur l'écran pour en parcourir les détails. L'appel émanait d'un type employé dans une banque d'affaires, ce qui la changeait des dingues et des poivrots qui constituaient les trois quarts des « témoins ». Le lieu : Ludgate Hill.

Baxter bondit sur ses pieds et passa en trombe devant Finlay qui n'eut pas le temps de l'interroger. Elle dévala l'escalier jusqu'à la salle du CFIT.

Ce procès dans les règles était étonnant pour Wolf, en comparaison de l'hystérie qui avait entouré le procès Khalid. D'après ce qu'il entendait des débats, l'accusé avait plaidé coupable d'homicide involontaire, pas de meurtre. On en était au troisième jour d'audience, non pour juger de la culpabilité du prévenu, mais de son degré de gravité.

Moins de quatre-vingt-dix minutes après le début de la procédure, deux des quatre personnes derrière Wolf se levèrent et quittèrent la salle sans la moindre discrétion ; la lourde porte se referma avec fracas. L'avocat de la défense terminait sa plaidoirie lorsqu'une alarme hurla quelque part dans le bâtiment, au loin. Comme par un effet domino, les autres alarmes se déclenchèrent une à une jusqu'à submerger la tranquille salle d'audience.

— Non, non, et non ! Pas vous ! Dehors ! ordonna le superviseur du CFIT en voyant débarquer Baxter.

— Ludgate Hill, 11 h 05 ce matin, lâcha-t-elle à bout de souffle.

L'agent à la console de contrôle attendit les instructions de son chef. Quand il le vit hocher la tête à contrecœur, il permuta les images sur les écrans pour se brancher sur les caméras de surveillance du quartier indiqué.

— Attendez ! Attendez ! s'écria Baxter en voyant sur un écran des dizaines de gens s'enfuir, des hommes en costume et une femme en robe noire et perruque blanche. C'est quoi ça ?

— Une alarme incendie s'est déclenchée à la Haute Cour criminelle.

Frappée d'une intuition, Baxter repartit en courant sans un mot. L'agent regarda son supérieur.

— Alors, chef, je le fais ou pas ? demanda-t-il poliment.

Baxter ralentit sa course en arrivant devant la porte du service. Elle entra en marchant calmement et s'agenouilla près de Finlay pour lui parler à l'oreille.

— Je sais où est Wolf, chuchota-t-elle.

— C'est super ! répondit-il, étonné qu'elle soit en train de murmurer une telle info.

— Il est à Old Bailey. Ils doivent y être tous les deux, c'est logique…

— Tu ne penses pas qu'il faudrait en aviser quelqu'un de plus important que moi ?

— Nous savons tous les deux ce qui se passera si je préviens quelqu'un que Wolf et Masse sont dans le même bâtiment. Le moindre flic de Londres sera envoyé là-bas.

— Et à juste titre, rétorqua Finlay qui commençait à comprendre où elle voulait en venir.

— Tu crois vraiment que Wolf se laissera enfermer une nouvelle fois ? (Finlay soupira.) Voilà, c'est ce que je pense aussi.

— Et donc ?

— On doit y aller en premier, et seuls. On doit lui faire entendre raison.

Finlay soupira une nouvelle fois.

— Je suis désolé, ma belle, mais je ne vais pas faire ça.

— Pardon ?

— Emily, je... Tu sais que je redoute qu'il arrive malheur à Wolf, et que je ferais tout pour éviter ça. Mais il a fait ses choix. Dans quelques mois, je pars à la retraite. Je dois songer à Maggie aussi. Je ne veux pas tout mettre en péril... (Baxter semblait terriblement déçue.) Et si tu crois que je vais te laisser y aller seule...

— Je vais y aller.

— Pas question.

— J'ai juste besoin de quelques minutes avec lui, Finlay. Je te jure qu'après j'appelle la cavalerie.

Finlay réfléchit.

— Je vais prévenir Vanita... (Baxter s'effondra.) Dans un quart d'heure, ajouta-t-il.

— Laisse-moi une demi-heure.

— Tu as vingt minutes, pas une de plus. Sois prudente.

Baxter lui déposa un baiser sur la joue et attrapa son sac au vol. Soucieux, Finlay régla le chrono de sa montre et suivit des yeux la jeune femme qui veillait à ne pas courir en traversant l'open space. Puis, dès qu'elle eut dépassé le bureau de la *commander*, elle piqua un sprint et disparut dans l'escalier.

Wolf ne bougeait pas du banc alors qu'autour de lui, tout le monde se dépêchait de ramasser ses affaires et d'évacuer les lieux. L'homme dans le box des accusés parut envisager une cavale, mais il hésita une seconde de trop et deux gardes de sécurité se précipitèrent sur lui. Un avocat paniqué revint chercher son ordinateur portable, puis Wolf se retrouva seul dans la célèbre salle d'audience. Même avec le raffut des alarmes, il entendait clairement l'évacuation en cours.

Il espérait qu'il ne s'agissait que d'un départ de feu, mais soupçonnait autre chose. Quelque chose de bien plus dangereux.

35

*Lundi 14 juillet 2014,
11 h 57*

Il fallut vingt bonnes minutes pour que les alarmes cessent enfin, mais leur écho semblait se répercuter à l'infini sous le dôme du *Great Hall*. Les oreilles de Wolf bourdonnaient encore quand le silence de la salle d'audience fut troublé par le son d'une démarche claudicante. Wolf, aux aguets, se raidit et serra les poings. Il luttait pour calmer les battements de son cœur.

À cet instant, un souvenir lui revint : les lumières blanches d'un long couloir d'hôpital, une sonnerie de téléphone assourdissante, quelqu'un qui répondait. Un patient ? Un infirmier ? Il se souvenait vaguement du combiné contre son oreille, de l'impression de plonger dans l'irrationnel, et de sa terreur ensuite.

Cette terreur qui revenait aujourd'hui.

Il se concentra sur les bruits de pas – lourds et lents – de l'autre côté de la porte. Un grand coup contre le battant en bois le fit sursauter.

Puis le silence. Malgré lui, Wolf retint sa respiration.

Soudain un grincement déchira l'air, et la porte aux gonds usés s'ouvrit lentement sur une silhouette noire qui s'avança jusqu'au pied de la mezzanine. L'homme, immense, imposant, portait un manteau dont la capuche dissimulait son visage. L'imagination de Wolf s'emballa : l'ange scribe, enveloppé de la tête aux pieds d'une longue cape, semblait s'être libéré du portique de l'entrée pour venir lui signifier la liste infinie de ses péchés.

— Je dois dire, déclara Masse en détachant les syllabes, que je suis très impressionné que vous soyez resté.

Il postillonnait en prononçant chaque mot comme s'il n'avait pas parlé depuis une éternité.

Il déambula entre les travées, passant un index squelettique sur les surfaces en bois ciré. Qu'il n'ait pas encore levé les yeux vers lui perturbait fortement Wolf. Pourtant il semblait exactement savoir où l'inspecteur était assis. Si Wolf avait orienté son choix sur le tribunal, le fait que Masse l'ait deviné n'augurait rien de bon.

— « N'importe quel lâche peut partir à la bataille quand il est certain de l'emporter, mais donnez-moi l'homme qui aura le cran de combattre quand il sait qu'il perdra », récita l'ancien soldat en montant sur l'estrade du juge[1].

Le cœur de Wolf s'arrêta lorsqu'il décrocha l'épée de Justice du mur, enroula ses grands doigts autour de la garde dorée et sortit la lame de son fourreau.

— George Eliot, dit-il en faisant jouer la lumière sur le métal. Je suis sûr qu'elle vous aurait adoré.

Il leva la pièce de collection au-dessus de sa tête et la planta au centre du bureau. Bien que la lame soit émoussée,

---

1. Extrait de *Scènes de la vie du clergé* de George Eliot.

la lourde épée s'enfonça sans problème dans le bois. Masse s'assit.

Wolf sentait sa détermination vaciller. Il savait que sous la capuche, Masse n'était qu'un homme – un tueur sanguinaire, ingénieux et efficace certes, mais *d'abord* un homme. Un homme qui avait été à l'origine d'une terrible légende urbaine, mais qui n'était ni le Diable ni un démon. Pourtant, à ses yeux, il personnifiait le mal, ce qu'il avait croisé de pire dans sa vie.

— Une véritable épée suspendue au-dessus de la tête des juges, dans une salle censée recevoir chaque personne accusée de meurtre, continua Masse. (Il porta une main à sa gorge, comme si parler le faisait souffrir.) Il faut que vous l'aimiez, ce pays, qui préfère vénérer les vieilles traditions que de garantir la sécurité de ses habitants. Pensez à ce que vous avez commis ici même, entre ces murs…

Il fut pris d'une violente quinte de toux.

Wolf en profita pour délacer ses chaussures, espérant toutefois n'être jamais assez près de lui pour avoir besoin de s'en servir. Il se contenta d'enrouler les lacets autour de sa main. Et se figea. Masse avait ôté sa capuche.

Wolf avait vu des photos de lui, lu les rapports médicaux, mais rien ne le préparait à mesurer l'étendue de ses blessures. D'une blancheur effrayante, son visage était parcouru de cicatrices profondes et hideuses. L'homme leva les yeux vers la tribune.

Au cours de ses propres investigations, Wolf avait découvert que Masse venait d'un milieu aisé – écoles privées, armoiries familiales, clubs de voile très fermés. Avant de s'enrôler et de partir se battre, c'était un garçon séduisant. Même en ayant connaissance de ce pedigree aristocratique, Wolf était dérouté par son éloquence, sa diction un peu snob. Rien de plus étrange que ce monstre froid, capable de lui citer de mémoire un auteur victorien.

Le flic commençait à comprendre pourquoi il s'était isolé de cette façon, pourquoi il ne pourrait jamais trouver refuge dans sa famille huppée, pourquoi il avait tant voulu réintégrer l'armée. En ce monde, il n'y avait plus désormais de place pour lui.

Un esprit brillant pris au piège d'un corps difforme.

Serait-il devenu un citoyen lambda si les événements avaient tourné autrement, ou s'il n'avait pas perdu dans cet attentat la protection que lui procurait cette façade aristocratique ?

— Dites-moi, William, est-ce là ce que vous espériez ? La petite Annabelle Adams peut-elle enfin reposer en paix maintenant qu'elle est vengée ?

Wolf ne répondit pas.

Masse voulut sourire. Une grimace déforma son visage.

— Est-ce que ça vous a réchauffé le cœur de voir le maire s'embraser ?

Involontairement, Wolf secoua la tête.

— Non ?

— Je n'ai jamais voulu ça, marmonna le flic.

— Oh mais si ! C'est *vous* qui leur avez fait ça !

— J'étais malade ! J'étais en colère ! Je ne savais pas ce que je faisais !

Wolf était furieux de laisser Masse prendre l'ascendant sur lui.

L'ancien sergent poussa un long soupir.

— Vous me décevriez beaucoup, William, si vous deveniez comme tous les autres. « Je n'avais pas l'intention de faire ça », « Je voudrais revenir sur notre accord » ; ou mon argument favori, entre tous : « J'ai rencontré Dieu. »

Et d'ailleurs, si vous l'aviez, par chance, *rencontré*, j'aimerais vraiment que vous me disiez où il se cache, ce petit pédé.

Il explosa de rire entre deux quintes de toux, donnant à Wolf le temps de se ressaisir.

— Et vous me décevriez beaucoup, Lethaniel, si vous deveniez un de ces tordus qui...

— Je ne suis pas un tordu ! hurla-t-il en se levant d'un bond.

L'approche des sirènes de pompiers fit diversion, un bref instant.

Masse hoquetait de rage, il écumait, une bave rosâtre aux lèvres. Qu'il perde son self-control encourageait Wolf :

— Un de ces tordus qui accusent des voix dans leur tête pour justifier leurs abominations. Vous les avez tués pour la banale et unique raison qui vous motive tous ! Vous êtes faible et vous avez besoin de vous sentir puissant !

— Vous voulez me faire croire que vous ne savez pas qui je suis ? *Ce que* je suis ?

— Je sais exactement ce que vous êtes, Lethaniel. Vous êtes un pauvre type qui se berce d'illusions, un psychopathe narcissique, et bientôt vous irez rejoindre tous ces *tordus* en bleu de travail.

Masse lui lança un regard à glacer le sang. Et il fit preuve d'un calme inquiétant pour choisir les mots de sa réponse :

— Je suis constant. Je suis éternel. Je suis là pour durer toujours.

— De là où je suis, je ne trouve pas que vous ayez l'air trop constant, ni éternel, ni même capable de durer, rétorqua Wolf avec une confiance feinte. En vérité, vous ressemblez à un type que la bronchite pourrait achever avant que j'aie moi-même une chance de le faire.

Le tueur caressa les cicatrices sur son visage.

— Ces crevasses appartiennent à Lethaniel Masse, dit-il avec lenteur. Il était frêle, faible, et il a brûlé en enfer. Je réclame les vaisseaux qu'il a abandonnés derrière lui.

Il empoigna l'épée de collection et tira pour l'extirper du bois où elle était plantée. Ainsi armé, il descendit au milieu de la salle d'audience.

Les sirènes n'étaient plus très loin.

— Vous voulez me défier, William ? C'est ce que j'aime chez vous ! Votre détermination, votre côté provocateur ! Si la cour dit qu'il faut des preuves, vous en fabriquez ! Si le jury déclare quelqu'un innocent, vous le tabassez en le laissant à deux doigts de la mort ! Si on vous vire de votre boulot, vous vous faites réintégrer ! Et même quand vous vous retrouvez face à la mort, vous vous accrochez à la vie ! Admirable ! Vraiment, vous me bluffez.

— Si vous êtes parmi mes plus grands fans, alors...

— Pourquoi ne pas vous laisser vous échapper ? compléta Masse comme si c'était là une idée à laquelle il n'avait encore pas songé. Vous savez bien que ça ne marche pas comme ça.

Le hurlement des sirènes de pompiers cessa, la police allait débarquer sous peu.

— Masse, ils sont là. Il n'y a rien que vous puissiez leur dire qu'ils ne sachent déjà. La partie est finie.

Wolf se leva.

— Le destin... Le sort en est jeté ! C'est si cruel... Même en cet instant précis, vous croyez que vous n'allez pas mourir ici, dans ce tribunal. Et pourquoi mourir après tout ? Tout ce que vous avez à faire, c'est franchir cette porte et ne pas revenir. Vous devriez, William, vous devriez.

— Au revoir, Lethaniel.

— C'est si tragique de vous voir comme ça : muselé, soumis à l'autorité, c'est... (Il fit un geste désinvolte vers

Wolf.) Ce n'est pas le véritable William Fawkes, cet homme qui pèse le pour et le contre, qui prend des décisions sensées, qui fait même en sorte de se protéger. Le véritable William Fawkes n'est que feu et courroux, c'est celui qu'ils ont dû enfermer, c'est celui qui est venu à moi pour que je le venge, celui qui a voulu tuer de ses propres mains un criminel ici même. Le véritable William Fawkes *choisirait* de descendre ici pour mourir.

Déstabilisé, ne voyant pas trop où il voulait en venir, Wolf se dirigea prudemment vers la sortie.

— Ronald Everett était un gars assez baraqué, vous savez, continua Masse sur le mode de la conversation entre amis. (Wolf allait pousser la porte.) Allez... Sept litres et quelques de sang. Plus peut-être ? Il a accepté de mourir avec une dignité de gentleman. Je lui ai percé l'artère fémorale et il m'a raconté sa vie pendant qu'il se vidait de son sang sur le parquet. C'était charmant, serein... Cinq minutes plus tard, il a commencé à montrer des signes de choc hypovolémique. Mon estimation, c'est qu'il lui restait vingt à vingt-cinq pour cent de sang. Neuf minutes et demie plus tard, il avait perdu connaissance, et onze minutes plus tard, son cœur vidé avait cessé de battre.

Wolf se figea quand il entendit traîner quelque chose de lourd sur le parquet.

— Je vous disais ça en passant, William, parce qu'elle saigne depuis huit minutes.

Wolf se retourna lentement. Une traînée de sang frais maculait leur sillage tandis que Masse traversait la salle d'audience en tirant derrière lui Baxter par les cheveux. Il l'avait bâillonnée avec l'écharpe en soie qu'elle gardait toujours dans son sac l'été, et ses propres menottes lui liaient les mains.

Elle semblait faible et d'une pâleur effrayante.

— Je dois l'admettre, sur ce coup-là, j'ai improvisé, lança Masse à l'adresse de Wolf tandis qu'il traînait Baxter plus encore vers le centre de la pièce. J'avais d'autres plans pour vous. Qui aurait pu croire qu'elle viendrait nous voir tous les deux ? Et seule, qui plus est ? Mais elle l'a fait, et je vois désormais comment tout ça va finir... De l'unique manière possible...

Masse la lâcha sur le sol et leva les yeux vers son adversaire dont l'expression s'était assombrie. Toutes ses appréhensions sur le faux démon ou la lourde épée s'étaient évaporées.

— Ah... William ! fit le tueur en le pointant de sa lame. Enfin je vous retrouve !

Wolf ouvrit la porte à la volée et se précipita dans l'escalier.

Masse s'agenouilla près de Baxter. De près, elle voyait les cicatrices se plisser quand il parlait et bougeait, elle sentait son haleine infecte et l'odeur des lotions dont il devait se badigeonner la peau. Elle chercha à le repousser quand il lui agrippa le bras. Il saisit son coude pour le lui caler à la droite de l'aine et appuya pour ralentir l'écoulement du sang.

— Gardez le point de compression ici. Nous ne souhaitons pas vous voir nous quitter trop vite.

Puis il se releva et surveilla les portes.

— Et voici celui qui vient mourir en héros.

36

Lundi 14 juillet 2014,
12 h 06

Wolf percevait les différentes voix qui résonnaient à l'autre bout du bâtiment. Les pompiers laissaient la place à l'unité d'intervention rapide qui procédait aux recherches. Il sauta les trois dernières marches et traversa le hall magnifique en courant – il ressentait un poids dans la poitrine, et déjà, un point de côté. Arrivé devant les portes de la salle d'audience, il fit mine d'ignorer le décor religieux : un Moïse en chasuble blanche le toisait de son siège, au pied du mont Sinaï, tandis que des chérubins sculptés, des archevêques, des cardinaux, des rabbins, oui, tout ce beau monde prêchait la parole de Dieu, telle que Masse l'aurait énoncée :

« Il y a Dieu. Il y a le Diable. Les démons marchent parmi nous. »

Wolf s'engouffra dans la salle du tribunal et foula aussitôt le sol ensanglanté. Baxter était assise par terre à l'autre extrémité de la pièce, sous le box des accusés, presque à l'endroit où Khalid avait failli mourir. Il s'élança vers elle mais Masse s'interposa avec son épée.

— Vous êtes bien assez près.

Son rictus était hideux.

Le pantalon trempé et froid contre sa peau, Baxter se sentait dans un état second. Elle tentait de maintenir le point de compression sur l'artère, et craignait de s'endormir à chaque fois qu'elle battait des paupières. Elle s'était fait de grandes griffures au visage tandis qu'elle cherchait à se libérer du bâillon que Masse lui avait noué très fort à l'arrière de la tête. Impossible pour elle de perdre davantage de sang, même pour tenter de nouveau l'expérience.

Au creux de son dos, elle devinait le pistolet que, par chance, Masse n'avait pas remarqué. Il restait hors de portée de ses poignets entravés. Elle se risqua à retirer son coude en haut de la cuisse, à l'endroit de sa blessure, mais le débit du sang affola si vite son rythme cardiaque qu'elle y renonça. Elle essaya alors avec son bras droit – pareil. À cause des menottes, seule l'extrémité de ses doigts parvenait à effleurer le métal de l'arme. Elle creusa son dos au maximum, et aurait donné n'importe quoi pour que son bras se disloque, se brise, qu'il gagne enfin ces quelques derniers millimètres...

Il avait fallu moins d'une minute pour que s'étende très nettement la mare de sang dans laquelle elle pataugeait. Elle cria toute sa frustration à travers le tissu et replaça son coude là où il pouvait contenir le saignement, ayant bradé plusieurs minutes de survie contre sept secondes de vains efforts.

Masse avait recouvert un des bancs de son long manteau noir. Il ne portait plus qu'une chemise, un pantalon et des chaussures identiques à ceux que Wolf avait découverts dans la commode du studio de Goldhawk Road : c'était là son camouflage. Il respirait fort, comme le soir du face-à-face avec Wolf. Le peu d'avantages que l'inspecteur remportait en corpulence et en taille, Masse le lui rendait en muscles.

Dans sa hâte à évacuer les lieux, quelqu'un avait oublié un stylo-plume de luxe au sommet d'une pile de documents. Wolf se déplaça discrètement pour s'emparer du tube en métal, tandis que Masse continuait à pérorer.

— Je savais que vous étiez là, hier, à Piccadilly Circus.

Chez Wolf, la surprise prit le pas sur la colère.

— J'avais envie de voir si vous passeriez à l'acte. Mais vous êtes un faible, William. Hier, vous vous êtes montré faible. Le jour où vous n'avez pas réussi à finir Naguib Khalid, vous vous êtes montré faible. Et maintenant, vous vous montrez faible, je le vois dans vos yeux.

— Croyez-moi, si vous n'aviez pas traversé...

— Mais je n'ai *pas* traversé, l'interrompit Masse. Je vous ai vu paniquer et passer devant moi à toutes jambes. Je me suis même demandé si vous ne m'aviez pas reconnu, moi, juste en face de vous, ou si vous aviez *feint* de ne pas me reconnaître.

Wolf secoua la tête en se remémorant le moment où il l'avait perdu de vue dans la foule. Il *aurait dû* avoir le courage de le tuer, là, tant qu'il en avait la possibilité. Masse le manipulait pour le faire douter.

— Percevez-vous toute la futilité de cette situation, William ? Je vous aime bien, vous savez, je suis sincère, aussi je vous fais une proposition honnête : si vous vous agenouillez, je ferai ça proprement. Vous avez ma parole, vous ne sentirez rien. Ou bien nous pouvons régler ça dans un combat... inégal, et ce sera inévitablement plus douloureux.

Wolf adopta le même rictus carnassier que son adversaire.

— Ah, prévisible... comme toujours, soupira le tueur en brandissant son épée.

Baxter devait trouver un moyen d'enrayer l'hémorragie. Elle n'avait pas osé bouger tant que le tueur la surveillait. Mais, à présent, elle pouvait au moins limiter la casse. S'il avait deviné ses intentions, il se serait assuré qu'elle n'ait aucun moyen d'endiguer le flot de sang.

Sans déplacer son coude, même avec les mains entravées, elle était en mesure de défaire la boucle de sa ceinture. Elle respira à fond, fit coulisser la lanière de cuir et l'enroula autour de sa cuisse, juste au-dessus de la plaie. Elle tira dessus le plus fort possible. La douleur était atroce mais l'hémorragie fut maîtrisée.

Au moins, le sang circulait à nouveau dans ses doigts.

Masse s'avança, Wolf recula d'un pas, puis d'un pas encore. Il dévissait le capuchon étonnamment lourd du stylo, et coinça son pouce sur la plume de façon à s'en servir comme de la pointe d'un couteau.

Masse se jeta en avant. Il fit tournoyer l'épée, contraignant son adversaire à reculer pour éviter la lame qui fendait l'air à quelques centimètres de lui. Face à cet homme qui se déplaçait avec une vélocité étonnante, Wolf se contentait d'esquiver les coups tel un danseur, quand soudain il s'élança pour planter sa pointe par deux fois dans le bras droit du tueur, lequel poussa un cri de douleur. Puis, curieusement, il contempla sa blessure.

Le calme avant la tempête : Masse repartit à l'assaut, faisant virevolter de plus belle sa lame mortelle. Wolf se réfugia dans un recoin, déviant instinctivement l'angle de l'attaque, et fut atteint à l'épaule gauche, dans une douleur atroce. Dans une nouvelle offensive, Wolf se lança sur Masse pour le marteler de son arme de fortune, jusqu'à ce qu'un coup avec le pommeau de l'épée le projette à terre et qu'il perde son stylo.

Le temps parut se suspendre, entre les deux hommes. Sur le parquet, Wolf tenait son épaule blessée, tandis que le tueur observait avec une certaine fascination les rigoles de sang couler sous sa manchette. Son visage n'exprimait ni la peur, ni la souffrance, juste de la surprise à constater les désagréments que lui causait cet adversaire indigne. Comme il était désormais incapable de soulever l'épée à l'aide de son bras droit, il l'empoigna du gauche.

Wolf eut un sourire mauvais alors qu'il se remettait tant bien que mal sur ses jambes.

— Agenouille-toi, Lethaniel, et je ferai ça proprement. Tu as ma parole, tu ne sentiras rien !

Masse blêmit sous l'insulte.

Puis il nota le regard que Wolf jetait à Baxter.

— Je me demande si tu combattrais avec autant de hargne pour la sauver si tu savais...

Sans relever, Wolf s'approcha un peu plus d'elle avant que Masse ne lui bloque le chemin.

— Si tu savais que son nom méritait sa place sur la liste plus que n'importe quel autre...

Wolf se troubla.

— L'inspecteur Chambers était un pleutre. Il a supplié. Il a gémi. Il a chialé en clamant son innocence ! ricana Masse, et il se tourna vers Baxter avec un sourire triomphant

Wolf saisit sa chance et se rua sur lui. Masse bloqua l'attaque, mais bascula en arrière et s'effondra dans les bancs.

Baxter suivit des yeux la chute du long manteau noir de Masse qui entraîna son sac à main. Outre les ciseaux à ongles avec lesquels Masse l'avait blessée, elle repéra son téléphone et un minuscule trousseau de clés.

— Il semblerait que pour l'amour d'Emily, et dans le but de préserver votre si belle amitié, Chambers ait accepté de porter le chapeau et de laisser croire qu'*il* avait écrit à la police des polices...

Wolf tentait de reprendre son souffle.

— ... cette fameuse lettre qui a démonté entièrement l'accusation contre Khalid. (Masse contempla avec amusement l'expression ahurie de l'inspecteur.) Ah... J'ai bien peur que nous ayons massacré la mauvaise personne...

Baxter n'eut pas le courage de croiser le regard de son ami. Mais elle leva les yeux et émit un cri étouffé.

Perturbé, Wolf vit son adversaire fondre sur lui une seconde trop tard. Il ne lui restait plus qu'une option : lui rentrer dans le lard. Il chargea et les précipita tous les deux à même le sol. L'épée tomba et glissa sous les bancs encore debout. Wolf se mit à cogner encore et encore le visage de Masse, déjà si abîmé qu'il était impossible d'y déceler de nouveaux coups.

Quand Masse tenta une contre-attaque en agrippant l'épaule meurtrie de son adversaire, il ne fit qu'alimenter chez lui une rage froide. Wolf hurla. Un cri de haine pure. Un cri animal, si puissant que le tueur fut désorienté une fraction de secondes. Assez pour que Wolf en profite pour lui balancer un violent coup de tête qui lui fit exploser le nez. Avant de le frapper dans un accès de violence ininterrompu.

Pour la première fois, les yeux de l'ancien soldat trahissaient la peur.

Baxter avait rampé jusqu'aux ciseaux et découpa comme elle put le foulard en soie qui la bâillonnait. Elle prit une profonde inspiration et saisit les clés des menottes.

Tandis qu'il tenait le tueur à sa merci, Wolf réussit à plonger la main dans sa poche et à en sortir les lacets. Il les doubla pour les rendre plus solides, releva d'un coup sec le crâne de son adversaire à terre et glissa les liens sous sa gorge. Masse, dans un sursaut d'adrénaline, dégagea sa tête.

— Tu vas juste rendre les choses plus difficiles, le prévint Wolf.

Il repéra le stylo-plume sous une table et se releva pour aller le ramasser.

— Vas-y, explique, dit-il en revenant calmement avec son arme, si tu es le Diable, qu'est-ce que ça fait de moi ?

Une nouvelle fois, Masse tenta de lui échapper, mais Wolf s'accroupit sur lui et lui planta sauvagement le stylo dans le haut de la cuisse droite, lui infligeant la même blessure qu'à Baxter. Pour stopper ses cris, il serra les lacets le plus fort possible autour de son cou, du moins autant que son épaule le lui permettait.

Le tueur crachouilla, toussa, se débattit comme un forcené. Wolf vit les vaisseaux sanguins éclater un à un dans ses yeux, et il serra encore plus fort.

— Wolf ! cria Baxter qui peinait à glisser la petite clé dans la serrure, tant elle avait le tournis. Wolf... arrête...

Il ne l'entendait même pas, sa rage l'isolait du reste du monde. Il observait la vie en train de refluer des yeux de Masse. Ce n'était plus de la légitime défense, c'était une exécution.

— Assez !

Baxter pointa l'arme sur Wolf qui eut soudain l'air hébété.

Puis il baissa les yeux sur le magma sanguinolent qui gisait sous lui.

Il semblait le voir pour la première fois.

37

Lundi 14 juillet 2014,
12 h 12

BAXTER SENTAIT qu'elle était sur le point de s'évanouir. Sa peau était moite et glacée et, à chaque seconde, la nausée lui tordait l'estomac. Elle se retenait à la barre des témoins et gardait son arme dirigée vers Wolf, incapable de savoir si elle pouvait encore se fier à tout ce qu'elle savait d lui, depuis toujours. Wolf contempla l'homme qu'il venait de massacrer, comme étonné de sa propre férocité.

Elle voyait bien que Masse, quoique inconscient, respirait encore. De là où elle se trouvait, elle distinguait sa poitrine se soulever lentement tandis qu'il tentait d'aspirer de l'air par sa bouche broyée, crachotant du sang à chaque souffle. Même s'il méritait de souffrir, il était difficile de ne pas éprouver de compassion pour ce corps supplicié, allongé au milieu de la salle d'audience.

Le combat avait été suspendu avant même que Wolf en ait fini avec lui. Des cris résonnèrent au loin qui le tirèrent de sa torpeur. Il se précipita vers Baxter.

— Ne me touche pas !

Elle le regardait d'un œil horrifié – il nota que son index était crispé sur la détente.

Il leva les bras aussi haut qu'il put.

— Je vais t'expliquer.

— Ne m'approche pas !

Wolf réalisa que les manches de sa chemise étaient imbibées de sang rouge foncé.

— Qu'est-ce qu'il y a ? fit-il d'une voix légèrement voilée. Tu as peur de moi ?

— Oui.

— C'est... ce n'est pas mon sang..., la rassura-t-il.

— Et tu crois que c'est mieux ? bredouilla-t-elle, sidérée. Regarde ce que tu as fait ! (Elle désigna l'homme qui agonisait.) Tu es un monstre.

Wolf essuya le sang de Masse qui lui coulait sur les paupières.

— Seulement si j'y suis obligé, dit-il avec tristesse, les yeux brillants de larmes. Jamais je ne te ferais le moindre mal.

— C'est déjà fait, lança-t-elle sur un ton sarcastique.

Wolf eut l'air accablé, Baxter sentit plier sa détermination. Des coups sourds et répétés résonnaient quelque part dans le bâtiment. Sans doute l'unité d'intervention rapide qui poursuivait son avancée.

— Par ici ! hurla Baxter.

Elle ne désirait plus qu'une chose, que tout ça finisse. Elle avait les paupières lourdes et luttait pour ne pas tomber dans les pommes.

— Wolf, j'ai besoin de connaître la vérité. Est-ce que tu es derrière tout ce bordel ? C'est toi qui as manipulé Masse pour qu'il élimine tous ces gens ?

Il hésita un instant.

— Oui.

Elle en eut le souffle coupé.

— Le jour de l'assassinat d'Annabelle Adams. Après ma réintégration, j'ai commencé à faire des recherches autour de ces affaires, sans pour autant arriver à croire que c'était vrai. Pas avant que je découvre la liste il y a quinze jours. (Il croisa le regard de Baxter.) J'ai commis une terrible, terrible erreur, mais j'ai essayé *de toutes mes forces* d'arranger les choses. *Jamais* je n'ai désiré ce carnage.

Baxter se laissa glisser au sol, haletante.

— Tu pouvais en parler… (Elle articulait avec peine. L'arme pesait une tonne dans sa main.) Tu aurais pu m'en parler.

— Comment ? Comment aurais-je pu t'avouer une chose pareille ? (Il avait le même visage désespéré que sur la photo avec Elizabeth Tate.) T'avouer ce que j'avais fait à ces gens, à nos amis…, grimaça-t-il devant la mare de sang où Baxter était affalée. Comment supporter ce que je t'avais fait ?

Une larme furtive coula sur la joue de Baxter, malgré elle.

— On aurait dû me retirer l'enquête, mais moi je savais que je pouvais être utile à l'équipe, je *savais* que je pouvais l'arrêter. (Il désigna le corps à terre.) J'avais en quelque sorte préparé le terrain.

— Je voudrais te croire, mais…

Ses forces l'abandonnaient, le pistolet tomba sur ses genoux et elle s'affala sur le côté.

D'autres hurlements envahirent le *Great Hall*. Le grondement d'un ennemi invisible se rapprochait. Wolf scruta avec envie la porte derrière la barre des témoins, bien conscient de l'avenir qui l'attendait, la prison à vie, tandis que cette porte non gardée, juste devant lui, désignait le chemin de la liberté…

Il allongea Baxter, posa sa tête au sol avec tendresse. Il plia le manteau de Masse et le glissa sous ses pieds afin de lui surélever les jambes et de soulager son rythme cardiaque. Elle reprit conscience au moment où Wolf resserrait le garrot de fortune, réveillant une douleur dans son épaule blessée. La jambe de Baxter parut sur le point d'éclater, il voyait le sang palpiter dans ses veines. Wolf s'agenouilla au-dessus de sa blessure.

— Non, gémit-elle en tentant de se redresser.

— Reste tranquille, dit-il en la maintenant doucement allongée. Tu as perdu connaissance.

Baxter reprenait lentement ses esprits et constata que l'arme était au sol, non loin de sa tête. À la grande surprise de Wolf, elle lui tendit une main tremblante. Il la saisit et la serra entre ses grosses paluches. Une sensation de froid accompagna le cliquetis du métal.

— Tu es en état d'arrestation, murmura-t-elle.

Il retira sa main du garrot pour constater aussitôt que celle de Baxter prenait la relève. Il lui sourit tendrement, guère étonné qu'elle ne soit pas tentée par une expérience de mort imminente. Coincé, il s'assit à côté d'elle et redéposa sa main sur le point de compression.

— À propos de cette lettre…, reprit-elle

Malgré tout, elle lui devait bien une explication.

— Ça n'a plus d'importance.

— Andrea et moi, on se faisait vraiment du souci pour toi. On essayait juste de t'aider.

Masse poussa soudain un râle, une sorte de grognement guttural, puis plus rien. Baxter parut angoissée, et Wolf rasséréné.

Quelques secondes plus tard, le mourant toussota et se remit à respirer lentement.

— Saloperie !

Baxter lui jeta un regard plein de reproches.

— À quoi tu pensais en venant ici de ton propre gré ? Et toute seule ? dit-il d'une voix où l'admiration le disputait à la colère.

— Je voulais te sauver. Je croyais pouvoir te ramener avant que tu ne te fasses tuer.

— Et résultat ?

— Pas terrible, chuchota-t-elle en riant avec le peu de forces qu'il lui restait.

— R. A. S. ! hurla une voix bourrue dans le *Great Hall*.

Elle sentait les vibrations au sol de leurs lourdes bottes. Wolf guettait leur arrivée.

— On est là, cria-t-il.

Baxter songea qu'à aucun moment, Wolf n'avait cherché à justifier ses actes, pas plus qu'il ne l'avait suppliée de le laisser s'échapper, ou d'inventer une fable quelconque pour se disculper. Pour la première fois de sa vie, il prenait ses responsabilités au lieu de les fuir.

— Ici ! cria-t-il à nouveau.

Elle lui prit affectueusement la main, cette fois, sans arrière-pensée.

— Tu ne m'as pas abandonnée, murmura-t-elle en lui souriant.

— J'ai failli le faire.

— Mais tu ne l'as pas fait. Je savais que tu ne le ferais pas.

Wolf sentit le métal glisser sur sa peau et contempla sa main libre de toute entrave.

— Fous le camp, chuchota-t-elle.

Il ne bougea pas d'un iota, continuant de presser sa main toujours sur la jambe blessée.

Le martèlement des bottes se rapprochait comme un train lancé à grande vitesse.

— Casse-toi ! ordonna-t-elle en se redressant. Je t'en prie... Wolf !

— Je ne t'abandonne pas.

— Tu ne m'abandonnes pas, le rassura-t-elle d'une voix douce.

Il ouvrit la bouche pour protester.

Le raffut de l'unité d'intervention rapide se précisait, des crépitements de radios, le cliquetis d'armes lourdes.

— Fonce ! Ne perds plus de temps, le supplia-t-elle, le repoussant avec le peu de forces qu'elle avait encore.

Wolf parut hésiter, puis il attrapa le manteau de sous les pieds de Baxter et courut vers la petite porte derrière la barre des témoins. Sur le seuil, il se retourna et la regarda un bref instant. Dans ses yeux d'un bleu profond, Baxter ne voyait plus aucune trace du monstre froid qui avait massacré le tueur.

Il disparut.

Elle observa Masse, doutant qu'il puisse survivre, puis se souvint qu'elle devait planquer son pistolet. Elle chercha à tâtons, mais ses doigts ne rencontrèrent que le parquet. Au prix d'un effort surhumain, elle se pencha et constata sa disparition.

— Le salaud ! grommela-t-elle avec un sourire.

Et elle attendit, bras levé, sa carte de police bien en évidence, que l'essaim d'agents spéciaux en tenue noire envahisse la salle d'audience.

Wolf suivit les couloirs qu'il connaissait bien, au plus loin de la mission de sauvetage en cours à l'autre bout d'Old Bailey. Il enfila le manteau de Masse, le boutonna pour cacher sa chemise ensanglantée, chaussa ses lunettes et s'engouffra dans la première issue de secours venue. L'alarme se déclencha, mais il savait que personne ne pourrait l'entendre dans la rue, compte tenu du chaos qui régnait devant l'entrée de la Haute Cour criminelle.

Il tombait des cordes. La pluie conférait un éclat particulier aux véhicules prioritaires dont les couleurs vives étaient presque étincelantes malgré les nuages noirs et la grisaille. Journalistes et passants s'étaient agglutinés sur le trottoir d'en face, chacun jouant des coudes pour apercevoir la même chose que son voisin.

Wolf s'engagea dans le no man's land entre le bâtiment et le cordon de police, croisant deux ambulanciers qui couraient avec une civière. Il brandit sa carte de police en direction d'un jeune agent en tenue, bien trop occupé à tenir la presse à distance. Alors qu'il se faufilait sous la rubalise, il aperçut en se redressant la statue incarnant la Justice, toujours en équilibre sur la pointe du dôme d'Old Bailey. Puis il se fondit dans la cohue coiffée d'une marée de parapluies sombres.

L'averse redoubla de violence. Wolf rabattit la capuche du manteau noir et fendit la foule sans ménagement. Des gens s'écartèrent sur son chemin, il en bouscula d'autres sans prêter attention à leurs remarques cinglantes. Aucun ne semblait avoir conscience du monstre qui marchait parmi eux.

Un loup déguisé en agneau.

Remerciements

Je suis sûr que je vais oublier quelqu'un et le vexer, mais bon... allons-y :

Ragdoll n'existerait pas sans une longue liste de personnes formidables et pleines de talent, qui travaillent à le promouvoir à travers le monde avec une ardeur incroyable.

Chez Orion, j'aimerais remercier Ben Willis, Alex Young, Katie Espiner, David Shelley, Jo Carpenter, Rachael Hum, Ruth Sharvell, Sidonie Beresford-Browne, Kati Nicholl, Jenny Page et Clare Sivell. (Sam, je ne t'ai pas oubliée, je te décerne une mention spéciale un peu plus loin.)

Chez Conville & Walsh, j'aimerais remercier mes amis Emma, Alexandra, Alexander et Jake, ainsi que Dorcas et Tracy, qui ont fait leur maximum pour s'occuper de moi.

Ma famille – Ma, Ossie, Melo, Bob, B et KP pour leur aide et leur soutien constants.

J'adresse un remerciement tout particulier à cette « étrange et omniprésente » force de la nature qu'est mon époustouflante éditrice Sam Eades, pour son enthousiasme permanent et sa confiance inébranlable en ce que j'écris.

Un remerciement tout particulier aussi pour mon amie et confidente Sue Armstrong (également mon agent) qui a trouvé et sorti *Ragdoll* de la pile des manuscrits reçus par la poste. Sans elle, nul doute que ce livre continuerait à prendre la poussière sous mon lit en compagnie du reste de mes textes, jusqu'à ce que j'aie la chance un jour de la rencontrer. C'est une femme exceptionnelle.

Enfin, un grand merci à celles et ceux qui ont travaillé sur le livre au Royaume-Uni, ainsi qu'à toutes les équipes d'éditeurs étrangers, et à celles et ceux qui ont pris le temps de lire *Ragdoll* quand il y a tant de livres merveilleux que vous auriez pu lire à la place.

Voilà, j'ai fini.

Daniel Cole
2017

PARUS DANS
LA BÊTE NOIRE

Tu tueras le Père
Sandrone Dazieri

Les Fauves
Ingrid Desjours

Tout le monde te haïra
Alexis Aubenque

Cœur de lapin
Annette Wieners

Serre-moi fort
Claire Favan

Maestra
L. S. Hilton

Baad
Cédric Bannel

Les Adeptes
Ingar Johnsrud

L'Affaire Léon Sadorski
Romain Slocombe

Une forêt obscure
Fabio M. Mitchelli

La Prunelle de ses yeux
Ingrid Desjours

Chacun sa vérité
Sara Lövestam

Aurore de sang
Alexis Aubenque

Brutale
Jacques-Olivier Bosco

Les Filles des autres
Amy Gentry

Dompteur d'anges
Claire Favan

Kaboul Express
Cédric Bannel

À PARAÎTRE DANS
LA BÊTE NOIRE

Domina
L. S. Hilton
(mai 2017)

L'Ange des tueurs
Sandrone Dazieri
(mai 2017)

Retrouvez
LA BÊTE NOIRE
sur Facebook et Twitter

Vous souhaitez être tenu(e) informé(e)
des prochaines parutions de la collection
et recevoir notre *newsletter* ?

Écrivez-nous à l'adresse suivante,
en nous indiquant votre adresse e-mail :
servicepresse@robert-laffont.fr

*Cet ouvrage a été composé et mis en pages
par Étianne Composition
à Montrouge.*

CET OUVRAGE
A ÉTÉ ACHEVÉ D'IMPRIMER
SUR ROTO-PAGE
PAR L'IMPRIMERIE FLOCH
À MAYENNE EN FÉVRIER 2017

Dépôt légal : mars 2017
N° d'édition : 55897/01 – N° d'impression : 90782

Imprimé en France